楼 | 适 | 夷 | 译 | 文 | 集

LOUSHIYI YIWENJI

楼适夷译文集

彼得大帝

〔苏〕阿·托尔斯泰——著

楼适夷——译

中国文史出版社

序　言

——适夷先生与鲁迅

在上世纪九十年代中期,适夷先生九十岁的时候,人民文学出版社出版了他几十年写下的散文集,又获得了中国作家协会中外文学交流委员会颁发的文学翻译领域含金量极高的"彩虹翻译奖"。这是对他一生为中国新文学运动做出的杰出贡献给予的表彰和肯定。当老夫人拿来奖牌给我看时,适夷先生挥挥手,不以为然地说:"算了算了,都是浮名。"

我觉得适夷先生是当之无愧的。

上世纪二十年代中期,适夷先生还不满二十岁,便投身于中国新文学运动,从他发表第一篇小说到发表最后一篇散文,笔耕不辍七十余年。仅凭这一点就足以令人钦佩了。

五四运动之后,中国社会面貌激变的伟大革命的年代,以鲁迅为代表的一批受过西方先进文化影响的青年作家们,以诗歌、小说等文艺作品,掀起批判封建主义儒家文化传统和道德观念,讴歌自由、平等、民主思想的狂飙运动。适夷先生在上海结识了郭沫若、成仿吾、郁达夫等创造社浪漫派先驱,开始了诗歌创作。在五卅运动中,他接受了马克思主义,参加了共青团、共产党,一面从事地下革命活动,一面办刊物,写下了大量小说、剧本、评论,还从世界语翻译外国文学作品,成为左翼文学团体"太阳社"的重要成员。

由于革命活动暴露身份,招致国民党特务的追捕。1929 年秋,他不得已逃亡日本留学。在那里他一面学习苏俄文学,一面学习日语,还写了许多报告文学在国内发表。1931年回国即参加了"左联",同鲁迅先生接触也多起来,在左联会议上、在鲁迅先生家中、在内山书店,领受先生亲炙。他利用各种条件创办报纸、杂志,以散文、小说的形式揭露国民党反动派的白色恐怖,号召人们起来抗争,同时他又大量翻译了外国文艺作品和马列主义文艺理论。苏联是世界上第一个无产阶级取得政权的国家,那是国内理想主义革命者们无上向往的国度。他们怀着极大的热情讴歌苏维埃人民政权,介绍苏俄的文学艺术。但当时国内俄语力量薄弱,鲁迅提倡转译,即从日、英文版本翻译。适夷先生的翻译作品大都是从日文翻译的,如阿·托尔斯泰的《但顿之死》《彼得大帝》,柯罗连科的《童年的伴侣》《叶赛宁诗抄》,列夫·托尔斯泰的《高加索的俘虏》《恶魔的诱惑》,赫尔岑的《谁之罪》。他翻译最多的是高尔基的作品,如《强果尔河畔》、《老板》、《华莲加·奥莱淑华》、《面包房里》以及《契诃夫高尔基通信抄》、《高尔基文艺书简》等。此外,他还翻译了许多别的国家的作家作品,如奥地利作家茨威格的《黄金乡的发现》《玛丽安白的悲歌》,英国作家维代尔女士的《穷儿苦狗记》,以及日本作家林房雄、志贺直哉、小林多喜二等人的作品。一次,和我聊天,他说解放前,他光翻译小说就出版过四十多本。鲁迅先生赞赏适夷先生的翻译文笔,说他的翻译作品没有翻译腔。适夷先生曾说翻译文学作品,最好要有写小说的基础,至少也要学习优秀作家的语言,像写中国小说一样翻译外国文学作品,才能打动读者。

其实,适夷先生的翻译工作只是他利用零敲碎打的工夫完成的,他的主要精力都投在革命事业上,因此,老早就被国民党特务盯上了。1933年秋,他在完成地下党交给的任务,筹备世界反帝国主义战争委员会远东反战大会期间,因叛徒指认,遭到国民党特务绑架,被捕后押解到南京监狱。他在狱中坚贞不屈,拒绝"自新""自首",被反动派视作冥顽不化,判了两个无期徒刑。由于他是在内山书店附近被捕的,鲁迅先生很快就得到消息,又经过内线得知没有变节屈服的实情,便把消息传给友人,信中一口一个"适兄"地称他:"适兄忽患大病……""适兄尚存……""经过拷问,不屈,已判无期徒刑",对适夷先生极为关切。同时还动员社会上的名士柳亚子、蔡元培和英国的马莱爵士向国民党政府抗议,施展营救。那时正有一位美国友人伊罗生,要编选当代中国作家的短篇小说集《草鞋脚》，请鲁迅推荐，提出一个作家只选一篇，而鲁迅先生独为适夷先生选了两篇（《盐场》和《死》），可见对他尤为关怀和爱护。

适夷先生为了利用狱中漫长的岁月，学习马列主义文艺理论，通过堂弟同鲁迅先生取得联系，列了一个很长的书单，向鲁迅先生索要，有普列汉诺夫的《艺术论》《艺术与社会生活》，梅林的《文学评论》，还有《苏俄文艺政策》等中日译本，很快就得到了满足。他根本没有去想鲁迅先生那么忙，为他找书要花费多大精力，甚至还需向国外订购。适夷先生当时是二十八九岁的青年，而鲁迅先生已是五十开外的年纪了。后来，他每当想到这一点，心中便充满感激，又为自己的冒失感到内疚。

有了鲁迅先生的关怀，先生在狱中可说是因祸得福了，以前从事隐蔽的地下工作，时刻警惕特务追踪、抓捕，四处躲藏，居无定所，很难安心学习、写作，如今有了时间，又有鲁迅先生送来的这么多书，竟有了"富翁"的感觉。鲁迅先生说，写不出，就翻译。身陷囹圄，自然没法写作，他就此踏实下来翻译了好几本书，高尔基的《在人间》《文学的修养》，法国斐烈普的中篇小说《蒙派乃思的葡萄》，日本作家志贺直哉的短篇小说集《篝火》等，都是在狱中翻译，后又通过秘密渠道将译稿送到上海，交给鲁迅和友人联络出版的。

那时，适夷先生心中还有着一团忧虑。本来他年迈的母亲和一家人是靠他养活的，入狱后断了收入，家中原本就不稳定的生活，会更加艰难，虽有亲戚友人接济，但养家之事他责无旁贷。能有出版收入，可使家人糊口，也尽人子之责。当时翻译家黄源正在翻译高尔基的《在人间》，可当他在鲁迅的案头上看见适夷先生的《在人间》译稿时，便毅然撤下自己在《中学生》杂志上发表了一半的稿件，换上了适夷先生的译稿。那时《译文》杂志被查封，鲁迅先生正为出版为难。而在此之前，黄源与适夷先生并无深交。后来适夷先生一直念念不忘，谈到狱中的日子，总是感慨地说：鲁迅先生待我恩重如山，黄源活我全家！

新中国成立后，国家培养了大批外语人才，已无须转译，适夷先生便专注翻译日本文学作品，他翻译了日本著名作家志贺直哉、井上靖的作品，为中日文化交流做出了贡献。

同时他担任文学出版社负责人，也以鲁迅精神关怀爱护作者。当年赢弱书生朱生豪，在抗战时期不愿为敌伪政权服务，回到浙江老家，贫病交加中发奋翻译《莎士比亚戏剧全集》，呕心沥血，却在即将全部完成时，困顿病殁。适夷先生在新中国成立之初，就出版了他的(当时也是中国第一部)《莎士比亚戏剧全集》，当一笔厚重的稿酬交到朱生豪妻子手中时，她竟感动得号啕大哭。

　　五十年代，适夷先生邀请当时身在边陲云南的阿拉伯语翻译家纳训来北京，翻译了《一千零一夜》，这部为国内读者打开了阿拉伯世界的名著，至今仍为人们爱读。

　　六十年代，他邀请上海的丰子恺翻译了世界上第一部长篇小说《源氏物语》；发挥了旧文人周作人、钱稻孙的特长，翻译了当时年轻翻译家们无法承担的日本古典杰作《浮世澡堂》和《近松门左卫门选集》等，丰富了我国的外国文学宝库。

　　八十年代初，他年事已高，虽然离开了工作岗位，仍然向读者介绍好书。他得知"文革"中含冤弃世的好友傅雷留下大量与海外儿子的通信，便鼓励傅聪、傅敏整理后，亲自向出版社推荐，并写下序言。这本带着先生序言的《傅雷家书》一版再版，长年畅销不衰，尤其在青年人中影响巨大。他说就是要让人们"看看傅雷是怎么教育孩子的！"这样的事情太多了。

　　改革开放后，各种思潮涌现，八九十年代，社会上流行一股攻击鲁迅的风潮，我不免心怀杞人之忧，就跟适夷先生说了，他却淡然地答道："这不稀奇，很正常的。鲁迅从发表文章那天起，就受人攻击，一直到他死都骂声不断。这些，他根本不介意。鲁迅的真正的价值，时间越久会越加显著。"

　　这真是一句名言，一下使我心头豁然开朗了。

　　在适夷先生这套译文集即将出版之际，再次感谢中国文史出版社付出的极大热情和辛勤劳动。我们相信通过"楼适夷译文集"的出版，读者不但能感受到先贤译者的精神境界，还能欣赏到风格与现今略有不同、蕴藉深厚的语言的魅力。

董学昌

2020 年春

目 录

第 一 章

一

沙尼加从暖炕上跳下来,用屁股推开受潮的发胀的门。雅西加、迦伐里加、亚泰摩西加慌慌张张地跟着沙尼加爬下来,大家都急着想喝水。跟着从屋子里流出去的一股汗酸味的水蒸气和煤烟,奔跳到门那里。从积雪的小窗子射进苍白的微光。天气冷得厉害,水桶结冰,木勺子连结住了。

孩子们蹦蹦跳跳的,都赤着脚,沙尼加头上包着一块布,迦伐里加和亚泰摩西加只有一件齐肚皮眼的衬衫。

"孩子,把门关上!"母亲在屋子里叫喊。

母亲坐在暖炕边,炕口的木柴熊熊地燃着。火焰映着母亲枯皱的脸孔。一对哭红的眼睛在破烂的头巾底下像圣像眼睛似的发着光,显得很怕人。沙尼加不禁打了一个寒战,使劲把门关上了,然后咕嘟地喝着清香的水,牙齿咬着冰块,又勺了给兄弟们喝,悄悄地说道:

"冷吗? 到院子里瞧瞧去,爸在那儿套马啦……"

院子里,父亲正把马套上雪橇。雪花轻轻地飘浮,是下雪的阴空。高高的篱垣上停着两三只乌鸦。这边没有门廊上那么冷。父亲伊凡·亚乞米契——母亲是这样称呼他的,人家和他自己则称伊凡西加,绰号叫作勃洛夫庚①。圆帽子深深地压着浓眉,棕红的毛胡子从圣母节以来还不曾上过梳子。粗呢农民外套的袋子口,露出半截塞着的手套。菩提树的嫩

---

① 意谓"粗眉"。

1

皮低低地束着腰,草鞋脚气鼓鼓地踏着染有马粪的污雪。车档子不大顺利,有点儿坏了,一边长了许多木瘤。父亲恨恨地骂着小黑马。那匹马,短短的腿子,鼓起大肚子,很像它的主人。

"不听话吗? 小鬼!"

孩子把许多乱七八糟的东西搬到外边的阶沿上,也不管逼人的寒威,在冰冻的门槛上紧缩着身子。最小的亚泰摩西加结结巴巴地说:

"冷啊,到炕上暖暖去……"

伊凡·亚乞米契套好了马,就让它在水桶里喝水。马肚子鼓胀起来,还是不停地喝。"草料又吃不饱,多喝点儿水吧!"父亲戴上手套,从铺在雪橇上的干草底下拿出了鞭子。

"到屋子里去!"他向孩子们呵斥了一声,就在雪橇上躺倒,拉转马头,快步地向贵族伏尔可夫儿子邸第的蔽雪的高大的枞林旁驰去。

"好冷啊!"沙尼加说。孩子们跑进阴暗的屋子里,爬上暖炕,牙齿咯咯地发抖。和暖而干燥的烟雾,在熏黑的屋顶下打着旋涡,从门上的气窗里流出去,把屋子熏得黑幢幢的。母亲在大麦粉里拌着野菜,捏了粉团。只有一匹马、一头母牛、四只鸡,生活还算不错。伊凡西加·勃洛夫庚是出名的硬朗汉。木柴的火落在水里,吱吱地作响。

沙尼加把羊皮大褂好好儿盖在自己和兄弟们的身上,躲在大褂底下又讲起各种鬼怪的故事来。孤魂野鬼,晚上在地板底下窸窸窣窣地响……

"有一天晚上,我张开眼睛,骇了一跳,门口边有一堆垃圾,垃圾堆上放着一把扫帚。我从暖炕上望过去,啊,真怕人! 扫帚底下有一个长胡子的像猫一样的东西,蓬着头发。"

"啊,怕呀!"孩子们在羊皮大褂底下骇得索索地发抖。

二

一条渐渐被人踏平的道路穿过森林中,老枞树掩满天空。被寒风吹刮着的树枝,苍郁而茂密。这是一条艰难的道路。在莫斯科服务的贵族伏尔可夫的儿子华西里,前年从父亲那儿受封了这儿的土地,知事府封华西里为四百五十俄亩的领主,登记三十七个连带家族的农奴。

2

华西里营造庄园,花了种种的费用,不得不把领地的一半抵押给修道院。修道士放给他二分息的高利贷。同时因为当了封建主,就得骑好马,披甲胄,挂佩剑,带火枪,办公务。出门的时候要带领民兵和农民,其中三名得同样地骑马,披甲,佩剑,带枪。要准备这一切,修道院借来的钱已经拮据得很,而且还有自己的生活费呢,雇用仆人的费用呢,每年两次应付的利息呢。

国库是不饶人的,还不到一年之间,饲料捐、道路捐、贡税、人头税等等又来了新命令,要加新税了。那么,自己还有什么所得呢?可是官府又向领主来催促了,为什么人头税还不缴?农民的皮已经剥光了,再要剥也没有可剥的了。因为前皇亚历克舍·米哈洛维支时代的战争,农民暴动,俄罗斯已经精疲力尽了。可恶的逆贼史吉加·拉金到处出没,农奴们是无法无天了。压迫得稍微狠一点儿,马上跟狼一样咧出牙齿来,动不动就逃到顿河的哥萨克那儿去。在那儿,命令和军刀的势力是达不到的。

马儿披着满身的霜雪,快步疾驰。颈圈的背脊碰着树木的垂枝,雪花受震坠落。蓬松大尾的松鼠吊在树干上,偷偷地望着经过的车马,松鼠是森林的主人。伊凡·亚乞米契躺在雪橇上沉思:农民已经丧失了一切,所余的就只有沉思。

这个也要,那个也要;这个拿出去,那个也拿出去,可是谁能够喂饱这个老饕的国度呢?劳苦总是逃不掉,说是忍耐吧,莫斯科的大贵族不是坐着装金的大马车横冲直撞吗?任你去横冲直撞吧,你这个大肚皮的魔鬼。这个也好,让他们去作威作福,让他们予取予求,可是咱们是不能乱动的,一乱动,不过多剥一张皮,官儿们愈来愈得意扬扬了。好吧,好吧。在他们那儿,什么大秘书官、秘书官、财务官,一切只消记记账就得了。可是农民呢?是孤单单的。啊,还是逃了的好。受这种横暴的蹂躏,倒不如在林子里叫野兽吃了,还死得痛快些。那时候,你们可就不能一辈子来吮咱们的血了。

伊凡西加·勃洛夫庚也许在这样地想,也许并没有想。伏尔可夫家的农奴茨冈①双脚跪在雪橇上,从森林里驰出路上来。他是一个糙米色、花白头、性气刚强的农奴,十五岁的时候逃亡出外,流浪在农村之间,上面

----

① 吉卜西的俄语。

3

下了命令,凡农奴逃亡,不论为时多久,须一律送还领主。这茨冈就在伏罗内齐经营农业正有点儿得发的时候,被解送回来,仍旧归老伏尔可夫所有。第二次他又逃跑,却被人捕住,受了残酷的鞭打之后,关在伏尔可夫庄园的牢舍里。不久,伤处收口,又拉出来残酷地鞭打,再关进牢舍里。这个骗子兼窃贼的茨冈,受了惩罚之后,才发誓不再逃跑。后来他归了华西里,总算无忧无虑地过着日子。

"早呀!"茨冈跳到伊凡的雪橇里。

"早呀!"

"听见什么消息没有?"

"没有听到什么呀!"

茨冈脱掉手套,打算伸一个懒腰似的,狡猾地捻了捻胡子。

"在林子里遇到一个人,说皇上死了。"

伊凡·亚乞米契从雪橇上站起来,悚然地"嗯……",脱掉圆帽,画了一个十字。

"嗯,那么,现在谁做皇上呢?"

"据说,一定是年轻的彼得·亚历克舍维支,可是,他连奶水还没有干。"

"太小了!"伊凡把圆帽深深地覆上,睁了一下白眼,"太小了,今后是大贵族的世界了,愈来愈糟啦!"

"也许糟,也许不糟,据说……"茨冈靠过身子,把眼睛向四面一望,"据那人说,暴动要起来了,说不定,可以过到从前的好日子,大伙儿有面包吃。"茨冈像林妖似的咧出牙齿,咯咯地笑着,大声地咳嗽,声音震动了森林。

松鼠跳下树干,跑过道路,摔散雪堆,映在斜的阳光中,钻进多刺的木桩里去。又红又大的太阳悬挂在路端的小山顶上,伏尔可夫庄园的高栅、尖斜的屋顶和升腾的炊烟之上。

三

伊凡西加和茨冈在一扇高高的大门前把马停下——在头上的二节屋顶下,是主钉在十字架上的圣像。跟屋顶一样高的围栅,展开在庄园的四

周,就是鞑靼人打进来也用不到担心的……两个农夫脱掉帽子。伊凡西加叩动木门的门环,照规矩说着一定的话:

"上帝的儿子,救世主耶稣基督,赏赐您的恩惠……"

从门房里,管门人亚卫良草鞋踏着雪地走了出来,他从小窗子里向外一望,是本村的人。便叫了一声亚门,走来开门了。

农夫把马拉进院子,脱去帽子,向正院的云母石小窗望了一眼。高陡的外廊通到宏壮的正院。好美丽的外廊,球形的屋顶,雕刻着花纹,涂成朱色,木造的部分,绷满着藤蔓。外廊上边,正院的屋顶是天幕形的,两个小的屋檐,镶着矿金的栋椽。正院的下层——地层,用坚固的椴木砌成。华西里·伏尔可夫把这一层用作夏冬两季贮藏谷物、腌肉,种种腌品、浸品的仓库。但农夫知道,在这里是连老鼠都没有的。而那个外廊呢,却不像属于封建的王侯,而是属于富家的邸宅的。

"亚卫良,老爷叫我们把马牵来干什么? 有什么差使吗?"伊凡问了,"除了我们,好像没有别人……"

"载民兵到莫斯科去……"

"嗯,又要把马累倒了?"

"听到了什么风声吗?"茨冈走过去问,"跟谁打仗? 是暴动吗?"

"跟你我都没有关系。"白发老头亚卫良低下头说,"照吩咐赶车就是,现在就要你们装打同伙的鞭子呀!"

亚卫良移动两条衰老的硬腿,退进门房里去。一条系着链子的公狗汪汪地叫个不住。在冬天的暮霭中,到处的小窗透出灯火来。这院子里的屋子相当的多,有畜舍、仓间、仆房、铁工厂等等,大半都没有使用。伏尔可夫家全部有十五个奴仆,而这就是他们生活的情状。当然他们也干活,耕田啦,播种啦,运木料啦,可是靠了这一点,到底不够吃用,总不过是奴仆的活计而已。有人说华西里派一个仆人到莫斯科去,叫他在教堂的大门口装作苦行教士去叫化,把收入的金钱带回来。也有人说他派两个人到莫斯科摆摊子,贩卖汤匙、草鞋、小笛之类的商品。总之,靠农奴,是农奴养活了他。

站在天色渐暗的院子里,伊凡西加和茨冈默默地想。到底是没有办法的,等着也等不出什么来。当然,年老的人喜欢讲到过去,那时候,觉得不对劲,可以换主人,但现在是不准许的了。人只好照命令过日子,命令叫养活华西里·伏尔可夫,就只好遵命照养。大家都变成奴隶了,只好等待,愈等愈苦。

一声门响,跑出一个蓬头散发的婢女来,走到雪地上:

"把马解开了,过了夜再走,是老爷吩咐的。喂一点儿马料。天哪,别糟蹋了老爷的草料!"

茨冈正想一鞭子狠狠地打着这女孩油光光的屁股,女孩却逃走了。

慢慢儿解开了马,走进仆房过夜。仆房里有八个奴仆,从老爷那儿偷来活蜡烛,正在赌钱。肮脏的纸牌在桌子上扣着,付钱的付钱,收钱的收钱,叫骂,争论……有的想把钱掷到别人颊上,那个就伸手扯他的嘴巴,闹得一塌糊涂。这些浑蛋们都吃得饱饱的了!

桌旁的凳子上坐着一个孩子,穿着长长的亚麻布衬衫、破草鞋。是伊凡·亚乞米契的儿子亚留西加。就在今年的秋天,因为饿肚子又解不出租,送到领主家里当终身奴隶的,是一个很像母亲的大眼的孩子,一眼就看出他正在痛楚。伊凡向儿子瞥了一眼,心里有点儿肉疼,可是没有说话。亚留西加向父亲默默地打了招呼。

他招了招儿子,轻声地问:

"吃了饭吗?"

"吃了。"

"啊,我没有从家里带面包来(这是说谎的,他有一包面包藏在怀里的),好,干活勤恳点儿啊,亚留霞……我想明天早上求求老爷,我家里事情实在忙不过来,求他可怜可怜我,叫你代我上莫斯科走一趟。"

亚留西加点了点头:"好的,父亲。"伊凡脱去草鞋,好像装饱了肚子很高兴的样子,很精神地快口地说:

"嗨,你们这儿每天这么消遣吗? 真开心……"

一个高个儿的奴仆把纸牌放下,回过头来说:

"啰唆什么,别出声,瞧着!"

伊凡害怕吃耳光,连忙匆匆地爬上板床。

四

在华西里·伏尔可夫家里,有邻近的贵族的儿子米哈拉·脱尔妥夫

6

来做客,这一夜就留宿了。很早吃了晚饭,在涂釉的暖炕边,一张很大的椅子上,铺着薄呢和熊皮的垫子。主客都年轻,不想睡觉,房间里热得闷人。大家只穿着短裤子,坐在椅子上,在薄暗的光线中互相聊着闲天,打着哈欠,在嘴上画着十字。

"您的生活过得真舒服……"客人低声而清晰地说,"您瞧瞧我,十四个弟兄,上面七个兄长,只封到了一点儿龌龊的荒地,各人只有两个或三个农奴,其余的都逃光了。我是第八个,明天就要受封了,说不定又是一些烧光的村子,满是土蛙的泥塘。靠这些东西,怎么养得活命?"

"这是艰难的时候。"华西里一手捻着挂在两膝间的杉木数珠。

"大家都很苦恼,要怎样过日子才好呢?"

"我的祖父位置比歌里纯还高,曾经在米哈尔·彼得洛维支灵前当过值。可是在家里却穿草鞋……倒霉也倒惯了,再也顾不到什么名誉不名誉。只有一句话,怎样过得了日子……老子上知事府八拜稽首地请求,可是现在这个时候,要不送点儿后手,请求也是白费的。大秘书官要钱,秘书官、副秘书官也一样要,要不给,就甭说一句话。曾经因为一件小事去请求秘书官史屈普加·雷梅佐夫,好容易张罗了三个三哥贝铜子,再加四普特鲥鱼鲞,做了后手。这贪心的酒鬼把钱收下了,却叫人将鲥鱼丢到院子里。可是那些厉害家伙呢,却把请求的事情传达上去了……伏洛齐加·戚莫达诺夫拿了请求书上皇上那儿去,得了两个小村子做永久的领地。可是这伏洛齐加,在以前和波兰人打仗的时光,是有名的逃将军。他老子在史莫连斯克曾经三次临阵脱逃,可是不但没有没收封地从宫廷里逐出,反而赠封了两个村子,正义到底在什么地方呢?"

暂时的沉默。暖炕烧得红红的,蟋蟀懒懒地叫着,静寂而沉闷,连狗声也停歇了。伏尔可夫沉思地说了:

"皇上派我们出差,不管威尼斯、罗马、维也纳……我都毅然地就道,可是华西里·华西里维支·歌里纯给我老子的洗礼书,我念过了,无论哪国的人民,生活都过得很富足,只有咱们却跟叫花子一样。最近到莫斯科去,想找一个武器师,到谷古侨民区①一个德国人的家里去。固然,那个该死的家伙并不是一个正教徒,跑进院子里,甬道打扫得很干净,屋院那

---

① 古时莫斯科郊外外人居留地。

么清洁舒服,园里开遍了花草,蓦然进去,好像走进了仙境……他们真开心……住在咱们近边,却过得那么舒服,光是谷古侨民区,就比莫斯科城里城外都舒服得多……"

"做买卖要本钱,"米哈拉望了望裸赤的脚,"当枪兵①也没有什么大出息,升到一个百总,就得花很大气力。以前御厩的马丁达尼拉·门西可夫来看我的老子,据说国库已经有两年半没发枪兵联队的饷金了,因此恐怕引起变动,特别派了卫兵监视。联队长普乔夫把枪兵派到莫斯科城外自己的世袭领地,当奴隶一般差役。有人到上司去控告,控告人就在集合所前被人用鞭子痛打了一顿,因此枪兵们气愤得不得了……这是西门可夫说的。瞧着吧,总有一天会打破鼻子的!"

"据说有人说这样的话:披了大贵族的皮大褂,可别渡过莫斯科河。"

"到底怎么好呢? 大伙都衰败了,贡税,人头税,课税,受这样生民涂炭的苦处,怪不得要屁股上使风篷,人人想逃跑。听门西可夫说,做买卖的外国人在亚亨格里司、霍尔莫格鲁都造起高大的石头房子来了。在外国花一个卢布办来的货,在这边可以卖到一卢布。俄国买卖人只是瞧得眼热,连手脚也不能动一动。买卖人担负不了那么重的捐税,有的从城市逃到内地去,有的逃到荒凉的草原去。最近人家在河上打冰洞,就得收冰洞税,你说这税金做了什么用途,据门西可夫说,是华西里·华西里维支·歌里纯拿去在纳格林娜河边造了大屋院,外边都张着铜板,里面装上黄金的墙皮。再加国库里的金柜子,都装饰得满满的。"

华西里抬起头来,注视着米哈拉。米哈拉把脚缩进椅子底下,也把目光对着华西里。一向是那么柔顺的汉子,忽然变了人相,哧地笑了一下,一条腿使劲地抖动起来,把椅子抖得吱吱地响。

"还有呢?"华西里低声地问。

"上礼拜,伏洛彼伏艾村又有货橇队被抢了,听到没有? (华西里皱着眉头,拿起了数珠。)商人们运一百匹呢绒,要在晚饭以前赶到莫斯科,终于没有赶到……逃出了一个商人,向官厅控告,官厅大规模地搜捕,发现了一条脚迹,可是后来被雪掩住了。"米哈拉把肩头一耸,咯咯地笑了,"您甭担心,我不是盗党,是从门西可夫那儿听来的。(华西里凑过脸去。)照那

---

① 古代莫斯科的近卫兵。

条脚迹寻过去,一直寻到华华尔加的史屈普加·奥特艾夫斯基的庄子。是奥特艾夫斯基公爵的幼子,跟我们同年的……"

"睡吧,时候不早了。"华西里沉着声说了。

米哈拉又阴森地笑笑:

"对啦,聊天也聊够了,睡吧。"

轻轻从椅子上站起来,打了一个欠伸,骨节咯咯地作响,然后在木杯子里倒了一点儿克华水,从杯缘边张望着华西里,咕嘟嘟地喝了。

"史屈普加·奥特艾夫斯基家里,有二十五个奴隶,带着剑和火器的武装,都是一班莽汉子,是他特地训练了的。养了不满一年,每在晚上就放他们到外边去搜索财物,简直跟狼群一般。"

米哈拉在长椅上躺下,拉上熊皮大褂,用手臂枕着头,睞出了眼球说:

"听了我的话,想去告发吗?"

华西里把数珠挂好,默默地把脸孔对着熬出松油的松板墙上,躺下了。过了一会儿,突然地说:

"不,我不告发。"

五

善良纳·华尔门外,崎岖的道路环绕着两所房屋,椴木砌造的小屋经过高狭的篱垣迂回到大街上。到处是灰沙、烂肉、破茶壶、破布烂片之类,乱抛在街道上。

亚留西加拉着马缰绳,跟着雪橇跑。雪橇中坐着三个奴仆,戴着里面装麻屑的纸制的圆军帽,身上穿着高胸襟的厚棉硬上褂——所谓"切葛莱"。他们是华西里·伏尔可夫的民兵。因为没有钱穿不起链锁甲,不免有点儿寒酸相,只好穿"切葛莱"。固然在检阅的时候,颇有被人轻蔑的危险,可是在受封的时候,要不带得有武器,往往会被人打劫的。

华西里和米哈拉坐在茨冈的雪橇里,后边是拉马的奴仆。华西里的马配上华丽的披挂,波斯马鞍;米哈拉的是一匹衰败的阉马,配上一副寒酸的鞍鞯。

米哈拉满脸的不高兴。贵族和大贵族的公子哥儿们披着祖上传下的链锁甲、盔甲、新制的"拂略齐"①、"推里克"②和野牛皮的上褂，叫唤着，鞭着马，从后面追上来。全郡的人们都集合在鲁宾斯加广场中，参观领地的分封和重派。所有的群众都望着米哈拉的老马，哈哈地大笑："啊哟哟，赶到呆鸟的坟头去吗？瞧着吧，它跑不动的。"大家追上去，拿鞭子抽它。老马气喘喘地倒下来……一阵爆发的哄笑、口哨……好个倒霉的玩意儿。

走过柴耶河上的木桥，险峻的河岸上转动着几百架小风轮。跟着一大群箱橇、货橇，走过高耸的四角塔、从城堞伸出无数大炮的白色斑驳的城墙，快步地跑进广场。麦斯尼兹加耶街的低门口，充满着叫骂和拥挤的喧闹。大家都想抢上前，拔出拳头开路，闹得帽子满天飞，雪橇翻天，马儿直起了前身。门上的黑色圣像前，透出长明灯的荧然的火光。

亚留西加吃了不少鞭子，帽子也丢了，拼死命挤进了麦斯尼兹加耶街，揩揩鼻血向四周一望，妈的，真见鬼！

群众像潮水一样涌进满是马粪的狭街。农妇、婢女、乡下教士，还有并非俄国人，糙米脸，吊眼睛，穿着异国装的人，从木板店户挤出成群的零卖商，嘴里大声地叫唤，拉扯人家的衣服，抢夺行人们的帽子，硬拉买客。高高的墙头里边，是石造的房子，红色和银色的削陡的屋顶，教堂的洋铁圆屋顶。教堂很多，有五座圆屋顶的大教堂，也有十字路口的小教堂，门口只有一个人好走，里面走进十来个人，就挤得动也不能动。从打开的内门中，闪耀着蜡烛的光，跪着的老婆子们，一群毛发蓬松的可怕的乞丐在破单衣里索索地发抖。也有盘着腿子，鼻声地叫唤着，露出血污的身子的。目光俨烈的无职教士，拿白面包向行人的面上塞过来。"商人先生，我们去做礼拜吧，否则要吃白面包啰。"在许多小教堂的屋顶上，有大群的乌鸦飞翔。

广场的一边，骑马的民兵挤开了拥挤的鲁宾加街，好容易才通了过去。远远地在尼可里斯该门那边，望见大贵族的筒形的高高的黑貂皮大帽、大秘书官的圆皮帽和名流们的黑上褂。一个长毛胡子的瘦长的汉子正在那儿挥着一张纸头，叫喊着什么。马上有些贵族骑着马跑出来，走到案前。有武装整齐的，也有衣衫寒酸的；有单独一人的，也有带着民兵的。

---

① 呢或绒制的无襟长袖服。

② 短袖长裾服。

跳下马来,向大贵族和大秘书官叩头。他们点检了武装和马匹以后,就读出记载分封土地的簿册。贵族之中,有紧抱胸口向神设誓的,也有流泪哀求的,其实大伙都不过受领一点儿小小的领地,衰弱下去,饿死、冻死罢了。

在往昔的规矩,每年春季行军以前,便举行这班公务人员——贵族国民军的检阅典礼。

华西里和米哈拉骑在马上,茨冈和亚留西加的雪橇已经解开了马,由伏尔可夫家的两个奴仆骑在光赤的马背上,第三个奴仆是步行的,因为半途中马折了腿,就把雪橇解开了放在那儿。

茨冈好容易把马镫捉住:"骑着我的马到什么地方去啦,老爷?"华西里举起皮鞭:"烦什么!"主人一走开,茨冈就脏嘴脏舌地骂着,把颈圈和颈圈的背放进雪橇里,颓然地钻进干草堆里躺下了。

亚留西加被人忘掉了。他把挽具装进雪橇里,坐下来,光着脑袋,穿一件粗皮裤子。天气冷得厉害。当然,是农奴的营生,不好受也只能受的。忽然,一阵香味刺进他的鼻孔,一个戴兔皮帽子、小眼胖脸的城外百姓走过他的身边。肚子上挂着一只盘子,上边盖着一块布,布里透出一阵阵生煎包子的热蒸汽。见鬼,亚留西加横了一眼,略微揭了揭盖布的边。"哎,红烧包子,刚刚出锅的!"包子的香气来呀来呀地向亚留西加招手。

"几多钱,伯伯?"

"两钱半两个,流口水吗?"

亚留西加嘴里藏着一个两钱半的铜子。是当他出门当奴隶去的时候,母亲叫他藏着使用的波西加①,钱舍不得花,可是肚子咕咕地叫。

"嗯。"亚留西加贪馋地说,买了包子,吃了,出生以来也没有尝过这种美味。回到雪橇边,鞭子、颈圈背、颈圈、肚带都没有了。慌忙跑到茨冈那儿,被他在干草底下一声大喝,腿子也发软了,脑袋嗡嗡地响。坐在雪橇的推雪板上,哼哼地哭泣起来。忽然又跳起来,抓着过路人问道:"看见偷儿吗?"……又被人置之一笑。怎样办呢? 跑到广场上去,找主人。

伏尔可夫两手托着腰,骑在马上。钢兜,胸腹上是白霜一般耀眼的链锁甲,铁板的铠甲,全不似平时的华西里,简直像一只苍鹰。他的背后是

----

① 货币名,一哥贝的四分之一。

11

两个穿着"切葛莱"的木桶一般的奴仆,捐着火枪,脸上现出一股苦笑,好像自觉到傻头傻脑的样子。

亚留西加一手揩着眼泪,用可怜的鼻音把全部的不幸禀告了。

"是你不好!"华西里喝道,"叫你老子揍你。你老子不肯配上新马具,我也要抽他一顿鞭子。滚开,不许在马前死乞白赖……"

这时候,高身干的大秘书官挥着纸头喊他的名字。伏尔可夫便向尼可里斯该门疾驰而去。奴仆用草鞋脚蹴着马肚,追了上去。在那儿,案子边坐着一个戴高帽子,里边穿着黑貂里子青绒面,外面穿着反毛羊皮两件外套的,全莫斯科最有权威的人——费亚特尔·犹列维支·罗莫达诺夫斯基公爵。

那么,怎么办呢,帽子没有了,马具也没有了。亚留西加嘤嘤地哭着,在广场中彷徨。有人叫他的名字。米哈拉·脱尔妥夫拉住他的肩头,身子从马背上仆出来:"亚留西加!"他的眼里含着泪,嘴唇发颤,"亚留西加,你到特佛尔斯该门去跑一趟,问御马丁达尼拉·门西可夫的公馆……你走进去,对达尼拉叩三个响头,你这么说……米哈拉老爷再三请求您……马匹跑脱了力……实在不像样子了……任便什么马都好,拜借一天,就是拢一拢场面也可以。明白了没有?你说,一定要报答他的……这会儿,只要有马,我人也会杀了……你哭着求他……"

"我去求,要是他不肯呢?"

"我要揍你,揍得你入地无门!"米哈拉睁圆大眼,鼓起了鼻孔。

亚留西加茫然地照吩咐跑去了。

米哈拉从早上起来还没有吃过东西,在马鞍上冻僵了……太阳渐渐西斜,雾气像冰似的飘起来。青苍的雪,马蹄大声地踏响。天色渐渐黄昏,全莫斯科的钟楼开始鸣响晚祷的钟声。华西里·伏尔可夫垂头丧气地在旁边走过去。亚留西加还不见影子,他终于一去不回了。

六

在穹窿低垂的宫殿里,热得非常闷室,圣像面前点着油灯,低垂的穹窿和幽暗的壁画映出了淡淡的天使、极乐鸟和镶边的花草案。圣像底下一张广大的长椅上,满铺的缎被里,埋着皇帝费亚特尔·亚历克舍维支病弱的身体,他的生命之火已在渐渐地熄灭下去了。

是早在意料中的了。皇帝害坏血病,两腿发肿。今天没有出席早祷,坐到小椅子里,终于站不起来了。慌忙躺下身子,心脏的鼓动衰弱起来,躺在圣像底下。两腿水肿得木段一般,肚子也膨胀起来。召德国御医来看,御医给放了水,皇帝才安静下来,悄悄地向死的路上出发了。眼圈发黑,鼻扇不住地跃动。忽然,喃喃地说着什么,听不清楚。"皇上有何吩咐?"御医把耳朵凑近失血的嘴唇。费亚特尔·亚历克舍维支用唱诗似的声调一口气喃喃着拉丁文。御医从皇帝的呓语中听到了奥维特①的诗句。在临终的床上念奥维特的诗句,无疑地,皇帝的神志已经昏迷了。

渐渐地,听不到呼吸的声音。月光在铅缘的圆玻璃里跳舞,积着浓霜的窗边,一张严峻的蜡人似的脸,是总主教育基姆危坐在意大利式的折椅上。黑大氅,白色的绣着十字架的八角注冠。他曲着腰,屹然不动的,像一个死神。皇后玛兰法·马特威夫娜独自悄然地站在墙边,透过泪花的眼凝然地望着露出鸭绒被堆的丈夫临终的容颜和翕动的鼻子的被边。皇后还只有十七岁,因为长得美貌,终于从贫穷的亚普拉克辛家升腾而成金玉之身。她封皇后还只有两个月。黑眉而痴美的脸哭得有点儿虚肿。她像婴儿似的咽噎着,手掩着嘴,她害怕哭出声音来。

在宫殿的另一端,托梁的薄暗光中,皇帝的亲属——姊妹、叔父母、近身大贵族等,在静悄悄地说话。这班大贵族,有五短身材、面目和善而圆通自在的宫廷交际明星伊凡·马克西莫维支·也苏可夫,有清癯如鹤满脸慈蔼的好好老人,学者而充第一寝殿官的亚历克舍·戚莫弗艾维支·留哈屈夫,有微微卷曲的腭髯,两绺八字须,波兰式的短发,波兰式的上褂,高跟软靴,眉目如画的美男子华西里·华西里维支·歌里纯公爵三人。

公爵是中等身材的,他的青碧的眼透露不安的神光。最后的时间到了,必须公布新皇。但是谁呢?彼得?伊凡?纳露西庚家的嗣子?还是米洛斯拉夫斯基家的嗣子?他们两个还那么幼小,实权是操在他们外家

① Publius Ovidius Naso(公元前43—公元18),罗马诗人。有《爱经》《变形记》《罗马史》等名著,为奥古斯都大帝所放逐,死于流配地。

的手里。彼得长得聪敏而强壮，伊凡是愚蠢而羸弱，懦虫一条。应该选哪个呢？谁呢？

华西里·华西里维支挺然地站在镶铜的双扇门边，侧耳静听。里面议事殿里，许多大贵族在那儿叫唤。纳露西庚一家和他们的羽党，米洛斯拉夫斯基一家和他们的羽党，从早上以来也不喝也不吃，包着皮毛外套的身体汗气蒸蒸的，正在那儿待机。宫殿中汹涌着人头，互相叫骂，中伤，焦心地等待从今天开始的命运，谁个飞黄腾达，谁个悄然隐去。

"啊哟哟，闹得真凶。"华西里·华西里维支喃喃着，走到也苏可夫身边，用波兰语低声地说，"伊凡·马克西莫维支，您去问问总主教，他要推选谁呢？"

披着亚麻色长发卷毛的也苏可夫赫然地把严肃的脸轻轻一点儿，抬起头来，从暑热而发汗的身体，发出一股玫瑰油的气味：

"总主教和我们都等着您的意见，公爵，我们怎么能出主意呢？"

留哈屈夫走过来，喘着气，白皙的手轻轻抚了一把须子：

"在这么重大的时候，千万不能分裂呀，华西里·华西里维支。我们的意见是，如果选伊凡做皇帝，他身体支持不长的，他太虚弱。我们现在需要精力。"

华西里·华西里维支合下睫毛，漂亮的唇边透出轻轻的微笑——这会儿来争夺是危险的。

"那么，就这样，选彼得登皇位吧。"

张开青碧的眼，突然，眸子颤动了，透出柔和的神光，他马上望见了刚刚走进来的公主——皇帝的七妹苏菲亚。她虽不像一般公主那样天鹅似的步履，却也飘动着开胸的轻柔的衣裳，姗姗地移步而入。新的绸带子在角冠上飘飘翻动。施着脂粉的丑陋的脸长着许多雀斑。骨骼粗鲁的体态，大脑袋，突额，碧眼。紧闭的嘴唇，没有一点儿女性的样子，跟一个男人一样。她向华西里·华西里维支望了一眼，似乎立刻看出他正在同人说话。

小鼻尖像嗤人似的颤了一颤，当她见到垂死的兄躺着的床，啪的一声，合上了两掌，使劲地绞扭起来，颓然地倒在绒毡上面，把脑袋伏倒床上了。总主教抬起脸来，茫然的视线在注视着苏菲亚落在后颈上的垂发。宫殿中的人们发出一声低低的呼唤。五位公主开始画着十字。总主教站

14

起身来,注视一下皇帝的脸,马上把黑袍的长袖一挥,画了一个大大的十字,念起临终的祷词来。

苏菲亚抱着颈子,尖声地恶叫着,又低声地呜咽着。姊妹们都哭泣起来,皇后玛尔法·马特威夫娜伏倒长椅上。高大身干,披着齐脚面毛皮外套的皇后的长兄费亚特尔·马特威维支·亚普拉克辛走过去,轻轻抚着她的背脊。也苏可夫赶到总主教身边,拉起他的手臂。总主教、也苏可夫、留哈屈夫、歌里纯很快地走到议事殿去,大贵族一哄儿包围住了,拂着袖子,挠出了大胡子,无耻地弹出了眼睛:"怎样了,怎样了,陛下?"

"皇帝费亚特尔·亚历克舍维支陛下归天了……诸位大贵族,举哀吧!"

大贵族也不听人说话,从门口涌进来,大家雪崩似的在遗体边跪下去,额角叩到绒毡上,一会儿叩下去,一会儿举起来,最后,捧着蜡似的手接吻。因为人声的骚动,长明灯的火光透了一透,熄灭了。苏菲亚被人带出去了。华西里·华西里维支也不见了。歌里纯公爵的兄弟彼得·亚历克舍维支,糙米色、浓眉毛、容貌魁伟的波里斯·亚历克舍维支,雅可夫·特尔高尔基公爵,他的兄弟鲁加、波里斯、葛里歌利等等,围住了也苏可夫。雅可夫说:

"我们带着匕首,在我们的长袍之下穿着甲……有人反对吗,我们叫彼得的名字?"

"到外廊上去,到老百姓面前去,等叫主教出来,大家叫喊吧!有人敢叫伊凡·亚历克舍维支的名字,就格杀勿论!"

一个钟头之后,总主教走到红外廊上,向几千人民授了祝福,向枪兵、大贵族的子弟、官吏、商民、市民等问:在两位皇子中,应该选哪一位登位?篝火燃耀了,月亮从莫斯科河的对岸升起来,月色如冰,光耀地映照着圆形的屋顶。群众中有人叫喊道:

"选彼得·亚历克舍维支!"

另外低暗的声音:"选伊凡登位!"

这个叫喊的人被许多人扭住,不作声了。群众中发出更大的呼声:"选彼得,彼得!"

七

在达尼拉家的院子,两只系着链子的狗向亚留西加扑过来,怒申申地喘着气。一个嘴唇上长着小疮的小姑娘,连头包裹着毛皮的裌子,告诉亚留西加走上冷冰冰的阶沿到那间小屋子去,就莫名其妙地笑着,钻进起步底下的地下室里去了。上面有人恶声地叫骂:"看来是难得活着回去的了。"……拿着一条缚在绳头上,刨光了的小木棍。受潮而发胀的门,险些从门框里脱出来。一股暖室的热气跟萝卜和烧酒的味儿刺进鼻孔里来。圣像底下,面对着满摆酒肴的桌子,坐着两个汉子,一个拖辫子的,红胡子像扫帚似的教士,和一个麻面尖鼻的胡子。"打他一顿屁股!"他们碰着杯叫唤。

第三个是一个披着红衬衫的酒鬼,两只膝头当中挟着一个人,用皮带打着一个光赤的屁股。打一下,瘦屁股牵一牵:"饶饶,饶饶,爸!"哭喊着。亚留西加木然地站住。

麻子脸秃睫毛的眼向亚留西加瞥了一眼,教士张开大嘴,大声喝道:"这里还有一个小鬼,一股脑儿揍了吧!"

亚留西加把草鞋脚一踏,伸了伸颈子。"完了。"……酒鬼转过身来,两膝间跳出一个脸色苍白的大眼孩子,拉起了裤腰就跑,跨过门口,逃得无影无踪了。亚留西加依照命令跪了下去,在地板上叩三个响头。酒鬼抓住亚留西加的后领把他拉起身来,伸过汗气蒸蒸的黄铜脸,发出一股热煦煦的烂柿子的气味。

"你来干吗?偷东西还是探消息?胡乱闯进别人家里来!"

亚留西加抖得牙齿也合不拢来,结结巴巴地说明脱尔妥夫差遣的来意。黄铜脸的汉子怒得青筋暴露,显然没有一点儿接受的神气:"脱尔妥夫?马?那么,你是来偷马的,你是马贼吗?"……亚留西加流泪对神发咒,撮着三个指头画十字……黄铜脸的汉子一把扯住他的头发,踏响长靴把他拖着走去,一脚踢开门,将亚留西加从冰冷的阶步上滚下来。"把偷儿赶出院子去。"他顿着脚叫喊,"夏洛克·勃洛夫加,把这家伙逮住……"

达尼拉·门西可夫在门口像公牛似的低着脑袋回到食桌边,气喘喘地倒了酒,抓起萝卜。

"喂,神父,你念《圣经》的总该知道,我这儿子简直没法儿管教,那小鬼,见什么就偷什么。他会把我杀了的,怎么办呢?《圣经》上怎样说呢?"

教士菲利加静静地回答:

"《圣经》里说过:'应责汝子于年幼之时,则汝暮年安乐;应责打幼童,无所怜惜。法杖责人,不致死亡,且使人强健。使之负伤,救其灵魂于死亡之中'……"

"亚门。"尖鼻子叹了一口气。

"好吧,休息一会儿,再叫他来。"达尼拉说,"唉,愈来愈坏了,不到一年的工夫,变得那么厉害。孩子不能管教,不敬尊长……上面两年不发饷,吃的东西也快没有了,枪兵到处恐吓,说是要在莫斯科四处放火,老百姓动摇得很,马上,会变成一片白地的!"

麻脸尖鼻的《圣经》学家福马·波特雪巴艾夫说了:

"尼孔派①的家伙把旧信仰破坏了。国家是靠旧信仰(伸起一只指头)活下来的,新信仰就不行……儿子是从罪恶中出生的,打他一个半死不活,也没有关系,他们是没有灵魂的正所谓时代的产物——尼孔派。没有牧人的羊群是恶魔的点心……总主教奥伐公的书里说:'汝,尼孔派之门徒,诱引基督之子,以汝父奉赞于魔鬼。'……于是魔鬼!(又伸起一只手指)以后,又说:'尼孔派之门徒,汝何物哉?汝非甘便溺,嗜腐物,食臭犬者乎?'……"

"狗东西!"达尼拉拍着桌子说。

"尼孔派的教士和主教,穿着绸的法衣,吃得脑满肠肥,简直是地狱里的狗子呀!"教士菲利加咒骂着。

福马·波特雪巴艾夫等骂声静下来,又说:

"主教奥伐公又说:'吾友略柴尼大主教伊拉里昂乎! 试回忆梅尔西塞台克在法服尔山丛林中之生活,食木之芽,吮露以代饮料,岂非圣僧乎? 不求莱茵之葡萄酒、甜葡萄酒、烧酒、清酒、豆蔻酒。吾友略柴尼大主教伊拉野昂乎,汝试视梅尔西塞台克之生涯,彼虽身承皇族之血统,而出不乘

---

① 由尼孔总主教改译《圣经》而成新教的一派。

17

厢式之车,不胁人以威。而汝如何哉？教士之子雅可夫莱维支乎,试视汝身……驾游厢式之车,席身于重褥之上,踞其四肢如水面之泡,妄作威仪,饰发如女子,每经广场,必示其威容,以博欢于淫逸之修道女……呜呼,悲哉……汝诚为魔鬼所惑矣……汝未尝见神圣之主,且迄今亦未尝闻知也。'……"

教士菲利加紧闭眼睛,抖动脸肉咯咯大笑。达尼拉又倒了酒,一饮而尽。

"枪兵们撕破了尼孔派的《圣经》,把它们收拾了,真不错,枪兵队都为着守护旧信仰起来了。"

他回过身子来,狗叫了,阶步上发出脚声。在门外,听见祷告基督的声音。室内三人应了一声"亚门"。进来的是达尼拉的妻舅,普乔夫联队的枪兵,高个儿的欧绥·鲁乔夫,他在屋角上画了一个十字,抚一把头发,低声地说道：

"喝酒吗！你们还不知道,上边发生大事了,皇上崩天,纳露西庚家勾结了特尔高尔基把彼得送上皇位……简直是飞来的横祸,我们都要变成大贵族和尼孔派的奴隶了。"

亚留西加跟皮球似的从梯级滚到雪堆里,狗群露出黄牙,陡地扑过来。他缩紧了脑袋,听天由命地闭住眼睛……没有被扯碎,简直是奇迹,一定是老天保佑！狗群嗬嗬地喘着气走开了。有一个人蹲在亚留西加面前,手指点点他的头：

"喂,你是谁？"

亚留西加张开一只眼睛,狗在近边咆哮,刚才那个被打的小伙子蹲在他的身边。

"你叫什么？"

"亚留西加。"

"姓什么？"

"勃洛夫庚,乡下人。"

小伙子狗似的左右侧着头,仔细端详着亚留西加。挂在仓屋后面的月亮照出大眼睛的脸,像是一个毛小伙子。

"烤烤火去。你不去,好狠啦……想打架吗？"

"不想。"亚留西加上前一步,两人又对睨着了。

"跑开!"亚留西加拉着嗓子,"没头没脑打什么架……我跟你没打什么交道……我,走了!"

"打算上哪儿去?"

"没准! 他们说过要把我打得没地缝钻,回家去准没命活。"

"老子要打你吗?"

"老子把我卖给人家当终身奴隶了,他不会再打我。那些奴仆准会打,回家去不过吃鞭子。"

"好吧,打算逃吗?"

"还没准……你叫什么?"

"亚历克舍西加……门西可夫家的人……我老子一天要打我两次,说不定三次。我的屁股肉完全烂了,只剩一把骨头。"

"嚯,怎么办呢?"

"烤烤火去。"

"好吧。"

两个小伙子跑进地下室,就是亚留西加刚才望见炕火的地方,又热又干燥,一股热烘烘的面包味,一只扭弯的铁烛台上点着牛油蜡烛。煤熏的木壁上爬动着油虫,一辈子爬不出这个屋子。

"华先加,别告诉老头子呀!"亚历克舍西加对一个苗实的厨娘很快地说,"把靴子脱了,亚留西加。"他脱掉毡靴,亚留西加也脱了,爬上占住半间屋子的暖炕。暗影中,有一对眼睛一眨不眨地望过来。是刚才替亚留西加开大门的女孩子,她躲进屋尽头的烟囱后边去了。

"好,我们谈谈。"亚历克舍西加低声说,"我的老子娘死了,老子一天到晚喝酒,他想讨后老婆。我怕后娘,现在还要打我,有了后娘,一定活不成了。"

"这是一定的。"亚留西加点点头。

女孩子在烟囱背后张张望望。

"是这么的,以前,在塞波霍夫斯该门见到茨冈带着熊在那儿出把戏,吹着笛,跳舞,唱歌,他们说,你来好吗? 咱们跟茨冈去游江湖好不好?"

"跟着茨冈,也吃不饱呀!"亚留西加反对了。

"那么跟买卖人去当差呢,待到夏天再跑,可以到林子里去捉小熊。我认识一个买卖人,捉小熊训练,你可以当玩熊人,我就跳舞,唱歌,我们什么都会。而且在莫斯科,没有人比我跳得出色的。"

烟囱背后的女孩子不住地张张望望,亚历克舍西加敲了她一下腰膀:

"别响,讨厌丫头!怎样?把她带走,好吧!"

"女孩子麻烦的。"

"等到夏天,带着她走,去摘香蕈,她是一个傻子,可是闻起香蕈,鼻子很灵的。现在咱们喝菜汤吧,等会儿上头就要叫,得去做祷告。又挨打,挨了打再回来,回来便睡觉。等天亮上中国城去,以后到莫斯科河对岸去玩。那里有几个熟人,我要是找到同伴,老早就逃掉了。"

"找到小贩,给他当伙计,去卖包子吧!"亚留西加说。

外廊上门砰的一声,客人走下步梯回去了。达尼拉在上边厉声地叫亚历克舍西加。

八

华华尔加的商店街有一所低矮的房子,六个窗,屋顶上一只风信鸡,门上边挂一个羊头。门大大地打开着,好似请人自由进去。院子里被小便染黄的雪堆和粪肥上,倒着几个酒鬼,有的被打得满脸是血,也有的给掠去了靴子和帽子,各式各样。大门口和院子里,放着许多驾着马的农民橇,和后部涂漆着牌号的商家橇。这儿是"库茄洛",即所谓国立酒馆。

里边松板柜台内,危然地坐着白发黑眉、面目狰狞的掌柜。木架子上并列着酒瓶和锡制大酒杯,屋角圣像前点着灯。靠墙是凳子和长桌。屏风后面,是买卖人特用的精致小间。要是那些潦倒汉、酒鬼或小贩摸错了路探进脖子去,掌柜的就蹙着眉头一声呵斥,要是再不听见,就会被拉住裤子,不管三七二十一,给他们从酒馆里滚出去。

在那个特别间里,只谈些正经事。买卖人们喝着生姜酒、热蜜汤互相商量,谈好交易就噼啪地大家拍手掌。以后就聊闲天。这就是目前叫人脖子都会发痒的好景气。

在这边,大门间的柜台上,吵嘴,叫闹,相骂,可以唱,可以闹,只要付钱就得。国库是严格的,没有钱,就剥毛皮外套。瞧你喝得糊里糊涂了,掌柜的便向耳朵上夹鹅毛笔、颈子里吊墨水壶的账房丢眼色,账房便嗖嗖地写。喂,喝昏了吗?狡猾的账房在替你写奴役契约了。你以一个自由人上国立酒馆子来,出去却变成一个光蛋的奴隶了……"现在喝酒的也舒服了。"掌柜在锡杯子里倒着绿酒说了,"现在你还没醉倒,你的朋友会来找你,家人老婆会跑来把你带走。我可以允许,以后也不追你的酒账,可以高高兴兴回去。可是,老皇帝的辰光要是有朋友跑来,想把酒鬼带走,不让他喝光钱袋底……慢慢点儿……这是国库的损失,这个钱袋底是国库所需要的。要是来人不再让他喝下去,就把他带走,你猜怎样?马上叫公差。监察吏就把他捉去拖到侦缉队,在那儿判定,把他砍去左手和右手丢到冰上面去。喝吧,兄弟们,别担心,尽量地喝吧,现在可不会砍手脚的了!"

九

现在,酒馆里涌着大伙的人,向小窗子张望。院子里,外廊下,挤得连蚂蚁也钻不过去。红的,绿的,越橘色的,许多五颜六色的枪兵们的长褂乱成一片。从对河岸①跑来许多闲杂人:"怎么啦?谁呀?怎样了?"在这儿,酒馆中小巧精致的特别间里,是枪兵和商店街上的人物。蒙蒙的人气味,跟小河一般从小窗子里流出来。枪兵们把半死半活的汉子扛进屋子里,放倒地板上,让他苦苦地喘着气呻吟。衣服撕得一片片,露出胖胖的肉,血液胶住了灰头发,鼻子、脸腮满是伤痕。

枪兵们指着这汉子叫喊:

"咱们马上会跟他一样!"

"不要马马虎虎,谷古的家伙是绝不马虎的呀!"

"各位,德意志人干吗要打咱们?"

"幸亏咱们走过去出头……差一点儿这家伙叫他们打死了!"

"在老皇帝的时候,有过这种事情吗?我们同胞受过外国流氓侮辱吗?"

普乔夫联队的枪兵欧绥·鲁乔夫推开了自己的弟兄,向着买卖人们点点头:

"各位商界的朋友,实在惊吵了。我们有老婆有小孩子,过了今天不

---

① 莫斯科河对岸地。

21

知道明天……实在潦倒不堪了。我们已经有两年没有关饷，再加当差使当得精疲力尽，而且没有法子过活，他们不许我们在市街上做小买卖，住在村子里，四面都塞住的。德意志人把什么都收买了，最近，还把亚麻和纱线都收买光了。这班魔鬼收买了皮，在谷古上销。娘们对我们村子里做出来的短靴瞧也不瞧，她们只买德国人的出品。这样情形叫我们吃什么？可是，你们做买卖的要是不帮我们忙，你们自己也会走上末路的。纳露西庚家连皇上的国库都霸占了，他们正饿着肚子。最近之中，一定还得负起剥皮的重税、年贡……以后莫斯科还要发生更坏的事。大贵族马特威艾夫从分封地回来，他的心恨得发滚，他会把整个莫斯科吞在肚子里。"

伤人可怕的呻吟，枪兵的话阴森而骇人。商店街的人们都面面相觑了。说谷古的德意志人打伤了这个小贩，是有点儿半信半疑的、不大明了的事情。可是枪兵们的话说得不错，日子愈来愈难过了。一年年地穷起来，不安起来。每次发出"皇帝诏曰，大贵族全体传布"的告示，便就是新的祸事，付钱，拿钱出来。可是什么也没有，要做生意没有货，一切都抓在外国人的手里。他们在莫斯科，收买了每个城市的谷麦和肉类，运到自己的土地去。说是俄罗斯的力量，这个力量到底在什么地方？去告诉谁？谁来保护？大贵族的上层部吗？他们只知道把钱榨到国库去，怎样调剂是死人也不管的。连最后一条裤子也要脱下来送去，好像莫斯科住着仇人。

在围住伤人的人堆里，挤进一个大商人，推拂着戴满银指环的手：

"我们伏洛比育夫家的人，把生丝运到亚亨格里斯克城去，德意志人一个钱也不肯出，只好在自己村里做交易。他们那个老头目，德意志人伏尔斐却对我们这样说：'我们要叫这些莫斯科的小商人欠债破产，从今以后，让你们(就是说我们)流落到只剩一双草鞋当行贩。'"

喧声在酒馆中展开。枪兵们七嘴八舌地叫喊："所以我们说过啰，光是一双草鞋是过不了活的！"年轻商人勃格丹·齐古林跳进人圈里，甩一甩涂着灯油的头发：

"我刚刚上派摩勒①去买鱼油。"他大声地说，"兴兴头头跑了去，空双手回来。因为派摩勒的德国人马克绥林和俾科布把十年后生产的鱼油都

---

① 白海沿岸地。

收买光了,周围的派摩勒人都欠了他们的债。德国人用四分之一的价钱收买了鱼油,而且不经过他们的手不准卖。因此派摩勒人都穷得不堪,又不愿意到海里去捕兽,只好流亡四散了。现在这辰光,咱们俄罗斯人就甭再向北去活动。"

枪兵们又挥着手臂嚷嚷起来。欧绥·鲁乔夫举起剑来挥着,咧出了牙齿:

"好,瞧着吧,把我们这些头目收拾光了,现在又挨到大贵族,咱们在全莫斯科打起警钟来。工商界全是咱们的朋友,只消你们做咱们的后盾……好吧,弟兄们,把这汉子扛起来,到另外的地方去。"

枪兵们抓起伤人的身体,伤人摇着头哼哼:"唉,我要死了。"扛出酒馆,挤开人堆,扛到红场上给大家看。

市街的人们依旧留在酒馆里,于是吵闹了。吵闹一开始,真正不得了!还是拥护枪兵吧,就是倒霉了也没有什么可损失的。要不挺挺肩膀,结果就会被大贵族剥得光蛋一个。

十

亚历克舍西加在做了晚祷以后,又狠狠地挨打了。好容易爬似的回到地下室,盖上被头,一声不出地把牙齿咬得略略地响。亚留西加搬着牛奶粥给炕上的他,心头惨得很:"唉,你真可怜呢!"

亚历克舍西加在比较和暖的烟囱边整整躺了一昼夜,神志偶然清醒,便这样地喃喃:

"这种老子,让他在车轮底下碾死好啦,简直是毒蛇嘛!亚留西加,你到圣像后面偷偷儿把那瓶橄榄油拿来,我涂屁股。等天亮,地干了,咱们就走,就是死在阴沟洞里,谁还回到这种家里来!"

半夜,暴风在木墙外呼啸。炕上的烟囱管子呜呜地响。厨娘醒过来,低低地啜泣。亚留西加梦见了母亲,母亲站在烟雾蒙蒙的屋子里,睁着眼睛流泪,不住地伸手到头上,诉述着什么。亚留西加在梦中,脸上流满了伤心的眼泪。

黑夜微微地透出光时,被亚历克舍西加叫醒了。"别贪睡,起来吧!"梳了头毛,扎好靴子以便于走路。找到了一片面包皮,揣在怀里当干粮,向狗吹哨子打招呼,支开了门口的障碍,从院子里爬出了。是寂静多雾的早晨,有点儿潮湿,冰柱淅沥作响,跌碎在地上,面前黑魆魆地延展曲折地铺着椴木的道路。木道的尽边,朝露泛滥血样的条纹。

街道上,举止蠢笨的守夜人在收拾晚上防范流浪人和偷儿的木堆。叫花、残废人、苦行教士脏嘴脏舌地吵骂着,为的一早晨到教堂门口去占据地盘,在路上走去。成群的畜类走过尼基兹加耶的粪污狼藉的街道,啼叫着,被赶到纳格林娜河的水饲场去。

两个小伙子跟着畜群走到勃洛维兹该门的炮台。铁大炮边,一个德国步兵裹紧着羊皮外套在那儿打盹。"走过去当心点儿,这边是皇上住的地方。"亚历克舍西加说。通过纳格林娜河的险滩和垃圾堆,到伊威尔斯基桥,过了桥,天色全亮了。灰色的雨云低低地罩住城市的天空。一条深壕沿着克里姆林宫的灰墙,到处突出着最近打毁的水车的烂柱子。壕边上,处处矗起两条柱子中间架一条横梁的绞头台,其中一架,还挂着一个两手反缚、脚穿草鞋的长身汉子。脸子从颈上掉下来,任凭鸟儿啄食。"啊哟,那边还挂着两个。"亚历克舍西加指着说。壕底下倒着半身埋在雪里的尸体,大概是强盗吧……

在广场一带,直到青座青圆顶的华西里大帝的白石像为止,没有一个人影。从石像到史巴斯该门,是一条曲折的橇道。在顶上饰着一只金鹰的城门上,鸦群像春天似的不安地啼叫,打着圈子飞回。黑色的大自鸣钟指着八点,钟楼里发出异国的乐音。亚留西加脱掉圆帽,对着塔画起十字来,心里有点儿害怕。

"走吧,亚历克舍西加,不小心会叫人抓起来的呢!"

"傻子,有我一起,你就铁胆放心吧。"

越过广场,场对面密层层地排列着木板店房、摊户、篷帐,挤得没有一丝空隙。市街上的商人们已经打开门,把货物挂在竿头上。一连几家面包铺,灶子里吐出青烟。从交叉的巷子口,续续地走出人群。

亚历克舍西加什么话也不听,要不给他一个耳刮子,或是大喝一声,他就浑不觉得,他的心完全被周围的一切迷住了。他钻进人堆中,跑到卜店门口,同伙计攀谈,问价钱,瞎胡诌。亚留西加好容易才跟得上他。一眼望见一个穿呢外套、戴讲究的头巾和狐皮帽子的胖女人,亚历克舍西加马上停住脚,向这位商人太太走过去,假扮着战栗的吃舌子:"啊,做做好事,太……太……太太,肚皮饿死了,可……可……可怜没爷娘的孤儿!"寡妇太太撩起裙子,从肚袋里拿出两个哥贝克,给了亚历克舍西加,刻板地画了个十字。他们去买了包子,喝了热的蜜汤。

"怎么样,跟我一起,靠得住吗?"亚历克舍西加仰起了鼻孔。

行人愈来愈多了。有的一边走一边望望别人,偷听别人的谈话,有的走出来亮亮自己的新衣服,也有的趁人不觉顺手扒点儿东西。巷子口,雪堆上剪下的发毛像绒毡似散开着的地方,理发匠敲着剪子在那儿招呼客人。有的,已经让顾主坐在一段直立的椴木上,头上淋着水,披散了头发。特别吵闹的是几家丝线铺,妇女们像遇到火灾似的叫嚷着,买卖着线、针、纽扣,和其他一切的女红用品。亚留西加害怕迷路,紧紧地拉住亚历克舍西加的腰带。

当他们重新回到广场的时候,有人不知为什么叫喊着跑。仔细一看,有一大群人从华华尔加涌过来,叫唤,口哨,枪兵们扛着伤人来了。

"诸位正教徒!"他们眼泪汪汪地向四边叫喊,"你们瞧瞧这个汉子!"

伤人躺在不知谁的燕树皮做的橇子里,枪兵欧绥·鲁乔夫跳到上面,说出刚才一番演讲。德意志人把一个良善的小贩打得半死半活。上层的大贵族不久会把整个莫斯科一股脑儿出卖给外国人。亚历克舍西加和亚留西加钻进人堆,走到雪橇旁边。

当亚留西加蹲下身去的时候,瞧出这伤人不是别个,正是在鲁宾加卖生煎包子的那个戴兔皮帽子的小眼胖贩子,喷出一股烧酒味,哼也哼不大动了,横躺着,脸孔埋在干草里,只是低低地说着:

"啊,啊……对不起,饶了我……"

欧绥·鲁乔夫画一个十字,向教堂和民众弯弯腰。枪兵们挤进人堆中,低低地耳语。怒火炎炎地燃烧起来了。突然,有人叫喊:"来了,来了。"

从史巴斯该门两个骑马的人在橇道上疾驰而来。上面一个身穿越橘色的枪兵长袍,头戴弯边圆帽,嵌着宝石的弯刀,在丝缎的马披上一碰一碰。他不留住马步,放开缰绳向人群中跑进来。有几个人吃惊地勒住他的马头,马上人很快地把头一回,咧出疏落的黄牙。这人阔额深眼,满脸刚髯,在莫斯科绰号叫泰拉累,是司令官伊凡·安特列维支·霍凡斯基公爵,一位名门的大贵族。出身低微的纳露西庚家是他的眼中钉。枪兵们

25

见他穿着枪兵长袍，便叫唤着走过去：

"来得正好，伊凡·安特列维支！"

后面的一个是华西里·华西里维支·歌里纯，他手指轻轻地叩着马颈，问道：

"诸位正教徒，你们要暴动吗？又是谁，什么事得罪了你们？说吧，说吧，我是日日夜夜都为着老百姓操心呢。皇上在上面看见你们，他年轻胆小，不知道什么事情，派我来调查的。"

群众张开了嘴，望着绣金的皮外套——华贵得可以买整个莫斯科——戴着宝石指环的手指，望出了神。他轻轻叩一下马，指环就闪烁一道宝光。大家都吓呆了，没有一个人开口。华西里·华西里维支微笑着策马，和霍凡斯基并骑而行。

"把首脑交给我们，由我们来审判，把他从钟楼上丢下去。"枪兵们异口同声地叫唤，"上层的大贵族在转什么念头，弄出一个纳露西庚家的杂种，小孩子皇帝，到底打算怎样呢？"

霍凡斯基用戴手套的指头抚抚半白的须子，举起一只手，镇定了大众。

"诸位枪兵弟兄们！"他从鞍上挺出身体，脸色涨得发红，发出破钟似的声音，直清楚地达到最远的地方，"诸位枪兵弟兄们，你们现在也明白了，大贵族给了你们多么难受的枷锁，他们弄了什么杂种放到王位上，我不愿提起那家伙的名字。大伙儿不但没有饷金，连吃的东西也没有，再加之跟奴隶一样做苦工，你们的子子孙孙，还一定要当纳露西庚的终身奴隶。更坏的是还打算把你们、我们的一切出卖给每个外国人，这难道还不是灭亡莫斯科，扑灭正教的信仰……"

这时候，民众厉声怒号起来，亚留西加大吃一惊（嚯，他们气得双脚乱跳了）……亚历克舍西加在雪橇边跳跳蹦蹦，两只手指在嘴里吹口哨。只看见霍凡斯基在叫：

"枪兵们，过河到联队中去，我们到对河说去……"

十一

广场上，只剩下解开了马的雪橇，亚留西加跟亚历克舍西加。受伤的小贩爬起身来,肿着眼向周围骨碌地望,哼了好一会儿鼻子。

亚历克舍西加向亚留西加丢一个眼色说了:

"老伯伯,你受苦了,我们送你回家吧。"

小贩神志还没有完全清楚,两个小伙子送着他走,他嘟囔地自言自语着,跌跄着,突然,"慢着!"叫了一声,推开小伙子,对着天空大声叫骂起来,顿着发胀的毡靴,走过桥头,望塞波霍夫斯该门那方面走去。路上他对小伙子说,他叫弗齐加·柴雅兹。他的家在市外,小小的一所,菜田上一棵巢着白嘴老鸦的树,门户和正屋都很新。望见了家,柴雅兹高兴得了不得。

"你们两个是包子,白面包,蜜馅包子,我的救命大恩人!"

一个一只眼珠爆出的麻脸妇人打开木门。柴雅兹把女的推开,亚历克舍西加跟亚留西加跟着溜进去。"往哪儿走,进来干什么?"他跳过去,终于挥挥手,走进屋子里,坐在铺着草席的凳子上,向身边望望。全是些破烂儿,摇摇脑袋,哭了。

"我快没有命了。"他对独眼妇人说,"我记不起被谁打了。喂,拿衣服来换。"忽然,拍拍凳子喝骂了:"浴汤烧好了吗? 独眼母狗!"

女的嗤了一鼻走开了。两个小伙子伏在占半间屋子的暖炕上。柴雅兹说:

"你们是我的救命大恩人,你们要什么尽管说,我伤得好厉害,肋骨也好像缺了三条了。那么,怎么样捧着盘做买卖去呢? 唉,真伤心,这就叫穷人没休息!"

亚历克舍西加又向亚留西加丢了一眼:"用不到感谢,让我们留下来吧!"柴雅兹去洗澡了,小伙子们爬到炕顶上。"明天跟他一起卖包子去吧!"亚历克舍西加低声说,"有我在一起,你尽管放心。"

夜色微明,独眼妇人忙着捏粉团,把果馅包子,生煎包子,裹着豌豆、牛蒡腌蕈的净素包子,裹着兔肉、别的兽肉、素面的肉包子等等放进炕子里。弗齐加·柴雅兹裹着毛外套睡在凳子里,呜呜地哼气,爬不起来。亚历克舍西加扫了地,到院子里汲水,搬木柴,倒脏水,又派亚留西加给柴雅兹的家畜喝水,忙得团团打转,一边还说着玩话。"好小子!"柴雅兹哼哼着说,"哎,你上市场去卖包子吧,当然,生意不会坏,可是一定要落钱的,大概好吧。"

于是,亚历克舍西加在胸前的十字架亲了吻,发誓绝不落钱,从墙头上拿下四十圣僧的神像,又亲了吻。不会出坏事,柴雅兹相信了。女的在木盘上放上二百个包子,盖上布。亚历克舍西加和亚留西加束好围裙,把手套塞在怀里,出门了。

亚历克舍西加留心着过路人,大声叫卖。

"哎,生煎包子!哎,蜜馅包子,半个钱两个,刚刚出笼的。哎,要买快买,快,要哦,要哦!"瞧见一群枪兵站在旁边,他又跳着叫卖了,"哎,要买快买。皇帝包子,大贵族包子,克里姆林定做的。纳露西庚家吃了连我的颈子也要咬掉呢,肚子里叽咕叽咕。"

枪兵们哈哈大笑,买了包子。亚留西加含着拍子叫。还没有跑到莫斯科河,飞一般地卖得精光,只得回家去添货。

"一准是上帝把你们赐给我的。"柴雅兹睁圆了眼睛。

十二

米哈拉·脱尔妥夫在莫斯科闲躺了三个礼拜,找不到差事,又用光了钱。那一天,在鲁宾加广场受了大秘书官的嘲笑,分不到土地,也分不到农奴,被罗莫达诺夫斯基公爵羞辱了一顿,说是来年分配的时候再来吧,不要打扮得这么破烂,骑匹漂亮点儿的马,把他赶走了。

他离开广场,到一家下等的酒店去投宿。路上遇到一位哥哥,哥哥骂他倒霉汉,夺走了阉马。总算幸运,他没有想起祖上传下来的剑和镶着银扣链的条子绸带。这天晚上,在酒馆里拿大蒜下酒,喝醉了烧酒,米哈拉把剑和带子押给了老板。

两个热闹的莫斯科儿,缠住了米哈拉。一个自称商人的儿子,另一个据说是秘书官,其实不过是酒馆里的帮闲。他们哄上了米哈拉,跟他亲嘴,答应带他上有趣的地方玩去。米哈拉跟了他们两个荒唐了一星期,走到住在地下室的一个希腊人家。用灌水的牛角抽烟,愈抽愈糊涂,好像受了魔鬼的诱惑,一股甜甜的烦恼。

他们又带他到国立浴场,是一所莫斯科河边的公共浴场。在那儿,看着浓浓蒸汽中,裸体的女子用浴帚掩着下身,从蒸汽中跳进公共浴池里。这也把米哈拉弄糊涂了,比抽烟还厉害。

也到过妓院去想嫖女人。米哈拉还年轻，要摘食禁果，还有点儿害怕。好久以前在晚祷之后，父亲撮去烛芯的烬火，打开一本铜扣子的旧皮面书，翻着角上已有手垢的书页，读了论到妻房的一节：

  何谓妻房？妻房者，惑人之陷阱也。辉其容颜，明其眸子，秋波频送，肢体缠人，多人因之而残伤，且投火焰于四体之中……

  何谓妻房？妻房者，毒蛇，病苦，恶鬼之烤炉，无穷之冤孽，地狱之诱惑，魔鬼之抚慰也……

因此，他有点儿害怕。终于，人家带他走进波克洛夫斯该门的一家酒馆，刚刚坐下，草帘后面跑出一个长发蓬蓬的矮身女子，从鼻心到太阳穴，画着墨黑的长眉，圆眼睛，长耳朵，擦着青青的菜叶的脸，她脱去外面的破衣，亮出又胖又白的裸体，在米哈拉身边跳来跳去，响着臂镯，交互地摇着戴铜指环的手，做出招人的样子。

简直像个妖怪，裸体使人觉得栗然……酒味、汗气……米哈拉连忙从椅子上站起来，晃晃头发，粗暴地嚷着，向女的摇摇手，拿拳头向空中乱挥，逃出到街道上。

黄色的春之夕阳，辉耀在行人绝迹的街道的远方，一股沉醉的气氛。地上的冰片踏在靴底叽叽地响。在竖着铁小旗的黑青色的堡垒后面，红铜色的圆月从尖屋顶背后慢慢上升，照到米哈拉的脸上。可怕呀，牙齿咯咯地发抖，胸口发冷……酒馆的门砰的一声，在外廊上，刚才那女子白影似的飞走出来："怕什么呢，快回来啊！"

米哈拉丧魂落魄地拔脚飞奔。

钱很快地就没有了，朋友也离散开去，米哈拉恋恋着吃喝的、观览的、没有接触的一切，在街巷闲蹿着。回到乡下父亲那边去吗？连想起来也觉得难受。

最后，想起了自己同年的友人，教父的儿子史屈普加·奥特艾夫斯基，找到他的馆里。奴仆们很不客气地招待他，每个脸孔都是一模一样的神气。"到外廊上不许戴帽子！"一个摘去了他的帽子，不过只是吓唬他一下，仍旧让他进去了。每张椅子都铺着兽皮，在那一间广大和暖的廊房

口,一个身穿缎子内裓,足踏摩洛哥皮鞋,蜜饯似的美丽的小厮出来招待,仔细注视他的脸,很客气地问道:

"要见少爷,有什么事吗?"

"我是他的朋友米西加·脱尔妥夫,有点儿事要求见,请你对史吉邦·赛门纽支传达一声。"

"是。"小厮像唱歌似的应了一声,甩动丝线一般的头发,飘然地进去了。等了好一会儿,穷小子是不能骄傲的。小厮又跑出来,用指头向他招招:"请进来。"米哈拉经过礼堂,怯生生地站在用金丝镶嵌的帷幕遮着圣像的屋子角上,热心地画了十字。斜眼望去,啊,多么豪华的生活呀。这壮丽的公馆,装饰得多么美!墙壁都围着短毛的丝绒,地板下的绒地毯使得人眼花缭乱,椅子上是丝绒的垫子。窗子口挂着珍珠的帘帷。墙边放着丝绒罩子的长柜和小柜。用这些丝绒做一件套裓或"拂略齐"穿在身上,够多么的漂亮呢。对窗口放一只木框的时钟,钟上一只铜雕的像。

"呵,米夏,来得好!"史屈普加·奥特艾夫斯基在门口出现。米哈拉上前几步,一躬到地,手指差不多碰到地上的绒毯。史屈普加略略点头答礼。可是,到底没有把他当奴隶待遇,按照接待贵族子弟的仪式,伸出潮润的手握了一握:"坐着谈吧,有事情上莫斯科来吗?"

他俯下腰玩着手中的芦杖。米哈拉也屈倒了腰。史屈普加秃头披一块嵌宝石的绣花巾,没有眉毛,木桶额,红眼皮,钩鼻子,小小的脸腮,乱长一些短须。"那么有名的怪物拖鼻涕小孩,变得这样神气了。"米哈拉这么想着,便以叫花似的卑恭的态度谈到自身的不幸,和蚀害青春的贫穷之类的话。

"史吉邦·赛门纽支,请你替我出个主意,我要怎样才好呢?叫我上修道院也好,叫我拿钱锤子①上大道去也好。"史屈普加听了这话,回脸向壁,突出眼一阵昏花。可是米哈拉全不像有决心的样子,只是一阵心血来潮,就不觉说出了什么铁锤子来。"史吉邦·赛门纽支,我实在再也受不住这讨厌的贫穷!"

沉默了一会儿,米哈拉轻轻地,但使人明白听到地叹了一口气。史屈

_____

① 一种短柄圆铁球的武器。

普加露出了一声暗笑,拿着芦杖的尖头,划着绘在绒毯上的有翅的兽。

"我也没有什么话可以劝你。米夏,你该记得一句话,聪明人万事能干,傻子的前途只有叫花袋和监牢。比方,那个伏洛齐加·戚莫达诺夫,他从邻居的手里谋到两个出色的小村庄。还有最近的事情,莱昂乞·普斯武洛斯留夫又从莫斯科契乔夫家谋到了很出色的领地……"

"我听到风声也很奇怪,谋取,真有这种好机会?简直叫人不相信!"

"先去找到小村庄,然后去告发他的领主,大家都是这么干的。"

"告发,怎样告发呢?"

"那就是花一个哥贝,向广场上的代书人买了纸墨,写告密书。"

"告什么呢?告密要有密可告的呀!"

"米夏,你年纪还轻,不懂世故。比方莱夫加·普斯武洛斯留夫有一次参加契乔夫的命名庆祝,他并不胡乱吃喝就完事,却留心听主人闲谈,找机会……契乔夫老头坐在桌对面,随便说了一句:'希望费亚特尔·亚历克舍维支陛下圣躬健康。听说昨晚上克里姆林宫母鸡斗架,直闹到做完祈祷的时候。'普斯武洛斯留夫不是傻子,突然站起来叫道:'真神妙!'便把主客一网打尽,送到侦缉队去。普斯武洛斯留夫告他们'如此这般,契乔夫对陛下说不敬的言辞'。契乔夫两手反叠,挂到刑讯台上,结果供出了母鸡斗架的话。于是,普斯武洛斯留夫因忠实奉公,奇行可嘉,领受了契乔夫的领地,契乔夫终身充军到西伯利亚。你瞧,聪明人就是这样干的。"史屈普加眼睛跟鱼一样一眨不眨地注视着米哈拉:"伏洛齐加·戚莫达诺夫的办法更加简单,他说他的邻居打得他几乎送命,答应打赢了官司把收入的三分之一送给大秘书官。邻居怕吃官司,走大秘书官的门路,什么都情愿拿出来……"

米哈拉想了一想,旋转着帽子说:

"我一点儿也没有打官司的经验,史吉邦·赛门纽支。"

"你有经验,我也不教你了。(史屈普加很厌烦地一笑,米哈拉望见他小小的蛀牙,不禁栗然了一下。)打官司最要紧的是经验,没有经验,就会反坐过来自己上刑讯台的。所以,米夏不要找强手的事,要找,得拣弱的找去。可是,看你到我这儿来,倒毫没有害怕的样子。"

"史吉邦·赛门纽支,我没有害怕吗?"

"住嘴,我叫你住嘴,我客客气气招待你,如果换了别人,你可知道?

31

厌烦起来,把手一拍,奴仆跑进客厅来,叫忠实的奴仆玩个把戏瞧瞧……那就把你嫩胳臂一把叉住,推出院子,跟猫逗鼠子一般给你一个好看呢。"他又歪着嘴笑了一声,眼睛跟死人一般凝然不动,"甭害怕,我今天一早晨就出过把戏了。"

米哈拉谨慎地站起来,正要说出告别的话,史屈普加点一点芦杖的尖头,硬叫他坐下。

"对不起,史吉邦·赛门纽支,我是傻子,说了许多废话……"

"你没有说废话,不过你的态度不能适应地位、身份、出身罢了。"史屈普加昂然地冷淡地说,"好,我原谅你,以后你来,在门廊外边等我,叫你进屋子,你也应该谦逊着不进来。叫你坐,你也不要坐,行礼的时候不作兴只低低头,应该伏倒地上。"

米哈拉鼻子抖动,可是对于这个侮辱自己的告诫,却卑屈地道谢了。史屈普加打了一个哈欠,在口上画十字。

"好吧,我决定把你从穷境救出来。我有一件事要进行,你能守秘密吗?啊,好的,我瞧你还聪明,走过来!(他用芦杖轻轻点地。米哈拉连忙躬身前进。史屈普加仔细凝视他的脸。)你现在住在哪儿?酒馆里?搬到我公馆里来住。我给你套褂,'拂略齐',长裤子,时式靴。你这些破烂衣服可以收拾起来。因为我要派你去笼络一位大贵族的夫人。"

"是那边吗?"米哈拉心里一震。

"当然,是那边,有一点儿冒险,可是不费大力,袋子可以装饱。对方是过去大贵族的夫人,屁股底下坐着金柜,只要轻轻搔她这么一把,让她屁股探起来……懂了吗,米西加?你听我的话,时运就到了。你要是不忠实,我把你丢进熊洞里,连骨头也不剩一条。(从珍珠的袖裆底下伸出手来,拍了一拍,刚才那个油头粉脸的小厮走进来。)福克契斯忒,带这位老爷到浴室里去,把好的内衣、外衣拿给他,吃饭的时候带到我屋子里来。"

十三

公主苏菲亚懒洋洋地做了礼拜回来。今天举行了两次大斋戒的礼拜,吃黑面包和白菜,这就够苦的了。倒身在父亲遗下的外国椅子里,膝头上放着绣花巾包裹的圣饼。这把椅子是最近由她的命令从格拉诺维泰殿①搬来的。娜泰丽亚太后知道这件事,大为不快:"还只是一个公主,把宝座搬进自己的屋子里,算什么行为呢?"娜泰丽亚太后的不快,也不在她心上。

三月的太阳从两扇嵌面细小的小玻璃窗里照进来,宽大明净的宫室内发出一股干草的香味。四周是修道院似的白墙。上首边,附有床铺的瓷砖暖炕,融融地炽着火焰。桌椅都罩着亚麻布的套子,案头时钟上描着玫瑰花的针盘,慢慢地移动。书架也蔽着帷帘。在大斋期中,不能读书,也无法消遣。

苏菲亚把穿着呢靴的两脚放在足台上,微微闭目养神。春天,罪恶在地上徘徊,偷偷地溜进公主的宫院。不管是大斋戒的日子,想放下小窗上的帘子,遮住炫目的阳光——懒得站起来,也没有精神叫一声宫女。脑子里还鸣响着古赞美歌的余音,耳朵却不安地期待着声响。楼梯上有没有足音,我的生命之光有没有到来,唉,我的冤家你还不到来吗?"啊哟,我还是做祷告吧!我要跣足参拜灵场,来吗?就来吧!"

宫中静得催人欲眠,只有时钟嘀嗒地计着时间的经过。有多少人在这儿流过眼泪,有多少次苏菲亚在这四壁之间焦惶踱步,叫唤,绞手。但是,一切都是空虚,岁月过去了,青春消逝着,皇帝的公主,命定是永远的处女,头戴黑色的僧冠……宫院的门,只是通到修道院和坟墓,有多少人每夜捣着枕褥,闷声地咽泣,抓乱着发结,耳不闻,目不视。

有多少人在修道院的朝朝暮暮中,度着永久凄凉的岁月,可怜的悲哀的公主们,她们的名字被人们忘掉了。有没有一个得到佳运,像疯狂的小鸟飞出公主的牢狱,敞开胸襟,委身于恋火的呢?但是,我的瞳仁,美丽的华西里·华西里维支,并不是世人公认的我夫。甜言蜜语的爱人,自私自利的、小心眼儿的情夫。啊,罪过,罪过!苏菲亚跌落了圣饼,追逐似的伸开柔腕,闭着眼,对着窗口射来的和暖的阳光,对着火焰一般的幻影,微微地笑着。

这样的女子还能够送回牢狱去吗?这将比杀死她更难呢。她越过一切前进,不管耻辱,也不管流血……

---

① Granovitaya Palata,克里姆林宫内的一殿。

33

十四

楼梯发出声响,苏菲亚跳起来,好像金袍的死神,马上要摇着火焰的翅膀飞进来了,她瞪着两眼盯住门口,她的嘴唇颤抖起来。重新把手臂靠上丝绒的椅靠,伏脸在手掌里,心头别别地发跳。

华西里·华西里维支·歌里纯在低矮的门槛下面弯着腰小心翼翼地走进来,他无言地站住。苏菲亚本想把她那激动的全身像海浪似的把他卷住,但她却假装在微睡着,这样比较有些体统,公主疲倦了,做祈祷的时候,微笑地睡着了。

"苏菲亚!"他低得几乎听不见地招呼她。他弯下身去,金质瑶佩叮当作响。苏菲亚的双唇启开了,于是他的芬芳的髭须触到她的面颊,温暖的嘴唇靠近了,紧紧地吻合了。苏菲亚抖动一下,说不出的欲求在她的脊梁上游过,像炽烈的痉挛似的,在她宽大的骨盘上溶解着。但她把双手举直,抱住华西里·华西里维支的头,推开道:

"啊,走开,你不怕罪过吗? 今天是礼拜五!"

对于眉目英俊的华西里·华西里维支的美貌,她是好久以来就倾心着的。当明白了他的攻势,满身燃起了欢喜的火,摇摇头。

"苏菲亚,伊凡·米哈洛维支跟伊凡·安特列维支带来了重大的情报,你去见见吗? 不要错过了机会。"

苏菲亚捏紧他的双手,放在自己胖胖的胸口,低下头去亲吻,饱满的关不住的爱情润湿了她的睫毛。站在镜子面前戴正了冠,瞟了一眼镜子里的自己的影姿,多么不美的容貌呀! 可是尽管长得丑,也是能够谈爱的。

"好吧!"

霍凡斯基跟伊凡·米哈洛维支·米洛斯拉夫斯基站在侧柱边的小窗前,高帽的顶几乎触着头上的托棕。伊凡·米哈洛维支是苏菲亚的舅父,尖下巴小眼睛,脸上有麻痕,汗气蒸蒸的身上穿着御赐的新毛皮外套,饱食和兴奋使他红光满面。苏菲亚姗姗走去,像修道女似的低下头去。伊凡·米哈洛维支尽量地挠起了胡子跟嘴唇(因为毛外套不让他下颏服帖),帽子按在肚皮上低声地说:

"马特威艾夫已经到了托洛伊察。（苏菲亚碧绿的眼仁冷冷地睁开。）教士把他当王侯一般款待，决定五月十二到莫斯科来。我的外甥彼得·托尔斯泰刚刚从托洛伊察骑马赶来，据说马特威艾夫在做祈祷之后，对着会众，破口大骂我们米洛斯拉夫斯基家："乌鸦看出了陛下的国库，都飞拢来了。他们靠着枪兵队的枪杆子，跳进了宫廷。我决不让他们胡作胡为，我要镇压叛乱，把枪兵队分发到各城市各边境去。折掉上层大贵族的翅膀。我们为正统皇上彼得·亚历克舍维支对十字架亲吻吧！因为皇帝年幼，须由太后娜泰丽亚·基丽洛芙娜监政。一切事情不照我的话办，我是不能闭下眼睛的。"

苏菲亚的脸色苍白了，低下头，垂着两手站立不动。只头上的方冠微微发颤，粗大的垂发在背上插动。华西里·华西里维支略略退后一步，霍凡斯基沉郁地注视着脚边。

苏菲亚抬起脸来：

"我们让他这样做吗？让马特威艾夫到莫斯科来吗？"

"更坏的事情……"米洛斯拉夫斯基快嘴地低语，"他还毒骂华西里·华西里维支呢，他说：'华西里·歌里纯想谋王位，当心脑袋掉地吧！'"

苏菲亚慢慢地回过头去，和华西里·华西里维支照了一面。他微笑着，嘴角上噘起一阵可怜的微微的小皱。苏菲亚很明白，他说人家要掉脑袋，其实自己的生命也危险了。为了那些微微的小皱，应该马上把整个莫斯科烧光。苏菲亚遏制了兴奋，又问：

"枪兵们的意思怎么样？"

米洛斯拉夫斯基猛地哼哼着鼻子，华西里·华西里维支用轻轻的足音穿过宫室，向门外张望一下，又重新走回来，站在苏菲亚身后。

她耐不住了，打折了霍凡斯基的话锋：

"娜泰丽亚·基丽洛芙娜想喝血呢……为什么？是佳运到了吗？也许，母子俩还忘不了穿草鞋的卑贱日子吧？马特威艾夫可怜她，把她收到自己的屋子里的时候，连替换布衫也没有一件，有谁个不知道？出世以后也没有见过皇宫，不过是跟农奴一张桌子喝酒的身份。"苏菲亚的肥脖子被贴身的珠衫扣紧着，一生气便鼓胀了起来，脸上显出许多斑点，"娜泰丽亚·基丽洛芙娜跟去世的父皇过得那么快活，那么好笑的日子，还跟尼孔总主教来那么一手，我们宫里的人有什么不知道？现在我们头上的兄弟彼得鲁霞就是一个好证据，也许可以说是一件奇迹。他的面貌、脾气，不是完全同尼孔总主教一模一样？要叫他弟弟，实在也叫不出口。"苏菲亚鸣响着指环，握紧拳按在胸口，"我是一个妇道人家，跟你们谈论国事，也觉不好意思。要是娜泰丽娅·基丽洛芙娜要喝血，就把血给她喝……你们要是脑袋落地，我就投井！"

"你说得对！"华西里·华西里维支说，"伊凡·安特列维支公爵，请把联队里发生的事情告诉公主吧！"

"除了史武雷孟纽联队以外，全部联队都是拥护您的，苏菲亚·亚历克舍芙娜。"霍凡斯基说了，"枪兵们每天拥挤在会堂里，拿石头木棒望窗子里扔，破口大骂头儿……（米洛斯拉夫斯基听了这话"咕"地咽了一口气。华西里·华西里维支凛然地眨了眨眼睛，只有苏菲亚怡然自若，连眉毛也没有动一动。）蒲伏斯多夫跟百总薄薄鲁庚想防备枪兵，弹压骚乱，却被他拉上钟楼里，扔到地上，还喊道：'大家瞧瞧榜样吧！'而且完全不听命令。在城外的村庄里、倍鲁城、中国城开会，在市场上煽动老百姓，跑里浴场里，大唤大叫：'叫纳露西庚家的人，叫马特威艾夫来治理咱们，老子可不高兴呀，把他们的脖子扭断吧。'"

"说一句大话，这难道还不能利用来举大事吗？"苏菲亚踮起脚尖，耸耸怒眉，"好，大胆地把亚泰蒙·马特威艾夫、也苏可夫、留哈屈夫、我的仇敌纳露西庚全家老小挑在枪头上吧！就是那女人的小狗子也挑到枪头上吧！继母，继母……刺破那讨厌的大肚皮！好，把这个拿去。"苏菲亚很快地把满手的指环脱下，抓了一大把，交给霍凡斯基："到枪兵那边去，对他们说，他们要什么我都给，饷金，土地，自由……遇到重要关头不许胆怯，拥护我登皇位。"

米洛斯拉夫斯基茫然失神，只不住地向苏菲亚摇手。霍凡斯基狂势地咧出了牙齿。华西里·华西里维支不知怎的用手掩住了眼。也许不要因为苏菲亚的话，叫人看到自己脸上桀骜的神气。

十五

亚历克舍西加跟亚留西加吃了一春天的包子，气色变得挺好。生活过得很不差,毫无缺乏。柴雅兹也胖了起来,变成一个懒鬼——劳碌了一辈子,应该享点儿福了。一天到晚坐在外廊下,漫然地望着鸡雀。他现在爱吃核桃肉了,因为懒惰和肥胖,渐渐地在心头长起一件心事:"小流氓会不会偷钱呢? 不能因为小,就不知道偷吧!"

每晚上计算进款的时候,他总是寻根究底地质问他们,问他们有没有偷盗,伸手到他们怀中口袋中搜查。连晚上也不得好睡,翻来覆去地想:"银钱放在眼面前,当然会想偷盗的。"一直想到天亮。唯一的办法,就只有向孩子们恫吓。

有一天,亚历克舍西加和亚留西加兴匆匆地回来吃晚饭,交出了进款。柴雅兹翻来覆去地计算了半天,说是差了一个哥贝。偷了吗? 钱到哪儿去了? 拿出早上预备好的青木棍子,抓起亚历克舍西加的头毛,先是亚历克舍西加,其次挨到亚留西加,把两个都打了一顿。然后,再叫他们吃饭。

"嗯,我打你们并不是恨,我要把你们磨炼磨炼,将来做出色的人物。以后你们会感谢我。"他满口嚼咬着加了椒醋的冻鱼说。

柴雅兹吃了猪肉菜汤、蜜炙加姜的鸡肚、鸡丝面、烧肉等等,又把牛奶放在粥里呷着。把食匙放在没有台布的食台上,轻轻地打了饱嗝。脸腮饱得发颤,眼睛有点儿眩然,解开了裤子的纽扣。

"在上帝面前替我祷告呀,我的好孩子,我是好人,好好儿吃点儿,喝点儿。我是你们的老子呀!"

亚历克舍西加一声不响,歪了嘴,低了眼,吃完晚饭对亚留西加说:

"为了老子要打我,我所以逃出来的,这家伙也要打,我们再逃吧! 那个阉猪猡,他喜欢打人呢。"

亚留西加害怕丢弃这衣食无忧的地方。过日子总是要挨挨打的,可是这世界上不会有这种地方,无论到哪里总归是要挨打。爬到炕上,偷偷地流泪,可是跟同伴分手,究竟也不行。第二天早上,孩子们捧着装包子的木盘上街去了。

爽朗的五月的清晨,苍黑的积水淌在地上,柳树的嫩叶发出清香。白头翁举起小小的脑袋对着太阳唱歌。城门外有些傻娘儿停了工作,站在那儿偷懒。另一个赤着脚的、身穿粗麻布衣衫、头戴白桦皮帽子,披发束一条绸带。屋顶上的白头翁夜莺似的唱着,引诱姑娘们到树林和草地上去。春天!"哎,要不要涂蜂蜜的生煎包子……"

"这会儿,柴雅兹那家伙正在等着进款吧!"

"嗨,亚历克舍西加,那简直是强盗嘛!"

"咱们乡巴佬所以到处受苦啦!那魔鬼,工钱也不给咱们一个,咱们给他白白地劳苦了两个多月。喂,枪兵队的老板,买兔肉包子呀,买呀!刚出笼的,两个钱,简直跟白送一样……"

城门外女娘们渐渐多起来,十字街头拥满了人群。一队枪兵捎着锈污的斧钺走了过来。人群连忙让路,带着恐怖的目光送着他们的背影。渐渐地走到莫斯科河上的夫绥夫斯维雅兹基桥,枪兵和人群更加多了起来。许多人苍蝇似的聚在河边的一带,爬上垃圾堆,眺望克里姆林宫城。绿色的屋顶塔,红砖的女墙,七十多座克里姆林的大小教堂,大寺院的金色的圆顶,平静地映在没有一丝皱纹的镜子似的水面上。但群众间的谈话却并不平静。在堡垒的前边,点缀着大贵族府邸和宫院的耀目的屋顶的地方,在这五月宁静的空气中,正发生着什么事情,大家还不明白真相。两门大炮架在克里姆林护桥的这边,枪兵们很不安地奔来奔去。桥对面,望见徒步和骑马的武士——服务于君侯的大贵族的子弟。他们穿着白色的长袍,背上的铜弧挂着天鹅的翼子。武士的数量不多,大概是跷起了脚跟,监视着从白蒂格方面涌过来的几千老百姓。

亚历克舍西加魔鬼似的在桥边跑来跑去,包子已经卖完,盘子也丢掉了。这可不是做买卖的时候。有点儿杀气,也有点儿趣味。在群众中,到处听到怒吼的声音,每个人都在狂热兴奋。在这样局势底下,容易使人骚动,有人吐着不平,向克里姆林挥拳。一个年老的市民爬在垃圾堆上,摘去秃头上的帽子,慢条斯理地演说:

"在去世的亚历舍·米哈罗维支皇上时代,民众也有一次像现在这样骚动过,没有面包,没有盐,通货跌价。国库把银卢布铸成铜的……大贵族喝饱民众的汗血……民众骚动起来了。那时候,有许多大贵族府被人捣毁,放火,许多大贵族被揍死。再加,大肚子的哥萨克、史吉加·拉金为下层民众起事。那时候,人心齐一点儿,现在就自由了,生活也可以过得好些。可是支撑不住了,老百姓真没有力量,从小就害怕了的,只会喊喊嚷嚷,到底不够劲儿。现在要再不同心协力,一定又蹈从前的覆辙。大贵族们会把你们在断头台和绞头台上打倒的。"

群众睁着眼睛张着嘴听他的话,但不安和兴奋一刻比一刻地激昂起来。他们只明白:克里姆林现在没有实力,摇动这个攻不破的堡垒,眼前正是绝好的机会。可是,到底用什么方法实行呢?

在另外一角上,枪兵骑着马向人群中走来。

"还迟疑些什么呀? 大贵族马特威艾夫天亮时候已经到莫斯科了。你们知道马特威艾夫吗? 克里姆林没有了头子,大贵族互相吵架,在这样的时候,叫我们怎样过日子? 真命天子马上要宣布了。那时候,皇帝老子把缰绳收紧,年贡、租税准会迫得比从来都凶。要暴动,现在是时候了。到明天,就来不及啦!"

听了这话,好似卷进了漩浪,头脑有点儿昏乱了。明天就来不及了,眼中爆出了血火,克里姆林宫灰色而威严的、高高的满身涂金的影子,忧郁地映在河面上,显得一阵模糊。城堞中的大炮上,没有一个炮手,好似死光了。克里姆林宫的顶上有几只鸢鸟高高地飞翔。

突然,在对河的武士队中发生一阵骚动,背上的翼子乱翻着,隐隐地听见喊声。一个骑白马的人身体在马背上旋转,在他们当中出现。他被阻塞了去路,拔出一把阔刃的大剑向人乱晃,拉起马的前脚突破重围。跌掉帽子,从浮桥上疾驰而来,河水的飞沫溅满了桥板。嚯,嚯,嚯,瘦腿的马威武地晃着长鬣。

几千的群众屏住了喘息。从河对岸发出一排枪声击射骑马的人。他驱马走进人群中,在马镫上站起身来,抽动着剃光的青头皮,因为疾驰,长鼻子的年轻的长脸跟火一般的赤热。他喘着气,在涂墨似的浓眉底下放出栗色的目光:

"是托尔斯泰呀! 米洛斯拉夫斯基的外甥彼得·安特列维支呀! 他是我们这边的人,听他讲吧!"

彼得·安特列维支大声地、断断续续地说道:

"各位同胞,各位枪兵兄弟,不得了啦,马特威艾夫和纳露西庚家人刚刚把伊凡绞杀了。再过一会儿,彼得也要被他们绞死了,不要失了时机,快到克里姆林去!"

群众一声怒吼,叫着,嚷着,向桥上涌去。几千个脑袋像浪头似的滚动,其中夹着托尔斯泰的白马。浮桥板压得向水中沉下去,大水没到群众膝腿上。枪兵跟野蛮人一般,一队又一队,默默地分开人群,向前进发。远远的钟声鸣响，铛，铛，铛，渐渐快起来。别的钟楼又响应，钟声乱鸣。莫斯科四十座钟楼，都一起撞起乱钟。

静静的克里姆林宫映在阳光中的小窗，都一个跟一个地关闭上了……

十六

枪兵们焦躁地和他队混杂着，一直赶到格拉诺维泰殿和勃拉歌威先斯基大寺院。在半途上掉队的许多兵捣毁了大贵族府的坚固的大门，攀上钟楼。伊凡大帝钟楼以几千普特①的低音凄然地哄叫了。府邸之间的横巷，加明纽修道院的女墙，河边开窗的衙门长条屋子的墙外，散乱着尸体。大贵族的奴仆，叫着痛在地上爬动。几匹带鞍子的马慌忙乱奔，被人大笑着捉住。怒叫着举石头打破窗子。枪兵，民众，孩子们(当然，亚历克舍西加和亚留西加也混在里面)眺望着占克里姆林广场四分之一的五颜六色的宫殿：涂着红的、绿的、蓝的，戴着木板、木段的石造木造的宫殿，高高的瞭望楼，低的馆舍、门廊，大的和小的塔，由无数的走廊和明梯连接着。天幕形、圆球形的几百座屋顶，肋骨形、胴形和鸡冠形的飞檐画梁的绚烂的山墙，炫耀着金色银色的光泽。在这儿，居住着承继创造主之后的本国的皇帝老子。

一种莫名其妙的恐悚，武装的下民们走到这里，不敢再上前去。大贵族在门前停下了马，步行着涉过泥泞，脱去帽子，抬头仰望皇居的窗子。群众站下来，愣然地四望，伊凡大帝钟楼的钟声在他们胸头嗡嗡作响。一切都觉得凛然。这时候，几个英武的人跳出到群众面前。

"各位同胞，不要迟疑，伊凡已经绞死了，彼得的生命说不定也危险，走呀，架上梯子，涌进外廊去！"

一声呐喊发出在群众之中，鼓声一阵激响："前进，前进！"粗暴的声音叫唤。有二十二个枪兵猛然地走出来，一手捆住弯刀，爬上栅子，一口气奔上红外廊的梯阶。用拳头打着铜的宫门，用肩头掀撞。不知从何处拿来了几条梯子，在头上摇晃着，搭到格拉诺维泰殿的窗口，和梯廊的手

---

① 一普特等于二十七斤余。

栏上,爬上去,咬紧牙齿怒叫着:"把马特威艾夫交出来,把纳露西庚家的人交出来!"

十七

"你会被他们杀死的,怎么办,亚泰蒙·塞该维支?"

"太后陛下,上帝是慈悲的。我出去,我同他们说去……总主教请来了吗?再派人去请呀!"

"亚泰蒙·塞该维支,是他们,正是他们,我们的仇人……也苏可夫亲眼看见,有两个米洛斯拉夫斯基家的人,就化了装混在枪兵当中。"

"你们妇道人家,只消祷告上帝好了。"

"来了,来了!"大门口有人叫喊。育基姆总主教把笏杖的尖端点着红木的地板,走了进来。深暗的眼窝中射出惊狂的神光,注视托梁下的低低的窗。从梯子爬上来的枪兵脸孔伏在颜色玻璃的外面,总主教举起精瘦的手臂向他威吓,脸孔便缩下去了。

娜泰丽亚·基丽洛芙娜奔到总主教身边。戴着白狐帽的微肿的脸,像白手帕一般失掉了血色,攀住了总主教冰冷的手臂,不住地接吻,卷着舌子说道:

"救救,救救!"

"总主教,出了岔子了。"

亚泰蒙·塞该维支·马特威艾夫阴森地说,总主教睁大眼看他。马特威艾夫动了一动四角形的花白胡子:"是阴谋,简直是叛逆,他们也不知道自己在嚷些什么!"

像古圣像一般,鹰眼长鼻的马特威艾夫显出很镇定的样子。长期的岁月,经历过几多风波,几次面临于生死的关头。他现在所有唯一的感情便是傲慢的权力欲……他遏制了皱眼皮上的愤激:

"把这些流氓逐出克里姆林,从今以后给他们一点儿颜色看看!"

窗外乱打乱嚷的声音愈来愈凶了。被枪兵队和大贵族们恨得比魔鬼还凶的本人——风流美男子,太后的兄弟,二十岁的大贵族,有人说他依自己的脑袋制造皇冠的伊凡·基丽洛维支·纳露西庚,踮起了脚尖,从门廊的这门口走到那门口去。黑色的须子,紧贴在苍白的脸上,好像已经预

知明天将在红场的高台上受到拷打和恐怖的末日,挥动波兰装的袖子:

"苏菲亚也来了!"叫了一声,就躲到门背后去。一个孩子般的侏儒划动短短的手脚跟在他的后面。也许已经预感到自己主人明天的命运,一手掩住丑角的帽子,皱着脸低低地哭着。

苏菲亚、华西里·华西里维支·歌里纯、霍凡斯基慢慢地走进门廊里来。颊上涂着胭脂的苏菲亚,身穿绣金华服,头戴珍珠高冠,一手掩在胸口,向太后和总主教微微低头。娜泰丽亚·基丽洛芙娜好似见了一条毒蛇,怯生生地向后退走,默默地低下眼睑。

"人民不知为什么发怒了?"苏菲亚大声地说,"太后陛下,请你带皇弟们去接见人民,人民在那里叫喊,说孩子们被人谋杀了。对他们说明白去,答应他们恩政吧!要不然,他们会冲进宫里来的。"

她这么说着,鸣响着洁白的牙齿,碧眼中闪耀出喜和兴奋的神光。马特威艾夫走过去:

"不能叫女人对他们说话!"

"那么,请你说去!"

"我是不怕死的,苏菲亚·亚历克舍芙娜!"

"慢点儿!"总主教把笏杖在地板上一顿,"不用了,带伊凡和彼得给人民看看好了。"

"不!"娜泰丽亚·基丽洛芙娜捧着额叫唤,"总主教,这不可以,我不放心!"

"请您命令带孩子到红外廊去!"总主教坚决地说。

十八

一会儿,通红外廊的铜门响动了门闩,群众一涌向前,屏着息,贪婪地凝住了目光。

亚历克舍西加手脚攀住外廊的圆柱,挂起身子。亚留西加也不肯落后(他的耳朵在嘈杂声中已经听不见了),在同伴的身边占领了地盘。冬天晚上农奴围在火堆边聊闲天时讲的故事,现在可以张着嘴,在眼面前亲自见到了。

门哗然地打开来,现出丧服的夏外套和绣金套裤的娜泰丽亚·基丽洛芙娜,她瞥见几千条集中在自己身上的视线,慢慢地蹒跚着身子,套褂从肩头滑落。另一个人向她抱起一个穿五色笨拙长袍的孩子,娜泰丽亚·基丽洛芙娜使一个劲,伸手到孩子的腹上抱了起来,放在外廊的栏杆上。皇帽覆落耳朵边,露出短短的黑发。一个圆脸圆鼻的孩子把颈子望上伸了一伸,老鼠似的圆眼睛,小小的嘴,因为惊骇而紧紧地闭住。

娜泰丽亚·基丽洛芙娜想说话,可是浑身麻痹,只是把头向上仰了一仰。她的背后走出马特威艾夫来,一阵骇人的怒吼,卷起在群众之中。他马嘴唇向下一沉,抱起另一个较大的瘦弱而脸容呆木的孩子。

"谁对你们放谣言?"马特威艾夫把白眉毛一挑,因年龄而发沙的嗓子大声地说,"谁造谣说皇帝和皇子被人绞死了? 你们看见了没有,皇帝彼得·亚历克舍维支不是抱在太后的手里吗? 圣体健康无恙。你们看伊凡皇子!"他提起面目呆板的孩子给群众看,"两位都受神明的庇护,好好儿活着。(群众面面相觑,有人说:"真的,不是假货呢。")枪兵们,好好儿回去。有事情要请求,如果必要的话,就派请愿人来。"

霍凡斯基和华西里·华西里维支走下外廊的梯阶,跑进群众当中,用手拍拍枪兵和列兵的肩头,叫群众散去,两人的脸上都含着冷冷的讥笑。群众渐渐平静下去,有人发出气鼓鼓的叫嚷:

"活着,便怎样?"

"活着,总算明白了。"

"不要退出克里姆林!"

"不要太傻气,花言巧语,咱们也不会上当的。"

"把马特威艾夫交给我们,把纳露西庚交给我们!"

"把伊凡·基丽洛维支·纳露西庚交出来,他照自己脑袋制造皇冠。"

"吸血鬼的大贵族,把也苏可夫交出来,把特尔高尔基交出来!"

叫声愈来愈凶暴,叫出许多怨恨的大贵族的名字。娜泰丽亚·基丽洛芙娜脸色又转成苍白了,紧紧地抱住自己的孩子。彼得转动圆圆的脑袋。有人笑着喊:"瞧呀,好像一只猫。"身穿妃红丝绒长袍、头戴黑貂皮套、风流而傲慢的枪兵队长的儿子米哈拉·特尔高尔基挥动武器,从外廊跑下去,举起皮鞭:

"你们胆敢伤残我的父亲! 流氓,滚开! 狗子,奴才……"

皮鞭迎风发出呼啸,枪兵们怯生生地退后。时机不巧,这时候还能摆这样的威风吗?群众一声叫喊,狂吼着向前涌来:

"在镇楼上扔下去的家伙,吹什么牛……怎么,你这个黄毛小子……好,大伙儿,抓住他!"

米哈拉·特尔高尔基被人拉住腰带,叉住手臂。丝绒的长袍皮球似的飞起来。米哈拉·特尔高尔基挥剑四砍,退出身来,奔上外廊。枪兵抢着枪向后追上,把他捉住。娜泰丽亚·基丽洛芙娜锐声大叫。米哈拉·特尔高尔基四脚四手展开,陡地落下身去,落在双足蹦跳的群众中。马特威艾夫和娜泰丽亚·基丽洛芙娜正想逃进门,说时迟,那时快,从格拉诺维泰殿的门廊内(由伊凡·米洛斯拉夫斯基秘书带到这儿的)早跃出欧绥·鲁乔夫的一党。

"打倒马特威艾夫!"

"好呀,好呀!"群众大声叫唤。

欧绥·鲁乔夫从背后抱住了马特威艾夫。娜泰丽亚·基丽洛芙娜把袖子一挥,跳到马特威艾夫身边。伊凡被一把掀着,砰地落在地上,哗地哭了起来。彼得紧张着圆脸,两手牢牢握住马特威艾夫的花白胡子。

"打倒他,别害怕,把他撕烂!"枪兵们嘴里乱叫着,举起了枪头。

有人拉开娜泰丽亚·基丽洛芙娜,把彼得跟小猫一样推开。突然,看见马特威艾夫张开大口,笨重的身体高高地举上空中,用靴脚踢倒栏杆,刺进高举的枪尖上了。

枪兵、民众、孩子(亚历克舍西加和亚留西加)闯进到宫中,泥泞的脚践踏着几百间宫院。只有娜泰丽亚·基丽洛芙娜和两个皇子还茫然自失地留在外廊下,霍凡斯基和歌里纯走到留在广场上的群众中,群众中发出一阵呐喊:

"叫伊凡做皇帝!两个人都做皇帝!叫苏菲亚登皇位!对呀,对呀,把苏菲亚推上皇位!红场上立起碑子来,纪念我们永远的自由!"

第 二 章

一

骚动继续着。太后的兄弟纳露西庚家的伊凡和亚法拿西,特尔高尔基家的犹里和米哈拉,罗莫达诺夫斯基家的葛里歌利和安特雷,米哈拉·乞尔加斯基、马特威艾夫、萨尔妥可夫家的彼得和费亚行尔、也苏可夫和其他门第稍低的大贵族都供了血祭。枪兵队领到二十四万卢布的饷金和每人十卢布的恩赏。(为了支付枪兵队,不得不从全国各大城市搜罗金银器物,改铸货币。)红场建起了纪念柱,四周记上供血祭的大贵族的名字和罪状。枪兵队要求颁布诏书:承认以后大贵族不得吐露任何诽谤;不得视枪兵为叛逆;不得使无辜者处死及流刑等条文。

枪兵们把克里姆林宫的粮食和饮料吃喝完了,回到各自的村子里去,市民分散到市上去。一切复归旧状,什么事也没有发生。散处于辽广之大地的莫斯科和各个城市,以及千百个郡县的天空,笼罩了永远的黄昏——贫穷、奴役和灾祸。

屁股上留着鞭痕的农奴,拼命地耕掘着一点儿可怜的土地;长满虱子的褴褛的市民负担不起年贡和苛税而号泣;贩卖菩提树幼木内皮和浴帚的度日艰难的小商人,悲苦地呻吟着;小地主更瘦了:土地贫薄,收获可怜。唉,多么难得的日子。大贵族和富商叹着气。祖代世袭的大贵族,本不需多大东西,只消有了黑貂皮外套和高帽子便可以应付一切。在公馆里喝腌肉菜汤,睡觉,祷告。可是现在眼睛里露出了贪光,期望着不弱于波兰贵族、吕兰特人、德意志人的舒服的生活,见闻广博起来了。被灼痛胸头的热望所驱,大贵族们开始使唤起整百个男女的使仆了。可是要给

45

这许多人穿鞋子,穿绣纹章的长袍和吃饱肚子,靠一点儿老家什到底不够了。再加上住在木造屋院里,已经有失体面。以前大贵族或大贵族夫人出门的时候,乘着独马挽车,前部高耸跟棺材一般的雪橇,护奴汉坐在橇顶和橇后,马颈上一条软勒,屁股上吊狐尾的装饰,已经足以使路人侧目。可是在没有从但泽传进来镀金的厢式马车,四只马拉挽就大不体面。可是钱呢?真苦,日子愈来愈难过了。

没有钱。做买卖,没有货,没有主顾。当然亚麻、皮革、蜜蜡、波斯绸等,商品是有的。可是派人四出,办不到货。而金钱是不肯贪睡的,本国货没有销路,贩卖本国货包你蚀本,又不能装出口。要装也没用,第一是没有海口。外国商品一股脑儿抓在洋商的手里。听人讲到外国商业发达的情形,恨不得提着脑袋望墙壁上碰。悲惨,穷苦。俄罗斯,什么东西?在这种国度里,只好见鬼,快些逃出去吧!

莫斯科君临着两个皇帝,伊凡和彼得并坐在帝位上,公主苏菲亚摄政,更高高地在上。大贵族进退得很多,因此在目前,大家不免人人自危,不敢露出一点儿牙齿,总而言之,这样的日子是过不下去的。红场上的纪念碑开头有持钺的枪兵守望,不多几时也就不见了。下层民众就把那儿当作倾垃圾的场所。沉闷,时间停止了脚步。没有一点儿希望。市场上,每个人又鸣着不甘,偷偷地腹诽偶语。枪兵们的心里吐出疑惑的萌芽来。那一次,还欠闹得彻底吗?光是闹了一场,就毫无意义地完结了吗?趁时候还不迟,再来彻底地干一下子吗?

年老的人们口口声声讲着从前物价便宜,粮食充足,人心安静,所以一切都是从前的好。从前村子里的农民同女人一起跳轮舞,城外街巷中的人们懒得身体发胖,强盗打劫之类的事,再也听不到。这种好日子还会到来吗?

枪兵村里来了六个分离派教徒①的《圣经》学者,是瘦得只剩皮包骨,没有一点儿物欲的乡巴佬。他们对枪兵宣道:"你们得救的道路只有一条,打倒受尼孔派总主教和尼孔派影响,受波兰影响的贵族院,复归于敬畏上帝的信仰,复归于古老的生活。"分离派教徒读一本焦黄色的书册给他们听,册中记着避免尼孔派之诱惑,救助自己灵魂与生命的方法。枪兵

---

① Raskolnik,俄国教的一派。

们流着泪倾听。

分离派教徒愤怒地发着战栗，读出焦黄色的书册：

同胞乎：

吾见反基督矣。斯诚有足观者。昔时吾深忧反基督之降临，勤诵祷词，尔等奈何不信，而遏之于中途乎？其时见野原有众多人群，旁有过者，吾问之曰：行人何多哉？彼曰：反基督来矣，汝勿怖！吾乃秉双头之笏杖，毅然而立。见人群拥一裸人来，彼体发恶臭，喷火焰，口鼻耳各窍齐吐恶臭之火焰。而吾人之皇帝、当路大官、大贵族、廷臣、贵族院等皆随之而行……吾胸呕恶而震怖，唾之……吾已于《圣经》中知彼之将来。彼之私生儿已满列于吾人之前。是直狂犬之类耳……

很快地大家明白应该要求的是什么，枪兵们又涌到克里姆林。枪兵部长官伊凡·安特列维支·霍凡斯基以拥护分离派自任。六个分离派教徒三天不吃一片面包不喝一滴水，瘦得只剩皮包骨，把经案、木十字架、旧译《圣经》拿进格拉诺维泰殿，在苏菲亚和她宝座周围的姊妹们面前，极口诽谤总主教和教士们。兴奋的枪兵们高声大呼："我们所要的是旧教和旧习惯。"有人甚至放言："请公主殿下隐退修道院，我们已经受尽了皇权的压迫了。"最后的手段只有一个，苏菲亚勃然大怒：

"这六个区区的修道士，就能断定我们和全俄罗斯的命运吗？他们只是无知的愚民。看来我们不能再留在这儿，我同皇帝移驾到别的城里去，让全国的人民看到我们的灭亡和你们的叛逆吧！"

枪兵们明白了苏菲业恐吓的真意，慌张起来了。

"公主要发国民军来攻莫斯科吗？"他们惊慌起来。由华西里·华西里维支·歌里纯的命令，从宫廷的地窖里把烧酒和啤酒的木桶扛到广场上。枪兵们高兴得不得了，都醉得昏天黑地。有人嚷道："什么屁的旧教，见他妈的鬼。这种事情自有教主管理，打倒分离派教徒！"立刻，有一个瘦乡巴佬给砍断了颈子，两个被人绞死，其余的都慌慌地逃走。

可恶的贵族们将酒醉了人民，乘机偷偷逃跑。莫斯科吵闹得跟蜂窝一般，又找不出一个领头的，大家只是随便地胡闹。国立酒馆捣毁了，衙门的书记捉起来分尸了……整个莫斯科失掉了防栏,不给大贵族有反攻的机会,把邸第包围了。那时候,斗争已到激烈的顶点。无数的邸第焚烧了,没有人收拾的尸体乱堆在市场和街道上。四处传遍谣言,说大贵族们要合兵莫斯科,一举镇压叛乱。于是枪兵同逃亡的农奴又重新在枪头上举起请愿书,要求逮捕所有的大贵族,严加处罚,涌到克里姆林来。苏菲亚气得满脸苍白,走出红外廊:"这是陷害我们的、全无根据的谣言。我对十字架亲吻发誓,派军队来,我连想也没有想过。"她举起挂在胸头的镶钻石的十字架,大声叫道:"是公主马特威伊加造的谣言,她要陷害我们。"瘦弱的鞑靼人公主马特威伊加被人从外廊上对着枪兵队的枪尖推下去,喝一声"安静吧!"

马特威伊加被撕裂得粉碎,满足了愤怒的枪兵又一无所得地回去了……大帮的鸟儿被三天三夜轰动全莫斯科的乱钟惊起,高高地飞上天空。正在这个时候,决定了一个目无法纪的决议:杀死元首,彼得与伊凡同苏菲亚一同处死。但当莫斯科接迎第四天的晨光时,克里姆林已经空了,皇家同大贵族都逃亡了。恐怖的铁腕抓住了民众。

苏菲亚逃到科洛明斯珂村,向各郡县发出檄文,召集国民军。八月中,她遍历莫斯科近畿的村庄和修道院,在教堂的门口,流泪诉述身受的侮辱和破灭,伊凡·霍凡斯基同枪兵留驻在克里姆林。这期间,枪兵中发生了这样的念头:把出身名族、崇信古道的可爱的人物霍凡斯基拥上皇位一定可以成为一个亲民的皇帝。

贵族们贪着逾格的恩赏,勇敢地跨上骏马,二十万大军集中在托洛伊察·塞尔该伏。一方面,苏菲亚还在莫斯科近畿,鸟儿似的飞来飞去。她所遣派的骑兵队以史屈普加、奥特艾夫斯基为先锋,在九月夜明时分,突袭普西基诺村。在这村子里,带着枪兵队巡视莫斯科近村的霍凡斯基正宿在小岗上的渡斯营帐里。枪兵们天不知地不知地睡得正熟,突然从梦中惊醒,每个人都成了钢刀上的锈污。霍凡斯基只披着一件内衣,挥着钺从营帐逃了,米哈拉·脱尔妥夫一马当先,扑身过去,把霍凡斯基缚上马鞍,解到苏菲亚的领地伏士特潜斯珂村。戴胄披氅的重装的大贵族们并坐在近村运来的榻上。米哈拉·脱尔妥夫把霍凡斯基从马鞍上放下来,衣不蔽体的霍凡斯基跪在草上,为着自己的不幸和耻辱伤心地恸哭。贵族院秘书夏克洛维泰宣读罪状,霍凡斯基愤然叫道:"说谎,这不是我,如果是我,早把莫斯科化成血海了!"大贵族们决定不流这贵胄的血。华西里·歌里纯脸色比雪还白,他也是同霍凡斯基一起汲取该齐米诺维支的恩泽的,而现在,那些无名的后来者却在审判名门的大贵族了。伊凡·米哈洛维支·米洛斯拉夫斯基看出这动摇的情形,颤动着麻痕的脸,走到骑马者的身边,对史屈普加·奥特艾夫斯基低低地说了什么。史屈普加穿过村子,一口气飞马到苏菲亚的绸帐幕,然后,踢开着鸡雏和孩子,疾驰而来。"奉摄政殿下懿旨,即将公爵赐死。"华西里·华西里维支立刻离座,用绣花巾掩住眼睛。米哈拉·脱尔妥夫抓起霍凡斯基的头毛,在泥地上拖拽过去。霍凡斯基一声惨号,就在村边斩首了。

枪兵队失了统领,听到霍凡斯基被处死的消息,震恐地逃进克里姆林,关上城门,装好炮弹,等候着进剿。正和百年前被诺伏哥洛特的商人军包围莫斯科城时候的波兰人一样。①

苏菲亚在国民军卫护之下,急行到不破之城托洛伊察·塞尔该伏。华西里·华西里维支受命为全军指挥。于是两者便成为对峙之势,看哪一边先倒下来。终于,枪兵方面倒下来了,他们派代表到托洛伊察请愿服罪。于是,枪兵的自由便告终结。红场上的纪念碑拆掉,自由敕状收回了。以残暴得名的夏伊洛维泰受命为枪兵队的长官,许多枪兵队被调到各城市去。民众变得比水还静,比草还低,莫斯科的天空,俄罗斯的天空,重新低压着无望的静寂。岁月缓缓地流去。

二

在两边并列着邸第的女墙和大门的,黄昏的街道上,亚历克舍西加拼命地跑着,心头激跳得快将破裂,汗水糊住了眼睑。远空的红霞沉郁地照着车迹的水潭。在亚历克舍西加身后约离二十步的样子,靴子囊囊,赶上了酒鬼达尼拉·门西可夫。这一次,他没有拿鞭子,却拿了一柄寒光闪烁的短刃,"停下来! 我杀死你!"达尼拉厉声喝唬。亚历克舍西加早已逃得很远,爬上一株菩提树顶。

亚历克舍西加已经有一年多没见他的父亲,刚才在一家被人打劫之

---

① 17世纪初,波兰军占领莫斯科,后被波萨斯基和米宁的民众军逐出。

后放了火的酒馆子里，突然地觌面，达尼拉马上从儿子身后追来。那时候，亚历克舍西加和亚留西加虽然过着半饥半饱的生活，到底是自由自在的，在郊外的村庄，没有人不认识这两个孩子，大家都肯让他们借宿。夏天的时候他们在莫斯科附近的森林和小河边乱跑，捕捉歌鸟，卖给商人，又从田地里偷些草莓和白菜。他们也没有忘了捉熊训练的计划，可是这件事谈何容易，便只好钓鱼。

有一次，在洛西诺夫岛茂林中流出的清澈的耶柴河边垂钓，忽然望见对岸一个孩子托着头坐在那儿。白的长裤子翻出红的袜口，光亮的扣带束着一件绿色的非俄国式的长袍，是很生疏的服装。在身后不远，小岗上的菩提树林后，矗立着普劳勃拉潜斯克宫的栉比的屋顶，这些宫廷本来全身显现，炫目的美影映在河面，现在却树木丛生，显出荒凉的姿态了。

几个妇女在宫门边和草地上跑来跑去地叫唤，大概正在找那孩子。可是他躲在牛蒡草的浓荫里，气鼓鼓地坐着不动，也不答应。亚历克舍西加在蚯蚓上唾口口沫，隔河叫道：

"哎，你把鱼骇走了！等着，待我脱了裤子游过河来，请你吃一顿生活。"

孩子掀着鼻子嘘了一声。亚历克舍西加又叫：

"你这小鬼头，你是谁啊？"

"把你的脑袋砍了，你就明白啦！"孩子粗声地说。

这时候，亚留西加低低地对亚历克舍西加说：

"怎么啦，你，那是皇上呀！"把钓竿丢掉，就想拔脚逃走。

"慢着，你动不动就逃！"亚历克舍西加把钓丝投入河中，哈哈地笑着，望着孩子，"砍脑袋，你倒会吓人！你干吗不出声？人家在找你！"

"我故意躲开她们。"

"不错，你正是我们皇上吗？"

孩子并不马上回答，好似被他说中，不免暗暗惊心。

"是的，我是皇上，怎样呢？"

"没有怎样……你有没有糖果给我们吃？（彼得并不笑，凝视着亚历克舍西加。）好吧，你去拿糖果来，我出把戏给你看。"亚历克舍西加脱掉帽子，从里面拔下一枚缝针，"你看，这不是一枚针吗？你要看，我把这针刺进面皮，把线穿过，一点儿没有关系，要看吗？"

"你说谎!"彼得说。

"我画十字发咒,用脚画十字也有可能。"亚历克舍西加突然坐下,抓起赤脚,画了十字。彼得看着发愣了。

"皇上难道会替你们去拿糖果吗?"他吼着说,"我给钱,你刺给我看好吗?"

"给一个银圆,我刺三次,一点儿没有关系的。"

"你说谎的!"彼得被好奇心所驱,眨眨眼,站起来,从牛蒡草荫子里望了望宫殿的一边。宫女们还跑来跑去地叫着他的名字。

他走过通对岸的小桥来,跑到桥塊上,在和亚历克舍西加相去三步的地方站住。青青的蜻蜓在水面飘然地飞掠,水面上映着天空的浮云,和被雷击坏了的雏柳。亚历克舍西加面对垂柳树下的彼得,出起把戏来。用穿着黑线的针在面上刺了三次,一点儿也没有关系,只在面上显出三颗小小的黑点,一点儿血也没有。彼得注着猫头鹰似的眼睛。

"把这枚针借给我。"他自大地说。

"那么,钱呢?"

"好!"

亚历克舍西加双手接住扔过来的一卢布银圆。彼得拿起针望自己面上刺去。刺进去立刻又拔出来,忽地仰起蓬松的头发,哈哈地笑了。"不比你坏,不比你坏!"他把他们丢掉,望宫殿跑去,向大贵族们表演刺针术去了。

卢布是簇新的,一面雕着双头鹰,一面是苏菲亚的肖像。亚历克舍西加和亚留西加出生以来,从没有得到过这样多的钱。从此以后,他们常常到耶柴河边去,只在远远的宫墙边望见彼得的影子。有时候骑着一匹小马,后边跟着骑马的胖胖的太傅,有时打着铜鼓,穿着德意志式的长袍,在扛木大炮的少年们的前面行进,那太傅指手画脚地在一旁忙个不住。

"好没意思的玩意儿。"亚历克舍西加说着,坐在垂柳树下。

在夏尽的时候,他半欺带诈地花五十个哥贝从茨冈手里买到了一匹背脊像猪一般的瘦弱的小熊。挂上一个鼻环,由亚留西加牵着。亚历克舍西加唱歌,跳舞,和熊儿打架,招引观众。到了秋天,连日的淫雨,莫斯科的街道和广场都化成了没上膝髁的泥海,再没有献技的场子。带了熊又没有人肯让他们投宿。熊的食量很大,什么东西都被它吃光,而且准备过冬休息了，没有办法，眼看得只是损失，就把它卖掉了。到冬天，亚留西加尽量扮成可怜的样子叫起花来。亚历克舍西加在酷寒的天气，故意脱光了上身，在弗罗尔和拉佛教堂门前跳舞，他装着聋子、中风病和白痴，许多人都肯给钱。不消怨天怨地，无灾无难地过了冬天。

大地又重新干燥，草木披上绿衣，小鸟儿歌唱，春天回来了。他们便忙起来，晨曦初露时，在多雾的河上钓鱼，白昼在市场中徘徊，傍晚，在林丛中张网。亚历克舍西加遇到每个人都这样关照他："当心点儿，你老子在找你，他早把整个莫斯科都找遍了。"每次听了这话，亚历克舍西加从牙齿缝里挂下三尺长的口水，可是，却突然地碰面了……

亚历克舍西加一溜烟逃到老白司孟拿耶街，腿子有点儿别扭起来，连回一下头也来不及，身后的靴声愈来愈近了。他听见达尼拉急促的喘声。完了！亚历克舍西加叫了一声"救命！"

这时候，从那以酒馆出名的拉士格略伊横街跳出一辆高朗而轻便的马车，一并排两匹马，快步地疾驰而来。上边坐着一个长袜阔帽的德意志人。亚历克舍西加立刻回身跑向车轮，攀住轮轴，爬上车身后边的车夫座上。达尼拉一眼瞥见，"停下来！"大喝着叫。德意志人举起马鞭一鞭抽去，达尼拉来不及叫骂，就跌进泥潭里去。马车跑掉了。

亚历克舍西加坐在马夫座上，喘着气抚胸口，一心只想离得更远些。穿过波洛夫斯该门，马车折进平坦的大道，增加了速度，一会儿，驰到了高栅栏旁边。一个外国人走出门来询问，马车中探出一个教士似的长头发来，没有胡子的脸答了一声："法兰茨·莱福忒。"门打开来了，亚历克舍西加知道来到了德意志人的侨民区谷古。车轮在沙地上沙沙地响。从小巧的屋舍的小窗子，低坦和剪齐的幼木立在沙道的木柱顶的玻璃球上，射出诱人的灯火来。屋前花坛上，开着白色的草花，发出一股莫名的芳香。四边的长椅和外廊口，坐着头戴毛织圆帽的德意志人，嘴里衔着长长的烟斗。在晚雨新晴的凉爽空气中，听到谈话的声音，四处传出吹笛和梵婀玲的乐声。

"啊哟妈呀，过得真舒服。"亚历克舍西加这样想着，从马车背后向周围眺望。灯火使他的眼睛炫耀，通过一口方池。池边，绿色的木钵并栽着圆形的植木，几盏燃耀着的路灯，映照着池中几艘小舟。小舟上坐着几个袒胸露臂的妇女，把裙子掀得高高的恐防弄皱，笑闹着，唱着。在近处的风轮底下,一个酒排间,在俄国所谓酒馆的灯火灿烂的门口,几对男女在携手跳舞。

德意志步兵在四处闲步,他们在克里姆林那么沉默严肃,在这儿却散开着上衣的纽扣,也不带枪,互相挽着臂膀,唱着歌,自由自在地谈笑。在这儿,一切的人都安静而和蔼,好像另一个世界,使人想往他们的眉头上吐口水。

忽然,马车驰进园子里,中间一口小小的池塘,池水起着涟漪。远远地望见白色的圆柱、红砖的屋院。马车停下来,长发汉子从车上跳下,看着从马夫台上跳下的亚历克舍西加。

"你是谁? 你做什么,从哪儿来的?"他硬声硬气地问,"回答我,你是小偷吗?"

"我是小偷? 我要真是小偷,你就打死我。"亚历克舍西加抬起鼻子,大胆地望着对方小嘴上浮着微笑的无须的脸,"在拉士格略伊老子拿着短刀子追我,你不是看见的吗?"

"啊,是了,见到的。我真奇怪:大人为什么追小孩……"

"老子要杀死我,求求你,伯伯,收留我吧!"

"收留你,你会干什么?"

"我任便什么都会。第一是唱歌,要唱得多好就多好,长箫、芦管、鼻箫什么都来,玩把戏就玩把戏,包你笑得肚子疼。讲到跳舞,整整跳一天一晚,也不淌一滴汗。你叫我干什么,我都会干的。"

法兰茨·莱福忒抬起亚历克舍西加的尖下颏,似乎有点儿会意了。

"啊,你这乖孩子,拿点儿肥皂来,把身体洗一洗,你看你多么脏! 我还给你衣服……你好好儿干活……要是你偷东西……"

"我绝不丁傻事,瞧我,不是很聪明吗?"亚历克舍西加说得很决绝,莱福忒相信了。对德意志马夫吩咐了亚历克舍西加的事,便吹着口哨,提起步子走上梯步去了,跟跳舞一般。近处的湖中,传来一片音乐声,德意志的妇女们正在快乐地喧闹。

三

"好吧,就这样算了,尼基泰·摩塞维支,别叫孩子头痛……"

当娜泰丽亚·基丽洛芙娜说了这话,彼得马上丢开了正读着的《使徒行传》,用满染墨水的手指急急地画了十字,也不等太师太傅尼基泰·摩塞维支照例低头行礼,便向正要把孩子留住的母亲的小手接了吻,把那些躲在普劳勃拉潜斯克宫暗角里的老婆子们惊得目瞪口呆,提起粗暴的脚步,走过许多走廊和楼阶的响亮的梯级,跑去了。

"帽子,帽子,别把脑袋晒坏了!"太后从身后颤声地叫唤。

尼基泰·曹多夫好似在教堂中一般,扮着严肃的脸,直立在太后的面前。脚蹬软皮的长靴,身穿薄呢暗色的"拂略齐",头发梳得精光,一副整洁的身装,后领襟高出头上。软软的嘴唇和长髯蓬松的典雅的脸,过于严肃似的,微微地仰向着。他是一个忠臣,除此以外就没有什么可说了。如果命令他:尼基泰,冲上短剑去,他就会对着短剑冲上去。在这一点,他是比狗还忠心的,但是受尽了人生的折磨,是一个完全失掉欢乐的人了。当彼得那样倔强少年的傅保,再没有比他更不适宜的人了。

"你,尼基泰·摩塞维支,叫这孩子多读点儿《圣经》吧!转眼间,便得娶媳妇了……走路都还不稳重,跟下流人一样只会乱跑乱闯。嗯,你瞧他的样子!"

太后望着窗外,无力地拍了拍手。彼得慌手忙脚地在园子里趷跄着跑,一群搞着枪和长柄斧头的高身干的青年好容易追上了他。那些都是宫役们的儿子,筑在宫殿前,当游戏用小堡垒的土堆上,一并排地站着村子里叫来的老百姓,戴着阔边的德军帽,而且依照命令,嘴里还衔着烟斗。他们举起害怕的目光,望见奔跳而来的皇上,早已把应该怎样做的事忘得干干净净。彼得发出雄鸡似的声音,愤怒地叱骂。娜泰丽亚·基丽洛芙娜望见儿子疯狂的圆眼,不禁感到悚然,他跑到堡垒顶上怒气冲冲地举起枪来打着一个在游戏队中缩了颈子的老百姓。

"简直是发疯了,不会把人打死吗?这脾气到底像谁呢?"娜泰丽亚·基丽洛芙娜低低地说。

游戏又重新开始,搞着枪的长身的青年们排好了队,说是完全不明白自己的命令,又发起怒来。更糟的是,当他一兴奋的时候,就性急得舌头都拌不转来,说起话来变得期期艾艾,好像想说得更多更快似的。

"他做什么脑袋一震一震地动着!"娜泰丽亚·基丽洛芙娜怯生生地望着儿子自言自语。突然,两手掩住了耳朵。堡垒上的老百姓拖出桎木造的大炮,开始轰击起来。这大炮依照娜泰丽亚·基丽洛芙娜严厉的命令,是用柔软的东西,如熟萝卜、苹果之类当炮弹的,一会儿,老百姓举起两手来表示投降。

"不准投降,打呀!"彼得摇着头巡阅,"懒鬼!重新,重新来过!"

"尼基泰·摩泰维支把窗子关上,真闹得头痛了。"娜泰丽亚·基丽洛芙娜说。

关上了带颜色的玻璃窗子,娜泰丽亚·基丽洛芙娜低倒了头,轻轻地动着手指,拨动手里贝壳造的神圣的亚芳念珠,渐渐地安静了起来。在这悲哀的以泪洗面的几年之间,娜泰丽亚·基丽洛芙娜已经苍老了许多,只有眉毛和有时像火一般燃烧的黑眸,还令人想起当年的风韵。永远穿着黑衣,披着黑巾,使人想起玛丽·娜格雅皇后和薄幸的特米脱利同住在乌格里契时的情状,只希望那样的灾祸不要在这儿降临。苏菲亚摄政正焦心地等待着和歌里纯结婚,登上皇位的欢乐的日子,她已经叫德国工匠定造皇冠了。

普劳勃拉潜斯克宫静悄悄的没有人声,只有宫女们踮着足尖走来走去,阴暗的角落里,乳母和保姆们悄悄地低语。彼得从褓褓之中就这样地长大起来,他最讨厌那种婆婆妈妈的气味。看见保姆手提烛盘,沿着墙壁走来,便哗地吓唬她们,害得那些老婆子跌跌跄跄地逃进壁橱后去。

这儿也没有大贵族,他们住在这儿,既不会得名,又没有利益。大家都望近太阳的地方挤,聚在克里姆林。苏菲亚总算命令了米哈拉·亚莱古可维支·乞尔加斯基公爵、碧可夫公爵、托洛艾库洛夫公爵、波里斯·亚历克舍维支·歌里纯公爵等四位大贵族,侍奉彼得皇帝的宫廷,可是也没有重要的任务。在外廊下慢慢地跨下马背,在娜泰丽亚·基丽洛芙娜的手卜接吻,便裹着皮毛外套,戴着一亚尔洵①高的帽子坐下来,默默地叹口气。对于落冷宫的皇太后,也找不到什么话题。彼得跑进屋子里,大贵族也不当他是皇帝,行了敬礼,问候一声起居,就重新戴上帽子,坐下来,摇摇头。近来陛下可玩得太凶了些。瞧,脸上搔了伤疤,手这么皴裂,这太不成样子了。

"喂,尼基泰·摩塞维支,听说靡溪西支地方有一个叫伏洛皮哈的女

---

① 一亚尔洵相当于二尺二寸余。

55

人,会用克华水的残渣占卜,非常灵验呢!"娜泰丽亚·基丽洛芙娜说了,"叫她来好吗?不知怎的,心里非常不定,是不是有什么祸事会来呢?"

"陛下,那种没有意思的女人,她能卜什么吉凶?"曹多夫声音清脆地慌张地回答,"伏洛皮哈要是真懂得吉凶,她就得被人撕烂了呢!"

娜泰丽亚·基丽洛芙娜伸起纤细的指头招了招,曹多夫提起软靴轻轻地走过来。

"摩塞维支……刚才枪兵的寡妇在厨房里拿了一节子草莓来,说是听到苏菲亚在宫里公然地说:'那时候,枪兵们没有把母狼小狼一起弄死,真是可惜了!'"

娜泰丽亚·基丽洛芙娜嘴唇微微地发颤,包着黑巾的叠颏抖索着,大的眼睛里满含着泪。

要怎样回答?要怎样慰劝呢?大家知道苏菲亚的手下有枪兵队,全部国民军又是苏菲亚的一党。可是在彼得的手下,却只有三十名顽皮孩子的游戏队,和装着萝卜的木大炮……尼基泰茫然地张开两手,仰起了脖子不碰到硬襟上。

"去叫伏洛皮哈来吧!"娜泰丽亚·基丽洛芙娜说,"她就是照命直说,也没有关系,要不然,心里更加害怕。"

闷人的夏日的长昼,天空浮着白云,但在耶柴河的顶上,没有一星斑点。闷热。苍蝇嗡嗡地飞来飞去。透过晴霭,远远地望见莫斯科市内苍翠的园庭、无数的圆屋顶、堡垒的塔尖等等。稍近是谷古德意志教堂的尖塔和风轮,鸡声喔喔地啼着,催人欲眠。厨房里传来庖刀的声音。

当亚历克舍·米哈洛维支在世的时候,从普劳勃拉潜斯克宫传出喧笑的声音、人群和马嘶,经常举行着宴乐。还常常举行狩猎、熊猎、赛马之类,戏场里演着喜剧。可是现在,宫里长满着牛蒡和荨麻。剧场的大门钉上了板,马厩是空的。生活是过去了,只有静悄悄地拨着念珠。

窗子上砰砰地响,曹多夫打开门窗探出头去,彼得像个乡下孩子,满身污泥和热汗,站在菩提树下。

"尼基泰,快发一道圣旨。那些乡巴佬没有一点儿用处,又老又呆,不堪指挥……快点儿!"

"发什么圣旨?"

"派一百个强壮的青年农夫……限即刻办到……"

"好，我写吧，叫农夫做什么事？"

"做战争游戏……顺便还要不会毁坏的枪、火药……还要可以轰击的铁大炮。快，快，我来署名，派一个急使！"

娜泰丽亚·基丽洛芙娜拨开菩提的树枝，探身到窗外：

"彼乞尼加，你这战争游戏也玩得够了，坐到我身边休息一会儿吧！"

"妈，等会儿！"

他跑掉了，娜泰丽亚·基丽洛芙娜望着儿子的背影，轻轻地叹了一声，曹多夫画了十字，从衣袋里拿出鹅毛笔和小刀子，轻轻地削了笔尖，用指甲试一试，然后又念着祷告的词句，画了十字，抢起衣袖坐下来用半花体字母书写起来："奉天承运，全大俄罗斯、小俄罗斯及白俄罗斯诸强光明普照，威风凛然大君主，我是彼得·亚历克舍维支大公。"

娜泰丽亚·基丽洛芙娜挺无聊地随手拿起彼得的练习簿来看，是算草簿，页上满是墨水渍，曲折歪斜的字体，写得一塌糊涂："加减法……负债多，例如我的所有金比你的债少，必须扣除时，应付若干？即以负债数写在上面，以所有金数放在下面，从上数中减去下数。例如二减一余一，先在上面写一二字，一字下加一横线，横线下写余数，即答案。"

娜泰丽亚·基丽洛芙娜打了一个哈欠，觉得必须做一件事情，可是又不明白是什么事情。

"尼基泰·摩塞维支，我忘了，今天有没有吃过昼饭？"

曹多夫放下了笔站起来，低下了头："陛下刚睡过午觉醒来，昼饭已经用过了，用的是莓酱、糖煮梨、修道院的蜂蜜。"

"对啦，已经快近晚祷的时候了。"

娜泰丽亚·基丽洛芙娜忧伤地站起来，向寝殿走去。寝殿已点上了灯，那些看了叫人讨厌的食客的妇人们，坐在墙边披着罩子的柜上，小声地说着私语。看见娜泰丽亚·基丽洛芙娜进来，一齐站起来，跟软骨头和抹布一般，恭敬地弯下腰来。太后在圣像底下高靠手的威尼斯椅子上坐下，红眼沿的侏儒孩子似的哭着，从床底下爬出来，躺在她的脚下，好似受了食客们的欺侮了。

"怎么啦，讲一个梦吧。有人看见过独角兽吗？"娜泰丽亚·基丽洛芙娜说。

宫中教堂的钟楼，缓缓地响起报暮的钟声。领地窄小，门族不高的大贵族的子弟们,蹒跚着睡昏了的腿子,擦着浮肿的眼皮,在楼梯间出现。这是一些受苏菲亚的命令服侍彼得的近侍。华西里·伏尔可夫也是其中的一个。他的父亲在宫门口三跪九叩首才替儿子谋得这个位置。生活很舒服,吃得好,俸金每年六十卢布。不过闷得慌,近侍们的工作差不多就是一天到晚睡觉。

晚祷的钟声响了。到处找不到彼得的影子,近侍们在宫前、宫后、草原,甚至河边到处都找遍。娜泰丽亚·基丽洛芙娜派二十二名嗓音高大的乳母相帮找寻。到处找,到处喊,依然找不到彼得的所在。淹死了吗?近侍们的睡气消得无影无踪,重新出发。跳上骒马,散开到黄昏的田野,提高了嗓子叫喊。宫殿中黯然失色了。妇女们急冲冲地互相低语:"这一定是苏菲亚的把戏,刚才看见一个陌生的汉子在宫殿旁边徘徊。有人看见他靴筒里藏着一把短刀,陛下一定被他刺死了。"娜泰丽亚·基丽洛芙娜听见了这种不祥的私情,发疯地跑出外廊。灰暗的野外,渐渐地罩上了雾气,水虫在池塘里鸣叫。远远地在苏可里尼契的针叶树林上,现出了湿漉漉的钻石似的星儿。娜泰丽亚·基丽洛芙娜的胸头像刀穿似的疼痛,她绞紧着两手叫道:"彼乞尼加,我的孩子!"

华西里·伏尔可夫拍马沿河边跑去,冲着了一群围火的渔人,渔人们慌忙跳起身子,煮着钓针的铁锅倾翻在火堆里,伏尔可夫喘着气问:

"老百姓没有看见皇帝吗?"

"刚才坐着小船去的不就是他吗? 好像是划到谷古那边去的,到德国人那儿去找找看吧!"

侨民区的门还没有关,伏尔可夫瞥了一眼守门人。望着许多德国人聚在一处的地方,疾驱过街上。从马背上望去,看见彼得站在一个像火鸡似的披开短褂、长头发中等身材的汉子身边。这汉子一手握着芦杖,一手抓着帽子挥舞,毫无礼貌地笑着,在跟彼得讲话。彼得绞着指甲,侧耳静听。周围的德国人也都是很放肆的样子。伏尔可夫从马上跳下,分开人群,走到彼得面前,跪到地上:

"陛下,太后正在挂念您,非常担心。快要做晚祷了,请您无论如何回宫去吧!"

彼得生气地别转了头:

"不,你回去!"伏尔可夫还是跪着,仰起脸倔强地望着他。彼得恨得发起狠来，一脚把他踢开："滚开，奴才！"

伏尔可夫蹙着脸，低身叩了一个头，也不顾德国人哄笑，翻身上马，向娜泰丽亚·基丽洛芙娜报告去了。一个穿着背心、戴着毛织圆帽、拖着绣花拖鞋、血气红润、下颏堆叠的和气的德国人，一瞥见年轻的皇帝，便从酒排间走出来，那是酒排间老板约翰·蒙思。他从嘴里摘下瓷烧的烟斗：

"皇帝喜欢在我们这儿，不愿回宫，在我们这儿挺开心的。"

周围的德国人也都去了烟斗，和气地笑着点头：

"对啦，在我们这儿挺开心的。"

于是更上前一步，听着披漂亮卷曲的假发的风流汉子法兰茨·莱福忒，跟孩子气的长颈长身的皇帝谈话。彼得是在耶柴河边遇见了莱福忒，乘上重重的舢板船的。仆人们响动着橹轴，胡乱地划着桨子。彼得抱着膝头坐在船头上，映着晚霞的瓦屋顶、尖塔、修剪整洁的树梢，飘着风向旗的风轮，鸽舍等等，慢慢地近来。从谷古传来一片热耳的乐声。彼得好似亲眼看见了卧在摇篮里的时候，保姆常常给他讲的远远的地角上的童话中的王城。

在河边的瓦砾堆上，走来一个穿着阔襟丝绒上褂、佩剑、戴三折黑帽的汉子。这就是法兰茨·莱福忒上尉。彼得在克里姆林接见外国使节的时候，曾经见过他一面。莱福忒拿芦杖的左手缩入胁下，脱帽后退，向彼得行礼。黑褐色的假发披落额上。他直起腰来，启唇微笑，用生硬的俄国话说：

"请您随便谈谈吧！"

彼得伸长颈子，好似见了奇物，注视着他。他是那么圆通快乐，没有人可以比肩。莱福忒把卷发一甩：

"我可以请您看磨鼻烟，椿黍子，推动机器的，在很大的木桶中汲水的水车，也可以请您看挽臼的轮子，中间有一只狗子打圈。酒排老板蒙思的家里，有一只音乐箱，盖上有十二骑士和贵妇跳舞，跟真的完全一样，还有指甲那么大的一对小鸟，这小鸟叫起来跟夜莺一样，尾巴和翼翅会动，这全是用机器装置出来的。此外还有望远镜，望进去可以看见月球，月球表面的高山和陆地。药房里还有一个用酒精浸着的女的婴儿，脸子横大一倍半，直径四分之一，遍体生毛，手足只有两个指头。"

彼得的眼睛好奇地张大起来，他闭紧了小小的嘴，沉默着，他想走上了岸，自己这长胳臂，长身干，一定会被莱福忒嘲笑。他赧然地响着鼻息，直到船靠了岸还有点儿迟疑不决。快乐的美男子,和气的莱福忒便跨进水里去,拉了指甲上有牙痕,满是伤疤的彼得的手,按放在自己的胸口:

"啊,我们那些和善的德国人,能够拜见皇上,将多么的高兴呀!他们会把许多有趣的玩具给您看的。"

莱福忒真是一个利巧精细的汉子。彼得和他并着肩,挥手挥脚地走到侨民区的门口,才定了一定神。在那儿,他们两个被胖胖的血色红润的德国人包围起来,每个人都想请彼得看看自己的屋子,挽臼和中间有狗的轮子,和有着沙石小径,林木修剪整洁没有一根杂草的园庭。莱福忒所荐的精巧的细工品,全部都见到了。

彼得完全惊呆了,不断地问:这是什么?这做什么?这怎么做的?德国人点着头赞叹:"青年皇上什么都要弄明白,真叫人佩服。"最后到了方池,天气已经阴暗,从酒排间开着的门口漏出灯火的光,映在水面。水面上浮着因无风而落下小帆的小船。船中坐着身穿玫瑰花一般白色的美服的年轻的少女,发髻上戴着花儿,露裸的臂腕抱着琵琶。彼得大为惊奇,不单不觉得可爱,甚至有点儿害怕起来了。少女屹立在薄暗之中,把盖世无双的美貌面向着他,弹奏着乐器的弦子,以嘹亮的声音懒懒地唱着德国歌。许多人听着这绝妙的歌声,都喘着鼻息叹赏了。在修剪成绿球和圆锥形的林木中,白色的烟叶花飘散甜蜜的香味。为一种莫名其妙的恐怖,彼得的胸别别地激跳起来。莱福忒说:

"这姑娘唱的歌是向皇上表示敬意。那位漂亮的姑娘是富裕的酒商约翰·蒙思的女儿。"

约翰·蒙思嘴里衔着烟斗,快乐地举着手臂向彼得打招呼。莱福忒迷人的声音在耳边低语:

"这会儿,那酒排里有好多姑娘在跳舞,还放着 Feuerberk,那就是烟火。"

在阴暗的街道,飞来急促的马蹄。一队近侍带着太后"即刻回宫"的严旨。这一次,可不能不奉命了。

四

有一个到过克里姆林的外国人,带着很惊奇的神情说,这儿的宫殿,跟巴黎、维也纳、伦敦、华沙、斯多克霍姆等等完全不同,很有一点儿商店账房的模样。没有纯粹的娱乐,不开跳舞会,没有竞技,甚至音乐之类最低的享受也没有。穿着锈金皮外套的大贵族,声名煊赫的大公、大官们,躲在克里姆林宫寒蠢的角落里,所谈的只是大麻、钾、鱼油、杂粮、皮革之类的交易。争论着市价,互相叫骂,然后叹一口气,发发牢骚。土地那么富裕,什么出产都有,做买卖却完全外行。大贵族的世袭领地那么广大,输出品却什么也没有。黑海被鞑靼人霸占住了,波罗的海又过不去,中国隔得那么远,北边完全在德国人、法国人的手里。想夺取海口,可是力量不及。

俄罗斯人是那么懒,莫斯科的邸第四边围上结实的大门和防栅,像熊一般躲在洞穴里,一天做三次祷告,大嚼四次,借身份和卫生的口实睡午觉。剩下一点点时间,大贵族到宫廷去服务,等待皇帝的差遣。做买卖的也只知道坐在椅子上叫唤过路人,跟衙门里大秘书办公一般。相反地,嘴头却非常啰唆、倔强,自矜俄罗斯(从波兰到中国)领土的广大,称赞唯一无二的真实的信仰。

"从前华西里·伊凡诺维支大公的时候,土耳其人侵略蔡莱格拉特①。从此以后,罗马的双头鹰飞到我国,莫斯科的总主教成为全世界教会的首长。莫斯科变成第三罗马。在我们眼里看来,天主教徒也是异教徒。他们吃过的食具,跟狗吃过一样,吃后必须洗过。"他们自傲祖先的行为,"我们要保持过去的光荣,不要忘了,以前的莫斯科比现在要大两倍。伊凡雷帝用铁兜汲饮尼罗河水,把里芙兰烧成灰炉,以武力从纳亘河进兵到里迦。从前,波罗的海也是属于我们的,只因我们触犯神明的逆鳞,才不属我们所有了。"

俄国人就这样地任意想象着,连连地搔着腰腹,无尽无穷地喃喃不休。这期间,到了一件意外的大事件,佳运飞来了。波兰王扬·索倍斯基派了大使节到莫斯科来,请求联盟对付土耳其。异教徒的土耳其人迫害基督教徒,这是不容忽视的。而正教徒的俄罗斯人却跟土耳其的苏丹、克里米亚的汗缔结和约,是太不合理了。波兰婉曲地谈判,莫斯科方面马上悟到波兰正陷在苦境中,这会儿同他们谈交易,正是最好的机会,因为

---

① 即君士坦丁堡。

波兰正要跟奥地利皇帝联盟,脱出土耳其的羁绊,另一方面又正在瑞典的威胁之下。震骇奥地利帝国,化为无人之境,使德意志四分五裂的那场伤心惨目的三十年战争的记忆,还在世人的头脑中留下活鲜鲜的印象。波兰是决不能让它并入瑞典的版图的。海上霸权操在法兰西、荷兰、土耳其等国的手里,北方波罗的海的全部海岸正被瑞典控制。所以波兰的企图是很明白的。借俄罗斯军的武力,从土耳其人伸出的手中保卫乌克兰的原野。

"掌玺大臣兼国交部长官,诺夫格洛特卫戍总督!"华西里·华西里维支·歌里纯要求波兰返还基也辅,"请返还自太古以来为我帝国疆域之基也辅及诸小城,则当于明年遣派精锐到克里米亚与汗作战。"波兰争执了三个月,说:"要我们交出基也辅,宁使玉碎。"俄罗斯方面不慌不忙坚持自己的提议不肯让步,把古俄罗斯开国年代记,背诵给波兰方面听,换过了议席,重新谈判了。

扬·索倍斯基在倍萨拉比亚被土耳其打了败仗,哭丧着脸,签订了与俄罗斯永久友好,返还基也辅及诸小城的条约。这是巨大的成功,毫无让步地完成了。但是得召集军队,与土耳其的汗作战。

尘沙卷起烟柱,沿着鄂霍特纽街市飞舞。白热的灼燃的太阳高悬在莫斯科的天空。酷热,成群的大队的苍蝇,秽臭。癞皮狗咬着市场的弃渣,从车轮底下跳出来。混杂在懒洋洋褴褛的人群中,苦行教士叫唤着,叫化鼻声地求乞,盲人望着不见的街道,哀声大呼。

但是邻近这街市的歌里纯府,却清洁而典雅。从屋顶直到地面屹着的铜墙,又热又光亮。门内的波斯地毯上,有两名戴铜盔穿皮筒靴的高高的步兵守门。另外两名守卫镀金的内门口。门外的平民茫然出神地望着卫兵气色红润的脸,铺着五彩砖石的大院,和系着四匹棕马,全部玻璃镶嵌的华丽的厢式马车,摄政苏菲亚的保护人兼爱人的铜光灿烂的馆舍。

华西里·华西里维支正在这难受的酷热空气中,坐在近窗口的凉椅上,和华沙来的外国人特·纳维依用拉丁语谈话。客人披着假发,穿着路易十四时代新流行的法兰西装。华西里·华西里维支没有戴假发,也穿着法兰西装——长筒袜,红皮鞋,钉丝绦的短短的丝绒裤子。肚皮上面跟丝绒短褂的肘钩间,露出缀花边的薄绸的内服。腭髯已经剃去,只舍不得似的留着口髭。身前的法兰西式小台子上,放着纸卷、册页、羊皮面的拉丁文书籍、地图、建筑设计图之类。镀金的墙壁上,挂着歌里纯公爵府历代祖先的神容,用新名词说便是肖像画,和一幅镶嵌在华丽的威尼斯式镜框中,两爪抱着苏菲亚肖像的双头鹰的画。糊着法兰西花纸的环臂椅,罩着意大利式锈金的环臂椅,图案画的绒毯,几架壁钟,波斯武器,铜地珠仪,英国寒暑表,银的烛台和枝形烛插,精装书,圆穹上绘着金色、银色、碧蓝色的天文图之类,在镜面、屏风和门上映出无数的影子。

来客满心感佩地眺望着室内半亚半欧式的装饰。华西里·华西里维支叠着两腿,得意地微笑着,拨弄着鹅毛笔谈话(只在有时说不上拉丁话的时候,就用莫斯科话讲)。

"当先帝费亚特尔·亚历克舍维支的时候,我就向陛下献过一个手折,主张采用德国的编制厘定我国的军制。现在我正在考虑彻底改革军事,我可以对您解释,特·纳维依先生。我们的国家在基本上以两个阶级,劳力阶级与官吏阶级,换句话说,就是农民和贵族构成的。这两个阶级都很贫穷,国家不但不能从这两大阶级收受利益,一不小心,还有濒于破灭的危险。能够把领主从农民分离,那就求之不得的幸运了。为什么呢?因为目前的领主,只是一味地贪婪,从农奴身上做无厌的株求。所以农民困苦,领主困苦,而国家也困苦了……"

"这是一针见血的高见。"特·纳维依说,"但公爵准备怎样解决这个难题呢?"

华西里·华西里维支笑了一笑,从台子上拿起他手书的《论公民生活及全民万事之革新》的摩洛哥皮的手册说:"使全体人民富裕,是一个巨大的难题。"他读起手册来:"'数百万亩之土地,正委十荒芜,此等土地,必须加以耕种。家畜亦必须使之繁殖。应淘汰俄产之瘦羊,而代之以移殖英产之细毛羊。引起人民对于一切实业及矿产之兴趣,予以应得之利益。废止大量不胜负担之人头税、徭役税、租税、纳贡之属,课全民以计口分摊之适当赋税。是则必须没收领主之土地,分配于自由农民始可。而最要者为解放终身奴隶,以减少奴隶之数额,并使全民众不在任何人之下为终身之奴隶。'"

"相国"特·纳维依叫唤了:"为政的人能够具有这样伟大而决定的

计划,历史上真还不曾有过先例,(华西里·华西里维支伏下眼睑,枯燥的脸上一阵红晕。)但贵族能够毫无怨言,很和平地把土地交给农民,把农奴解放吗?"

"领主可以得到津贴金,做土地的代价。军队只准由贵族招募,兵役只由奴仆、徭役民担任。农民可以专心自己的业务。贵族在国家服务,不取封地与农奴,可以增加津贴金。国库从一般土地税的收入,征取这笔用款,因此国库的收入一定可以增加到两倍以上。"

"我简直好像听到古代哲人的话了。"特·纳维依低低地说。

"贵族的子弟、青年,必须去波兰、法兰西、瑞典等国留学学习军事。同时必须设立学士院。我们必须学习技艺。爱好勤劳的农民,让他们移地垦荒。那么,野蛮的民众将能够读书识字,污秽的茅舍将变成石造的宫殿,弱者将变成勇士。而且我们还要使贫儿变富人。(华西里·华西里维支向窗外瞥了一眼,尘灰、毛屑和草片被风吹起,在街上飘舞。)街道铺上石级。用石块和砖瓦建造莫斯科,在这贫苦的国度上面,灿耀着智慧的明光。"

他没放下手里的鹅毛笔,离开椅子在绒的地毯上来回地走着,一件一件地对来客讲述着自己的奇想。

"英国的人民用自己的手废除了不合理的制度,过深的仇恨以致犯了杀国王的大罪。这太可怕了,所以我正希望普及万民的福利。倘使贵族们要彻底破坏我们的计划,那我们不惜用暴力打倒他们的顽固守旧的……"

谈话中途被打断了。一个穿制服的仆人睁着战栗的眼睛,蹑着脚尖轻轻地走过来,在他的耳边说了什么。华西里·华西里维支的脸色陡然紧张。特·纳维依已经见到,拿起帽子告辞,退向门口。华西里·华西里维支从胸口底下圆圆的挥着戴指环的、掩着花边的手,回了礼,送上去。

"这么早就回去,真抱歉了,特·纳维依先生。"

屋子里只剩一人的时候,他向镜子里照了一照,履声橐橐,快步地走进寝室去了。

顶上饰着鸵鸟毛,四周围着绯色绸帐的双人床上,摄政苏菲亚把头斜靠卷纹花柱坐着。她照平常一般,坐了放下窗帷的厢式马车,从后门悄悄地进来。

五

"苏纽西加,你好,亲爱的!"

她不回答,抬起不快的脸,以碧绿的男性似的眼注视着华西里·华西里维支。他不明白怎么回事,停下脚步,不向床边走去。

"发生了什么不好的事吗,公主?"

这年的冬季,苏菲亚秘密堕了胎。口边生着强韧筋肉的肥脸已没有以前那样的红晕,忧心、烦恼和不安的影子深深刻镂在她的神情之中。虽然依旧穿着处女似的华服,身体却已胖胖的,显出妇人的样子,耐得住激越的情欲了。她苦闷着,不得不对人隐瞒和华西里·华西里维支的恋爱。纵使到最卑贱的洗碗女为止,已没有一个不知道的人,而且现在"情夫"这一罪孽而羞人的名词,已换成"骑士"这一体面的外国语了,但是不依照法律,也不举行仪式,又并没有婚约,而把这已非年轻的身体委之于一个虽然相爱而事实是属于他人的男子,到底也不是什么漂亮的事情。本来一到春天,竭尽女性全部的努力,在甜蜜的阵痛之后,便产出爱的结晶,但现在却堕了胎了,何况她对华西里·华西里维支的恋爱,也不是什么轻易的事情,如果是十六七岁的小姑娘,当然也不在乎,而她已是这么大的年纪。不绝地受着不安的驱迫,瞒过了人眼,无休无息地眠思梦想,夜夜在被窝里流着哀愁的眼泪。有时,喉头塞上憎恨的块:为了他受这样的苦,为了他杀害自己的亲骨血……而他却显着那么冷淡,那么无情的神气。

苏菲亚坐在两脚高悬的高高的大床上,穿着重衣的身体感到遍体的热汗,恨恨地注视着华西里·华西里维支。

"打扮得多可笑啊!"她说,"这是什么?法兰西装?好像不穿裤子呢,跟女人的服装一样,会给人家笑话啦!(她背过脸去,叹了一声。)啊,总是,总是,我的先生,我总是很少有高兴的事情。"

近来,苏菲亚常常抱着幽暗的绵绵的情思到他那儿来。华西里·华西里维支知道:她的身边有两个婢女,整天在宫殿里躲来躲去,偷听大贵族们的谈话和私议,当苏菲亚退回寝宫的时候,一一报告。恶毒的谣言在莫斯科盛行起来,宫殿里也听到了风声。

"管他做什么呢,反正没有好话,用不到放在心里。"华西里·华西里维支劝她。

"不去管他?"她的手指轻轻叩着床柱,恨恨地开口说,"你知道是什么谣言吗? 人家说我们政治无道,不能有什么成就……"

华西里·华西里维支耸了耸肩头,口髭微微地颤动。苏菲亚斜眼看他:唉,漂亮的男子! 唉,使我受难的冤家! 可是,多懦弱,身体跟女人一样,还穿着花边衣。

"实在是,我的先生,你念了很多书,又写作了很多,你有聪明的头脑。这个你自己也明白……昨晚公毕以后,舅父伊凡·米哈洛维支说你:'华西里·华西里维支把他写平民农夫的手稿读给我听,我真有点儿惊奇,他好像有点儿神经病呢!'大贵族们就捧腹大笑了。"

华西里·华西里维支脸红得像个姑娘,掩在长睫毛下的琉璃色的眼睛陡然一瞪:

"我写的东西,他们哪里会懂!"

"但是这怎么成呢? 没有一个懂事的臣子……你不要表露出来,暂时忍耐一下。就是我,也很想跟波兰的王妃一样,发狂地跳舞,在舞台上演奏喜剧……我没有同你讲过,我翻好了一部莫里哀的喜剧,我没有告诉谁。告诉他们没有用,他们会把你当异教徒的,连总主教也会皱眉头呢!"

"我们好像生活在一群怪物当中。"华西里·华西里维支低低地说。

"那么,你能不能脱掉这花边衣和长筒袜,披起行军的大氅,握起军刀,建立武功?"

"什么? 又在谈可汗的事了吗?"

"现在大家的念头就只是攻打克里米亚这一件事,这是不能逃避的。亲爱的,去打胜仗回来吧,那时候,事情就好办了,那时候,你便是强中之强。"

"得啦,苏菲亚·亚历克舍芙娜,战争是不可能的,不战争,别的事情也需要钱呢!"

"别的事情,等克里米亚的事完了再说。"苏菲亚坚决地说,"我已经准备好任命你当总司令的敕令。我要日日夜夜跪着祷告,愿你旗开得胜,马到成功……你打了胜仗回来,谁还敢说你一句? 我们也不必瞒着人眼,鬼鬼祟祟了。上帝一定,一定赐下恩惠,保佑你大胜汗国。"苏菲亚从床上下来,回头仰望着他的眼:"华霞,我本不打算对你说,你知道,又有什么风声吗? 人家说:'普劳勃拉潜斯克宫出了强悍的皇帝了,公主却还糊里糊涂过日子。'你想想我的心事吧,我在想着更坏的情形呢。"苏菲亚在自己发热的手里握紧了他的抖索的手,"他已经十五岁了,身子高得怕人。他命令全部马丁、荐夫编在游戏队里……刀剑枪炮,都用铁的……华霞,你不要使我犯罪吧,特米脱利①的名字,乌格里契的名字,永远在我的耳边听到,难道这就是罪恶吗?(华西里·华西里维支脱出被握的手,解嘲的微笑慢慢地现出在苏菲亚的脸上。)我这么想,也许就是罪恶。至少,从前是这样。金欧罗巴将看见你的功业,到那时候,我就用不到怕他,让他去恶作剧好了。"

"战争是不可能的!"华西里·华西里维支惨然地叫道,"没有满意的军队,没有钱……这计划简直是做梦! 唉,一切都是空谈! 可是谁能够有先见呢,谁能够了解我呢? 唉,天哪,只要三年,不,只要两年也好,能够和平过去吗?"

他绝望地挥了挥花边的袖口,怎样解释,怎样争论,结果都是一样,到底是一番徒劳罢了。

娜泰丽亚·基丽洛芙娜严厉地命令尼基泰·曹多夫:"你去跑一趟,把他找回来。天还不大亮就跑到外面去,也不在额角上画十字,也没吃一口东西!"

找到彼得,并不是怎样容易的事情。在哪儿的树林中,听到枪声鼓声,那一定是彼得在那儿做战争的游戏。因为不让尼基泰麻烦强求:去做祷告啦,去接见莫斯科来的贵族啦,常常把他俘虏起来,缚在树上。尼基泰被缚,一动也不能动。彼得怕他太闷,叫人把烧酒瓶放在他的面前,于是尼基泰渐渐地跟酒杯亲近起来,终于自己要求当俘虏,坐在白桦树下的草地上。最后,衣冠不整地跑回到娜泰丽亚·基丽洛芙娜那儿,摇头叹气地把两手一摊:

"我已经吃他不下了,太后陛下,他一定不肯回来。"

彼得的玩劲委实怕人,废寝忘食,夜以继日,满不算一回事。什么游

---

① Dmitri,伊凡第四个儿子,为古顿诺夫谋害。

戏他都来,只是放大炮,打铜鼓,愈闹得凶就愈高兴。由一些宫役、鹰夫,以及上流家庭的青年所编成的游戏队的兵士,现在已经增到三百名。他率领这游戏队在各村庄、莫斯科近畿的各修道院到处吵闹。有时,把修道士骇得要死。正当炎热的正午,白桦的叶子悄然声息,菩提树荫中蜜蜂嗡嗡,催人欲眠的时候,忽然,一声呐喊,从林子里跳出大群绿色上衣、不像俄国人的军队来,对着静悄悄的修道院的墙壁隆隆地从大炮里打出木头的炮弹。等到知道那个遍身涂满泥浆和火药的、跳跳蹦蹦的长身的青年正是皇上陛下,更是骇得发抖。

在游戏队的服务很辛苦,不大睡觉,也没有工夫吃饭,不管下雨、酷暑,皇帝一个高兴,就得强拉着平民百姓跟着走,也不知道到什么地方去做什么事。有时,还在半夜被叫起来。"命令是迂回袭敌,游水渡河。"在那样的场合,也有因夜渡而淹死的。

有人不愿服勤务,推托外出不到队报到的,想开小差逃回家去的,便受无情的鞭打。近来,游戏队里任命亚泰蒙·歌洛文为司令,用新名词称作将军。他是一个出名的老粗,却通晓军务,立刻颁布严厉的纪律。彼得停止了从来的胡闹,跟着他,很严肃地,在所谓普劳勃拉潜斯克第一大队中,研究起军事学来。

法兰茨·莱福式在克里姆林服务,虽不能在彼得处做事,却常常骑着马到坦克队来,顾问一切组织的事务。由于他的介绍,聘请一位德国人戴亚特尔·宋梅尔上尉做枪炮战和榴弹战的教官,也被称为将军。从兵工厂取来十六门大炮,开始在游戏联队中教练实弹射击术。宋梅尔不愿无功食禄,很热心地教练。已经不是什么游戏了,田野上的牛马常常被打死,也有不少人受了伤。

六

谷古的德国人常常谈到年轻的彼得皇帝。傍晚,聚坐在修剪的树木间、铺沙的广场上,用手掌拍拍台子:

"喂,蒙思,拿一杯啤酒来!"

和气的蒙思,头戴毛织帽,身穿绿背心,袖子卷到肘弯上,两手各拿着五只有耳环的瓷杯,从酒排的灯火辉煌的门口跑出来,杯子上溢着满满的泡沫。是清朗幽静的傍晚,俄罗斯的天空闪着许多星星,像撒满了银沙一般,虽然没有杜林根、巴延、威丁堡那么明丽,但在这星空底下的生活,也不算顶坏。

"蒙思,谈一谈吧! 彼得皇帝到你家来时的情形。"

蒙思坐到那群好友的桌边,在别人的杯子里喝了一口,扫望了一眼,便讲起来。

"彼得皇帝是一个很喜欢研究的人。你们知道我家餐室里的那只音乐箱吧,那是我女人的父亲在纽伦堡买来的……"

"对啦,我们都知道你家那只漂亮的音乐箱。"听众互相脸望着脸,摇着衔在嘴里的烟斗,点点头。

"当莱福忒同彼得皇帝走进我家的餐室,我不觉愣了一愣,我不知道怎么才好。如果是俄国人,就得跪下来,我可不想跑,正没办法,皇帝突然问了:'音乐箱在哪里?'我就回答道:'这边,皇上。'皇帝就对我说:'约翰,不用叫我皇上,在宫里大家叫皇上,我也听腻了。你当我朋友吧,照德国式称呼好啦。'那时莱福忒说:'对啦,蒙思,以后咱们大家叫他赫尔①彼得吧。'

"就这样,我们三个大笑起来。以后我叫我的女儿安亨把音乐箱开给他看。平常,我们照例每年一次,在圣诞前夜才开音乐箱的,因为那是很贵重的东西呢。因之安亨有点儿迟疑地望着我的脸,我说:'没有关系,开吧。'安亨转动了螺旋,骑士贵妇跳出来,小鸟叫了。赫尔彼得完全愣住,他说:'装着什么机器,让我看看吧。'我想:'这一下子拆开来不是把音乐箱弄坏了吗?'但安亨倒是一个聪明的孩子,她点了点头就向赫尔彼得说,由莱福忒翻译了:'皇上,比方我也会唱歌会跳舞,皇上如果要拆开我的身体来看,以后我的心不就要坏了吗?'莱福忒译好就笑起来,我也哈哈大笑,连安亨也咯咯地笑个不住。但赫尔彼得没有笑,脸孔涨得牛血一般红,好像安亨是一匹小小的鸟儿,紧紧地盯住了她的脸。这时候,我想:'嚯,这青年人的肚子里藏着一千匹魔鬼呢!'安亨通红了脸,碧眼含泪逃出餐室去了。"

蒙思哼着鼻子,在别人的杯子里喝了一口。他善讲话,能够讲得有声

---

① Herr,德国语对君主、主人、绅士、先生的称呼。

有色。清凉的晚风轻轻地拂动着围成一团的人们毛织帽的流苏。酒排门口走出安亨来,抬起清澈的眼仰望着星空,很幸福地吁了一口气,又跑进去了。德国人抽着烟斗,互相谈着上帝给蒙思一个多么好的女儿。哎,这样的姑娘,这替家庭挣财产的。长着蓬松大胡子、涂朱似的红脸、骨骼强实的铁坊老板,桑丹姆出身的荷兰人海立忒·基斯忒说:

"我想,如果弄得好,从这青年皇帝身上可以弄到很多好处呢。"

这话是不错的。因为当时俄罗斯人很仇视外国人。其中特别视为外国人的强敌的,是在红场上设立劝工厂的修伊斯基公爵一族。上等的商人们常常嗾使平民抢劫外商的店铺和仓库。教士们咒诅路德派和加特力派的异教,在莫斯科市内,不但不准造教堂,而且不准造住宅。皇帝命令德国人从市内移居耶柴河畔,甚至在那儿,他们也不很愿意,只把它当回教徒的窝子一样。俄罗斯人不准把女儿嫁给德国人。枪兵们常常恐吓着说,要把谷古的外国人杀光。逢时逢节的日子,穿外国装走过街道是危险的事,别人会走过来把你臭骂一顿,再在你的新衣上吐口水,或是把来撕破。不管行动谨慎,还是向有势力的人送礼物,一切都没有用处。总之,没有一条善意的法令,缺乏坚固的保障。因为没有这一切,工商业就无法振兴。

铁坊老板海立忒·基斯忒很聪明地说:"怎么样,咱们来收服这个青年皇帝?让他爱上德国人的风俗,爱上有纪律的生活,使他在德国人中找到诚实的朋友,优秀的顾问,这不是可以使咱们得到许多利益吗?"

开钟表店的鲁特威锡·法弗尔老头反对说:

"不,没有用的,彼得皇帝没有势力。摄政苏菲亚决不肯交出政权,那是一个冷酷、果断的女人。现在她正在召集二十万大兵去打克里米亚的汗,等军队在克里米亚得胜回来,我可以对彼得皇帝赌十个法尼锡①。"

"你倒说得好怪,鲁特威锡·法弗尔。"蒙思反驳他,"戴亚特尔·方·宋梅尔将军,最近他还不过是宋梅尔……(蒙思打了一个诨,哈哈地笑,大家都笑起来了。)他常常对我说:'好,瞧着吧,再过一年两年彼得皇帝手下就可以有两大队精兵,就是叫法兰西王,撒克逊公爵摩理斯来指挥也绝不塌台呢!'"

---

① 法尼锡,德国货币,一马克的百分之一。

"啊,这真好。"大家说着,互相高兴地望着。

在约翰·蒙思的酒排前,打扫干净的广场上,每晚上重复这样的谈话。

七

在宫廷部的圆穹形的办公厅里,充满着燥烈的暑炎,闷热的空气,低垂的窗子上,满爬着苍蝇。书记和司书们穿着袖管擦破的长褂子,笔尖沙沙地响着,正埋着头抄写。墨水缸里浮着死蝇,嘴唇和流汗的鼻上,苍蝇嗡嗡地扑过来。秘书官肚子里装饱了包子,坐在窗边的椅子上,打着饱嗝,蒙眬欲睡。司书伊凡·华司可夫正在写着:

> ……全大、小、白俄罗斯诸强之大君主,皇帝彼得·亚历克舍维支大公陛下诏曰:德意志服一套,即送宫中。再向法兰茨·莱福忒将军处取来下列诸物:金线二卷,付一卢布四十哥贝克;衣扣九打,每打付十八哥贝克;内衣扣九打,每打付八哥贝克;绸及麻纱布,付三十哥贝克;假发,付三卢布……

华司可夫打了一下苍蝇,抬起昏花的眼皮:

"喂,彼得鲁哈,'假发'两字,用大体字写,还是用小体字写?"

坐在对面的书记抬起脸来:

"用小体字写。"

"小皇帝的头发,好像不是真的?"

"你讲话当心点儿啦!"

伊凡·华司可夫为写得更工整,把脑袋歪向左边,跟鸡似的咽咽地笑着,喘着。皇上向德国人侨民区的女人购买发毛,这种东西,要花三卢布,简直是傻话嘛。我要挣这三卢布,得整整抄写一年呢。(不够的时候,还得向请求人敲点儿竹杠。)

彼得鲁哈买了头发,挂在哪里呢?

"挂在哪儿,随皇上的便,何必要你关心,净问些没意思的话!我要去告诉大秘书官……"

苍蝇闹得太凶,大秘书官张开眼来,拿出绸手帕向身边拂拂,揩了一把脸和羊胡子。

"喂,打瞌睡吗?简直是一群流氓嘛!你们也算什么司书,算什么书记!"大秘书官不快地嘟哝着,"大家一门心思只想偷懒。你们个个都是小偷,一点儿不知道害怕,忘记上帝,只会背地里发怨。要不再好好儿,全衙门的人都吃一顿棍棒,那你们才肯勤力点儿吧……纸墨跟汤水一样胡乱糟蹋,让天雷打死你们吧,你们这些犹太的子孙!"

懒懒地拂了拂手帕,大秘书官又睡着了。多么沉闷呀!没有请求人来,也没有送礼的来。莫斯科静悄悄的,枪兵队、大贵族的子弟、领主、大贵族,都到克里米亚出征去了。留下的,只有苍蝇和尘沙,零零碎碎的衙门公事。

"彼得鲁哈,最好喝他一杯克华水呀!"华司可夫向大秘书官偷望了一下,打了个哈欠,又恢复了原状。穿旧的上衣,腋下嘶地裂破了一条:"晚上到寡妇那边去大喝一顿吧!"他点了一下头,又提起笔来。

全大、小、白俄罗斯诸强之皇帝陛下彼得·亚历克舍维支大公诏曰,派宫役代理人耶金·伏罗宁、塞尔该·勃福司多夫、达尼拉·加金、伊凡·拿葛宾、伊凡·也乌略夫、赛尔该·乞尔该·乞尔托可夫、华西里·勃福司多夫至珂罗明斯可村全大、小、白俄罗斯诸强之皇帝陛下彼得·亚历克舍维支大公处奉公。上开宫役代理人晋级为游戏队炮手,各给俸金五卢布,大麦五磅又四分之一,小麦同量……

"彼得鲁哈,有好些人交运呢!"

"谁在那儿说话,这些老狗。"大秘书官张开睡昏的眼呵斥了。

近侍华西里·伏尔可夫拿收据书领取了德国服和假发,郑重地送到皇帝的寝宫。天还刚刚亮,彼得已经从铺着毡毯和盖着皮外套的长椅上跳起身来,急忙戴上假发,看看和头颅是否合适,太小了一点儿,立刻之间,用短剑割去了自己的一绺黑色的卷发。戴上直拖到地板上的长假发,对着镜子笑了一脸,然后用肥皂洗手,剔去指甲里的污垢,马上换上新衣,按照莱福忒教他的方式,在腰里打好白色围巾。在下裾展开

72

的上褂上,也披上白色的肩巾。伏尔可夫张大惊异的眼,望着彼得跟平时完全不同的热心着打扮,在一旁助手。彼得因为穿不上紧小的皮鞋,恨恨地咬着牙齿,大声叫了阴沉的长身青年,仆人史屈普加·梅特威齐来,叫他把皮鞋捣碎。史屈普加手里拿起皮鞋,孕马似的走下楼梯去。到了九点钟(新的德国时间),尼基泰·曹多夫来报告晨祷。彼得性急慌忙地说:

"你对我妈说,我有要紧的国事离不开身,请她一个人祷告吧!你说好,立刻跑回来,懂吗?"

他胡乱仰起了头,哈哈大笑,照例是放枪一样的笑声。尼基泰想:一定是在德国人侨民区学到了什么新鲜玩意儿了。轻轻低了一下头,提起软长靴没声没响地走去了。马上又走回来,知道自己一定要凑一角的。事实如此,彼得一见他便大声发令:"你当希腊神巴加斯的使节,到命名日主人家去贺喜。"

"是。"曹多夫应声回答,偷偷在上褂下画一个十字。依照命令穿上翻毛的兔皮外套,头上挂上菩提树皮的纤维,戴上浴帚做的帽子。彼得恐怕母后又来麻烦,偷偷地溜出宫殿,跑到御厩里去。宫役们正在兴高采烈地捉四匹胖胖的公猪,彼得帮着他们,呵斥着,叫唤着乱跳乱跑。捉住了猪,给它们束上肚带,缚在雕轮金漆的矮矮的马车上。这马车是先帝亚历克舍·米哈洛维支的御赐品,娜泰丽亚·基丽洛芙娜吩咐要特别小心照料的。御厩官抖着嘴唇皮,看他们这么乱来。在宫役们的口哨和笑声中,把尼基泰·曹多夫扛进马车里。彼得坐上马夫台,戴三角帽,佩剑的伏尔可夫用甜瓜皮喂着猪,在前领道。宫役在一旁抽鞭子。

到了谷古侨民区门口,大群的德国人排队迎接。连脸孔跟妇人似的老考场的老头儿也从屋子里走出来看这新奇的玩意儿。"Gut gut,①真有趣,肚子都笑痛啦。"德国人拍着手嚷。彼得紧闭嘴唇,通红的脸俨然地歪着,半俯着身子坐在马夫台上。在全个侨民区游遍了。德国人的观众指指点点地对着彼得和坐在马车中骇得半死的曹多夫挂着纤维的头,捧腹大笑。猪儿乱闯乱跑,把缰绳揽缠起来。彼得突然从宫役手里夺过鞭子,发疯地望着猪儿乱抽。猪儿嚎叫着,向前猛进。有吃着鞭

---

① 德语:好啊,好啊。

风跌倒的,也有被猪儿撞翻的,妇人们连忙把孩子抱在手上,闹成一片。彼得站着身子,还是在呼呼地抽鞭子,满脸通红,圆鼻子鼓胀起来,圆眼淌满泪水,充着血。

在莱福忒家的门前,宫役们总算把猪儿拉正了路,跑进打开的大门,命名日的主人莱福忒挥着芦杖和帽子,从院子里迎出来。接着,是宾客们,穿着颜色衣服的德国男女、步兵等走了过来。彼得从马夫台上纵身跳下,捆住曹多夫的领子从马车里拉下来,像是不愿和人群中谁人觌面,睐起疯狂的视线,紧盯着莱福忒的脸,结结巴巴地说:"Mein liber General① 古希腊神巴加斯派庆贺使节来了。"

额上流着大滴的汗珠,舔着嘴唇,依旧盯着脸,结结巴巴地说:"Mit Herzlichen Gruss……即以衷心的敬意,请你收下这猪儿与马车!"他痉挛地按住曹多夫的领子,低声说:"跪下来,叩头!"

莱福忒穿着玫瑰色丝绒、钉上花边、敷着发粉、发出香水味的华装,立刻明白了怎么一回事。他高高举起两手,拍了拍掌,快活地笑着,望望彼得又望望宾客:

"这又是一个新奇的玩意儿,这样有趣的玩意儿,我们还没有见过呢!我们一心教赫尔彼得学风流玩意儿,现在反而要当他的学生了。喂,乐师们,奏进行曲呀!向巴加斯的使节表示敬意。"

在紫丁香的浓荫下,奏起皮鼓和铜鼓,一片喇叭的声音。彼得好似办就了一件难事,轻轻地抚了抚胸膛,消退了脸上的红潮,仰望着天空,哈哈地笑起来。当他的手被莱福忒握住,开始把视线投入宾客群中的时候,立刻发现了安亨的眼睛。她露出细粒的皓齿和他微笑。裸露肩头的肉体好似要从玫瑰似的白裙中飘然飞舞出来。又是一阵猛烈的骚动,彼得的咽喉好似铁一般地束住,他和莱福忒并着肩,在宾客群的先头,举起鹤似的腿子向正院走去。外廊的梯口上排着一列穿红色俄罗斯裒子的歌唱队。一声口哨,齐声唱起跳舞的曲子。当中跃出一个碧眼强实的青年:"啊,嘟嘟,嘟嘟,嘟嘟!"嘴里这么哼着,用脚跟跳起舞来,手掌拍着沙泥,忽地旋过方向,跳起身来,开始跳着跳步舞,跟陀螺似的打圈子。

---

① 我的亲爱的将军。

"好啊,你!"

"好劲儿,亚历克舍西加。"

八

梵婀玲、中音乐器、木箫、铜鼓,一齐吹奏着古德意志的歌,俄罗斯的舞曲、庄严的缓舞曲、响亮的安格莱思①。从上下两层透光的广厅的圆窗上透进光来,映出蒙蒙的烟雾。醉客放言着猥亵的谈话,姑娘们脸孔涨得晚霞一般的殷红,穿着里面撑着桶一般裙撑的华丽的裙子,梳着重叠发结的美妇人,狂也似的大笑着。彼得和妇女同桌,这还是第一次,莱福忒强他喝茴香酒,他出生以来初次在嘴里喝了酒精。茴香酒在他的血液中燃烧,他微笑着注视安亨的脸。跟着乐声的节奏,他身体中的东西也跳舞了起来,颈项鼓胀了。他紧紧咬住牙齿,遏制了从身体中涌上来的狂野的欲念。在一片喧声之中,德国人嘴里唠叨着什么,向他递过酒杯来,他也浑不觉得。安亨故意地露出皓齿,把飘荡的视线注在他的脸上。

好像一天永不会完尽一般,酒宴无限地持续下去。钟表商人法弗尔把长长的红鼻子突进鼻烟壶里,打了喷嚏,忽地脱去了假发,在秃顶上挥舞着,真快活,再也没有比这有味的事了!彼得在欢呼拍手声中伸出长长的胳臂,掀翻了满桌的杯盘。好长的手臂呀!他可以站着伸到桌对面,指头抚到安亨的头发,抱住她的脸,用嘴唇舔她微笑的口……颈项又鼓胀起来,眼中罩上一层暗光。

太阳斜到风轮磨坊的后面,打开的窗口流进清凉空气的时候,莱福忒伸过手臂给差不多有八普特重的磨坊老板的法劳荷②西梅尔法尼锡,跳起缓步舞来。他把手在胸前挥成一圆圈,昂了昂敷银粉的卷毛的头,微躬着腰,忧思地扫着眼睛。法劳荷西梅尔法尼锡显出满心得意而幸福的样子,跳动着巨大的裙子,像一艘全身装配四十寸口径大炮的炮舰。接着,全部的宾客走出到后院子。花坛上,用鲜花缀成命名日主人的头文字。

---

① 古代英国舞曲。

② 德语 Frau,夫人或太太。

在浓荫和幼木的上面,结着附有金银纸假花的绸绦,曲径跟棋盘一样,正确地交错着。

　　缓步舞终毕,开始了活泼的对步舞。彼得站在一旁咬指甲。贵妇们一个个向他弯腰声请伴舞,他只是摇摇头说:"不,不行,我不会。"那时候,伴着莱福忒的法劳荷西梅尔法尼锡向他献上花束,这意思便是表示选举他做跳舞之王,他不能再拒绝了。他向莱福忒活泼而镇定的目光瞥了一眼,一把拉起夫人的胳臂。莱福忒轻轻地跑向安亨,在对步舞的回旋中,和她并站在彼得的面前。安亨握手帕的手低低地垂着,望住了他的脸,好似诉述着什么。铜鼓的铜皮刺耳地鸣响,皮鼓激轰,梵婀玲、喇叭又鸣奏起来,热闹的乐声响遍宽广的天空,惊起了蝙蝠。

　　彼得重新感到(刚才打猪时候一样的)全身血液的汹涌,立刻狂热起来,连理性也失掉了。莱福忒叫道:

　　"Die erste Figur!① 女伴们前进,后退。男伴们抱旋女伴!"

　　彼得抱住法劳荷西梅尔法尼锡的腰肢,把她连上衣和裙子都跑旋风似的旋转起来。"Main Gott!"②磨坊太太几乎惊叫起来。彼得立刻放开了女伴的腰肢,好似手足被乐声牵动的一般,独自跳舞了。紧闭嘴唇,鼓起鼻孔,跳得像拼命一般。德国人都捧腹大笑,看着他的模样。

　　"第三回旋!"莱福忒叫道,"女伴交换男伴!"

　　安亨轻柔的手掌搭上彼得的肩头。他忽然战栗了一下,刚才的疯狂已消失得没了踪影。他战抖着,只有腿儿动作,跟着轻如鸿毛的安亨沉醉在跳舞中了。随着燃火杆的移动,灯火在树林中一盏盏地发出光来,哔哔作声,爆起了火花。霎时间,在安亨的瞳仁里,映出两条火带。她轻轻地低语:"呃,这简直跟梦一般的美丽! 呃,彼得,你跳得真好!"

　　院子的四周放出烟火,火焰转着轮子,映出了美丽的景物。花筒大炮似的炸开来,鞭炮噼啪地响,火流喷散着火花,暗夜中涨满了火药的气味。这不是在那寂寞凄凉的普劳勃拉潜斯克的梦中所见到的吗? 风流潇洒的莱福忒抱着一个兵士似的高身妇人在身边跳过去,说了一句:"爱神的箭射中心头了!"跳得遍身发热而兴奋的安亨发出一种奇妙的幽香:"呃,彼

---

　　① 德语:第一回旋。
　　② 德语:我的天。

得,我累了!"把身体斜靠到他的头上,低声地呻吟。火花在头上爆炸,火焰的金蛇闪照着少女的娇懒的倦容。彼得禁不住抱紧赤露的肩头,皱起眉心,尝味了她红唇的甜蜜的感触。红唇喇地滑了开去,安亨推开了他的手逃去了。几千条金蛇发出猛烈的炸声而爆炸了,找不到安亨的影子。从蒙蒙的烟雾中,爬出巴加斯使节的兔皮外套和挂着菩提树纤维的头。尼基泰·曹多夫已经醉倒了,手里还拿着酒杯,跌跌跄跄地走过来,嘴里唠叨着什么。

"喂,孩子,喝一杯呀!"他把酒杯递到彼得的口边,"大口地喝吧,反正你跟我总要到地狱里去,毁坏了灵魂,破了斋戒……不要留下一滴,大口地喝吧,我的全大俄罗斯、小俄罗斯及白俄罗斯的皇帝陛下!"

他骇唬谁也似的在灌木林边倒下了。彼得把空杯丢在地上,拔脚就走。无限的欢喜在心头像火花似的轮转。"安亨!"他叫唤着,跑出去了……

明亮的窗、灯火、烟火的景物,在他的周围像波似的回荡。他只是两手抱着头,跨开两腿茫然地站着。

"好,来吧! 我带您去找到她那儿去。"背后有人低低地说,是穿红褂子的歌手,亚历克舍西加,他跳跃着青碧的眼,"她回家去了!"

彼得默默地跟在亚历克舍西加身后,向暗中跑去。跳过墙头,狗在畜舍边对着他们叫,又跑过木栅,走到酒排面前通磨坊的广场上,抬起头来望,一扇长窗中有灯火明亮。

"等着!"亚历克舍西加说了一声,拾起一把沙粒向窗子扔去。窗子打开来,露肩披了手巾的安亨探出包卷着纸角①的脑袋来,气申申地低声说:

"Wer ist da? 谁在这儿?"凝眸看出了彼得的影子,摇摇头,"不行,回去休息吧,赫尔彼得!"

卷着纸角的头上,使她显得更美。窗子砰然地关上,放下了窗帘,灯火熄灭了。

"那位姑娘有人管着的呀!"亚历克舍西加低声说着,注视彼得的脸,一把抱住他的肩头,带他在露椅上坐下了,"您坐在这儿,等一等我带马来

---

①　妇女衬体鬓发所用。

送您回去吧!"

一会儿,牵来了两匹带鞍的马。彼得依然屈倒着腰,两手按住胸口。亚历克舍西加望望他的脸。

"酒醉了吗?"彼得没有回答。亚历克舍西加帮他跨上马前,自己也轻轻地跳上去,支住了他的身体,并骑离开了侨民区。草地上满着露水,仰望秋空,满耀着灿烂的银粒,在普劳勃拉潜斯克村,鸡声已经啼叫了。彼得冰似的手扶住在亚历克舍西加的肩头,死人般地冻僵了。当快将走进宫殿的时候,他突然把背脊像弓一样地反过来,抓住亚历克舍西加的颈项,拉到身边,停了马步。胸头吼吼地喘着,全身的骨节作响。

"拉住,紧紧拉住!"他沙着嗓子说。过了一下,他的手力懈了,呜地叹了一口气,"走! 你不许回去,跟我一起睡,我要发火的!"

在外廊口,伏尔可夫跳上前来:"陛下! 啊,好了好了,我们以为……"近侍和宫役们都围了拢来。彼得在马上用脚把他们踢开,独自跳下马背,拉着亚历克舍西加走进宫殿里去。在幽暗的廊下,老妇们画了十字,轻声地走过来。彼得把她们推开。另一个老妇跟老鼠似的逃进楼梯底下去了。

"呸! 不要脸的,说背后语的臭老婆子,我把你们撕得稀烂。"彼得喃喃着,走进寝宫。命令亚历克舍西加替他脱去衣服,彼得躺到毛毯上,叫亚历克舍西加睡在旁边,"今晚上我一个人心里害怕,躺下来,不许动。好,睡吧!"把头放在亚历克舍西加的肩头,沉默了一会儿之后,"派你做值宿官吧,挺快乐的勤务。待天亮了,我叫书记发一道圣旨。啊,有趣,真有趣,Mein lieber Gott①。"

一会儿,像孩子似的吹出鼾声,呼呼入睡了。

---

① 德语:我的亲爱的上帝。

第 三 章

一

　　整个冬天,在乌克兰召集国民军,要把领主从农庄里叫出来,实在是一件困难的事。总司令华西里·华西里维支·歌里纯三令五申,用放逐、没收领地、笞刑相威吓,领主们还不大肯离开温暖的炕床爬起身来:"要打克里米亚,简直是做梦嘛! 天知道,我们跟鞑靼的汗缔结了永久和平的条约,纳了应纳的贡物,又何必到现在还来打扰贵族? 这看来又是歌里纯想蹈在别人的背脊上坐收名利的打算。"有托病的,有推说没有钱办行装的,有躲到别处去的,没有人肯出来。有的人故意恶作剧,整个冬天没有事做,浑浑噩噩过日子,就想出了无聊的玩意儿。近侍波里斯·特尔高尔基和犹里·西契尔巴泰知道出征反正是逃不过的了,就叫民兵穿上黑衣,自己跨上黑马,完全像坟墓里出来的黑兵黑将,跑到军营里来,大家骇得差不多断了气:"没有好事的,看来是不得生还了!"不祥的流言传播在每个联队。华西里·华西里维支勃然大怒,亲自写信到莫斯科给在苏菲亚近身的费亚特尔·列逢乞维支·夏克洛维泰:"伏乞鸿恩准许,凡违背臣之命,而有此类不敬行动者准予没收其领地,终身幽禁修道院,并将没收之领地另行分配等严厉之处罚,以儆效尤。"

　　圣旨下来了,但捣乱鬼流泪求饶,和气的华西里·华西里维支很快地饶恕了。可是,事态还是发展。军队中盛传,半夜里,有人在歌里纯公爵宿营地的大门口放了一口棺材。大家都战战栗栗,讲到这怕人的新闻。这晚上,华西里·华西里维支就喝饱了酒,醉醺醺地跳出大门口,用剑向黑暗的空中乱砍了一场。不祥之兆连续地发生。最近开来一队辎重,在旷野的古坟边望见一群厉声远吼的白狼。马匹无缘无故地倒毙。三月某日有风的晚上,有许多人听到带在辎重中的联队的山羊,作人声叫着"祸来了!"用木棒想去打死它,却逃到旷野里去了。

雪渐渐融化,开始吹起爽适的南风,河边湖畔的杨柳吐青的时候,华西里·华西里维支的心比大雨前的浓云更阴暗而沉重。莫斯科传来扫兴的消息:在克里姆林,彼得皇帝和他近身的大贵族米哈尔·亚历格洛维支·乞尔加斯基公然嘲笑远征军说:"克里米亚的汗,盼望华西里·华西里维支要望穿秋水了。像这样的远征军,不但克里米亚和蔡莱格拉特,就是全个欧罗巴也会向他招手呢!歌里纯家的人们要把国家弄得民穷财尽了。"大贵族们听了这话很高兴,连原本是华西里·华西里维支党的头儿育基姆总主教也把歌里纯家所赠的法衣和长袍从华拉西教堂中搬出去,再不穿这些衣服做祷告。华西里·华西里维支给夏克洛维泰发了十万火急的快报,请他严密监视乞尔加斯基,又请他注意不要使总主教过多地会见苏菲亚……"至于大贵族,乃为永古之贪婪所腐蚀,对国家大众一毛不拔之徒辈耳!"

从国外又来了不愉快的报告,遣雅可夫·特尔高尔基和雅可夫·摩西兹基到尘兰西国王处请求借款三百万里佛,国王不单不答应借款,甚至拒绝接见使节。关于大使乌夏可夫又有如下的报告:

> 彼及属下,竟敢作如此之秽行;乌夏可夫在汉堡侮辱某英国将军之女公子,在荷兰强拉一财务员之女公子……乌夏可夫之属员又在阿姆斯特丹擅捕某家女儿加以暴行,且因凌辱该家门房之妻女不遂,被该门房以剃刀追逐。彼等又到处酗酒,作难堪之哓舌,以致污蔑陛下之盛德……

五月末,歌里纯带领十万军队向南方进发,在萨马拉河边和乌克兰哥萨克军的格特曼①萨摩洛维支所率领的一军会合。立刻,背后曳着无数的辎重车,开始行军了。经过几个小城市,和特可艾·波力的哨所,渐渐

---

① Getman,哥萨克军的首长。

进入草原。荒凉的平原笼罩炎威,杂草茂盛得有人肩那么高。大苍鹰在赤热蓝碧的天空飞回,骄阳在远远的地平线尽头波荡。夕阳短短的一条,是黄色和绿色的。大车的轮轧,军马的嘶鸣,充满了草原。干粪的篝火升起烟缕,勾起无限的哀愁。夜幕匆匆地垂下,星星怯生生地燃起。草原一片空溟,没有一条道路和一线小径。前锋联队向遥远的前方挺进,不见一丝人烟。鞑靼人把俄国兵诱进荒沙和旱魃之中。常常遇到山谷中干涸的水道。在这种地方,只有土著的哥萨克人才知道觅水的场所。

看看快到七月的中旬,克里米亚还只是隐现在灿烂的阳光之中。从草原的尽头到尽头,俄罗斯兵伸展成一条长蛇形,白热的阳光和蟋蟀的悲鸣令人晕眩。鸟群懒懒地飞集在倒毙的军马鼓肿的腹上。许多大车丢弃了,许多输送队的民夫和大车落在后面,干渴欲死。有不少的人逃亡到北方的第聂泊尔去了。士兵骚乱地发出怨声⋯⋯

司令、上校、千总等聚到哥里纯的麻纱营帐边吃午饭,不安地守望着破烂布似的军旗。但是没有人能够下一个决心走进营帐去说:"趁现在还不迟,赶快退兵吧。愈前进,情形愈恶劣。过了沛莱可普,等着我们的只是死寂的荒沙呀!"

这时候,华西里·华西里维支正脱掉了衣服和鞋袜,躺身在毯子上,一心一意地念着拉丁文的蒲芦泰克、恺撒、泰西图斯的著作。从书页上站起伟大的姿影,振奋了他的沮丧的精神。亚历克山大大帝、庞倍、斯图比昂、卢克尔、裴里斯·恺撒等等,跟着无穷无尽的蟋蟀的啼声,如罗马的大鹰,猛然地向光荣和光荣飞搏!他又重读苏菲亚的手书,鼓舞了勇气:"我的光,亲爱的华西尼加,祝福你,永远地健康!愿上帝帮助你征服敌人,我不相信你不会回来⋯⋯我相信,当你回来的时候,我的两腕将会紧紧地抱住属于我的你。你的信里说:我在上帝的面前正是罪恶深重的人。但我虽然罪恶深重,却敢于期待上帝的温暖的心。哎,我将永远祈祷,和我的光作欢乐的再见的一天。因此,请你永远,永远地健康吧!"

当暑气稍弱的时候,华西里·华西里维支戴上钢盔,披上绣金鹰头飞狮的大氅,走出帐幕。上校、千总、哥萨克一等上尉们,望见他的姿影,就跨上马背,吹起洪亮的喇叭,拉长号角的尾音,奏起军歌来。这时候,照例开始从夜到午地冒暑地行军。

今天的情形也是一样。华西里·华西里维支从古坟的高处,一眼瞥见无数的篝火的烟，黑蚂蚁似的军队，在雾气中消去的辎重队的行列。今天的雾气很重，四周平地矗起尘埃的障壁。没有风，闷得窒人。透明的夕照永远像紫红色的暗影涂遍了半空。大群的鸟儿逃似的飞去，西沉的太阳像一团可怕的肿胀的雾块，星星隔一层障膜，淡淡地透出光来，烟雾弥漫的夕照，把地平线映得红灼灼地燃烧着。一阵热风吹来，明白地看出跳跃着的火焰，像一个环，包围了全军……

一队骑者停止在古坟前，一骑腾跃着向营幕跑来，跳下马背，戴正高帽的位置，胖胖的脸和花白的胡子，一看就明白是哥萨克的格特曼萨摩洛维支。

"公爵，出了岔了！"他低声说，"鞑靼人把草原烧起来了！"

隐藏在垂下的口髭中，看不出冷笑的神气，一层暗光遮掩了眸子：

"四周都烧起来了。"格特曼说着，用皮鞭指了一指。华西里·华西里维支看了一下夕照的光。

"这便怎样呢？叫步兵骑马，冲过火头去就是。"

"在焦土上怎样行军呢？没有粮食也没有水，一定会溃灭的，公爵。"

"退兵吗？"

"听凭钧裁。不过，哥萨克不能在火野行军。"

"用鞭子赶，火里也要叫他们去！（华西里·华西里维支勃然大怒了，铁的靴跟踏着燥裂的大地，在古坟边来回地跑。）我早就知道，哥萨克不愿意同我们一起去。你这行为，简直没有天良嘛，我早知道……看见那些哥萨克，叫人好笑，简直在马鞍上打瞌睡，给克里米亚的汗去服役，倒是挺合适的。当心点儿，格特曼，要是在莫斯科，就是不这么胡作胡为，也会拉住前刘海①拖上断头台呢！听说你是神父的儿子，从前不是做蜡烛和鱼生意的吗？手里有点儿钱了，吃不惯这苦头。"

肥胖的萨摩洛维支公牛似的喘着气，他是挺聪明的，只闭着嘴忍受叫骂。气呼呼地跨上马背，离开古坟，隐身在大车队的后面去了。华西里·华西里维支命令号兵，喑哑的号声吹遍烟雾弥漫的草原。骑兵、步队、辎重车向火焰中行进了。

到了天色将明的时候，知道已经无法向前推进了。草原一片焦黑，像

---

① 哥萨克人的风习，额前均披刘海。

墓地似的展开着。只有烟柱在四处吹卷流荡。南风助威,吹起雪片似的灰烬,远远地看见哥萨克的斥候兵已经折了回来。正午,司令、上校、哥萨克亚塔曼①等集合在辎重车边。格特曼沉着脸走来,把笏杖插进靴筒,抽起短烟斗来。华西里·华西里维支把戴戒指的手放在披甲的胸口,眼里包满泪水,用很迂缓的口调说:

"没有人能够违反上帝的意旨。《圣经》上说:人呀,舍弃你的光荣,只有人的生命是可宝贵的。上帝,给我们最大的灾难。遥遥百里之间,没有粮食,没有一滴水。我是不怕死的,我怕受辱。各位司令官,仔细考虑一下,发表意见吧!"

司令官们互相交头低语了一阵,最后回答了:

"还是不必踌躇,退到第聂泊尔去。"

于是,克里米亚的远征,黯然无光地闭幕了。军队丢失了士兵,放弃了辎重车,慌慌忙忙地撤退,直到波尔泰华附近才停止。

二

上校索洛尼拿、李佐古勃、柴倍拉、加马拉、一等上尉伊凡·马绥伯和秘书长科邱倍伊联袂到华西里·华西里维支的营帐里,对他说:

"草原是哥萨克烧的,是格特曼放的火。这里带来了对格特曼的密告书,请您读了之后,转呈莫斯科。他的横行不法,已经无法忍受,搜刮金钱,剥削小俄罗斯的贵族,连哥萨克的神父在他跟前也不得不脱帽子,大家都在怨恨。他对俄罗斯人背后说许多坏话,跟荷兰人私通,放言无忌,企图把乌克兰做自己永远的领地,剥夺我们的自由。我们希望莫斯科发一道命令:将萨摩洛维支革职查办,另选格特曼⋯⋯"

"格特曼为什么不喜欢我打败鞑靼人呢?"华西里·华西里维支问。

"他当然不喜欢。"马绥伯回答,"因为鞑靼人强,您就失势。可是鞑靼人打败,乌克兰马上变成莫斯科的领土,因此他漫天说谎,我们好比是俄罗斯人的兄弟,信仰也相同,大家高兴拥戴莫斯科的皇上⋯⋯"

"说得对。"披前刘海、头皮发青黑的上校注视着地面点头,"只要莫

---

① Ataman,哥萨克军的头目。

斯科能够保障我们小俄罗斯贵族的自由。"

华西里·华西里维支想起黑云似的灰烬,留在草原中的无数的坟墓,一路上不可计算的死马的肚子,脸上像火烧一般,想起自己可以媲美亚历克山大大帝的远征。在克里姆林的窄狭的宫廊下,含着敌意的大贵族们用手指抚着胡子,掩饰浮在口边的嘲笑,微微点头……

"那么,草原是格特曼烧的?"

"对啦!"上校们回答。

"好,照你们的意思办吧。"

这一天,米哈拉·脱尔妥夫把对格特曼的密告书缝在帽子里,带了替换的驿马向莫斯科疾驱而去。不久,回到波兰泰华,撕开贴肉的内衣,拿出皇帝的诏书来:"皇帝诏曰:萨摩洛维支全小俄罗斯军总队长着即革职,将该员军旗、笏杖及一切武器全部褫夺,于严重警护下,押解大俄罗斯首都。遗职在全小俄罗斯军分队长中选举适任者充任。"

这天晚上,枪兵队用辎重车包围了格特曼的营地,第二天早上把格特曼逮住,装进囚车押送到歌里纯的地方,开始鞠问。格特曼头上包着湿布,眼睛充着血性,害怕得只是不断地叫道:

"他们是说谎的,华西里·华西里维支完全胡说白道,是我的仇人马绥伯做的圈套。"他看见马绥伯、加马拉、索洛尼拿、拉契上校们进来,怒得满脸通红,周身发抖,"啊,您听了他们吗? 这班狗才! 他们正想把乌克兰卖给波兰人呢!"

加马拉和索洛尼拿握剑砍去,枪兵们把格特曼一把推开,才得无事。这一夜,他便戴上镣铐,押解北上了。立刻有选举新格特曼的必要,因为哥萨克联队打开了辎重车里的烧酒桶,袭杀了格特曼的勤务兵,把人人怨愤的希腊上校官挑上了枪头。全营盘沸腾着一片喧声、歌声和枪声,连莫斯科方面的联队也骚动起来了。

马绥伯不等召唤就跑进华西里·华西里维支的营帐,光穿着灰色上大褂,着皮大帽的便服,只有吊在金边子上的名贵的剑表示了他的真实的身份。伊凡·史吉拍诺维支·马绥伯出身于富庶的小俄罗斯贵族的名门,在波兰、奥地利住过好久。他在军队里就长着刺猬似的络腮胡子,剪成莫斯科的式样。悠悠地点了点头(平辈的敬礼),就一屁股坐下来。提起长而干燥的指头搔搔胡子,举起灵活的突眼注视着华西里·华西里维支。

"可以用拉丁话讲吗？（华西里·华西里维支冷然地点点头，马绥伯大声地用拉丁话讲了。）治理小俄罗斯的事情，实在不大容易。小俄罗斯人有点儿鬼聪明，爱在背地里捣蛋。明天要选举新格特曼，有人说要选举波尔可夫斯基。如果是他，那么萨摩洛维支也不必革职了。对于莫斯科，实在再没有比波尔可夫斯基更危险的敌人，这是我的友谊上的忠告。"

"你也明白，对于你们小俄罗斯的事情，我们是不愿多嘴的，只要大家能够团结一致，不管谁当格特曼，我们都无所谓。"

"听了高见，心里真是愉快。说实在的话，我们归附了莫斯科，生活就舒服得多。（华西里·华西里维支很快地笑了一脸，伏下眼皮。）你们爱护我们小俄罗斯的贵族，不没收我们的土地。现在我们也用不到什么隐瞒，我们当中，有好些人是给波兰人送秋波的。不过那些人只打算着个人的私利，结果只不过把乌克兰断送罢了。也许您不知道，如果我们投降了波兰，波兰的贵族老爷会把我们从土地上赶开，大大地建造起天主教堂来，把我们每个人都变成奴隶的。啊，公爵，我们是陛下的忠良的臣民。（华西里·华西里维支眼也不抬一抬地沉默着。）不过，请您不要生气。去年，为了准备万一的场合，在波尔泰华附近的秘密处所，埋下了一万金卢布的木桶。我们小俄罗斯人是挺朴实的，为了伟大的事业，不惜拼命。我们顶顶害怕的，就是让叛贼和傻子握住笏杖。"

"哪里的话，伊凡·史吉拍诺维支，我衷心地希望明天的格特曼选举有好的结果。"华西里·华西里维支站起身来，点点头，略略踌躇了一下，抱住马绥伯的肩头，接了三次吻。

第二天，四周挂着帷幕，随军教堂里，摊着法袍的桌子上，放着笏杖、军旗和格特曼的宝器。二千个哥萨克围在四周，身披波斯甲、大氅衣，头戴红雉毛钢兜的歌里纯率领着全部哥萨克队长走出教堂来。华西里·华西里维支坐上椅子，一手握着绸的手帕，一手放在剑把上，对着围聚的哥萨克们演讲了：

"英勇无双的小俄罗斯军各位弟兄，皇帝陛下依据古来军制上的习惯，允许各位选举自己的格特曼。你们要选举谁，就提名吧！要选马绥伯也可以，要选别人也可以，一概照你们自己的意思。"

索洛尼拿上校叫道："选马绥伯！"全场轰声附和："选马绥伯当格特曼！"

这一天,四个哥萨克兵士抬了满染泥土装着金卢布的木桶到歌里纯的营帐里来。

三

两年前,建筑在普劳勃拉潜斯克宫底下耶柴河边的堡垒,这年秋天,根据法兰茨·莱福忒、西蒙·宋梅尔两位将军的设计,着手改筑了。防护壁扩大,栅栏加强,深壕掘深,矗立起每个角上放上几门大炮的坚固的炮塔。用柳木编成的掩护堡和沙袋,掩蔽了青铜炮、白炮和独眼炮的行列。堡垒中间建有可以容纳五百人的兵士休息室,门的主梁上,响着奏音乐的时钟。

名义上不过是游戏堡垒,必要的时候,是很可以防守的。在刈去了长草的广野上,普劳勃拉潜斯克和赛门诺夫斯基两个大队一天到晚举行操练。西蒙·宋梅尔常常怒声呵斥,挥着老拳。兵士们扛着枪像机器人似的开步向前。"注意,立定!"兵士们把右脚一拖,站定下来,就此冻住了。"右肩,向前进! 向前进! 不对,流氓,混账,注意呀!"马上的将军红得像一头火鸡。甚至那位现任下士兵的彼得,走在他面前的时候,也立正了身体,害怕得凸出眼睛来。

又从侨民区聘请了两个外国人。一个叫法兰茨·清梅尔曼,有数学和观测天文仪的知识,另一个是老头儿,叫作加尔丹·勃兰德,精通海事。清梅尔曼教彼得数学和筑城术,加尔丹·勃兰德把在伊士马洛夫村堆物处所发现的遇逆风张侧帆的精致的短艇做了模型,在从事船的建造。

莫斯科方面,大贵族来得更频繁了,他们跑来看看,到底在耶柴河干些什么游戏? 为什么花那么多钱,又从兵工厂取用那么多军器? 他们并不过桥,站在对面,前边是大贵族戴着一亚尔洵高的羽毛褥子似的黑貂帽子,飘拂着扫帚似的大胡子,通红着脸骑在马背上,后边跟着连穿三四件奢华长袍的贵族们。不动一动地站上一个多钟头。河的这边,装沙泥和木柴的车子连成长蛇,兵士们扛运木头,在高高的三脚架和滑轮上嘶一声吊起大木槌来,又是砰的一声落下去,敲着木桩。铲子把土块翻起来,德国人拿着图样和两脚规来来去去地跑,斧斤的声音鸣响,锯声发出悲呻,监工拿着角尺走来走去。可是,啊哟哟哟哟,老天菩萨呀! 要是当皇帝是

86

坐在描金椅子里，从什么小山冈上远远地望着这些吵闹，可大大地错误了！那个穿着一条德国裤子、一件龌龊的上褂子，两手推着小车，在敷板上走着的，不正是他吗？

大贵族脱去用四十匹黑貂制成的帽子，贵族也脱了帽，从隔河低低地躬下身去。然后，张开了两手，发愣地望着。历代父祖从来把皇帝当作不拔的名城一般地卫护着，恐怕有一粒尘灰、一只苍蝇落上陛下的圣躬，皇帝是尊如天神，鲜亲万民，如皓占庭风的古茂而庄严的瑰宝。可是这，这是怎么一回事？跟奴仆们混杂一起，好像天生的奴仆和无赖汉一般，在敷板上走来走去，这是多么丧失尊严的事。再加嘴里还衔着装了魔鬼之草（指烟草）的烟斗。这正是动摇国本的举动，不，这已经不是游戏，也不是顽皮了。你瞧，对岸那些奴才们咧出牙齿的样子……

大贵族中有人鼓起勇气，挥着长髯，战声地叫喊：

"陛下，恕臣冒昧，老臣年迈了，敬敢直言。这是有失体统的、羞辱的事，历朝并无先例！"

彼得像长竿似的跳到柳木护壁上，眯着眼睛：

"是你吗？喂，歌里纯有消息吗？克里米亚打进了没有？还在那儿打吗？"

可恶的德国人在护壁后面大声喧闹着，简直不顾到一点儿身份。不管是德国人、俄国人，即使不受严厉的斥责，皇帝就在眼面前，也应该跪下来才是，却当自己是跟皇帝一样的人。大贵族并不引退，犯颜直奏了：

"老臣还抱过先皇，先皇临终的时候，还在御灵前当过值。老臣世代为留里克的旧族，历朝有许多祖先参与国政。请陛下也顾惜臣仆的名誉，停止这种恶剧。体念圣躬的尊严，把御体洗濯干净，到宫殿里去吧！"

"亚历克舍西加，把火钧线拿过来。"

彼得描定了准，从十二磅的独角炮里，射出豌豆的子弹，向大贵族满头满脸地打过来。宋梅尔将军捧腹大笑，莱福试也笑起来，沉默寡言的清梅尔曼现出和气的笑容，短小精悍的加尔丹·勃兰德脸皮皱得跟熟苹果一般，颤动着身子发笑。于是，高帽子跌落在地上，大贵族昏倒在身边的贵族的臂上，马昂起前腿，用后腿奔跳，德国人、俄国人都争先恐后地爬到护壁上观望。从此，整整的一天，把这件事当了笑柄。

堡垒便起名叫作飨宴城普莱西堡。

四

亚历克舍西加·门西可夫自那夜偶然踏进彼得的寝宫,就留下来了。他跟魔鬼似的能干而灵活,踏着尾巴头会动。只消把头毛昂一昂,立刻把事情办妥。睡觉也从没有时候,把手掌望脸上一擦,马上跟洗过脸一样的干净。他永远快活,闪烁一对青碧的眼,动不动就是一副笑脸。身体正跟彼得那么高,肩阔,腰细。如影随形,彼得在哪里,他也就在哪儿。打鼓、放枪、用剑砍断枯柴束,什么都是拿手好戏。又能做巧妙的模拟,装野熊爬进树洞探蜂蜜,突然遇到一群蜂,装神父做白天祷告,吓唬商人的妻子,装缺舌子吵嘴等等,无不登堂入室。彼得笑得泪流满脸,完全钟爱地望住着亚历克舍西加。开头的时候,大家不过当他是皇帝的弄臣,可是,他抱有更大的企图,虽然照样玩着滑稽,逗着笑乐,但有时候将军们和技师们围在一起,歪着颈子,望住图样,商量着如此这般的时候,彼得焦灼地生起气来,亚历克舍西加马上从别人的背后伸进颈子来,不等人阻挡,很快地说:

"这样这样吧,这是很简单的了!"

"啊,啊,啊!"将军们叫了。

彼得把目光一闪,大声地叫:

"对啦!"

有时需要急用的物品,亚历克舍西加就抓起了钱,跳上马背,跳过墙垣,穿过菜田跑到莫斯科去,好似捡来的一般,立时三刻把需用的东西办回来了。然后,把账单交给尼基泰·曹多夫(他现在是游戏部的长官),晃着身体,眨着眼睛,深深吐一口气:"这般这般,如此如此,绝无半文虚报!"

"亚历克舍西加,亚历克舍西加!"曹多夫摇着头,"一条枞树棒要三亚尔吞①,这是怎么一回事?至多也不过值一亚尔吞。哎,这个不行!"

"要是不急用,一亚尔吞也可以买,要急用,价钱就抬高了。我要紧拿棒回来,所以价钱贵了。不必对彼得·亚历克舍维支去啰唆了。"

"恶有恶报,你总有一天要上断头台的。"

---

① 古币名,一亚尔吞为三哥贝。

"天哪,你干吗说得这么凶,尼基泰·摩塞维支!"亚历克舍西加背过脸,青碧的眼中流出泪来,悲伤地说。

曹多夫把笔向他一挥:

"好,好,你去吧,这回就算你没有虚报。第二次,可不答应了!"

亚历克舍西加成为彼得的亲随了。莱福式在彼得面前称赞他:"那孩子跟狗一样忠心,魔鬼一样的聪明,将来颇有希望呢。"亚历克舍西加常常跑到侨民区的莱福式家去,大抵拿些什么回来。他很贪心,给他东西,什么都要。他穿戴着莱福式给他的衣帽,披着一头火似的红假发,是出现在侨民区的第一个俄罗斯人。每逢节日,他戴假发,剃光嘴脸,敷上发粉。宫役们开始带着父名,称他作亚历克山大·达尼鲁支了。

有一天,他带了一个穿着紧身上褂、新草鞋,打着新的麻布裹腿的漂亮的青年,到彼得跟前来:

"敏·海尔茨①(亚历克舍西加现在常常这样称呼彼得),他打得一手好鼓,请您试一试。亚留霞,你打打鼓看。"

亚留西加·勃洛夫庚慢慢放下手里的帽子,从桌上拿起鼓,眼睛黯然地望着穿隆,开始了重击和轻敲。召集,散队,行军,"急进,冲锋,杀,凯旋"等等续续地奏打出来,又打起轻柔的舞曲。哎,好家伙,像木偶似的站着,只有手腕和鼓棒跃动,快得简直看不出来。

彼得跳起身来,拉住亚留西加的耳朵,出神地望住他的眼睛,接了几个吻:

"任命第一中队的鼓手!"

于是,亚历克舍西加在大队里又得了心腹。待到白昼渐短,薄冰冻地,低垂的云中降落雹子的时候,侨民区开始跳舞,啤酒与音乐的晚会,德国人经过亚历克舍西加的手,向彼得皇帝送上请帖:一张周围画着圆杜和葡萄藤的漂亮的纸,中间画一个大肚子的裸男坐在酒桶上,上边是裸体的爱神弯弓欲射,下边一个老人把镰刀放在身旁,用金色的墨水写着德文的歪诗:

"谨治酒舞,恭请光临!"底下的大写体是"赫尔·彼得"。

黄昏初降的时候,亚历克舍西加把独马的车子赶到外廊底下(彼得因

---

① Mim Herz,德语 Mein Herz(我的心肝)的音讹。

为长得太高,不爱乘马),一起坐着马车往谷古去了。

"刚才上酒排去过,定好了最淡的啤酒,遵照御旨见了安娜·伊凡诺芙娜,约定今晚上一定到会。"

彼得嗯了一声鼻子,一句话也没有说,这晚上,他浑身发生一种惊人的力量。铁的车轮轧着冰冻的轮辙,道路沉没在暗色中,野狗群在河堤边吠叫。一会儿,灯火诱人地闪烁眼前,亚历克舍西加向前面一望:"向左,向左,敏·海尔茨。弯进横巷吧,这儿不好走。"和暖的光波从荷兰窗中透出来,玻璃窗内映出巨大的假发和祖露的双肩。乐声、对舞的男女、挂在墙头的三支烛的带着反光镜的烛台,投出奇怪的阴影。

彼得没有立刻走进去,他特别奇妙地瞠着眼睛,紧紧闭住小小的嘴,苍白着脸,蓦然在门口现出高长的身体……颤动的鼻翼,深深嗅到女体的芳香、醉人的烟斗和啤酒的气味。

"彼得!"主人高声地叫唤,许多宾客都伸出欢迎的手,走了过来。妇女从宽襟的露肩服中露出被紧硬的腰裆高高束起的艳丽的胸肩,向着这位奇怪的青年——野蛮人的皇帝,轻轻地躬身行礼。第一次对舞,彼得当然把安亨·蒙思当作了对手。每次伴舞安亨总因意外的喜欢,满脸透出羞红。她一天比一天美丽起来,马上就是极盛的时期了。彼得颇懂一点儿德国话,她很细心地听着他像切掉尾巴的蜻蜓一般的快速的谈话,不时地插进一句两句聪明的意见。

休息了一会儿之后,一个青年的德国步兵鸣响着巨大的喇轮请她伴舞。彼得扮紧了脸,蹲似的坐倒榻床上,冷眼望着飞起了裙子恬然漫舞的安亨的姿影,旋转着的亚麻色的头发和用金别针卷着丝绒带子的颈项,向步兵的臂上斜靠过去的模样。

心头痛楚地激跳起来,她是那么可望而不可抑地诱惑着他的心。

亚历克舍西加同那些冷清地坐在墙边的半老的贵妇们跳舞——先生,这可吃力得浑身是汗。快近十点钟的时候,青年告退,安亨也不见了。宾客们坐上晚餐的桌子,桌上满放着红香肠、猪头肉、菜卷鱼鸟肉,和最近从勃兰登堡带来的、珍奇美味的地苹果(便是马铃薯)等等。彼得贪馋地吃着,喝着啤酒,兴奋了被爱情疲乏的心,咬着萝卜,抽着烟草。快到天亮的时候,亚历克舍西加带他坐上双轮的大车。又在咫尺莫辨的暗野中,迎着冰一样的刺人的寒风。"在侨民区有一所磨坊,或是清梅尔曼那样一所制革厂,是多么好呢!"彼得攀住大车的铁梗子,这样地说了。

"还不是一样,又有什么眼羡呢? 攀紧,一条沟呀!"

"胡说,那样的生活你看不上眼吗? 我们的生活要坏得多呢!"

"最好,娶上一位太太,是不是?"

"讨厌,打掉你的牙齿!"

"慢着,又迷了路啦!"

"明天又得听母亲的吩咐……到浴室去洗澡,去做忏悔,去受圣餐,你太脏了。明天要上莫斯科去,再没有比这个更苦的了。穿上肩帔①,一个半天工夫就白白花在做祷告上,后半天得跟阿哥两个坐在宝座上,位置还在苏菲亚的下首,凡内契加阿哥的鼻子又臭得厉害……大贵族那些呆鸟脸,真恨不得一脚踏烂,可是,非得默默忍耐不可。皇帝,皇帝,你简直是傻瓜一个! 亚历克舍西加,他们总有一天要谋杀我的。"

"不要说这种话,喝醉了吗?"

"苏菲亚是树底下的蛇②,米洛斯拉夫斯基一家人是饥饿的蝗虫,我不会忘记他们枪剑的味道,他们是想把我从外廊推去的呀! 对啦,老百姓高声大吵,你还记得吗?"

"记得的!"

"华西加·歌里纯把军队在草原送光了,现在还叫他第二次征讨克里米亚呢,他要是打了胜仗带兵回来,苏菲亚和米洛斯拉夫斯基也等不到今天了。他们手里有十万兵,他们一定会打起乱钟叫他们来收拾我的。"

"我们可以守住普莱西堡。"

"他们对我下过一次毒,也派过刺客。"彼得突然站起来,放眼望去,四周都是黑暗,没有一星灯火。亚历克舍西加拉住他的衣带叫他坐下了:"这班浑蛋,这班浑蛋!"

"这里,是河堤啦!"亚历克舍西加抽了一下鞭子。白杨树萧萧作响。骤马在险岸疾驰而前,慢慢地望见了普劳勃拉潜斯克的灯光:"枪兵,敏·海尔茨,尽管打乱钟,也不会起来了,那时代已经过去,您随便去问谁,您可以问亚留西加·勃洛夫庚。他是住在村子里的。枪兵跟我们一样,并

---

① 俄皇举行庄重仪典时所穿的服装。
② 恶魔。

不喜欢您的姊姊。"

"还是丢开了一切,逃到荷兰去,当一个钟表匠,要好得多呢。"

亚历克舍西加尖起嘴唇吹了一声:

"那您就望不见安娜·伊凡诺芙娜了,跟望不见自己的脑后一样。"

彼得脑袋伏到膝头上,突然咳了一声,哈哈地笑起来。

亚历克舍西加也快活地大笑着,在马背上抽了一鞭子。

"您马上要娶太太了,娶了太太,您知道,以后就得自己做主,再忍耐一下子吧。嗨,只有一件事不好,她是德国人,又是新教徒。另外娶一个普通女子,好不好呢?"

彼得爬身过去,寒战着嘴唇,在暗中拼命张望亚历克舍西加的目色:

"为什么不行?"

"啊,我说得对吧! 您想娶安娜·伊凡诺芙娜做皇后,那才真正要打乱钟呢!"

五

只有在星期日的一天,安亨的裙子才做迷人的狂舞,因为酒宴和娱乐规定一星期举行一次。到了星期一,德国人便戴着毛织的圆帽,穿着木棉的短褂,跟蜂儿似的做工了。他们很敬重做工,不管对方是商人,是职工,他们总是恭恭敬敬地竖起指头说:"他是真正做工挣面包的。"

星期一,天还没亮,亚历克舍西加便叫醒了他,报告加尔丹·勃兰德和司务徒弟们已经来了。在普劳勃拉潜斯克宫的一间屋子里,设立了造船厂,加尔丹·勃兰德依照阿姆斯特丹带来的图样,造船舶的模型。德国人当司务,又奉命选了近侍和游戏队中聪明的兵士充当徒弟,有刨木头的、磨刀子的、打钉的,有在商船和兵船的模型上涂柏油的,有装缆索的、纵风篷的、雕花纹的。在这里,俄国人又学习数学和几何。

铁锤声、市场一般的喧声、鼻歌、彼得的高朗的笑声,响满在瞌睡惺忪的宫殿。宫妇们惊得发呆,娜泰丽亚·基丽洛芙娜爱静,搬到远远的别殿去了。在香烟缭绕、灯明如豆之中,不断地思念着彼得鲁霞,为他祷告。

娜泰丽亚·基丽洛芙娜从心腹宫妇的嘴里知道克里姆林一切巨细的

事情。"苏菲亚又在星期五①大吃其鱼了。她好似怕罪过,从亚斯脱拉罕办来了一沙勤②长的鲟鱼,藏满在食库里,连小些的,也总该送一条过来。她是那么刻薄,连宫妇们差不多都饿死了!"此外便是苏菲亚,因为华西里·华西里维支不在京,闷得慌,把博学的修道士西利威斯多·梅特威桀夫招进宫里去,据说他兼任情夫和天文师两重职司。穿着绸的法袍,挂着金刚钻的十字架,满手的指环,胡子剪成时新的式样,鸟儿似的发出一阵阵的香味。一天到晚待在苏菲亚宫里,两个人使着魔法。西利威斯多爬上窗顶,用一条长管子望星,画着奇怪的符,手指按着鼻头,念着符。苏菲亚在一旁不住地问:"还有呢? 嗯,还有呢?"昨天他拿来一只袋子,中间藏进纸剪的人形、骨头,点上三支蜡烛,口里念着咒语,不知把谁的头发在烛火上烧着……苏菲亚抖着身子,睁大了眼睛,脸孔白得死人一样,坐在一边。

娜泰丽亚·基丽洛芙娜把指头一响,躬身到那宫妇身边,低着声问:

"烧谁的头发? 是不是黑的?"

"黑的,太后陛下,我对上帝发咒,是黑色的。"

"卷曲的吗?"

"是的,是卷曲的。我们大伙儿就这么说,她烧的可不是彼得·亚历克舍维支的头发吗?"

据说这西利威斯多·梅特威桀夫承继过去西梅昂·波洛兹基和桀苏伊德教的流派,宣传面包崇拜的邪说。他著一本书叫作《芒奶③》,其中不依照"如此创造"的话,而用"受吧,食吧"的口号,装着圣人之徒的口吻,说面包是天恩的变体。④ 现在莫斯科穷人富人、市场殿宫,许多人都在谈论这面包的话,便是面包到底是依照什么话变体的问题。想得头都痛了,还是不明白要怎样做祷告,才和变体相适合。许多人就离开这个邪教,投进分离派去了。

一个叫斐尔加的红毛的教士,在莫斯科横行,身边聚拢了人,他就大声地叫唤起来:"我是上帝的使者,为你们带来真正的信仰。使徒彼得和

---

① 斋戒日。

② 一沙勤相当于六尺六寸余。

③ 以色列人流亡沙漠时,天上降下的水果。

④ 圣餐的面包和葡萄酒变成基督的血和肉。

保罗叫我出生在这个世上。你们应该用两个指头画十字,不能用三个指头画。三个指头当中,有魔鬼基加躲着的。这就是'库克西'①。三个指头中藏着全个的地狱,不要用三个指头画十字。"许多人立刻相信了他的话,吵闹起来。官厅想尽方法,也逮不住这红毛的教士。

因为克里米亚远征的军费,人民受了苛捐杂税的剥削,已经陷入贫穷的绝境。可是谣言又来了:第二次远征,要把老百姓最后一张皮都剥光了。农村和市镇人口渐渐少下去,几千老百姓都逃到乌拉尔山背后、伏尔加流域、顿河流域等分离派教徒的队伍里去了。分离派教徒们期待反基督的到来,其中甚至有人说已经见到了。分离派的传道士巡回在各处田舍农村之间,普救人们的灵魂,劝人民跑进烘麦房和浴场中活活把自己烧死。他们大声地说:皇帝、总主教、教士们都是反基督的使者。又守住修道院和镇压的皇军作战。派劳斯德洛夫斯基修道院里,分离派教徒杀死了二百名枪兵,知道无法抵御了,就躲在教堂里自己放火烧死。法化司克山中,有三十个分离派教徒在烘麦房堆积了草耙,放火自焚了。伏尔加下游的森林中,把采伐的树木放了火,自己烧死了。顿河流域梅特威桀河,有一个叫库齐马的逃亡农奴,自称法皇,对太阳画十字,扬言:"我们的神明在天上,不在地上。在地上是反基督。莫斯科的皇帝、总主教、大贵族们都是反基督的仆人。"哥萨克人都投到这法皇的地方,信仰他了。全个顿河流域都震动起来。

这类风声把娜泰丽亚·基丽洛芙娜骇得要死,可是彼乞尼加头上到来了黑云还不知道,只是一味地贪玩。老百姓忘掉了温和和恐怖,活活地投在火中,难道也不害怕吗?

娜泰丽亚·基丽洛芙娜想起血腥的史吉加·拉金②的叛乱,不禁一阵寒战,好像还是昨天的事情。那时候,也说有反基督到来,史吉加·拉金手下的哥萨克亚塔曼们也用两个指头画十字。娜泰丽亚·基丽芙洛娜胸头像小鹿乱撞,注视着烛火的光焰,呻吟着跪下膝头,额角叩在摩擦欲裂的蒲团上。

"给彼得鲁霞娶亲吧,他已经长得那么高,昂昂然像一个大人的样子,

---

① Kukish,以拇指置三指间用以侮人。
② Stenka Razin,俄哥萨克农民领袖,自 1667—1670 年举义反抗政府,失败。

酒也会喝了。还要跟德国女子、娘儿们胡闹。娶了亲,会安定一点儿吧!那时,他可以跟年轻的皇后一起到修道院去进香,求上帝赐给幸福,冲破苏尼加的魔法,保佑他不受人民的冲犯。"

对啦,彼得鲁霞一定得娶亲。以前,宫中的大贵族请求朝见,他还能坐在古老的礼拜室父亲的宝座里,谈那么个把钟头,可是,现在不管对他说什么,总是"以后再讲"。却在礼拜室里放上一只装得下二千维大罗①的大桶,漂着小船,吹起风来把帆鼓得袋子一般涨,从大炮里射出豌豆的炮弹。宝座下都有了焦疤,窗门也都打坏了,简直不成样子。

太后向自己的兄弟莱夫·基丽洛维支哭诉,他沉着脸叹气:"对啦,姊姊,给他娶亲吧,他大概会好一点儿。对啦,罗布亨家朝臣拉里昂,有一位叫也芙特基亚的年龄相当的姑娘,是十七岁吧。罗布亨家很有名望,族众也多,现在家境不好,一定会狗一样地贴在你的身边。"

为了先打一个脚道,娜泰丽亚·基丽洛芙娜用祈祷的名义到诺伏特维支修道院去,由心腹的妇人给了罗布亨家人一个暗示。门阀众多的一家,一群四十人拥到修道院,挤满了一教堂。大家都是苍瘦矮小,气鼓鼓的,用着快要跃出眶子的眼睛望住娜泰丽亚·基丽洛芙娜。把骇得要死的欧芙特基亚放在罩着套子的粗陋的马车里,像活宝似的郑重其事地带了来。娜泰丽亚·基丽洛芙娜恩赐接见,细细地看她,接着又带她走到圣器室,只剩了自己和她两人的时候,装作无心的样子观察了她的各点。这姑娘中太后的意了,当时一句话也没有说,娜泰丽亚·基丽洛芙娜就离开修道院。罗布亨一家都瞠起了眼。

在悲哀与忧伤中来了一件喜事:华西里·华西里维支的从弟波里斯·亚历克舍维支,在苏菲亚摄政的生日,从驻屯波尔泰华的克里米亚远征军回来,出席了乌斯宾斯基大教堂的午祷,喝得醉醺醺地走到苏菲亚面前,坐上餐台,破口大骂华西里·华西里维支:"他简直在欧洲人面前塌咱们的台,哪里是什么带兵官?只是围聚了一批左右,谈无聊的空话,把自己的梦想记在手册上。"他又骂朝廷中的大贵族:"只在肚子里转念头,眼睛里糟满了眼粪,就是一个懒鬼,空着手也可以夺取现在的俄罗斯。"他怒气腾腾地用刀子割着绣金的台布。从此以后,就常常来访问普劳勃拉潜

---

① Vedro,一斗一升余。

95

斯克宫。

他参观了普莱西堡的工事，普劳勃拉潜斯克和赛门诺夫斯基两大队的操练，不但不像其他大贵族那样冷笑地摇头，反而张开惊奇的眼，大为称赞。他参观了造船厂，对彼得说：

"罗马人在亚克冲①捕住了海盗船，不懂得用法，锯下了铜的船头，钉在洛司东②，便是讲坛上。要是他们懂得造船装索的方法，便可以横行海上，征服世界了。"

他和加尔丹·勃兰德做长时间的谈话，考试他的学问，劝他们在离莫斯科一百二十俄里的沛莱耶斯拉芙里湖边设立造船厂。又装了满车的拉丁图书、图样册，绘着荷兰城市、造船厂、船舶、海战的铜版画等等，送到普劳勃拉潜斯克的造船厂来。又向彼得献上学识丰富的阿拉伯侏儒亚伯拉姆及他的助手托马斯和绥加，翻译图书。一个侏儒身长二十威修克③，其他两个三十威克又四分之一，穿着很奇怪的上褂，戴着饰孔雀毛的卷形的帽子。

波里斯·亚历克舍维支有钱有势，又有特别敏锐的头脑，学问不弱于他的从兄，对于饮酒有难抑的嗜好，顶喜欢快乐而热闹的酒宴。开头娜泰丽亚·基丽洛芙娜有点儿害怕，担心他是苏菲亚派来的。这样灼手可热的显贵，绝不会向弱者结交的。可是不到一天，一辆四人篷车的轮声又开进普劳勃拉潜斯克宫的庭院。四马拉车，后边的马夫台上，坐着两个狰狞的黑人。波里斯·亚历克舍维支首先跳下来向娜泰丽亚·基丽洛芙娜请安。红脸大鼻子颤动着眼睛底下囊似的肿胀的皮，从向上翘起的胡子，有些地方脱了毛的剪修过的腮髯中，微微发出法国香水的气味。他的牙齿惊人的白，快活地发出洁光，带着要笑的样子。

"圣体安好吗，太后？昨晚没有做独角兽的梦吧？我早想来请安的，请安的……啊哟，实在有点儿倦了，失礼失礼！"

"你好啊，爱卿……莫斯科情形如何？"

"无聊呀，克里姆林这地方，实在太无聊，宫里结满了蛛网。"

---

① 古希腊城市及海峡名，纪元前31年，在此破奥克泰维昂思·安东尼。

② 古罗马公会堂的讲坛，常以俘获之船头为饰。

③ 一威修克相当于一寸三分余。

"啊,你说什么啦?"

"每处宫殿,大贵族在椅子上打瞌睡,都是享福人。最怪的,是谁也没有一点儿敬意,摄政殿下今天已经三天不朝见,躲在内宫不出来。去向伊凡皇帝请安,伊凡皇帝穿着狐裘大衣,戴着手套,躺在暖炕上,沉郁着脸对我说:'有什么话吗? 波略,这儿为什么这样沉闷,风在烟囱里呜呜地叫,真害怕,什么缘故呀?'"

娜泰丽亚·基丽洛芙娜知道波里斯·亚历克舍维支是说笑话,瞥了一眼,笑了起来。

"只有这里,真兴旺呢! 您真有一个好儿子啦,出众的聪明。瞧着吧,彼得皇帝的眼睛是掩不住的。"

待到独自留下的时候,娜泰丽亚·基丽洛芙娜眼睛透出了好一会儿的光,她在寝殿中兴奋地走来走去,飞翔着想象的翼膀。这好比一线青空突然从云隙跃出,打破了阴暗的雨天,放出阳光。当青年的苍鹰扶摇直上的时候,苏菲亚的皇座便得粉脆地崩塌了。

彼得也爱上了波里斯·亚历克舍维支,一见面便亲嘴,商量着种种的问题,借钱,公爵也从不拒绝。常常带了彼得和将军、工匠徒弟、侏儒们一同出去游山,闹着顽皮,想出热闹的玩意儿来。而且不管什么事,都肯破钞。德国人也非常尊重他。他常常乘着酒兴,轩起一条眉毛,晒着牙齿,红着鼻子喊叫:

"魏吉尔①的冥想……"

喊着,便用拉丁文朗诵:"无情的死神会打倒我们,所有的人都要丧生,再不回来。趁这火焰微燃,朋友,坐在炉边,斟满杯酒,崇赞上帝吧。让心头飘飘,让魂儿沉醉佳酿呀!"

彼得恍惚地望着。窗外风声萧萧,风越过平原,越过茂丛和沼地,横行数千俄里。有时掠去鸡舍的茅棚,把醉酒的农夫吹倒在雪堆中,在钟楼里,摇撼着寒钟鸣响。

但在这里,披散着假发的头,通红着脸,赤着剃光的头,从长烟斗中喷吐出蒙蒙的烟雾,烛火的光轻轻跃跳,一片的吵闹,一片的欢乐。

"让我们成立一个酒鬼元老院!"彼得叫尼基泰·曹多夫书写诏书,

① Virgel(公元前70—公元19),罗马大诗人。

"从今日始,每逢星期日,所有醉徒酒鬼,一律齐集莱福忒家,共同礼赞希腊诸神。"于是,不等召集,一齐会齐在莱福忒的家里。其中酒量最大的曹多夫,晋封大司教的称号,把酒髭用链子吊在他的颈上。叫无耻的裸体的亚历克舍西加蹲坐在酒桶上。他唱着淫秽的小曲,满座都笑得肚子发痛。

这狂酒的风声,直传到莫斯科。大贵族惊惶地私语:谷古的德国人终究用酒迷倒了皇帝,做出冒犯神明的魔鬼似的行动来了。"忠义的老臣普林可夫·洛斯托夫斯基公爵跑到普劳勃拉潜斯克来,向彼得犯颜直陈古斯拉夫人的良风美德,奏谏了整整一个钟头。卑占庭式的庄严和敬神之念必须保存,因为俄罗斯是以此立国的。彼得默默地听着(他正在食殿中同亚历克舍西加下棋,是星期日的傍晚),突然把布着棋子的棋盘推开,咬着指甲,来回地走起来。公爵提起累赘的皮裘外套的袖子,还是接着说下去。一个拖着长长的满腮胡子的瘦老人,简直不是一个人,是鬼嘛。讨厌的、牙痛一般的厌物!彼得弯腰在亚历克舍西加耳边说了什么。亚历克舍西加猫似的哼了一哼鼻子,晒着牙齿走出去了。一会儿,拉了马回来。彼得命令公爵坐上雪橇,带到莱福忒的家里去了。

在一把高背的椅子里,尼基泰·曹多夫戴着纸的皇冠,手里拿着烟斗和鹅蛋,对食桌坐着。彼得俨乎其真地向他作了一礼,乞求祝福。大司教大模大样地用烟斗和蛋替他作了饮酒的祝福。这时候,全场(二十个人)一齐用鼻声唱赞美歌。普林可夫·洛斯托夫斯基专心致意别在皇上的面前做出失礼的举动,偷偷在皮裘外套的大襟上画了一个十字,又偷偷地吐了一口口水。一会儿,一个捧酒杯的裸人跳到酒桶顶上。于是皇上陛下便指着裸人,发出破钟似的声音大声说道:"这就是我们所拜的巴加斯神。"普林可夫·洛斯托夫斯基骇破了胆,跌在地上。这昏倒的老人便被人扛进雪橇里去。

从这天开始,彼得封曹多夫为无上至醉法皇和巴加斯神大司祭,称莱福忒家的宴会为无上狂醉大教堂。

这风声传到苏菲亚的耳朵里,苏菲亚勃然大怒,派了宫中的大贵族费亚特尔·犹里维支·罗莫达诺夫斯基去责斥彼得。他带着沉郁的面色从普劳勃拉潜斯克回来,向摄政殿下报告了:

"那边吵闹玩乐得厉害,工作得也起劲……普劳勃拉潜斯克没有睡觉呢。"

憎恶和冥然的不安,重压在苏菲亚的胸头。不知不觉地,这小狼儿长大起来了。

六

华西里·华西里维支忽然从波尔泰华回来。东方还刚刚发白,克里姆林的宫门和走廊下,已经来往着许多人,像搅翻了黄蜂窝一样的热闹。

苏菲亚一晚上没有睡觉,满身打扮:金线刺绣珍珠镶嵌差不多有一普特重的衣服,辉闪着红宝石、绿宝石、金刚钻等等的肩帔。宫女维尔加脸子靠在冷冷的玻璃窗上。

"殿下,来了!"

苏菲亚被人扶起身来,向窗外望去。六匹头上佩着羽毛,丝绒肚带,全身披挂一直到地面的黑圆斑骏马,在雪地上,从尼可里斯该门方面,以全速力疾驱而来。穿白上衣的前驱,在马前跑过来叫喊:"下车,下车!"全身铁盔铁甲,披短氅的军官站在罩着锦绣的低低的橇门口,在红外廊前骤然停下。贵族们赶忙跑过去,伸手扶公爵走出橇来。

苏菲亚两眼灼灼地望着,维尔加用手扶住了她的身体。"啊哟,想念得这么烈呀!"苏菲亚终于沙声地说,"维尔加,把帽子给我!"

坐上格拉诺维泰耶殿的宝座时,才和华西里·华西里维支互相觑面,蜡烛在枝形烛架上燃烧。大贵族们并坐在椅子里,只有华西里·华西里维支一个人站着。虽然穿着华丽的服装,却显出憔悴的样子。须子很蓬乱,眼眶洼陷,脸色焦黄,稀疏的头发长得很长。

苏菲亚强忍眼泪,从袖裆底下伸出紧紧嵌着镯子的、又肥又热的手。公爵跪下来,用粗糙的嘴唇亲着。出于意外地,她好似预感到不祥之兆,轻轻地怔了一怔。

"真高兴又见到你了,华西里·华西里维支公爵,你一向好……"她尽力做出平常的声音,轻轻扫扫咽喉,"上帝保佑了我们担负的事业吗?"

浓妆艳抹、身包金色衣服的她,坐在饰着鱼齿的父亲的宝座里。四名亲卫兵穿着白色制服、戴着貂皮帽子,手持白银的小斧的静寂的侍童站在她的背后。大贵族们像天堂中的天使一般,分成两列拱卫着罩上薄红呢布的宝座底下的三级座台。一切都依照卑占庭的古风,没有半点儿逾越。

华西里·华西里维支屈膝低头,展开两手,谨聆圣谕。

苏菲亚的话说完了,他站起来,回答了:"拜聆优讯的面谕,实不胜诚惶诚恐之至。"两名值殿官替他端来折椅。然后奏上主要的题目——他这次回朝的理由。华西里·华西里维支举眼探一下在朝诸人的神色,一张张倦怠肿胖的、铁板的红铜色的圣像似的呆脸,额上堆着皱纹,嘴巴茫然地张着。有的故意挺起了胸脯,疏忽不得啦,歌里纯公爵一定又挥着生花妙舌指黑为白,叫人解开钱袋了。但是要劳动不习惯的脑筋,实在太不行了。大贵族们气呼呼地紧张起来,有的额上还渗出了黄汗。华西里·华西里维支一眼就看出了底细,便绕远路把话提出来:"窃以皇帝陛下及诸位列公列爵之奴仆华西加·歌里纯率领全体将士,奉请皇帝陛下及诸位列公列爵,仍以过去之垂爱,加庇皇帝陛下及诸位列公列爵之奴才华西加及其属下。请将至圣圣洁圣母处女马利亚之圣像,由东司可修道院,颁赐于陛下及诸公之军队,使至洁圣母庇佑陛下及诸公之军队,避去一切灾厄,并封陛下及诸公之敌人,表现煊赫之胜利和灵妙之征服。"

公爵滔滔不绝地念了一大篇,沉滞的热空气和大贵族们身上的汗蒸汽,在烛火上面凝结成一圈佛光似的雾霭。东司可修道院的圣母像的问题,一下子就解决了,大贵族们照仪式商量了一下,决定颂扬了。忽地透了一口大气,立刻,华西里·华西里维支换了一副决断的口吻,谈到主要的议案——军队已经三个月没有关饷。外国军官,如白特里克·歌东上校等人,很生气地把铜币扔到地上,公然要求,要是不能用银币发饷,就干脆发黑貂吧。兵士制服都穿烂了,没有一双皮靴,全军都穿草鞋,连这也不够分配。到二月里就要开始进兵,别再耻上加耻才好,这实在是叫人头痛的事。

"大概需要多少数目?"苏菲亚问了。

"一千五百银币和金币。"

大贵族们瞿然一惊,有的把芦杖和木杖落在地上,骚然了,跳起来拍一下腰膀:"啊,了不起!"华西里·华西里维支注视着苏菲亚,苏菲亚目光灼灼地回望着他。他便又侃侃然地讲下去:

"有两位桀苏伊教士来我的营里,带有法兰西皇帝的证书。他们提出一个很好的意见,对于陛下(立起来向苏菲亚行了一礼)也有不少的利益。他们提出的内容是这样的:他们说,近来海盗横行,法兰西船舶航行世界各地遭遇险阻,商货常受甚大损失,但如果穿越俄罗斯领土,到东方各国是一条直线,可以很容易地运输。到波斯、印度、中国等处,贵国人从来没有运出商品的,莫斯科商人也不能胜任,法兰西的商人却很富裕。因此,你们为什么把边境封锁呢?请允许我国商人在西伯利亚和其他各地经商,他们会在沼泽上开辟道路,竖立路牌,兴建驿站。在西伯利亚购买皮毛,用金币付款。如发现矿山,就兴工开矿。"

普林可夫·洛斯托夫斯基老公爵再也忍耐不住,拦断了华西里·华西里维支的话。

"就是谷古的那些邪教徒,结果也已可想而知,你还打算把洋鬼子背进来吗? 正教,就算是完了!"

"先帝的朝代,花了多大气力才把英国人赶出去,现在又要填法国人的屁股吗? 这还成什么话!"国会贵族薄薄鲁庚大叫着说。

接着是桀诺维艾夫气呼呼地说:

"我们反对外国人来破坏我们固有的美风,让他们经营工商是小事……我就反对客客气气请了他们来,到头反把我们迫得团团转。我国是第三罗马呀!"

"对啦,对啦!"大贵族们都叫吵起来。

华西里·华西里维支气得只是瞪着眼睛,颤着鼻孔,向四边望个不住。

"爱国之念,我也绝不后于诸公。(他提高了嗓子)当法兰西的大臣们侮辱我国的大使特尔高尔基和摩西兹基的时候,我这胸口(他用满戴指环的手按着链锁中)气愤得多么难受。空手向人借钱,受人的白眼(许多贵族都喘起气来)。如果我们对法兰西皇提供权力做交换的条件,三百万里佛的金币马上可以装进宫廷的国库里。桀苏伊教士对大天使发着誓说的。假如陛下接受我们的提议,贵族院加以批准,我们可以用脑袋担保,三百万里佛到春天一准送到。"

"诸位,请把这件事好好考虑一下,这是很重大的。"苏菲亚添上了一句。

考虑这样的事情,倒说得好轻巧啦。事实是,大乱之后的时光,外国人像鹰似的扑到俄罗斯来,抢夺工商业,把一切物价弄得惨跌。地主不得不以白送一样的价钱,出卖亚麻、大麻、麦子、家禽等等。另一方面,外国人教会俄国人穿西班牙丝绒、荷兰麻纱、法国绸,乘厢式车,坐意大利沙发。可是先帝亚历克舍·米哈洛维支尽力脱出了外国人的束缚,想由自己从海道输出商货,特地从荷兰请来了造船技师加尔丹·勃兰德,经过老大的困难,造了一只"神鹰号"。事业就这么停顿下来,没有人懂得航海术,钱又不够,再加又有纠纷,把"神鹰号"烧掉了。可是外国人现在又偷偷地过来,想重新把手探进俄罗斯人的怀里,想什么鬼念头啦,要求十万卢布做克里米亚的战费。歌里纯没有钱是不肯走的。哎,三百万里佛,多动人呀!大家都汗涔涔地想着。

桀诺维艾夫一把抓起长髯,这样说了:

"还是想想在城市农村里有什么东西可以课税的吧,盐怎么样?"

聪明的伏尔孔斯基老公爵答道:

"草鞋还没有课税呢。"

"对啦,对啦!"大贵族们嚷嚷起来,"一个农人每年得穿十二双草鞋,每双捐一哥贝,就是够打胜汗了。"

大贵族们抚一抚安心的胸头,事情就这么决定了。有的揩一把汗,有的把指头转旋着,吐了一口闷气,也有在放心之后,把闷臭的呼吸吹进皮裘外套中的。华西里·华西里维支失败了,但他还不肯罢休。也不管失态,把手里的芦杖往地下一蹾。

"你们简直没有脑袋嘛!好多穷光蛋,把宝贝丢在泥土里!饿肚子的,看见面包缩手,这到底怎么回事?上帝把诸公的理性搅糊涂了吗?一切基督教国家,其中有的比我们一省还小,都是商业繁盛,人民富裕,大家各课自己的利益,只有我国,还是做着黄粱大梦。老百姓跟害瘟疫一样,拼命地四散逃亡,森林里满是强盗,大家还是不看方向,随脚乱走。不久之后,俄罗斯这块土地就可以称作荒野了。那时候,瑞典人、英国人、土耳其人就得长驱直入,收为己有了。"

懊恨的眼泪从华西里·华西里维支的青眼中滔滔不绝地滚下来。苏菲亚把手指托在椅靠上,从座上挺过身子来,脸皮痉挛似的颤动。

"这也不能说就该请法国人进来。"费亚特尔·犹利维支·罗莫达诺夫斯基沉着声说。苏菲亚把目光盯住他身上,大贵族们都平静了。他摇晃着肚子,像拔钉似的从座位站了起来,短腿,阔肩,头毛服帖的小脑袋,像埋进在两肩中一般。一对看起来又冷又阴暗的斜视眼,络腮胡子最近刚剃去,口唇上抹起两条八字须,老鹰鼻子挂在厚嘴唇上。

"法兰西的商人是没有用的,他们连最后的一件汗衣也会给你剥去。可是,我前几天到普劳勃拉潜斯克的陛下处去请安。嘿,玩得真是起劲。这固然不错,可是,是有意义的玩意儿! 德国人、荷兰人、造船师、造船匠、军官,都在拼命地工作。赛门诺夫斯基和普劳勃拉潜斯克两个大队,我们的枪兵联队简直望尘莫及。商人是没有用的,不过许多事情,不借外国人的手是办不了的,开办冶铁、丝麻、制革、造玻璃……建造谷古那样的水库、锯木制材、造兵舰……这些事情是非办不行的。可是,在这儿,今天却决定收草鞋税。这随诸公的便,决不决定,在我都无所谓。"

他生气地晃了晃胸饰和八字须,后退似的坐下椅子。这一天,贵族院的会议,结果是什么也没有决定。

七

酷寒的夜,酒排中来了大群的客人,一个蠢笨的仆人把白桦的木柴轻轻放进炉子里。"啊,你这儿真和暖,蒙思!"客人们有的掷骰子,有的打纸牌,有的谈笑,有的唱歌。约翰·蒙思拔开了第三桶酒的塞子,脱掉棉袄,只剩一件毛线衫。颈子里暴起了青筋。"喂,蒙思,你还是到风口吹吹凉吧,血气太旺了。"蒙思茫然地笑,自己也不明白怎么回事。话声好像从远方传来,眼里淌出泪水。正想提起十只斟满啤酒的有柄杯子,却提不起来把酒倾翻了。一阵绝度的疲劳走遍全身,推开门,走出外边的寒风中,靠在檐下的柱子上。冰轮似的月亮罩上三色的大晕,高高地悬挂中天。空气充满着万千枚寒冷的流针。大地、树丛、屋舍,一片的银装世界。在异乡的国土,异乡的天空,一切东西都罩上了死的影子。他粗声地喘息,好似有一件什么,在以惊人的速力侵袭过来。唉,再见一见故乡丘林根吧,那个山峡边有湖畔的、小巧精致的镇市……眼泪流落脸腮,一阵劈裂的疼痛抓住了心头。伸手摸到门上,好容易才推开了。烛火的光,客人们晃动的脸,看去都罩上了一层灰雾。胸头一阵泛动,他呜地呻吟了一声,就在地上昏倒了。

这样地,约翰·蒙思就死了。他的死,在一个很久的时期中,使一切德国人的心头刻上悲哀和惊惶的痕迹。留下寡妇马蒂尔达和四个孩子,三个铺子——酒排、磨坊、珠宝店。长女莫黛斯特，幸巧在这年秋天已嫁了德国联队的中尉戴亚特尔·巴尔克，一个出色的汉子。安娜和年纪还幼小的斐里蒙和威廉三人，就变成孤儿了。常常是那样的，看到一家的主人死了，财政状况并不多大宽裕便会有一些借据出现。为着弥补亏空，磨坊和珠宝店不得不盘出去了。在这样愁云密布的时候，莱福忒就给他们钱，替他们奔走，照料一切的事。住宅和酒排总算保留在寡妇的手里，于是，现在的马蒂尔达和安亨就日夜以泪洗面了。

"妈妈，您叫我吗？"

"你坐下来，亲爱的彼乞尼加！"

彼得在短榻上坐下，满不痛快地四望着母亲的寝殿。坐在对面的娜泰丽亚·基丽洛芙娜微微一笑。啊哟，又弄得遍身是泥了，衣服也钩破了几处。手指上包着纱布，头发这样的蓬乱，额上罩着黑影，眼睛不安地灼烁。

"彼得鲁霞，你别生气，听妈对你说。"

"什么事，妈妈？"

"我想给你娶亲。"

彼得突然站起，从映着灯光的圣像下到门口，挥着手气恼地走来走去。重新坐下来，脑筋跳跃着，扳过脚尖，把巨大的脚底弯进里边。

"娶谁？"

"我看上了一个，一个可爱的姑娘，儿啊，跟一只小鸽子一般。"

娜泰丽亚·基丽洛芙娜俯身在儿子的身上抚着他的发毛，注视他的眼色。彼得连耳朵都红了，拉开自己的手，又站起来。

"这件事，慢慢再说吧，我真的还有许多事要做。不过，如果一定要娶，那我也没有办法。"

他躬起瘦长的身子，溜了出去，肩头在门框上撞了一下，发狂似的跑过走廊，远远地，门砰的一声响。

第 四 章

一

农奴伊凡西加·勃洛夫庚(<small>亚留西加的父亲</small>)在货橇里装上冻禽、面粉、豌豆,每式五袋,白菜五桶,由橇道运到普劳勃拉潜斯克来,这是解交华西里·伏尔可夫的食料租。总管在领地内征发了,叫他趁还没有坏掉,送到主人奉公的地方。伏尔可夫同别的近侍一般,在宫里有私用的带仓屋的房子。

开进院子,伊凡西加·勃洛夫庚战战兢兢地摘去帽子,有许多漂亮的雪橇并列在红外廊底下。一群穿制服的宫役在铺满朝霜的路上谈笑着走过,身上饰着狐尾狼尾的马,踏着洁白的雪地,正互相嬉戏。没了用处的种马在气呼呼地嘶鸣。一群麻雀在冒着热气的粪堆边忙忙碌碌地啄食。

穿着绣金衣裳的近侍,穿着红里襟外国式上褂、像女人一样卷发的军官,在没有顶篷的外梯上,匆匆地上下。伊凡西加·勃洛夫庚望见了自己的主人。自从吃了皇帝的俸禄,华西里·伏尔可夫胖了许多,络腮胡子波形地披下,一手攀着绸腰带,悠然地走过去。"嘿,正忙着呢,来得不凑巧了!"伊凡西加想。从橇上解开了马,投了一绺干草。皇帝的狗跑了过来,黄眼睛斜视着伊凡西加,呼呼地啰唣起来。伊凡西加皱眉做一个笑脸,柔声地抚慰:"你,怎么啦,怎么啦!"幸而吃饱的畜生没有咬就走开去了。一个体格魁梧的宫役走过来:

"喂,瘪三,你打算在这儿吃一顿打吗?"

幸而这时候,宫役就被人呼唤去了,要不然,可不会放过伊凡西加的了。他拾起干草,重新把马套上橇子。这时候,宫殿的高楼中,钟声嗡然鸣响,奴仆们骚然起来,有的跨上头马①,有的跳上马夫台,脸孔狰狞、屁股巨大的车夫们拉正了缰绳……第一级梯级上站着横戴帽子的近侍。宫门口鱼贯地走出行列。捧圣像的侍童、捧空皿的青年——华贵的帽子,绿色、金色的刺绣,绯红丝绒的上衣,皮裘外套等等,掩映在积霜的白桦树下的雪地上。勃洛夫庚照例画起十字来。是大贵族出来了。其中还有连穿几件珍贵皮裘外套的妇人,角形头巾下,染成白色的眉毛,青暗的眼睑直涂到太阳穴,圆丢丢的脸腮,抹着越橘色的胭脂……脸孔像煎饼一般。手中拿着七灶树的枝条,是一个很快活的妇人,好似喝醉了酒,被人扶着手,从外廊走出来。有些宫妇的孩子,在伊凡西加的身边走过,嘴里嚷着:

"瞧呀,是媒婆来啦!"

"她来收拾新房的吧!"

宫役们呼喝着,铃声震撼着大气,橇板叽咯地响,霜块从白桦树上跌下来。行列像一条长蛇,向田野伸展开去,一直伸到笼罩在青霭中的莫斯科。伊凡西加张口直望着,有人大声地叫他:

"喂,神志清清,怎么啦,张开大嘴!"

回头一看,眼前站着华西里·伏尔可夫。一副主人脸,气呼呼蹙着眉毛,眼睛钉似的注视着他:

"你拿来了什么?"

伊凡西加深深地鞠躬到地,从怀里取出总管的信,双手捧上。华西里·伏尔可夫顿顿脚,皱着眉头读了起来:"鸿恩深厚,德望隆高,家大老爷:谨送上食用各品,敬请检收。今岁收获较昨年为少,伏祈原恕。今年不能猎鹅,火鸡亦无……贵村人口骤减,最近逃亡五口,实深惶惑。余者亦食用不给,食粮能维持至圣母节②者,已不甚易,现均食野菜③度日,故征收甚少。"

华西里·伏尔可夫跑到橇边:"给我看!"伊凡西加骇得战战栗栗,打开货包——精瘦的鹅、发青的鸡、结块的面粉……

---

① 数马中拉车的最前之马。

② 俄历十月一日。

③ 原文 lebeda,一种野生植物,学名 Atripelx。

"你拿了什么来了,你这是算什么东西的?你这痴皮狗!"伏尔可夫发疯地叫骂,"你偷了,一定是你偷了!"从橇上拿起鞭子来,往伊凡西加抽去。伊凡西加秃着头,挺立着身子,眼睛眨呀眨的,老百姓是狡猾的,他知道,自己把灾难带来了,任便抽打吧。隔着一层半截外套,也没有多大疼痛。

鞭柄子断了,伏尔可夫更加暴怒,抓起伊凡西加的头发。这时候,两个穿军服的人从宫殿那边突然跑过来,伊凡西加听天由命地闭住眼睛:"帮手来了,这可糟啦!"前面的一个(比另一个稍微低一点儿)扑向伏尔可夫,一把推来。伏尔可夫一个踉跄,险些跌倒,手中放开了伊凡西加的头发。一个青眼、马脸、高个儿,哈哈地笑起来……三个人一起猛烈地吵起来……伊凡西加骇碎了胆,跪倒地上。伏尔可夫咆哮着道:

"岂有此理!这两个都是我的奴隶,我要打便打,难道只有皇帝老子一个人可以说话①?"

"好,慢着,你再说一次,难道只有皇帝老子一个人可以说话?亚留西加,你听到这不敬的话吗?(又对伊凡西加)你也听到的啊?"

"啊啊,慢着,亚历克山大·达尼鲁支!"华西加·伏尔可夫的怒气忽然消失,"我说话没留神,真没留神。我因为被自己的奴隶顶撞,气糊涂了。"

"好,咱们上彼得·亚历克舍维支那儿去再讲吧!"

亚历克舍西加向宫殿走去,伏尔可夫追上去拉住他的袖子,身材较低的一个就留在货橇边跟伊凡西加静静地谈起话来。

"爸爸,是我呀,你不认识了吗?我是亚留西加呀!"

伊凡西加骇得战兢兢,斜眼看去,一个衣穿金扣华贵呢服,假发披上肩头,腰佩军刀的漂亮青年。可是,真有点儿像亚留西加,这是怎么一回事?伊凡西加装作早就知道的样子说:

"当然,我认识你……自己的老子呢!"

"你好,爸爸!"

"你好,阔气的小厮!"

---

① 原文"并非只有皇帝拿教鞭"(Ukazak 教师教儿童识字时所用之鞭),意非仅皇帝能发令,我亦可发令。

"家里怎么样?"

"上帝保佑!"

"日子过得怎样?"

"上帝保佑!"

"爸爸,你不认识我吗?"

"也许不认识,也许认识。"

伊凡西加看看再没有什么好说,戴上帽子,收拾起断鞭,气鼓鼓地扎好打开的袋子。这小厮还不肯走开,让他安定下来,说不定真是逃走的亚留西加。要是不错的话,那么,小鸟儿真是高飞了。说认识好呢,还是说不认识更加合乎礼貌? 伊凡西加狡猾地眯细了眼睛。

"我还要上莫斯科走一趟,老婆子叫我买些盐回去。可是我一个子儿也没有,你可以借我两个亚尔吞银毫,或是八哥贝吗? 自己人一时不凑手,你肯借吧?"

"爸爸,我是你自己的儿子呀! 说什么借不借的。"

亚留西加从怀里掏出一把钱,不是铜币是银币,三卢布,也许还要多些。伊凡西加愈发闹糊涂了,伸出满是老茧的木勺一般的手,接下了钱,身子发起抖来,两膝自然而然弯下来,不住地点头。亚留西加把手一挥,转身跑掉了。

"啊哟,孩子,啊哟,孩子!"伊凡西加低低地自言自语。眯着眼向四周很快地一望,有没有宫役们见他拿钱呢? 总是小心点儿的好,他把两个半卢布藏在口里,其余都是放进帽子里。急忙搬下桶袋,交给主人的仆役,拿了收条,拉起缰绳,加上一鞭,向莫斯科疾驰而去。

华西加·伏尔可夫不小心说了一句:"并不是只有皇帝老子一个人可以说话。"他可能会受惨烈的报答。要是被侦缉队的刑吏知道了……他追上亚历克舍西加跳进门廊下,拉住他的手腕,身子伏到地板上,流泪哀求,答应把手上的红宝石指环给他,马上脱下来双手奉上。

"你瞧,贵族的儿子,你这个坏蛋!"亚历克舍西加把高贵的指环套在中指上说,"饶了你吧,只此一遭。你还得向亚留西加·勃洛夫庚请罪,送他钱和呢绒,懂了没有?"

瞥了眼红宝石,微微一笑,把假发一甩,摇晃着肩头,叽咯地响着靴声,昂然走去了。从前因为兔肉包子发了臭,被人在市场里打耳光,还是不多久的事情。唉，人生在世，权势不能没有，伏尔可夫颓然走回自己的屋子，匆匆地打开柜子，郑重地找出一匹呢绒，舍不得，几乎落泪，真气人……对方是农民的儿子，还不是一个奴隶，请他吃鞭子，有什么不应该。可是还要送他礼物，实在太岂有此理了！哭了一会儿，叫喊仆人：

"把这个送给普劳勃拉潜斯克第一中队的亚留西加·勃洛夫庚去。你说，我们主人多多拜上，我们的友谊始终如一……"突然，攒起拳头向仆人一扬，"有什么好笑，打掉你的牙齿，你对亚留西加说话，声音要柔和，态度要恭敬。那浑蛋现在灼手可热啦！"

亚历克舍西加跑遍了各殿，找寻彼得。宫役们正在收拾椅上和窗栏上的庆典的装饰，铺平绒毯的皱褶，挂上古雅的帷帘，把珠花巾披在圣像上，在长明灯里加油……满宫殿响彻着物件碰动和脚步杂错的声音。

彼得独自留在刚才媒婆布置好的屋子里，这是一所拆去了穹窿上的土格子的别殿。（青年夫妇睡在里面，不应仰见泥土。）彼得穿着做礼拜时穿的皇袍，手里还捏着接见媒婆时拿到的手帕，咬在嘴里撕得一条一条的。望见亚历克舍西加脸上一阵红晕。

"打扮得好漂亮呀！"亚历克舍西加唱歌似的说了，"好像迎接天使的天堂。"

彼得放开咬紧的牙齿，哈哈地笑着，指指新床：

"好不无聊！"

"又年轻又漂亮，暖和的新娘子，你还说无聊，岂不是罪过煞人，叫人大骇一跳？敏·海尔茨，天下乐事，还有比这个更好的吗？"

"别胡说！"

"我在十四岁的时候就尝过那滋味，一个骨瘦如柴的丑陋的女孩子……可是，你的新娘是漂亮得像个天人呀！"

彼得轻轻喘了一口气，又重新望望这所三边高高开着颜色玻璃小窗子的木造屋子。墙上挂着推海兰织造的帷幕，床上铺着印有翎毛独角兽的绒毯。屋的四角，插着四枚长箭，每枚箭上各挂四十匹黑貂，箭镞上刺着弧圆形的白面包。两条并放的凳子，上面放着二十七束麦穗、七枚野鸭绒填子，填子上面是丝绸的床，镶珍珠的被褥，褥上放一顶皮裘的帽子。新床底下铺着貂皮的蓝被，枕边放一个装着小麦、裸麦、燕麦、大麦的菩提树桶。

"你不是还没有见过她吗?"彼得问。

"我跟亚留西加买通了用人,爬到屋顶上去看的。真正盖世无双,新娘子坐在暗处,新娘的母亲坐在正对面,目光灼灼地注视着她,好似怕一颗尘灰落在脸上。你不能从她屋子里拿出一颗尘灰去,守备得很厉害。罗布亨家的伯叔辈,都拿着火枪和大刀,昼夜不休在院子里巡逻。"

"苏菲亚怎么样?"

"她简直气得发疯啦,当然不能说不准婚亲,可是敏·海尔茨,你同新娘坐酒席的时候,千万不能吃一点儿东西,你要是嗓子干了,只消向我丢一个眼色,我就捧茶给你,你就好喝了。"

彼得又咬起破手帕来。

"到侨民区去一趟好吗? 反正没有人知道,只消一个钟头,好吗?"

"不行,敏·海尔茨,以后你不能再想安娜了。"

彼得变了脸色,伸一伸颈子,鼓起鼻孔:

"不准我说话了吗? (他一把拉住亚历克舍西加的胸口,把纽扣都拉断了。)你不肯吗?"他屏着气拼命摇晃,但马上放开手,温和地说,"把那件坏的皮裘外套拿来,从后门走,把雪橇放过来。"

<h2 style="text-align:center">二</h2>

婚礼在普劳勃拉潜斯克举行。除了纳露西庚家和新娘家族,招待的宾客很少,只有朝中的几个大贵族,波里斯·亚历克舍维支·歌里纯,以及费亚特尔·犹利维支·罗莫达诺夫斯基。娜泰丽亚·基丽洛芙娜请罗莫达诺夫斯基主婚,伊凡皇帝因病不到,苏菲亚这一天出门进香去了。

一切依照古礼:新娘一早就送到宫里上妆沐浴。宫女们戴上礼冠,穿上长服,不绝地唱歌。在歌声中,大贵族的夫人和傧相们给新娘穿上蝉翼纱汗衣,穿上袜子,穿上袖口缀珠的绯红缎袍,和袖长及地、刺绣着花卉飞禽走兽的中国绸的薄衫,颈上是饰金刚钻的海獭围巾,披满肩头,紧紧地扣住咽喉,也芙特基亚几乎要昏倒了。薄衫上再披上一件有二十个涂釉扣子的越橘呢的宽大的夏外套,上面再披薄皮嵌银线、珍珠重绣的大披氅。戴上晶亮的指环,又戴上耳环,然后又把头发一把梳起,几乎连眼皮也不能眨眨,垂犨结上无数的丝绦,再戴上城市形的高冠。

快到三点钟的时候,也芙特基亚浑身包扎得密不通风,像一个蜡人似的坐在黑貂褥上。一口麻栎的小柜,中间装着蜜饯兽肉,印着圣像的甜点心,蜜炙胡瓜、核桃、葡萄干,略山出品的大苹果等美味的食物,算是新郎的礼物,她也没有工夫瞥上一眼。依照习惯,身边还放着装女红用品的牛骨小匣,和装指环耳环的白铜镀金的小匣。匣上放一束白桦的枝条——是鞭子。

新娘的父亲——朝臣拉里昂·罗布亨(从这天开始御赐称名费亚特尔)舔着干枯的嘴唇,蹒跚地走进来,"怎么样,新娘怎么样?"鼓起硬邦邦的鼻孔,踌躇了一下,忽然悟到什么似的慌忙走出去。母亲欧思企格涅·亚尼基特芙娜已经昏晕过去,斜倒墙壁上。宫女们一早以来还没有吃过东西,嗓子都喑哑了。

媒婆跑进来,挥着三亚尔洵长的袖子。

"新娘打扮好了吗? 请排队吧! 捧起圆面包来,手烛点上火,舞女在哪儿? 啊哟,只有这几个! 奥特艾夫斯基老爷的婚礼,也有十二个舞女呢。皇上陛下的御婚大典,太不成体统了。啊哟,好漂亮的新娘娘,简直说不出的美丽,真可爱,好小姐,你真是把男子们都杀了①。啊哟,我们的新娘娘还露着脸,忘记披掩纱啦! 掩纱呢,掩纱在哪儿?"

把白的掩纱挂在帽上,又叫她把两手叠在胸口,颈子垂倒。欧思企格涅·亚尼基特芙娜轻轻地哭起来。拉里昂像冲锋一般,捧着圣像跑进来。舞女挥着手帕,踏着脚,围成圈子旋转了。

> 蛇麻儿②溜达在地窖里,
> 蛇麻儿傲赞自己的鲜味。
> 蛇麻儿你及不上我的甜,
> 蛇麻儿你比不上我写意。

宫女们捧上一盘白面包,掌灯的提着琉璃灯跟在后面,捧烛的捧着一

---

① 原文为:"不用刀子杀男子。"

② hmely(英名 hops,日名忽布),一种桑科植物的果实,为制啤酒所必需,中译名蛇麻。

普特重的大花烛。穿着银色的衣服,肩头斜结彩帛的傧相们,和新娘的从兄彼吉加·罗布亨,捧着盛蛇麻儿的钵头、绸帕、黑貂皮和松鼠皮,一手把三卢布金币。接着,是做事敏捷的、有名的诡辩家和毒舌者罗布亨家的两位叔父,在新娘的面前肃清行道。再后面是正媒婆和副媒婆,扶着也芙特基亚的手走过来。可怜她穿着那么累赘的衣服,断了好久的食,再加上心里害怕,两条腿只是发软。新娘后面,是两位年长的大贵族夫人,一位捧着一盘丝绒的女式头巾,另一位捧着一盘分妆用的绣花手帕。拉里昂穿一件百衲裘跟在后边,他的身后是欧思企格涅·亚尼基特芙娜。最后殿军的,是新娘家的亲戚们,气慌慌地在狭窄的门口和走廊下奔着。

于是走进了礼堂,让新娘坐在圣像下。盛蛇麻儿、皮毛、金钱的钵头、装白面包的盘,放在桌子上。桌上已排好盐瓶、炉子、醋瓶之类。依照古礼,静默了一会儿,罗布亨家的人们一心只望不致失态,板得直发硬,眼珠都干燥起来了,身子不动地屏住喘息。媒婆拉拉里昂的袖子:

"当心!"

他慢慢画了一个十字,请傧相禀告皇上,大典的时刻已到。彼吉加·罗布亨向外走去,他的剃光的瘦弱的颈子颤动了。花烛的火光一动不动,琉璃灯的火却啪啪地跳。等了好一会儿,媒婆时时按摩新娘的肋骨,使她可以呼吸。

走廊下的梯级响了,来啦! 两名亲卫悄然出现,站在门口。主婚人费亚特尔·犹利维支·罗莫达诺夫斯基走进来,向圣像框边的反光睁大眼睛,画了十字,然后跟拉里昂握手,交叉十指在新娘对面坐下。又静默了一下,费亚特尔·犹利维支沙着嗓子说了:

"恭请侍奉皇上,毋稍逾越!"

新娘的亲属们注视着目光,咽住口沫。一位叔辈站起来上前迎接,已走到身边来,是一位英俊的青年。从门口流进一阵檀香味,高身长发的福音主教捧着圣体的十字架,不着香炉走进来。一个面孔比较陌生,年轻的在宫中服务的教士(费亚特尔只知道他名字叫比得加)向铺在走道上的绯红绒毡洒着圣水。接着是声细如蚁、老态龙钟的大司教,随着神圣的仪仗徐步而入。

新娘的家族一齐站起,拉里昂离开桌子,在大殿中央跪下。司仪人波里斯·亚历克舍维支·歌里纯携着彼得的手进来。皇帝穿着肩帔和长仪及膝的父皇的绣金礼服。因为苏菲亚不肯借用皇冠,头上什么也没有戴。暗色的头发分开左右苍白的脸,眼睛像玻璃似的茫然不眨,嘴唇噘起成一个瘤。媒婆紧紧抱住也芙特基亚,臂上感到她胸口的波动。

跟在新娘的后面,走近"邪祟厉逆绝"的尼基泰·曹多夫。所谓"邪祟厉逆绝"是在婚礼中防止一切闲邪冲煞,紧紧留意纠正仪式的人。今天他特别没有喝醉酒,打扮得清清楚楚,一脸的傻笑。罗布亨家的尊长们互相觑面会心,由这位狂醉法皇、荒唐鬼、不识羞耻的曹多夫来担任邪祟厉逆绝倒是出乎意外的。莱夫·基丽洛维支和老史特莱西内夫伴着太后进来。这一天,太后特地从柜子里搬出了古老的礼服——充满纪念性的桃色的薄衫,用外国珠盘出精致花草图纹的夹外套。穿上这套衣服,娜泰丽亚·基丽洛芙娜想到一去不返的青春,淌下了泪珠。但现在,她依然像过去一般,以美而庄严的姿态移步而入。

波里斯·歌里纯走向和新娘并坐的一位罗布亨家人的面前,响着放在帽子里的三卢布金币,大声地说:

"请替公爵买一个座席。"

"价钱少不卖的。"罗布亨回答,照礼用手遮住新娘。

"是铁?是银?还是金?"

"金!"

波里斯·亚历克舍维支把三卢布金币倒进盘子里,扶起罗布亨的手,帮他离开座席。围在大贵族群中的彼得,不禁失笑了。他被人轻轻一推,歌里纯拉了他的手臂,帮他坐在新娘身边。彼得感到圆腰的体温,把屁股移近了一点儿。

宫役献上第一道菜,放在食席上。大司教眨眨眼皮念起祷告,向食品和饮料祝福,没有人伸手去。媒婆向拉里昂和欧思企格涅·亚尼基特芙娜一躬到地:

"请祝福新娘改梳发髻。"

"愿上帝庇佑。"拉里昂应答了一声,欧思企格涅只把嘴唇动了一动。两个捧烛的在新郎和新娘之间遮住了一块厚幔,站在门口的宫女们,坐在食席上的大贵族的太太、小姐,阴沉地唱起覆盆歌①来。彼得斜过眼睛,

---

① 在圣诞节和复活节,少女们唱的歌。一边唱,一边从一只覆盆下取出各种东西。

望两个媒婆在响动着的帷幔后边忙忙碌碌地动着,低声说:"把丝绦解下来,打发辫,盘起来……头巾,拿头巾来。"也芙特基亚婴儿似的轻声啜泣,彼得的心房激越地跳:一个有着神秘的、女性的、新鲜的肉体的人,正在他的身边低泣着,偷偷地准备世上唯一的美事。他紧紧地靠在帷幔边,感觉到她的喘息。浓妆艳抹的媒婆,嘴角直扯到耳朵边,满脸笑容地从帷幔上探出头来:

"陛下,请等一等,马上完了!"

帷幔撤去了,新娘重新掩面而坐,已经改梳了妇人的发髻。媒婆双手从钵中取出蛇麻儿,扔给彼得和也芙特基亚。又把钵中的手帕和三卢布金币撒给全堂的宾客。妇女们欢乐地作乐,舞女绕成一个圈子旋转,门外鼓乐齐鸣。波里斯·歌里纯切开面包和牛酪,连同一条手巾,依座次分给席上的客人。

这时候,宫役们献上第二道菜。罗布亨全家的人都一动不动把盆盘推开,免得露出饕餮的食相。第三道菜一会儿又献上来了,媒婆大声地喊道:

"请为新夫妇的婚礼祝福。"

娜泰丽亚·基丽洛芙娜和罗莫达诺夫斯基,拉里昂和欧思企格涅,挨次献捧每一个圣像。彼得和也芙特基亚双双并立,躬身到地。拉里昂祝完了福,从腰带中抽出鞭子,在女儿的背上重重地打了三下:

"我的女儿,你已经受过为父的鞭子,从此将你交给丈夫。以后无论如何不贤不德,为父均不再问,你的丈夫将拿这鞭子打你。"

点一点头,将鞭子交给彼得。掌烛的提起灯火,司仪人扶住新郎的胳臂,两个媒婆扶起新娘的手。罗布亨家人在前开路,一把推翻了一个匆匆越过面前的宫女,宫役们把这负伤的宫女扛走了。行列经过走廊和楼梯,走进宫中的教堂里,已经七点钟了。

大司教慢慢地说完了教,教堂里寒冷起来。风从板缝吹进,夜色透过窗上的浓霜爬入屋子,屋顶上的风信鸡哀声鸣响。彼得只看见一个掩着脸罩的不识的女性的手,戴两个银指环,染色的指甲,纤弱的手……提着滴泪的烛盘,索索地发抖,露出青青的静脉。短短的小手指跟羊尾巴似的颤动。他移过视线,眯细着眼,望见低低的圣龛上的灯明。

昨天他终竟不能和安亨告别。寡妇马蒂尔达望见彼得乘着粗陋的雪橇到来,便跳出来在他的手上接吻,泪流满面地向他诉说:濒于破灭的贫穷,没有木柴,没有这,又没有那,可怜的安亨已经发了三天三夜的热,倒在床上……彼得把寡妇推开,神魂颠倒地跑上楼梯。卧室中,浸在油盏中的灯芯的火微微地燃着,地板上乱放着铜面盆和拖鞋,一股的浊气。透过花纱帐子望进去,安亨的头发散乱在滚热的枕上,额上和眼上掩着湿的手巾,嘴唇焦干着。彼得轻轻走进卧室,在颤动的手里,握了几枚三卢布金币(是苏菲亚送给他的婚礼金)放在寡妇的手上。吩咐亚历克舍西加日夜在寡妇家里看守,必要时跑药店,要是病人想吃外国的食物,就是天上的月亮也挖下来给她。

大司教和教士比得加不息地烧着芸香,烛火在烟雾中朦胧作光,助祭提起破钟似的嗓子高声朗诵无量长寿。彼得又瞥了一眼,也芙特基亚的手还在颤动。一股冷寒的怒气开始在心头泛起,他很快地从也芙特基亚的手中夺过蜡烛,一把抓紧她的脆弱的死人似的手。教堂中吹起一阵惊惶的语音。大司教昂起身头,波里斯·歌里纯跑到大司教身边低低地说了什么。大司教立即出去,唱歌队飞似的唱起来。彼得依然紧握住也芙特基亚的手,她的覆着掩面帕的头愈发低垂下去了。

他们被人领着绕圣经台而行。彼得跨开大步,媒婆们扶住也芙特基亚,要不然便会跌倒下来了。又回到原来的地位,捧了冰冷的铜十字架接吻。也芙特基亚跪下来,脸孔碰着彼得的羊皮靴。大司教装着天使的口吻,低弱地缓缓说道:

"为了拯救你的灵魂,应该叫丈夫用鞭痛打妻子,因为肉体是罪孽深重的,你应该是一个弱者。"

也芙特基亚站起身来,媒婆抓着面帕的一角,叫一声"请陛下过目!"就跳过身去把面帕揭开。彼得目灼灼地望去,低垂而疲乏的孩子似的脸,泪肿的眼,鼓起着的鼻孔,涂着白粉抹胭脂,掩饰了脸上的气色。她举袖遮脸,避开丈夫灼灼的目光。媒婆拉开她的手:"请拿开,皇后,不要这样,请抬起眼来!"一群宾客围住了新夫妇。"脸色不大好。"莱夫·基丽维洛支说了。罗布亨家人显出很气恼的样子,要是纳露西庚家说一句不好的话,就打算吵起嘴来。也芙特基亚张开含泪的栗色的眼。彼得在她脸上轻轻一吻,她的嘴唇反应地微微抖索。他微微一笑,吻在她的唇上,她咽呜了。

也芙特基亚又重新梳过头发回到原来的宫殿。途中,媒婆们用亚麻和大麻向新夫妇扔掷。亚麻子黏在也芙特基亚的下唇,一直没有拂去。

从特威里找来的一群衣冠楚楚的农民,穿着绯红的裤子,吹奏着苏里马笛,打着大鼓。舞女们唱起歌来。冷菜和热菜又搬上桌子,这一次所有的宾客都鼓起朵颐,大吃大嚼了,新夫妇是不能吃的。一会儿,献上了第三道菜——天鹅和烧鸡的拼盘。波里斯·歌里纯一手从盘中提起鸡来,用台毯一包,向娜泰丽亚·基丽洛芙娜和罗莫达诺夫斯基、拉里昂和欧思企格涅点了点头,快乐地说:

"送新夫妇进洞房,给他们祝福吧!"

带着微醉的亲属和宾客,一齐把也芙特基亚送进内殿。途中的暗处,不知是哪个妇人捧腹狂笑着,又从提桶里拿大麻和亚麻撒了过来。尼基泰·曹多夫仗着一把出鞘的刀,威武地守在门口。彼得一把抱住也芙特基亚的肩头,她身子一缩,向旁边跄跟了一下。拥进内殿,转过身来。有些宾客一见彼得的眼色,立刻收敛了笑容,脚底踌躇起来。彼得一把门闭上,咬着指甲,把小拳按在胸口,目灼灼地注视站在床边战栗的妻子的脸。呸,见鬼,真难受,真气人,懊恨得肚子都翻腾了。讨厌的婚礼,说什么古礼不古礼,闹得一天星斗。瞧吧,这小娘儿抖抖索索地站着,骇得像一匹小羊。他脱掉肩帔,把礼服从头上倒脱出去,往椅子上一扔。

"坐啦,你……也芙特基亚……你害怕什么啦?"

也芙特基业轻轻一点头,望见这样华丽的新床,不忍立刻坐下去,稍微迟疑了一下,坐到小麦桶上。战战栗栗地举目望着丈夫,脸上一阵羞红。

"肚子饿吗?"

"嗯。"微声地回答。

床底下放着那盘烧鸡。彼得撕下鸡腿,也不放盐,也不裹面包,就津津有味地大嚼起来。他扯了一只翼膀:

"吃呀!"

"谢谢!"

三

二月末,俄军再度向克里米亚进兵。谨慎的马绥伯提议,沿第聂泊尔河推进,形成包围之势。华西里·华西里维支不愿如此迂回,他一心想早点儿抵达沛莱可普,大战一场,以雪前耻。

莫斯科还用雪橇来往,这里的古镇,却已经乌眼似的点缀在一望皆绿的草原上,微风吹皱春水泛滥的湖沼,要用马没到胫膝上才能渡过。太阳断断续续地映在春云的缝隙。此地泥黑而产富,真是丰肥的沃野。把森林地带和沼泽地带的农民迁移到此地来,连耳朵都会埋进谷粒中呢。但是周围一个人影也没有,只有大群的鹤,曳着长尾啼叫,向高空飞去。这草原是浸透了俘虏的眼泪的呀,几世纪之间,几百万俄罗斯人在此处变成鞑靼人的奴隶,被拉到君士坦丁的奴船,到威尼斯,到热诺亚、埃及去。

哥萨克称赞这片草原,"要是给家乡的人听到了这儿的收获,眼睛会张得碗口大,这儿的庄稼比家乡要长快二十倍。吐一口口水也会长出树木来。要是没有那些臭鞑子,我们还不是可以在这儿建起田园来。"从北方来的民兵看见这样的沃土,骇得魂都掉了:"这战争是应该的,只消看看这样的土地,让它那么荒芜着,简直是岂有此理嘛!"国民军的领主们,勘踏着可以做自己领地的场所,互相争夺吵架,跑到华西里·华西里维支的营帐里请求:"上帝保佑我们征服这个地方,那时请把那片从山脚到竖石碑的古坟的耕地颁赐给我。"

五月,十二万莫斯科乌克兰的军队到达了畜牧地,水草丰茂的广大的绿谷。哥萨克把一个俘虏送到华西里·华西里维支跟前。一个脸色被阳光晒成焦黑、棕黄色的络腮胡子、身材魁伟的鞑靼人,穿一件大棉裤子。华西里·华西里维支闻着一股鞑靼人特有的羊臊气,用手帕掩着鼻子,下令审问。从俘虏身上剥下大棉裤。鞑靼人咧出小小的牙齿,剃青的脑瓜向四边乱摇。一个阴沉的哥萨克一鞭子抽上他浅黑的背脊。"老爷,老爷,让我说吧!"鞑靼人便一五一十地说,哥萨克一句句翻译出来:"这家伙他说:汗的大本营就离这儿不远,汗本人也在那边。"华西里·华西里维支画了一个十字,派人去找马绥伯来。将近黄昏的时候,俄军将骑兵分左右两翼,将辎重队和炮队配布在中军,展开阵势,向鞑靼人开始攻击。

当圆面包似的橙色的太阳升上印着无数蹄痕的低洼的平原时,俄兵已望见了鞑靼的队伍。骑兵队集合着分散着华西里·华西里维支登上辎重车,把望远镜提到眼上,望见条子大褂、尖顶的铁兜、颧骨高耸的狰狞的脸、枪尖上的马尾穗子、戴头巾的难看的回教僧,这是大队的先锋队。

骑兵队打一个转旋,集成一团,一阵沙烟吹起天边,来了!鞑靼人像熔岩似的展开,向前疾进。猛然地唤叫,跌翻着沙尘从正面袭来。华西里·华西里维支手里的望远镜摇摇晃晃抖动起来,拉着辎重车的他的坐马绷断了勒口跑掉了,一箭飞来射进马颈。完了! 大炮震天动地地轰响,枪声砰砰地暴烈起来,周围一切都陷入白蒙蒙的烟雾中。华西里·华西里维支甲上着了一箭,叮当的一声响,恰巧是在心口,他悚然地在这儿画了十字。

射击持续一小时以上,当硝烟散开的时候,地上有几匹马流血倒毙,几百具尸首散乱地倒着。鞑靼兵受了炮击,已经远远地退走,连影子也见不到了。下令饔饭、饭马,把伤兵扛上货车。日没前又在严密警备下向黑谷进发。黑谷的科龙却克河边是汗的本部。

是夜,海上吹来猛风,星星都隐没了。远雷隆隆鸣响,在密布的黑云中,闪出耀眼的刹电,一闪一闪地照亮了灰色的平原,映出沙土、草丛、盐泽。行军很迟缓。将近四点钟的时候,天空突然开裂,一道火柱落到辎重上,炸坏了大炮,炸死了炮手。一阵狂飙袭来,吹得人翻马倒,氅衣和帽子满天飞舞,货车的草荐片片狂飞,闪电猛烈地闪耀。上面发下命令,叫人捧着司东可修道院的圣母像绕行全军。

天还没有亮,下起倾盆大雨来,几乎连车轴都冲走了。透过被风狂吹的雨篷,俄兵在右翼方面望见了汗的本部。鞑靼兵摆开成半月形阵势反扑过来,说时迟那时快,早已冲散了俄军的骑队,先锋部队退进辎重队中。大炮的导火线点不着,火柱的火药也受了潮,万马奔腾的雨声,湮灭了伤兵的唤声。鞑靼兵停止在运货马车的三排行列前,弓弦也受潮了,箭软绵绵地落在地上。

华西里·华西里维支徒步在辎重中奔来奔去,鞭打炮手,夺下导火线。雨点打着他的口眼。炮手们依然拼命地设法,遮着毛皮外套打火,烧着干燥的火药。一会儿,鞑靼骑兵队的头顶,炮弹轰然地炸裂了。左翼方面,马绥伯率领着哥萨克,夜叉似的舞着大刀。回教僧曳着长长的尾巴,叫唤着,鞑靼兵在雨夜的暗空消失去了。

四

"我的亲爱的丈夫彼得·亚历克舍维支陛下,祝你永远地健康!"

也芙特基亚很吃力地写着,紧握着鹅毛笔尖的大拇指和食指已经染上了墨水,为了使信上不有一点儿墨污,她已经换了三张信纸,她想把这封信写得使彼乞尼加读了欢喜。

但是白纸的墨迹，能够说尽满怀的心情吗？外边是四月的天气，白桦树已着上小鸟柔毛似的绿茸。蔚蓝的天空飘着洁白的云彩。

也芙特基亚怅然凝望窗外，睫毛慢慢地润湿。写信也许是不适合的……向门口瞥了一眼，太后会不会进来呢，她不愿被她见到……举起袖子揩了揩眼泪，额上堆起皱纹。

那么，写些什么呢？丈夫到沛莱耶斯拉芙里湖去了，没有归期的报知。这时候正该一起斋戒，去做晨祷，过了斋期，便可以吃肉。（也芙特基亚想起新婚之夜吃鸡的时候，不禁红着脸微笑起来。）过了斋期，叫宫女们一道伴着到草地上玩，可以滚蛋，可以唱歌，也可以大家围圈圈儿跳舞，还可以荡秋千，捉迷藏。可以这样写吗？彼乞尼加，快回来吧，我想念得真是焦急哟……写吧！可是写得不好。

又重新三个指头捏起笔来，动着嘴唇写下去：

"请你，请你赶快回来吧，你的妻子杜尼加在叩头伏地求着你哩！"

读了一遍，觉得不错，很高兴。啊哟，我还没有提起太后，再写过一次，共四次了。母姑娜泰丽亚·基丽洛芙娜太后真是太古板了，她虽然慈爱，却永远在找觅我的错处……你为什么这样瘦？这样瘦不行啦，应该胖一点儿。彼乞尼加为什么离开你已经两礼拜，到沛莱耶斯拉芙里湖去了？彼乞尼加跟避瘟神一样，躲到世界尽头去了，你一定对他太古板了，要不然你一定是一天到晚愁眉哭蹙的傻婆子。到底为什么呢？我不是傻婆子，也不是瘟神，就是您不好呀。为什么您让莱福忒那班人接近我的丈夫？不是亚历克舍西加跟那些德国人搅在一起，把他骗到沛莱耶斯拉芙里湖去的吗？他们还带他去更坏的地方呢。

也芙特基亚很生气地把笔扔下，举起眼来，透过白桦的新绿，淡淡的光射进开着的窗子，一只鸽子鼓起了咽喉在窗宽上一撅一撅地走，不知名的小鸟在啼……一股花草的清香。眼泪滴滴地落在第六张的白纸上。唉！真是罪呀！

五

因他的出门忍受不了无限的寂寞，要他早日回去，一起到托洛伊察去进香的,妻子和母亲的信,天天送来。这种香品品的爱情实在不敢领教!彼得不但不写回信,甚至连读信的工夫也没有。他住在沛莱耶斯拉芙里湖边造船厂的木香尚新的小舍中,这里,有两只快将完工的船,很笨大地搁在船架和托柱之上,使帆、雕船尾上的花都已经完工了。第三只船"飨宴城普莱西堡"已经完成下水典礼,吃水线三十八步。尖的船头画着金色的美人鱼,高的船艄上设有军事会议室。平面的舱顶,四面围有雕刻的围栏,上面是水师提督的望台和大的玻璃探照灯。上甲板下首四边有八门大炮,从推窗中伸出炮管,向上倾斜的船舷,涂着黑亮的柏油。

在云烟弥漫的早晨的湖上,浮着一只像波里斯·歌里纯送来的荷兰画上一般的三桅船,好似飘在天空一样,只等有风,便要出发处女航程。不料真不凑巧,两个礼拜竟连树叶子也不动一动。蓝空的白云,在湖顶上缓缓地流动,把风帆拉起来只微微地鼓胀了一下,依然懒洋洋地软下去了。彼得一天到晚不离开加尔丹·勃兰德的身边,这老年人从二月以来身体就不大好,不断地呛咳,咳得胸口会炸开来的一般。但他还是紧裹着毛皮外套,整天地站在造船厂里,冒火、骂人,有时还动手殴打那些偷懒、差事的家伙。一百五十名修道院的农奴,依照特别命令征发到造船厂来,分派为木匠、锯匠、铁匠、泥水匠的工事,手里来得的妇女就分派缝风帆。从联队中挑选来的五十名兵士便在这儿收放桅索,攀登桅杆,遵照指挥,受海事的训练。教练是一个葡萄牙人,叫作彭保,老鹰鼻子,板刷黑须,性情粗暴像魔鬼,是当海强盗出身的。据俄国人说,他做过许多恶事,早该上绞头台的,可是恶运亨通,混进俄国人的队里来了。

彼得躁急得跟发疯一样,天刚吐白,便用鼓声和棍棒赶起工人。春夜苦短,许多人因劳动过度病倒了。尼基泰·曹多夫一天到晚被迫着写对邻近的地主征发粮食的圣旨——敕令把面包、家禽、肉类供给造船厂食用。地主们诚惶诚恐地把东西送来,最困难的事情是筹措款项。苏菲亚因为皇弟远离莫斯科,而且乘坐在游戏用的湖船里说不定会淹死,这万一的希望,使她私心窃喜。国库的钱拮据得要命,一切都被克里米亚战争吸收去了。

法兰茨·莱福忒公干之余,便骑着马到沛莱耶斯拉芙里的造船厂来,照例摆开酒席。他带来酒、香肠和糖果,还做着眼色,替安娜·蒙思代为致意。她已经痊愈,显得更美,她传言承蒙下赐柠檬两个,衷心感谢,请向赫尔彼得问候。

在木香扑鼻的小舍中,午餐和晚餐,庆祝伟大的沛莱耶斯拉芙里舰队,畅快地干杯了。又为舰队考察出特别的舰旗,是白、蓝、红的三色旗。外国人谈着过去航海、暴风、海战的经历,忘了夜的深沉。彭保好似坐在海盗船上,迈开两腿,颤动着怕人的黑须,用葡萄牙话大声地讲。彼得侧耳静听,一个字也不肯放过,他这种大陆上的人,为什么那样地爱海?德国人甚至觉得惊讶。晚上跟亚历克舍西加同睡在一个搁床上,他将做着怒浪滔天、汪洋万里、浮云上下、巨舶疾驶的幻梦。

他压根儿不想回普劳拉勃潜斯克,因为催促的信雪片似的飞来,他便写了满篇别字的回信:

给我最亲爱的母亲娜泰丽亚·基丽洛芙娜:

工作中的不肖子彼得尼加,敬求母亲的祝福,并向大人叩请福安。大人命男立刻回到普劳勃拉潜斯克,男亦归心如箭,但目前事务繁忙。船工已大部完毕,但因锚绳尚未做好,因此耽误。请即命兵工厂送下缆索七百沙勤,不胜盼待。

谨祝健康,并请祝福。

不肖彼得尔斯

六

近来,人们走过伊凡西加·勃洛夫庚的门口,都脱帽点头了。"伊凡西加的儿子大得发了,是皇上身边一个红人。伊凡西加只消把眼皮一眨,要几多钱就是几多。"伊凡西加从亚留西加得来的钱(三卢布五十哥贝),先花了一卢布半买一头好牛,三十哥贝买一头羊,九哥贝买四头猪,修了修马具,造了扇新门,从别的农人那里租了八俄亩田,一卢布买一桶烧酒,等到收割,就一定可以比平时多五倍的粮食。

身体也胖起来了,再不用菩提树皮束腰,是用莫斯科买来的腰带,挺起大肚皮了。帽子覆在眉毛顶,胡子向外挺出来,做出神气的模样。因此，大家自不得不对他低头，而且，到处对人说："嘿，等着，到秋天，再上儿子那里去一下，拿点儿钱来，我要开一个磨坊。"伏尔可夫家的总管虽叫他父称总是叫不出口，也不再叫他伊凡西加，而含糊地称为勃洛夫庚，也不再征发他的徭役了。

三个孩子都已帮着干活，大儿子雅西加很像父亲，腰板笔挺，老爱昂然望人，是一个好做手。迦伐里加稍微差一点儿，有点儿傻里傻气，也许因为小时候后颈挨打太凶的缘故。小儿子亚泰莫西加像母亲，沉思而怪僻，什么工作都想来一手。女儿沙尼加，本来去年的秋天就应该出嫁，可是青年伙子们都出发打仗去了，因此作罢。但现在要是谁敢碰她一碰，那可不得了啦。乡巴佬、农奴绝配不上沙尼加，为父的正一心想替她找一个莫斯科商人的儿子。

七月里，到处传说了军队将从克里米亚回来，人们眼巴巴地望着出征去的丈夫和儿子。黄昏时，妇人们爬到高丘上向大道眺望。偶然从街头听到，邻村真已有人回来了。妇人们就哭起来："我们村里的人都死了啦！"终于当民兵的茨冈回来了，一脸蓬蓬的硬板胡子，坏了一只眼，衣服七零八挂的。

勃洛夫庚一家人在院子里晚餐，喝完了腌肉菜汤，有人敲门。"托赖圣父圣子的圣名。"伊凡西加放下食匙，惊疑地向门口望去。

"亚门。"回答了一声，便大声地说，"当心，我们的狗要咬人的。"

雅西加去了门闩，茨冈走进来，望了望院子和一家人，张开缺牙的嘴，喑哑着嗓子说了，好像笑声一般：

"晚安。"坐在食桌前的椴木上，"在露天里吃饭吗？屋子里苍蝇太多吧？"

伊凡西加皱皱眉头，这时候，沙尼加把盛菜汤的盘子推到茨冈面前，食匙在围裙上揩一揩，递过去。

"一起吃点儿吧。"

伊凡西加看沙尼加那么慷慨，不禁睁圆大眼。"啊哟，你倒帮这独只眼！这样舍气，我的家产也马上完蛋了。"但是，他忍住了不露出口来。茨冈已经饿了，眯起眼睛大嚼起来。

"打好仗回来了吗？"伊凡西加问。

"打好了。"（说了一句，又伏在菜汤里，三口吞下一块大面包。天哪，真开心！）

"嗯,情况怎样啦?"伊凡西加抬了抬屁股,又问。

"总是那么一套,跟以前打的一样。"

"鞑靼人打败了?"

"打败了。我们在沛莱可普也死了二万,回来时,路上也死了这数目。"

"那,你不是说打胜了汗吗?"伊凡西加把头一昂说了。

茨冈苦笑了:

"老哥,你还是问那些烂在克里米亚的尸首吧,到底有没有打胜了汗?老实话,不过逃了一条命回来。天热,没有水,左边是烂泥塘,右边是黑海,这些水都不能喝,鞑子在井里都塞满了尸首。待在沛莱可普,进退不得,人、马跟蝇子一样地死掉,简直不知道是去打仗,还是去寻死。"

茨冈把胡子拭拭,一只火赤的眼和一只空眼窝向沙尼加望了一下:"姑娘,多谢你了。"便把肘头靠在桌上:

"伊凡,我打仗去的时候,不是还留下一头母牛的吗?"

"对啦,我跟总管吵过,你要回来了,没有牛怎么过活?可是他不听,就没收去了。"

"啊,那么,猪呢?一头阉猪和二匹母的,怎么样了?我是再三托了公社给我照顾的。"

"照顾了的,这是照顾了的,可是总管三番五次迫我们食粮税,我们想你去打仗也许不会回来了。"

"那么,我的猪叫伏尔可夫这家伙吃掉了吗?"

"吃掉了呀,咳,吃掉了呀!"

"啊……"茨冈把手指伸进硬板胡子,使劲地搔抓,"那也没有法子,可是……伊凡!"

"怎么,你打算怎样?"

"你别对人说我回来了。"

"对人说有什么用?我是不多嘴的。"

茨冈站起来对沙尼加横了一眼,向门口走去。又停下来,声势汹汹地说:

"好,你别作声,伊凡……再见!"说着,就走掉了。从此以后,村子里就不再见到他的影子。

七

欧绥·鲁乔夫跌跌跄跄地站在华华尔加一家酒店门口,数着手里的小钱。枪兵队伍十人长尼基泰·格拉特基和库齐马·乞尔姆纽走过来。

"好呀,是欧绥啦!"

"小钱儿数它做什么,一起走走!"

格拉特基低声说:

"我们有事情要商量,听到一个坏消息呢!"

乞尔姆纽响着袋子里的银币,哈哈地笑:

"没有关系,闹它一家伙啦!"

"你们打劫了吗?"欧绥问,"啊,你们干了什么?"

"胡说!"格拉特基说,"我们已当了宫里的卫兵,懂吗?"两人又哈哈地笑着,带欧绥到酒店里,拣一个屋角落坐了。一个粗暴的老老板,拿了酒瓶和蜡烛过来。乞尔姆纽马上把蜡烛吹熄,身子伏出桌子,听对面格拉特基的低语:

"你没有跟我们一起当卫兵,真正可惜。我们去了呀,彼得·列逢乞维文·夏克洛维泰他出来对我们说:'公主殿下因为你们忠实服务,毫无忽略,特别每人恩赏五个卢布。'他就给我们一袋银币。我们不知道他要提出什么任务,默默地站着。于是,他悲哀地叹了口气,说了:'唉,忠心的枪兵兄弟,你们一起在莫斯科对岸过着平安的生活,但是现在快要靠不住了。'"

"这又为什么呢?"欧绥吃惊地问。

"那是这样的,他说:'现在有人想把你们调开,分散到各小城市,把我从枪兵部赶走,把公主殿下闭禁在修道院里。那时候,老朽昏庸的娜泰丽亚·基丽洛芙娜便会叫人民遭灾,所以娜泰丽亚·基丽洛芙娜给彼得结婚。她还教唆宫女——还不知道是谁,煎出一种慢性的毒草,给伊凡皇帝吃,还在他的宫门口堆了许多木柴和树枝,使伊凡皇帝不能从宫后走开来,伊凡现在已弄得不像一个活人。你们想想,爱护你们的是谁? 常常帮助你们的又是谁?'"

"那么华西里·华西里维支怎么样?"欧绥问。

"他们就怕华西里·华西里维支一个。可是近来大贵族正借口克里米亚远征的失败,想把他推翻。彼得不久会骑到咱们颈子上了!"

"他们竟然这样打算吗? 好,等着吧! 咱们就打乱钟起事,这不是头一次。"

"嘘,不要大声。"格拉特基拉了把欧绥的衣服,声音低得几乎听不到,"打乱钟也救不了我们,七年前咱们把钟都打遍了,结果也没有办得彻底。第一件要杀掉那匹老母熊,小熊也不让他活命,反正什么也弄不到,他一定得死在咱们枪头上。那么,咱们才有出头日子。"

尼基泰·格拉特基的言语阴沉而怕人,欧绥不禁毛骨悚然了。乞尔姆纽在锡杯中倒了酒:

"这件事秘密第一,召五十个可靠的家伙,半夜里把普劳勃拉潜斯克宫放一把火,在乱堆中,将他们用短刀这么一来,那就一切都功德圆满了。"

八

枪兵联队已经定居在郊外的村舍里,国民兵的领主们回到自己庄园也已很久,在库斯克、喀山、史莫连斯克的大道上,还看得见向莫斯科走去的伤兵、废兵和逃兵。聚集在教堂的门口,均露出怕人的溃疮和疮口,发出哀伤的声音,向着那些善心的行人伸出椴木似的残废的手,白着空洞的眼睛。

"你摸摸看,好心的正教徒,这边胸口射进了箭头。"

"好心的正教徒,我这两只眼睛吊出了,我被鞭子打烂了背脊,啊,啊,啊!"

"你嗅嗅看,做买卖的好心先生,我这肘头还在发烂呢。"

"你瞧瞧我,我的背脊剥去了皮。"

"中了马奶毒,长出这么大的肿块,好心的先生们,行行好事吧!"

善心的行人们看见这班奇怪的残废,骇得脸子发青,给了些零钱。太阳一落山,没有人影子的冷落地方,倒着没有脑袋的尸首。在克里米亚战争中残废了的伤兵,成群结队地聚集在莫斯科的市场里。

但在莫斯科也装不饱饿肚子。市街上许多店铺关上了门,商人们有的为苛捐杂税破产了,也有看时势不好,把货物和款子藏起来的。物价暴涨,谁也没有钱。面包里掺满沙屑,肉里爬满虫,鱼也少了。远征以后,斋戒的日子特别多。有名的卖包子的柴耶兹,盘子里放着些臭包子走过,大家都掩着鼻子逃掉。出现了些恶性的苍蝇,咬在脸上、嘴唇上就会发肿。市场上挤满了人,看看卖的东西,却只有浴帚一种。巨大的城市,尽是沸腾着憎恨、空虚和饥饿。

九

米哈拉·脱尔妥夫跨在马背上,戴正了帽子,打扮得那么神气,简直换了一个人。长袖衫的领高踞脑后,嘴唇抹着口红,眼秒长入颞颥,腰刀在波斯马镫上砰砰作响。史屈普加·奥特艾夫斯基从门口的阶沿上向米哈拉靠过脸去:

"你仔细听听去,在议论些什么? 要是没什么话说,你也不用多嘴。"

"是,我明白。"

"放出这样空气,太后和莱夫·基丽洛维支故意要饿死全莫斯科,私下把粮食都囤积起来。还别忘了那毒蝇,那是他们使的魔法。"

"我明白。"

脱尔妥夫冷眼地注视着马的两耳之间,躬着身子全速力地穿过打开的大门。街上泛腾着灰沙和臭气,一个满身长着紫疬、精赤上身的流浪者,大嚷着推开两边的人群,望蹄底下跳过来。脱尔安夫提起马鞭使劲地打去。望见他那奢华的服装,四面伸过许多污秽的手、长疥癣的手……脱尔妥夫皱紧脸皮,两手托在腰里,向拥挤的人群缓缓地策马前进。

"漂亮的爷们,行行好心吧!"

"丢一个小钱吧!"

"我会用嘴接钱。"

"给个钱吧,给个钱吧!"

"你不给钱,请你吃粪!"

"卖一把虱子给你,喏,买吧!"

"尽你踏也好,怎样也好,我只是要吃……"

"给,给吧,给吧!"

马儿不安地嚼着衔铁,举着傲然的斜眼,望着那些动荡的破烂衣服,灰蓬蓬的乱头发,可怕的波动的脸。乞丐、流浪汉一批批地接连着挤上来。这样地,他一直骑到伊利因街的尽头。挂着圣像的柱子上,贴着朝廷的诏书。一个服装整洁的人,大声压倒一切地叫吵着,读道:

> 我皇上对汝宫廷大贵族兼保护者华西里·华西里维支·歌里纯公爵,因汝之耿耿忠勤,更以不世之功,歼灭圣十字架及全基督徒之世仇——异教徒而驱逐之……

群众中发出喑哑的嗓子:
"歼灭了谁,是咱们还是鞑子?"
"写着鞑子呀!"
"写着吗? 果然,可是在什么时候,什么地方歼灭的呢?"
"咱们在克里米亚连他们的脸也没有见呢!"
"你说什么? 我们逃命回来的时候,明明是见到的呀!"
"那个念诏书的是什么家伙?"
"克里姆林的书记老爷呀!"
"什么,放屁书记,歌里纯家的奴才呀,忠实的走狗嘛!"
"嘿,拉住他的衣服!"
服装整洁的人也在断断续续地念着:

> 鞑靼人毁坏其本土,烧毁沛菜可普城市,胆敢滥施暴行,然此教徒之大本营,触汝之目,亦为战怵……汝之德行,直堪匹配导以色列人出埃及之摩西,建树盖世之功业,不失-兵一座而凯旋……我皇上深为嘉许,依下列……

一个长着硬板胡子的独只眼又叫了:
"贴布告的,诏书上有没有提到咱们?"
一哄的吵闹,有的咒骂着走开了。泥块拨风飞来。"卫兵,快来呀!"贴布告的两手护着诏书,大声叫唤。脱尔妥夫拉着马头向人群中挤去,走向独眼汉的身边,可是茨冈张开缺齿的嘴笑了一笑,一会儿就不见了。有

127

人拉住了马头:"把这家伙拖下来!"有人用尖头棒刺进马屁眼里,马喷出血来,哼着鼻息昂起了身子。劫贼们吹一声口哨子,石块没头没脑地飞过来。被叫唤、口哨、哄声追赶着,脱尔妥夫没命地逃出了人群。

在尼可里斯该门,他望见史屈普加·奥特艾夫斯基和一个美髯恶脸的鹰鼻汉子骑马而来。看他衣服的皱纹死板板的一动不动,那恶脸的长袖衫下准是穿着链锁甲。脱尔妥夫慌忙脱去帽子,对费亚特尔·列逢乞维支·夏克洛维泰躬身直到马鬃毛上。夏克洛维泰阴郁着自作聪明的脸,下唇紧紧啃住上唇,恶狠狠地眯细着眼望住了群众。奥特艾夫斯基问了:

"米西加,他对他们说过了没有?"

"你自己去说好了。(脱尔妥夫一阵脸热)对于那班饿肚子的家伙,不管苏菲亚怎样,彼得怎样怎样,全是一样的。派二百名枪兵到这儿来,把他们赶散,不就完了吗?"

"应该另外派一个干练的家伙!"夏克洛维泰不屑地说,"煽动他们上普劳勃拉潜斯克要面包去。对他们说,德国人受彼得的密令,要打倒俄罗斯啦!(奥特艾夫斯基哈哈地笑。)别再迟迟疑疑的,把我现在所说的话去告诉枪兵,必须使群众离开莫斯科,警钟不必打,有枪兵就够了。"

十

从沛莱耶斯拉芙里湖边的苍郁的森林中,驱出一辆四头杂色马的罩满尘沙的旅行马车。一个服装整洁的车夫和骑在右边头马上的赤足农人向四周围探望。木材、木板、毁坏的柏油桶之类到处散乱地堆着,简直没有站脚的地方。见不到一个人影,只听见一片远雷似的鼾声。靠近湖边泊着四只涂柏油的船,装饰着雕梁方窗的船尾,映在绿色的湖面。鸥鸟飞翔在桅杆间。

莱夫·基丽洛维支爬似的从厢式马车上走下来,皱着眉头揉了揉酸痛的腰,他虽还不十分衰老,却因饮酒过度,肥胖得不成样子。他不敢大声呼喊,等对面有人出来,呼呼地直喘气。车夫在强烈的光中眯细着眼说了:

"好像都睡午觉了,刚刚吃过饭的时候呀!"

128

从那日阴的木堆,桶子后面,确露出一些穿草鞋的脚,赤体裹着肮脏的衬衫,毛发蓬松的头。马上的农人代替懒倦的主人,大声唤叫了:

"喂,有人吗?"

这时候,从马车近边的锚索堆后,爬起一个醉醺醺的脸上翘两条八字须的外国汉子,用不正确的发音叫骂:

"啥人啦,哗啦哗啦成啥事体!"

车夫回头望主人的脸:抽他一鞭子好不好? 莱夫·基丽洛维支摇摇头:你不知道他是谁,怎么能抽他呢? 彼得皇帝的地方,将军们喝醉了酒,也会躺在地上的。客气地问问:"皇上在哪儿呀?"

"阿拉勿晓得!"八字须狠狠地回答,又躺倒锚索堆后去了。

莱夫·基丽洛维支想找一个俄国人,沿湖边走去,这一回他毫不客气,用脚跌醒了一个穿草鞋的汉子。那乡下木匠跳出来,睁着眼回答了:

"彼得·亚历克舍维支皇上今天一早游了水,试了大炮,困倦了,这会儿正在午睡。"

彼得在一只小船里,用上褂包着头脸,睡得正好。莱夫·基丽洛维支命从人退出小船,自个儿坐在一旁等他醒来。从宽大的荷兰裤子中,赤脚穿着皮鞋,露出了瘦长的小腿,两次互相揉擦,赶掉苍蝇。这情形又使莱夫·基丽洛维支分外的伤心。帝座正当累卵之危,做皇帝的却赤着腿子打午觉,这不是令人悲叹的现象吗?

克里姆林的大贵族正在公然大声地说:"一定要把彼得送进修道院去,他同兵士们交朋友,在酒店里拿皇冠赌钱,这还成什么体统?"枪兵们又在克里姆林高行阔步,连上级长官走过也昂然地把两手叉在腰里,敬礼也不行一个。苏菲亚迷信着枪兵的刀剑,完全忘记了生庚八字。可耻的败将歌里纯乌鸦似的沉默着,躲在自己铜墙的府第中,除了夏克洛维泰和西利威斯多·梅特威桀夫以外,什么人都不接见。没有一个人不知道,他现在正站在一条歧路口,受辱而下野,还是流血而称王。彤云密布在克里姆林的天空……

可是,这是怎么回事? 还心宽体泰地在小船里午睡。

"啊哟,舅父,科兹①·基丽洛维支,好呀!"

---

① 基丽洛维支名为莱夫(Lev),意即狮子,这儿故意叫作 Kot(猫儿)。

彼得坐在船头上，日晒泥涂，看来还是很幸福的样子。眼皮略肿，鼻尖上脱着皮，手指捻着茸茸的短须。

"有什么事吗？"

"陛下，关于您自身的事情。"莱夫·基丽洛维支严苛地说，"我并不是来请求您，无论如何，您得回莫斯科去，您不去我是绝对不走的。"

莱夫·基丽洛维支的胖脸索索地抽搐，帽檐下的太阳穴爆出汗花。彼得很窘地望着莱夫·基丽洛维支。不得了啦，这懒鬼舅舅这么慌慌张张地跑来，那边一准发生了什么了不起的大事了。彼得蹲在水边，双手掬水润喉，拉落了裤脚管。

"啊，好吧！我最近一定回去。"

"不是最近，是现在马上，一刻钟也不能耽搁。（莱夫·基丽洛维支靠近身去，在彼得耳边说。）昨晚上普劳勃拉潜斯克宫旁耶柴河对面，有人见到一百多枪兵埋伏在树林里。（彼得的耳后一阵红热。）普劳勃拉潜斯克方面，整夜燃起火炬，吹喇叭严重警备。因此，对方知道已有防备，不敢渡河过来，正狙伺在那儿。今天天亮，从莫斯科探到消息，是枪兵欧绥·鲁乔夫泄露出来的。他们议定晚上听到普劳勃拉潜斯克宫中喊声一起，马上向宫中进攻，如有人想逃的，立刻格杀勿论。"

彼得突然两手掩脸，手指紧紧陷入皮肤里。莱夫·基丽洛维支又告诉他：夏克洛维泰派人在市场上放空气，煽动饥民，想围攻普劳勃拉潜斯克呢。

"老百姓正在发狂，到处白吃白喝，一心只想打劫。苏菲亚正等着他们快点儿暴动起来。她那些心腹的枪兵已经在史巴斯加耶的警钟吊好了绳子，单等马上打起来。只因队兵联队、商团在市外街上日夜巡逻，还有没发生事变：他们说，我们不高兴再打什么乱钟……大局是非常紧张呢。大贵族简直受了软禁，不敢走出府第一步。娜泰丽亚·基丽洛芙娜妹妹骇得快要断气了。（莱夫·基丽洛维支把手靠在彼得的肩头，嘤嘤地哭泣起来。）彼得鲁霞，我求求您，放出皇帝的威严来，去镇压他们。大家都尊敬皇上的，您去暴跳一顿吧，以后的事，由我们来担当。不单我们，还有我们的敌人，连歌里纯[①]也在那里生气，苏菲亚就把他当作眼中钉。"这类的话，彼

---

① 此歌里纯为波里斯·歌里纯。——译者。

130

得已经听过多次,可是今天莱夫·基丽洛维支的哭诉,却特别煽起他的恐怖。他的耳朵仿佛听到那毛骨悚然的怒吼,他们眼前,又出现张大的口、鼓胀的颈子、高耸的枪尖、落在枪尖上的马特威艾夫的硕大的身躯。童年时的动物似的恐怖……彼得的嘴剧烈地歪着,眼睛张大,好似要从眼孔里跳出去,一把看不见的枪尖刺进他耳后的颈项。

"彼乞尼加!陛下,怎么办呢?"莱夫·基丽洛维支紧紧抱住他起伏的瘦胸,彼得伏在他的手上焦闷起来。愤怒、恐怖、狼狈地叫唤,滔滔不绝地从口里冲出来。人们跑过来,围住了战栗而狂暴的彼得。八字须的彭保拿一只破碗盛的烧酒来。彼得孩子似的咬紧牙齿,一把推开不肯喝。站起来要去乘上莱夫·基丽洛维支的马车,又蹦跳着两脚暴躁起来,吩咐人把他放到草地上,才把神经镇静下来。马上又跳起身子,手抱着膝头,茫然地望着明净的湖水和飞翔船桅间的鸥鸟。尼基泰·曹多夫不知从什么地方跟跄地跑来,他还穿着早晨模拟战时的法皇紫袍,头发蓬松乱披,花白的须子里沾着草屑。蹲在彼得身边,黯然地望着他的脸色,好像一个长胡子的老太婆。

"彼得·亚历克舍维支,请您听我的愚见!"

"住嘴,滚开去!"

"滚开就滚开,不过,玩儿也玩儿够了,从此应该罢手。我们已经不是小孩子了!"

彼得背过脸去,尼基泰跪到地上,从另一边探过脸去。彼得把尼基泰推开,默默地跳上马车。莱夫·基丽洛维支慌忙画个十字,走了过去。

十一

喀山斯加耶的乌思潘斯基大教堂中,弥撒快要完毕了。左首歌咏席上总主教的歌咏队,右首宫廷武官们,夹杂着清澈的童音和粗大的破钟声,响彻着阴沉的金色的穹窿。烛火在圣龛前轻轻闪动,照出大贵族们赤热的脸。总主教正在朗诵经文,好像从磔刑柱放下来的大殉道者一般的眼,瘦弱的手腕,只有那波纹的细致的长须垂在法衣上一直掩住了肚子,显得有些活气。二十个身材魁梧的长发的助祭,打响着沉重的香炉。总主教和他身边的大司教、教士长等等都笼罩在缭绕的香烟之中。副教士长的朗声高诵像浓烈的酒充满了全个教堂。这正是第三罗马。骄傲的俄罗斯的心飘飘然了。

绯红的帷幕展开处,是皇席的御座。苏菲亚高高地站着。她的右边是伊凡,细长的眼睑忧郁地眯着,苍白的脸只有两块颧骨发着殷红。左边是瘦长的彼得,好像一个土百姓在圣诞周借穿了不合身材的皇袍。大贵族望着彼得窃笑。瞧呀,那副神色,简直像一条鳝鱼。再加没有一点儿稳重相,两腿像鹅似的绷开着,栗六地动个不停。苏菲亚极力显出皇帝的威仪,因为要显得比别人高,脚底下填起踏凳遮在长袍里面。脸色镇静,手掌放在胸口,手指上,胸、肩、耳、冠上放着灿然的珠光宝气。站在帷幕下,使人疑心为喀山大司教。可是那位谷古的游荡者,嘴角噘起了瘤,做出绞紧牙齿的神气。嗨,真所谓螺丝钉不曾旋紧的钳子,而且心里似乎正想着什么不安分的念头。

弥撒完毕了,堂丁们来来去去地走着,双手捧着教会旗、琉璃烛台、十字架、圣像,摇晃个不住。大贵族们让开一条路,十字架行列鱼贯而行。总主教被助祭们扶着,向皇帝们行了一个敬礼,照例请求捧喀山大司教圣像经过红场到喀山大教堂去。莫斯科大司教把圣像捧给伊凡。伊凡捻了捻短髭,抬头望苏菲亚。苏菲亚一动不动地眼望着琉璃小窗中射进来的阳光。

"我不行,我怕捧不动!"伊凡温和地说。

于是大司教走过彼得面前,把圣像捧给苏菲亚。她伸出满手指环的手,贪心地抓住了圣像,依然眼望着阳光从踏凳上下来。华西里·华西里维支、费亚特尔·夏克洛维泰、伊凡·米洛斯拉夫斯基三人,他们都穿着黑貂皮的外套,走向苏菲亚跟前。大教堂静寂无声。

"交给我,(大家听到有人大声而含混地说。)交给我!(声音更大而充满了恶恨。)"人们望见彼得,心里便明白了。是他!他满脸通红,张开一对大猫头鹰似的眼睛,一手攀住帷幕的金柱,帷幕微微动摇。

可是苏菲亚只略略站停了一下,连头也不回过去,也不说什么话。彼得大声地断续地发出震响全堂的叫骂:

"伊凡不能去,就我去。你回去,把圣像交给我,这不是妇人的事……我说不行就不行。"

苏菲亚抬起视线,故意柔声而带刺地说:

"歌咏队,唱大礼拜的歌。"

昂然的华丽的身姿静静走向大贵族跟前。彼得伸长颈子望着她的背影(大贵族们拿手帕掩着嘴,这个台塌得好惨)。伊凡小心翼翼地跟在苏菲亚后面,低声说:

"得啦,彼得鲁霞,你同她和和气气的,吵什么架,争什么身份呢?"

十二

夏克洛维泰在椅子上挺起身子,注视着华西里·华西里维支。身穿绯红法衣的西利威斯多·梅特威桀夫也沉重地捻着梳过的须尖,嘴里嚼动着,注视着歌里纯。寝室桌上燃着一支蜡烛,床顶上的鸵鸟毛在画着飞马、爱神、脸孔跟华西里·华西里维支相似的英武地戴冠的赤足仙女的天花板上,投射了大片的阴影。华西里·华西里维支躺在铺熊皮的长躺椅上,他在克里米亚远征中得了疟疾。灰鼠外套直掩到鼻子边,两手插在袖子里。

"不!"冗长的紧张的沉默之后,华西里·华西里维支开口了,"我不愿意听这种话,生命是上帝给的,也只有上帝可以取去。"

夏克洛维泰生气地拿帽子打着膝头,把视线移到梅特威桀夫身上。梅特威桀夫立刻反驳道:

"《圣经》上说:'我将遣复仇使者。'这话的意思,并不是上帝取人的生命,是人的手依照上帝的意旨……"

"教堂里,也跟酒店里一样议论纷纷呢!"夏克洛维泰热衷地接下去说,"他那么恫吓苏菲亚·亚历克舍芙娜,她直到现在还气得没有平静过来呢! 小狼儿长出牙齿来了,马上会发生可怕的事。彼得现在虽然不满三千人,总之,他会率领游戏队来进攻莫斯科的,您瞧着吧! 可是,咱们只有一群用老了的老马,那么,西利威斯多?"

"彼得马上会叫老百姓倒霉,污辱正教,血流如河的。我从观象图上占卜出来,连毛骨都悚然了。说话、数目、线条都充满了血。唉,唉! 我早说呀,会有这种情形的了。"

"你没说谎吗,神父? (西利威斯多把胸头的十字架摇了一摇。)这是什么话?"

"我们说,这早就占卜出来了。"梅特威桀夫用阴森的口气重复地说。华西里·华西里维支不禁在背脊上感到一阵寒噤。夏克洛维泰突然站起来,响着一阵银链声,把剑和帽子挟在腋下。

"再犹犹豫豫,可来不及啦!我们的颈子马上会吊在枪头上。您总是犹豫、畏缩,叫我们束住了手脚!"

华西里·华西里维支闭着眼睛低低地说:

"我并没有束住你们的手脚!"

说了一句,便不再作声。夏克洛维泰回去了,隔窗听见他气鼓鼓地纵马而行,跳出门外去了。梅特威桀夫坐在枕头边,谈起育基姆总主教来——他是一个内外不同的、浑蛋透顶的、意志薄弱的家伙。他在圣器室里换好衣服,大司教们便轰他,在他背手作"库基西"糟蹋他。要把教会像果木园一般百花绚烂,总得有一个年轻有学问的总主教才行。

"用上帝的葡萄编结您的皇冠吧!(他拿涂着白檀油、玫瑰的胡子擦擦耳朵。)我再三推让之后,结果也会穿起总主教的五色法衣。那时候,教会就会开花了……预言家华西加·西林曾经登上伊凡大帝的钟楼,从手指缝里观测太阳,太阳里就有这样的征兆。请您同西林谈一谈……还有那育基姆,普劳勃拉潜斯克那边的,每礼拜天偷偷送他四桶鲋鱼。您道他怎么样?他都收了呀!"

梅特威桀夫也回去了。华西里·华西里维支张开干枯的眼睛,侧耳静听。门外,值宿的人呼着鼾声。卫兵在院子里的石板上来回踱步。华西里·华西里维支手里提蜡烛,打开床帐后面的秘密门,走下急陡的阶梯。热病的身体被一阵寒威迫袭,他的头脑很混乱。他停下来,把烛火高高提到头边,战战栗栗地注视地下的暗处。

"拒绝大计划,回到自己领土上去吧!希望不要发生暴动吧,不发生暴动,望他们自己去咬,去闹吧!可是,自己所受的耻辱呢,失败呢?把联队带回来,瞧吧,公爵不是会说:华西里跟一只鹅一般,只会啄啄泥土。(蜡烛拿在冰冷的手里,不住地发颤。)应该摸皇冠的手却去摸鸡屁眼了。(他的牙齿索索地抖响,跨落了几步阶梯。)还是照苏菲亚、夏克洛维泰、米洛斯拉夫斯基家他们的计划去做吗……杀吗?不是他,为什么又是他?可是,假使不成功呢?这是不光明的、暧昧的、不真实的事情呀!上帝,指示我吧!(背靠在砖墙上,画十字。)要是在那时候,疟疾使我不能行动,那怎么办呢?"

华西里·华西里维支走完了梯步,很吃力地拔开了铁闩,走进圆穹窿的地窖里,地窖角落上,魔法师华西加·西林脚上吊着铁链,在毛毯上躺着。

"慈悲的老爷,您打算把我怎样呢?我……我实在……"

"站起来!"

华西里·华西里维支把蜡烛放在地上,裹一裹硬邦邦的皮外套大襟。几天前他将住在梅特威桀夫家里的华西加·西林带来,命人用铁链把他吊起。华西加滔滔不绝地说出人家没有问他的话来——有些大人物从他那儿拿去做春药的药草,进贡给说出来也怕人的贵人去用,报酬他的,是让他可以在莫斯科白住白喝。

"你观测了太阳吗?"华西里·华西里维支问道。

华西加呜呜地自言自语,伏倒在华西里·华西里维支的脚边,拼命用嘴亲着他脚底下的两片泥土。他又站起来,短小苗实的身干,熊鼻,秃头,两道浓眉从鼻梁顶斜斜地长到耳朵上的鬓发边,深陷的眼睛,燃着奕然的光。

"早上,带他到钟楼上去了,后来第二次,是在正午,我不能说,我所见到的东西……"

"这不是怪事吗?眼睛不发眩吗?怎么能看出征兆来?你一定是说谎!"

"征兆是有的,有的……我们通常总是从指缝里看的,这就是预言呀!看起来跟书本一样明白。当然,有些人是从克华水的渣屑里看的,也有用筛子对月亮看的,这个也可能的。哎,老爷!"华西加·西林突然鼻子嗡嗡地摇晃起来,跟刺似的望住了华西里·华西里维支,"哎,慈悲的老爷,我看见一切东西,都认识的……中间立着一个皇帝,高身黑发,皇冠在背脊上摇晃。另外一个皇帝,发色很淡。哎,我不敢说,他的头上点着三支蜡烛。两个皇帝当中,是一男一女,缚住了手,像车轮似的在走。好像是一对夫妻,两人都戴冠,太阳很皎洁地照在他两人的身上。"

"为什么隔开呢?我不明白啦!"华西里·华西里维支提起蜡烛,后退了几步。

"一切都跟您所想的一样,您不用怕,好好儿站着吧,以后把我的药草撒去,撒去……不要让女的休息,烧她,烧她!(华西里·华西里维支已经退到门口。)慈悲的老爷,请您叫人把链子解开吧!(他像吊在链子上的狗一般地跳过去。)老爷,请您叫人弄点儿吃的来,从昨天到此刻,我一点儿东西也没落过肚呢!"

门砰地闭上了。华西加·西林把铁链弄得哗啷地响着,恶毒地叫骂了……

十三

枪兵队的五十人长库齐马·乞尔姆纽、尼基泰·格拉特基、奥布罗洄·彼得洛夫气喘吁吁地在枪兵村里吵闹。走进屋子,急急忙忙把门打开。"怎么啦,说不定马上会掉脑瓜子了,还跟老婆睡觉。"他们在会场上大声鼓动,"大贵族的府第,大商店都打上柏油印子,抢来的东西大伙儿均分。咱们又得自由了,不用客气!"在市场中,故意预先丢下了匿名信,然后拾起来,叫骂着读给老百姓听。

可是枪兵们好像潮湿的木柴,只冒了些烟,却烧不起来,叛乱的火照不到天空上,大家心里害怕。"莫斯科来了好些怪物,一打警钟,就会打劫起来,恐怕连自己的东西也难保呢!"

有一天天还没有亮,麦斯尼兹该门口,发现四名枪兵被人砍破了脑袋,砍断了手脚,倒在地上。把他们扛到史特来绵奴的会场里,请人去叫费亚特尔·列逢乞维支·夏克洛维泰来,这样告诉他:

"他们在门口守岗,可以对天发誓,没有喝醉酒的。天快亮时,路上还没有一个行人,突然来了几个骑马的,用斧头棍棒把我们殴打了。最凶的一个,是穿白缎长袍、戴大贵族帽子的胖子。后来立刻就知道他是谁,因为另外一个对他说:'得啦,莱夫·基丽洛维支,快打死呢!'叫他不再打,他却说:'这还不够,这班枪兵害死了我的兄弟,我要给他们好好还礼呢。'"

夏克洛维泰微笑着听了,看了看伤口,把一枚砍断的手指拿起来,站在外廊口给别人看:"你们不久也会被人挑在枪头上的呢!"

这可奇怪啦,莱夫·基丽洛维支会干这种暴行吗?这叫人无论如何不能相信。可能格拉特基、彼得洛夫、乞尔姆纽他们在村子里到处放空气——莱夫·基丽洛维支组织了一个恐怖团,半夜里出来,遇见七年前在克里姆林肇过事的人，就不管三七二十一，打个半死不活。枪兵们温和地回答他们："没有法子啦，做了坏了，绝不会有人摸你的头皮，叫你好孩子的呀！"

过了三天，又有一群骑马的人，中间夹一胖子，狙击波克洛夫斯该门口的岗亭，拔出斧头、鞭子和刀剑，乱打乱砍，有许多人受伤了。其中有一个联队打起警钟来，枪兵们都骇昏了，没有人敢出去。站夜岗的常常有人逃跑。他们要求至少有一百个人带了大炮才肯出防。枪兵们悄然无声，好似消失了的一般。

不久，有人传说，骑马的暴徒已有人调查出底细了，据说是史屈普加·奥特艾夫斯基，和因为要勾诱一位太太在史屈普加家里充食客的米哈拉·脱尔妥夫，还有彼得·安特雷维支·托尔斯泰三人，穿白袍的并不是什么大贵族，原来是公主苏菲亚的心腹、书记官马特威加·修辛。枪兵们都转念头，他们干这种暴行是何用意呢？

莫斯科陷入人心惶惶之中，每晚克里姆林有五百名枪兵出防。一到早上，都喝得醉醺醺地回去。形势是一触即发了。尼基泰·格拉特基偷偷带了一个炸弹之类的凶器，到普劳拉勃潜斯克去，准备彼得经过的时候扔过来，据说后来并没有炸。每个人都等待着发生事故，深深地躲在自己的屋子里。

普劳勃拉潜斯克自从彼得回来以后，不断地轰隆着大炮的声响。通路上都用砍断的树枝障塞住，防守着绿制服、剃须的、像女人似的兵士。流氓无赖几次在市场结合起来，想冲到普劳勃拉潜斯克去打劫仓库，每次队伍还没有走到耶柴河就跟兵士冲突起来，兵士们横枪实弹把他们骇退了。大家实在倦怠了，快点儿让谁打倒了谁吧，或是苏菲亚打倒彼得，或是彼得打倒苏菲亚，都没有关系，只消赶快弄出一个结果来就好了。

十四

华西里·伏尔可夫跃马越过麦斯尼兹加耶街的障碍物，走一步停一停马，回答："彼得皇帝的近侍，送圣旨去的。"鲁宾斯加耶广场上，篝火的光映照着尼可里斯该门的岿然的塔，和一直通到纳林格娜耶街黑暗中去的石灰斑驳的锯齿形的女墙。天空雕镂着八月的星星，显得特别黑暗，广

137

场围栅和围墙外的树行,茂盛得郁郁苍苍。低低的小教堂上,闪耀着十字架的光。夜色已深,许多摊户已经没有人影。右手边史特莱绵奴联队的兵房,坐着肩长斧的人们。

伏尔可夫(因一点儿细事被派到克里姆林去)受命探察街上的形势。是波里斯·亚历克舍维支·歌里纯的命令。他现在不分昼夜坐镇普劳勃拉潜斯克。宫中睡气沉沉的生活已告终结了。从沛莱雅斯拉芙里跑回来的彼得已经换了一个人,充满一股杀气,多言而执拗。回到宫中,喀山斯加耶就好似火星一般的狂乱。现在,莱夫·基丽洛维支和波里斯·歌里纯是他的心腹了。一天到夜关在一间屋子里,埋头商量着主意。彼得完全听信他们的话,游戏队都加了饷金,分配新的皮带和手套。用款就向谷古侨民区告借。彼得不带十几名武装近侍决不越出宫外一步。甚至这么还不放心,常常向左右偷偷回顾,盯视着每个近边的人。今天,当伏尔可夫骑上马背的时候,彼得就在窗口叫他:"苏菲亚要是问起我,不要告诉她。就是上了刑讯台,也不许开一句口!"

伏尔可夫向寂寞的广场扫望了一周,便拨马前进。("停下,停下!")黑暗中,一声破钟似的呵斥,一个高大的枪兵一边卸下了肩头的火枪,从横陡里跳出来:"到哪里去,做什么事?"拉住了他的马勒。

"啊啊,兄弟,你辛苦了,我是皇帝的近侍……"

枪兵把指头伸进嘴里,一声口哨,又走来了五个枪兵。"什么人?""近侍吗?""近侍有什么公事?""要跳进火坑去吗?"他被簇拥着走进了兵房。在火堆的光线中看去,那高大的枪兵正是欧绥·鲁乔夫。华西里·伏尔可夫心里有点儿害怕了,坏了事啦。欧绥手里还拉住他的马勒:

"喂,有谁还没喝醉的,去找尼基泰·格拉特基来。"

有两个懒洋洋地出去了。枪兵们从火堆、从会议室土墙边、从铺在地面的席子上、从运货车上,哄哄地聚拢来,约莫有五十来个。好似正探着风的方向,谁也不作声地站着。伏尔可夫鼓起勇气:

"开玩笑吗?众枪兵昏了头没有?胆敢侵犯带有圣旨的御使,无法无天了吗?你们这不是造反……"

"少开口!"欧绥把手里的火枪一挥。

一个老年的枪兵把他拦住了:

"得啦,他不过受了上头的命令。"

"对啦,我是受了上头的命令,我是皇帝的属下。但你们呢,你们是谁家的属下? 当心点儿,枪兵们,好好儿动动脑筋吧! 霍凡斯基不是一条好汉,可是他遭了什么结果呢? 你们也都是好汉子,可是红场上的纪念碑怎么样了? 你们的自由往哪儿去了?"

"嘿,让你去嚼舌吧,狗才!"欧绥大声地嚷。

"我想想真替你们可怜,歌里纯把你们拉到草原去兜圈子,不是吃了大苦头吗? 你们去拥护他好啦,随便你们自己高兴,他还要拉你们去第三次远征呢,那你们就只好上街头要饭去了。(枪兵们更沉默了。)彼得皇帝并不是一个小孩子,你们从前惊骇了皇上,现在皇帝就得惊骇你们了。嘿,枪兵兄弟,还是别这么妄作威福吧!"

"嗨呀!"

有人狂暴地叫,枪兵们怔了一怔。伏尔可夫把鼻子一嗤,举起手来,歪了一歪身子。尼基泰·格拉特基从背后跟蜘蛛似的跳上马背,抓住颈子,和伏尔可夫一起翻在地上。又翻一个身子跳上了马,已经把伏尔可夫打落了牙齿,打翻了帽子,夺下了剑。挺起身来把剑一扬,哈哈地笑,一张广额、大嘴的麻脸。

"瞧见吗? 这是他的剑,我要把彼得这么一下,砍掉他的脑瓜。把这家伙带到克里姆林费亚特尔·列逢乞维支老爷那儿去。"

枪兵队拉起伏尔可夫走下小丘,沿中国城城墙,长着霉斑的纳格林娜耶河边,通过有许多鸟窝的多节的老白杨树树林,向矗立着绞头台、刑台的那边走去。格拉特基押在后队,喷散着浓烈的酒臭。经过波洛维支塔,走进克里姆林。宫门外燃着融融的篝火,几百名枪兵有的靠宫墙坐着,有的在草地上躺着,散满了四处。伏尔可夫被拉过一条阴暗的走廊,推进一间点着灯的低低的大屋子里。格拉特基上殿上去了。一个满脸皱纹的老实相的卫兵站在门口,腋下夹着一柄长斧,低低地说道:

"可别招我的怨呀,哎,你想想,我们也没有办法。上头叫我们打,我们不能不打,我们要吃饭呀……一共带家属十四个农奴,不得过日子啦! 以前靠买卖挣钱,现在就靠一点儿饷金……我们也许有点儿对不起彼得皇上。其实谁个当权对我们还不是一样? 目前是什么也没有关系了!"

苏菲亚进来了。她打扮得像个处女似的,不戴披风,穿一件黑貂皮镶边的黑丝绒软衫。板起脸在上首桌边坐下,接着是美丈夫夏克洛维泰露

139

出洁白的牙齿,笑眯眯地走进来,他穿着荨麻色的枪兵队制服,坐在苏菲亚旁边。尼基泰·格拉特基傻头傻脑的——忠实的奴才退到门口。夏克维洛泰抄查伏尔可夫的胸怀,用手指头点点彼得的亲函。

"摄政殿下已经把信读过,并没有多大的事,为什么半夜三更这么急急地派了你来?"

"奸细!"苏菲亚咬牙轻轻地说。

"让我们大家坦白谈一谈吧!彼得皇上健康吗?娜泰丽亚·基丽洛芙娜太后健康吗?他们记念我们吗?(伏尔可夫默着不响。)怎么,你不说,不说也一定要你说的呀!"

"一定要你说!"苏菲亚把手指一枚一枚地捏住,低低地重复一句。

"殿下要知道许多事,游戏队的兵站充实吗?有什么缺乏没有?"夏克洛维泰说,"为什么在大路上派兵防守,那是游戏,还是怕谁去攻击呢?从你们那边到莫斯科,路上简直断绝了交通。进京来的粮食车都被拦回去,这算什么规矩呢?"

伏尔可夫想起彼得的嘱咐,低倒了头,一句话也不说。嘴里不作声,心里却害怕起来。可是夏克洛维泰愈是问得急,苏菲亚的脸愈是恐吓得皱得紧,他的嘴也愈是牡蛎似的闭得结实,连自己也有点儿惊奇自己的倔强了。在普劳勃拉潜斯克睡睡觉,却睡出浑身的劲儿来了。胸头沸滚起来:要用刑,要什么,一切听便吧,一句口风也不会吐出来的。就使夏克洛维泰握着短剑扑过身来,要剥背上的皮,也只是扮着冷冷的面孔,嗤笑着斜过眼去。伏尔可夫抬起脸来,傲然地冷笑着直盯眼。苏菲亚脸色陡变,鼓起鼻孔。夏克洛维泰发疯似的跳着双脚,扑过身去:

"一定要动了刑才肯开口吗?"

"我没有话说。"伏尔可夫(不禁怔了一怔)只把脚一踏,晃晃肩头,"你们自己上普劳勃拉潜斯克看去好啦,你们不是有很多枪兵保卫的吗?"

夏克洛维泰使劲地打上去,伏尔可夫忍着痛退了几步。苏菲亚的胖脸抽搐着,从桌边站了起来。

"拿去砍了!"她暗哑地发令,尼基泰·格拉特基和卫兵拉伏尔可夫往院子里走去。尼基泰叫了一声"刽子手"。伏尔可夫把手臂被人一扯,一把推倒地上。好事的枪兵们都跑拢来问,这是谁,为什么砍头,哈哈地笑着,对着阴暗的广场上大叫:"有人愿当刽子手吗?"结果,弄得格拉特基只好自己动手拔剑。"你不害羞,为这么一点儿小事污了剑。"有人阻止他。大家争吵着,都跑进殿里去了。那个老卫兵弯倒腰,把手在伏尔可夫发硬的肩头上一拍:

"快逃吧,不要走大门。跳墙头,找个地方跳出去!"

鲁宾斯加耶广场上的篝火熄灭了(只有兵房里的篝火还在冒烟)。欧绥喃喃地怨了半天,也没有一个人肯站起来去取柴。许多枪兵已在黑暗中回家去了,有的已经睡着。五个枪兵走进围墙边的郁茂的菩提树荫下,低声地闲谈。

是格拉特基说的,喀山斯加耶波里斯·歌里纯的宿舍里,藏有六十桶雷酸银,大家均分,把来化了。

"格拉特基要当强盗,将来砍头落脚,让他自作自受,要把别人拉在一伙,实在不佩服呀。"

"他当强盗,咱们受罪,简直目无王法嘛!"

"那个近侍说得不错,有一天我们说不定会遭在彼得皇上手里的。"

"最近就会动手呢!"

"苏菲亚那家伙,对有些人给钱,叫另一些人一天到晚守卫,把我们自己家里的活计都丢开了。"

"见他妈的鬼,我真想屁股上扯篷逃到游戏队去啦!"

"结果,还一定是彼得打胜呢!"

"简直跟小孩儿交手嘛!"

"再待在这儿没有好处,等着绞绳上颈子就是了。"

大家闭住嘴回过身去,只见克里姆林方面,有人飞马疾驰而来。"又是格拉特基那家伙,他干吗跑来跑去的?"醉气醺醺的格拉特基把马冲到篝火边, 一跃而下,大声地叫喊:

"枪兵为什么不集合? 为什么不上岗亭去? 克里姆林叫你们别偷懒,别偷懒,这儿火也不烧,却打瞌睡! 混账王八蛋! 欧绥在什么地方? 派人到村里去,把史巴斯加耶塔的警钟打起来,每个人都带枪集队!"

格拉特基恶狠狠地叫骂着,蹦跳着双脚跑进兵房里去了。

菩提树下的枪兵们又低声地交谈了:

"说是要打乱钟啦……"

"这半夜三更里吗……"

"集合不起来的……"

"谁去见他妈的鬼……"

"可是,弟兄们,假使……那怎么办呢?"(皱起额皮,仅仅听得清的低声)

"对方真求之不得啦……"

"那是当然的……"

"我们不要什么嘉奖……"

"不过,这边太危险……"

"得啦,弟兄们,走不走? 至少得有个伴儿……"

"可是,谁去?"

"特米忒里·梅尔诺夫,去吗?"

"去呀!"

"雅可夫·拉图庚,去吗?"

"我? 好吧,去……"

"见到了面……伏倒地上,如此这般地说……他们正酝酿可怕的阴谋,要谋害陛下。我们是陛下忠义的臣民,敬向十字架接吻。"

"我知道,我知道……"

"会说的,放心吧……"

"好吧,你们先去……"

十五

单靠普劳勃拉潜斯克和赛门诺夫斯基两个大队是不能打仗的。三万枪兵、武官、歌东将军的联队,会把游戏队当苍蝇一般击烂的。波里斯·歌里纯坚决主张老老实实在普劳勃拉潜斯克守到明年春天。不多几时就是泥泞的秋天,接着便是严寒,就便拿棍棒去抽,枪兵们也不肯爬落暖炕来打仗的。待到春天,再把态度宣布出来,事情绝不会恶化的。苏菲亚跟华西里·华西里维支方面,情势会坏起来的。一个冬天,大贵族间会发生大的摩擦,有许多人会投到普劳勃拉潜斯克来,况且他们国库空虚,发不出枪兵的饷金。老百姓会饿肚子,工商界会起风潮,商人们将叫出绝望的喊声。要是苏菲亚鸣钟发兵,就率领游戏队退守托洛伊察·塞尔该伏,只消依据那儿难攻不拔的堡垒,坚守不战。照过去的经验,至多也不过困守这么一年半载罢了。

依据波里斯·歌里纯的建议,普劳勃拉潜斯克秘密派使者到托洛伊察,给那儿的区长维坎契送礼,歌里纯自己也去了两次,和区长商谈,请求保护。宋梅尔每天阅兵操演,因为演习大炮,宫中的玻璃窗差不多全部都震毁了。每次彼得一谈起莫斯科的时候,宋梅尔就沉着脸吹口须:"那儿里,可以抵抗的。"

莱福忒从侨民区来访,已不是从前那样频繁,每次都是认真而殷勤地、怯生生地微笑着,他的脸色先就叫彼得担心。他现在连莱福忒也不相信了,常常在半夜里叫醒亚历克舍西加,急急忙忙把长袍一披,出去查岗。在悄然的夜气中偶然站在耶柴河河边,望莫斯科的一边,一片的黑暗,没有一点儿灯火,一种难堪的静寂。

浑身感到一阵寒战,沉着嗓子叫一声亚历克舍西加回到床上去了。从沛莱雅斯拉芙里回来以后,只有最初的几夜,彼得和妻子一起睡,不久便息宿在只有一个小窗、穹窿甚低的跟杂物间一般的别殿中,自己睡在一只长椅上,亚历克舍西加打地铺伴着他。也芙特基亚盼待亲爱的丈夫,眼睛都哭肿了。她已怀孕有四个月了,焦灼的期待,使她的眼睛永没有干燥的时候。她跑出去迎接丈夫,被一些宫妇们搁住了,挣脱了身跑到门廊下,扑到丈夫的怀里。他比以前更长更瘦,显出一股生疏的神情。丈夫抱紧了她的胸腹,坚硬的唇亲吻她的手脸,浑身发出一股柏油气和烟草味,用手轻轻地抚她突出的肚子:"啊,啊,为什么不写信告诉我呢?"说着,脸色立刻显得柔和,和妻一道向母亲去请安了。断断续续地谈了些离情别绪,不住地揉擦肩头,满身地搔挖。娜泰丽亚·基丽洛芙娜终于说了:"彼乞尼加,洗浴水早上就准备好了呢。"他抬起惊奇的眼望着母亲;"妈妈,身上垢泥积硬了,倒一点儿不痒呢!"娜泰丽亚·基丽洛芙娜心里明白,泪水淌下了脸颊。

也芙特基亚只有开头的三夜能够把他骗进寝殿里。是那么盼望,那么挂恋,那么焦心地等待着他的爱抚呀!可是心里却那么的害怕,比新婚之夜更觉得手足无措,不知道问丈夫一点儿什么话才好。在缀着珍珠的被服上,丈夫跟一段木头一样躺下了身子,呼呼地睡去,不住地抽搐着身子,满身搔挖。她害怕得连动也不敢动了。自从丈夫搬到杂物间去宿,她觉得见人也害羞,眼睛不知放到什么地方才好,可是彼得完全把也芙特基亚忘得干干净净,整天地忙个不停,和波里斯·歌西纯秘密筹划。这样地,便听到了八月的风声……不安的阴云罩满了莫斯科的天空,普劳勃拉潜斯克沸腾起恐怖和戒备。

十六

"敏·海尔茨,写信给罗马皇帝借兵去好吗?"

"胡说白道……"

"为什么?"亚历克舍西加两脚两手伏在毛毯上跳起身来,爬过去,跃动着眼珠,"这绝不是胡说的,要求借用一万步兵,不用多,跟波里斯·亚历克舍维支谈谈看。"

亚历克舍西加蹲在枕边。彼得转一个侧,缩起膝头,把毛毯拉到头顶上。亚历克舍西加把嘴唇皮一咬。

"当然,要这样做,可没有钱。敏·海尔茨总归要花钱……我们可以骗他一下……皇帝不可以骗吗?唉,我真想要到维也纳去!唉,还是到莫斯科蹓蹓,跟枪兵们混混的好。老是这么战战兢兢地过日子,几时能够忘掉了?"

"快滚开……"

"是,是……"亚历克舍西加赶快抓起皮外套披在身上,"到瑞典去也好,到鞑靼去也好,我不会去低头求人的。我心里明白,你不愿意的时候,当然不能做的,我是不懂事的。"

沉默。屋子里闷热得难受。老鼠在火炉边窸窸窣窣地响。远远地传来叫声:"注意!"是耶柴河畔的守兵在叫。亚历克舍西加又吹起了鼾声。

彼得近来常常失眠,头搁下枕头,就听见"火,火!"无声地叫唤,心像羊尾巴的颤动……睡眠永远逃去了。勉强把精神安静下来,忽然听到宫后的墙边有人低低地啜泣,再也静不下来。在这样的晚上,就胡思乱想着种种的事……纵使是这受着迫害的、人目所不见的角落,普劳勃拉潜斯克的岁月还依然是热闹的、狂乱的,一天天地过去。克里姆林的大贵族从来当他陌路人一般,骂他小狼儿、兵士的游伴……管自跳着舞,赌着钱,却意外地在胸头刺进了一把短刀。

睡眠重新飞去了。彼得在毛毯底下,把身子曲成了弓形。

姊呀,姊呀,你这无耻的女人、吸血的女人……宽的腰,粗的颈(他的眼中映出教堂帷幕下的苏菲亚的姿影),像个乡巴佬抹了胭脂脸,简直是屠夫的老板娘!叫人拦路丢炸弹、派人行刺……昨天厨房里有一小瓶克华水,幸尔先叫狗试了一试,狗立刻死掉了。

彼得驱开了这些想法……但愤怒自然地充进了颤颤的血管里……你转得好念头,要我的命吗?就使一匹野兽,就使任便什么生物,都没有彼得那样爱自己的生命。

"亚历克舍西加,小鬼,还睡觉,喂,拿克华水来!"

亚历克舍西加倦眼蒙眬地跳起身来,搔搔身体,掬了一勺克华水,添了点儿糖,给彼得喝了。打个哈欠,又闲谈了几句。"注意!"——远远地、悄悄地、不断地传来。

"再睡一会儿吧,敏·海尔茨!"

彼得赤裸的瘦腿跳落长椅……这一下的声响,完全是真确的。一阵重重的脚声,在走廊下慌慌地跑来,叫闹和哀号……单衣裤的亚历克舍西加两手握两杆短枪,霸住门口。

"敏·海尔茨,是上这边来的。"

彼得向门口注视,脚声渐渐迫近……在门外停下来,战栗的声音:

"陛下,起来吧,有紧急的事……"

"敏·海尔茨,亚留西加。"亚历克舍西加开了锁。气急呼呼走进来的是翻白了眼睛的、赤足的尼基泰·曹多夫,接着是几名普劳勃拉潜斯克大队的兵士、亚历克舍·勃洛夫庚、八字须的蒲伏斯多夫等人,他们簇拥了两个像软袋子似的枪兵。枪兵们须发凌乱,嘴唇直沉,眼睛高兴得发出光亮。

曹多夫骇得舌头都发糊涂了:

"是史特莱绵奴联队的兵士梅尔诺夫和拉图庚,从莫斯科来参见陛下。"

两名枪兵在门口伏倒,鼻尖埋进地毯,发出毛骨悚然的狂叫:

"啊哟哟,陛下,您的头要落地了。啊哟哟……他们想谋害陛下呢。莫斯科大兵云集,磨砺了大马司寇钢的刀剑。史巴斯加耶钟楼撞起乱钟,四处召集军队呢!"

彼得浑身抖索,把黏在头上的卷发一昂,一只抽搐的左腿不住地打着地板,比枪兵更锐利地狂叫了一声,推开曹多夫,就这么一身衬衫裤地冲出廊下去了。每扇门口宫妇们探头出来,吓得昏倒下去了。

受惊的宫役们正群集在内梯口,忽见一白衣汉子像瞎子似的叉开大手,飞奔而去。"是陛下!是皇上!"有人慌忙地逃散。彼得冲过人群,在卫兵军官的手上,夺来马缰和鞭子,立刻腾身上鞍,双脚登上马镫,使劲地抽上几鞭,泼风似的驰去,隐灭在树林后面了。

亚历克舍西加镇定地穿上长袍,穿上靴子,"把陛下的衣服带好,马上就跟我来!"向亚留西加大声叮嘱了一句,就骑上另一卫兵的马,迫赶彼得去了。在苏可里尼支林中,好容易追上脱落缰镫的疾驰的彼得。

"停下来,停下来,敏·海尔茨!"

高高的杪头,秋星灿然放光,树叶子萧萧作响。彼得向四周一望,打了个寒战,又欲拨马前进。亚历克舍西加拉住了彼得的马,生气地说:

"喂,等一等,裤子也不穿地跑到哪里去啊?"

山鸟在羊齿草的茂丛中一阵惊噪,拨翅飞起,影似的掠过星空。彼得一手按住赤露的左胸的心脏上。亚历克舍·勃洛夫庚和蒲伏斯多夫两人已经骑马赶上,带来了彼得的衣服。又来了二十名近侍和军官,小心地走出林子。莫斯科的天空微微透白,好像从风声中传来远远的乱钟声响。彼得从齿缝中发出声来:

"到托洛伊察……"

急急地在到托洛伊察去的村道和旷野中奔驰起来。彼得低低地戴一顶掩耳的帽子,放宽马缰拼命地跑,时时在马颈上使劲地抽上几鞭。二十三个随从前后围绕,马蹄在干燥的路上嗒嗒地响。越过丘冈,跳落斜坡,穿过柳树和白桦的幼林。马匹吹着鼻息,耳朵掠风而响。有时一个黑影突然闪过,也许是一匹野兽,也许是守夜的农人,惊慌地躲进草丛里去了。

必须比苏菲亚尽先赶到托洛伊察。黄亮而冥茫的东方的天空,渐渐地开晓了。有几匹马跑不动跌倒,就在最近的村舍里换了新马,也来不及喘一喘气,便继续前进。五个钟头赶了六十俄里的路程。转过一弯,远远看见前边屹立着堡垒的尖塔,朝阳的光映照在圆圆的屋顶上。彼得像妇人似的哭了起来。几个人并骑走入修道院的大门,彼得被人扶下了马,把充满了气愤和疲劳、没有一丝空隙的身体带进了教区长的净室里。

十七

　　发生了不但莫斯科方面,连普劳勃拉潜斯克方面也出乎意外的事件,苏菲亚召集不起枪兵来,因此史巴斯加耶的警钟也没有鸣打。这一夜,莫斯科是安然地睡着了。普劳勃拉潜斯克已经放弃……娜泰丽亚·基丽洛芙娜、怀孕中的皇后、亲近的大贵族、近侍、宫役、婢仆、游戏联队,连同大炮、白炮和弹药,一起都撤退到托洛伊察了。

　　第二天,苏菲亚出席宫殿教堂的弥撒,夏克洛维泰慌慌张张地分开贵族群走过来。苏菲亚惊骇地把眉毛一轩,夏克洛维泰露着苦笑躬身到地。

　　"彼得逃出了普劳勃拉潜斯克,只有一身衬衫裤,像着了魔一样,不知到哪儿去了。"

　　苏菲亚噘起嘴唇冷然地说:

　　"听他便,让他去发疯逃跑好啦!"

　　她全没有想到此事关系的重大。可是,在同一天中,发觉了拉芙连契·史哈留夫的枪兵联队,全队一兵也不留地开到托洛伊察去了。也不知是几时受了勾引,推测起来大概是拉芙连契的酒友波里斯·歌里纯的诡计。莫斯科波浪似的动摇起来,每晚上,到处城门响动,开出大贵族的大马车,轰响着木板铺设的街道,向雅洛斯拉芙里大路飞驰而去。

　　华西里·华西里维支每夜和梅特威桀夫守在一起,想用魔法卜问自己的命运。白天茫然地在宫殿中走来走去,对于任何提议,一律赞成。夏克洛维泰在每个联队中跑来跑去。苏菲亚默默地忍住了愤怒,茫然地期待着。

　　突然,联队长伊凡·崔克莱尔又带领了五十人长、百总和一部分枪兵到托洛伊察去了。他是七年前把太后的兄长伊凡·基丽洛维支从教堂祭台底下拉出来的人,是苏菲亚的心腹,当然,他们是去请求彼得的饶赦,报告苏菲亚的阴谋了。

　　苏菲亚知道了崔克莱尔的事件,完全感到手足无措。那么狗一样忠实的人也要背叛,以后到底还有什么人可以信托呢?从托洛伊察方面,常常有带敕令(那是由波里斯·歌里纯书写,底下签署斜体的、黑痕零乱的"彼得"字样)的急使到十九个枪兵联队里来,命令各联队长及下级官兵,火速集合彼得皇帝陛下，共决国家大事。

即使在要口截住，敕令被没收了，但其中也有通过巧妙的路线，潜入联队中，高声朗诵的。苏菲亚发下了"去托洛伊察者斩！"的命令，颁布于各个联队。联队长们发誓说："知道了，他们绝不会去的。"华西里·华西里维支想出了一个计策，派心腹人到枪兵家属去恐吓，要她们写信叫回投降彼得的丈夫，可是并没有奏多大的效果。

派总主教育基姆到托洛伊察去，目的是劝对方言归于好。总主教唯唯诺诺地出发，从此就留在对方，连回音也没有给苏菲亚。联队、商会、平民团体、近郊的村镇，都接到了彼得的新敕令"火速向托洛伊察大修道院报到，如有固违者，处死！"结果，留在莫斯科要砍头，跑到托洛伊察一样要砍头。联队长纳却艾夫、史比里特诺夫、诺尔曼兹基、杜洛夫、赛尔该夫、五百下士兵、无数的枪兵队列兵、商人、地方代表，都战战栗栗地上托洛伊察去了。彼得皇帝和波里斯·歌里纯、太后、皇后、总主教等，穿着俄罗斯服装站在外廊下，跟莫斯科来人举杯庆祝。他们流泪请愿，立即结束这次的事变。那一天，在史哈留夫联队中，喊出了"进攻莫斯科，逮捕恶徒"的口号。

华西里·华西里维支在床上病倒了。夏克洛维泰怕见人面躲在宫殿的密室里。格拉特基一党也躲在梅特威桀夫的宿舍里。克里姆林的城门关闭起来了，城墙上架起大炮。苏菲亚坐不安，立不稳，两手叠在胸口，提起沉重的脚步，在空洞的宫殿里来回地彷徨。这种宫殿中的死一般的静寂，比了公然的作战、吵乱和屠杀，更是叫人难受。不知不觉地，威权在梦中离去，人生像云雾一样地消散了。

但首都还是太平世界，广场上和市场上，照例是热闹的人群。太阳落山，听见守夜人的打更声，听见鸡声鸣叫。没有人希望战争。大家都忘记独坐在克里姆林城墙之内的苏菲亚了。

不久，苏菲亚下了决心。是八月二十九日的一天，和宫女维尔加二人乘上马车，带了很少的卫队，亲身往托洛伊察去了。

十八

雅洛斯拉芙里大路上，日日夜夜卷起着尘沙，徒步的和骑马的从莫斯科走过来,大贵族的马车疾驶而行。托洛伊察大修道院的城墙外,街道和田野,密密地排满了运货的车马,燃烧着篝火。大家张罗着居处、面包和马料,一天到晚叫嚷声没有片刻停歇。大修道院没有预计到突然到来这么多人,粮食仓立刻空了,田野上的稻草堆也不剩一个。但是枪兵和士兵是不能不喂饱的,向附近的村庄派出征粮队,村庄里马上连小鸡也不剩一只。

托洛伊察愈显得狭窄,愈感到饥饿了。许多位高爵显赫的大贵族,都住在院子和街道上临时搭成的幕帐里。晒着太阳坐在外廊下,吃完了没有饮料的饭食,等着皇帝出来。从莫斯科的和平安静的刻板日子,变成这样的野营生活,大家都感到痛苦。但这将决定伟大的事业,变更最高的权力。大家这样地意识着,都刻苦地忍受了。但是将改变得好起来吗? 也许比目前更坏,那么又为什么呢? 全莫斯科、全国、全俄罗斯是正为疫病所苦,裹身于褴褛之中,喘息于贫穷的绝境呀!

太阳落山了,人们蹲在篝火堆边,躺在马车底下,自由自在地高谈阔论起来。大修道院周围的田野上,充满着嘈杂的人声,灯火染成一片红光。不知从什么地方来了一个会使魔法的农人,出奇的目光向四边一扫,拿一把大豆放进帽里,蹲下身子在地上铺一块小小的布,另把一些大豆分给要的人,揭开帽子里的豆,用指头画一道线,略略低声地说:

"有求必应,所思必成。你须谨防不穿草鞋、不着羊皮、脸色白净的人。不要走过第三家人家的门口,不要对三颗星星小便。你所等的人,要不是马上到来,便就是永无消息。亚门,不必道谢,请把含在嘴里的钱给我。"

使魔法的农人爬进阴暗的大军行列中,吹起了一阵疑云迷雾。

"苏菲亚背脊上的神经在那儿发抖,华西里·华西里维义公爵活不到下雪天了。有远见的人是聪明的,彼得皇帝年纪还轻,有娜泰丽亚·基丽洛芙娜太后和总主教监督,结果是他们的胜利。将来他们会赤心保护民众,什么叫作赤心? 那便是以后大贵族不准坐马车,除了吃用之外,所有的庄园都要没收归公。而且商人们、地方上的代表们,以后都可以到宫里去,公然地说,应该这样这样,不应该那样那样……外国人要赶出俄罗斯,他们的家宅叫人任意抢劫。农人和奴隶变成自由之身,不必再流血汗劳苦。徭役也废止了,人可以自由到哪儿去。"

魔法使和兽医用大豆卜课,谈着这样的话,听着他们的人也是这样地想。大修道院的天空中,不绝地鸣响着节日的钟声。圣堂和大殿打开门来,放出烛火的光辉,一天到晚听到庄严的赞美歌的歌声。

当东方的天空透露鱼肚白的时候,彼得右边伴着娜泰丽亚·基丽洛芙娜,左边伴着总主教,从外廊走下来出席弥撒,做完弥撒,便出现在民众面前。娜泰丽亚·基丽洛芙娜对新来的人亲手赐下酒杯,因勤行和断食变得异常苍瘦的总主教,凛然地说道:

"你们离开恶徒,景仰皇上的威仪,实在是为上帝嘉许的行为。"

总主教抬起炯炯的双眼望住了彼得。彼得穿着俄罗斯服装,白净的手拿着绸的手帕,颧骨高突的脸略略低倒,很温和地站着。这三个礼拜以来,他不衔烟斗,不喝滴酒,听从母亲、主教和波里斯·歌里纯的话,一步不跨出大修道院的大门。做完了白昼的弥撒,便坐在区长房间的圣像底下,接受大贵族的朝见。说话不再那么急促,眼睛不再那么圆睁,要说的时候,就用庄重的口气慢慢地回答,而且也决不自己乱说话,每句话都在听了长上的意见之后再说。娜泰丽亚·基丽洛芙娜遇到每个近身的大贵族,便得意地宣传:

"不知是什么缘故,一定是上帝的恩宠,彼乞尼加完全改变了,他变得那么关心,那么庄重呀!"

外国人中,只有莱福忒允许朝见,但也不是在平常朝见的时候,或是大食堂里,每天总是在日暮以后,不让总主教看见,偷偷地走进净室里。彼得默默地捧着莱福忒的额角用嘴唇接吻,安心地吐一口闷气,就在身边坐下。莱福忒用奇里古怪的俄国话轻轻地聊闲天儿,逗笑着,鼓励着他。在这样谈笑之间,提出了明锐的意见。

他知道,彼得因赤身逃跑,望见大修道院的屋顶高声大哭,心里异常害羞,便从勃洛纽斯的历史中引出以奇计逃出生命之危险的国王和司令的故事,讲给他听:"有一个法国的公爵,被迫穿女服和男子同寝,第二天却得到了七个城市。还有纳克泰里司令官,快要被敌人打败了,用自己的秃头骇走了敌人,才得从容退却。以后,他不但不以为羞,反而在秃头上装了假角,并没因此减少他的光荣。这都是勃洛纽斯在他的书上说的故事。"莱福忒大笑着,紧紧握住滴着烛泪的彼得的手。

彼得没有阅历,容易兴奋。莱福忒再三主张,千万不要引起战争,老百姓都厌倦战争了,在大修道院宣告幸福的钟声中,对于从莫斯科拥挤而来的人们,允许和平与安静,苏菲亚便会跟腐朽的木柱一般,自然而然地倒坏了。

"您要从容不迫地走路,彼得,简单地说话,慢慢地抬眼,做弥撒的时候,巍然地站着,不要怕两腿发酸。那么,大家都将爱您了。哎,上帝给我们送来了这样一个德匹天地的皇帝来了,他们将会发誓:为了这样的皇上,就是杀身图报,也是在所不辞。至于要叫、要跳的事,一概交给波里斯·歌里纯做去得啦!"

彼得惊叹这好友法兰茨·莱福忒的智慧了,莱福忒说:"照法兰西人的说法,政策就是认识自己的利益。法兰西国王路易十一如果某一个百姓对他有用,便是最卑贱的百姓,他也会亲身去拜访,如果对他无用,就是高贵的公爵伯爵也会被他无情地斩首。每一次发生战争的时候,他都使用这样的政策,要变狐狸就狐狸,要变狮子就狮子,所以他总是打败了敌人,繁荣了国家。"

听着他的话,简直令人陶然如醉。跳舞的能手、风流才子而兼幽默家的他,说到这儿突然说出俄罗斯人决不泄露的话来:"你们俄罗斯人,各人各扫门前雪,谁也没有国家的观念。有人一心只想发大财,有人热衷于功名,更有些人,只是想着怎样把肚子装饱。像这样不开化的人民,恐怕只有非洲才有。没有手工业,也没有军队,更加谈不到兵舰,有的就只是剥老百姓的三张皮,而这皮也只是枯瘦得没有一点儿光彩。"

他说得那么动听,甚至使彼得发生拥护第三罗马的雄心。他的话像火焰一样,射进野心勃勃的彼得头脑的皱褶中。那时候,赛尔该圣像前的长明灯的火已经舔着绿色的玻璃,窗外巡逻人的脚音已经静寂。莱福忒说了一番幽默的笑话,又回复了本来的面目:

"赫尔彼得,您是一位聪明的君主。哎,我在世界上经历得多了,也见过了不少的人,把我的剑和生命贡献给您吧!(彼得静静地抬起这几天之中好似经历了几年的栗色的突眼,亲爱地望着他)您需有忠实而聪明的臣子……慢慢儿等待着吧,不久您一定会找到那样的人物,为事业而不辞牺牲、一听到命令能跃进火中、不顾父母……让贵族们去争夺地位和名誉吧,要叫他们革心洗面是决计办不到的,随时随地可以砍掉他们的脑袋。只要等待时机,把自己强实起来。现在,要跟大贵族斗还太弱……您就玩着,闹着,弄漂亮的姑娘服侍……趁青春的血气旺盛,恣性地作乐吧。国库是满满的,您是皇帝。"

薄的嘴唇凑在耳边低话,上翘的须尖擦着彼得的脸颊,忽然和蔼忽然锐利的目光吐露着睿智和淫乐。这可爱的汉子,识透了彼得的心,用言语表达了在彼得脑子里一片汪洋的欲望。

娜泰丽亚·基丽洛芙娜发生了无穷的惊奇:彼得鲁霞为什么变得这样的英明? 尊敬母亲和总主教,听从身边大贵族们的进言,和妻子一同息宿、勤欲,一切无可批评的行为,使她欢喜无尽。娜泰丽亚·基丽洛芙娜像秋天的玫瑰开放在大修道院之中。十五年之中从来连望也不来望一望的名门大贵族,现在都争先恐后地来伺候颜色了。大贵族们、廷臣们都注视着娜泰丽亚·基丽洛芙娜的口边,等候她的吩咐和差遣。在弥撒的时候高踞首席,总主教第一个把十字架捧到她面前。做完弥撒之后,民众匍匐两侧,苦行教士、残废人、乞丐高声祝福,排着队跟上来,想在她的裙边亲吻。娜泰丽亚·基丽洛芙娜现在用庄严的声调慢慢地说话,眼中放出仪态万方的目光。在她居室的凳子和长柜上,大贵族们穿着外出的外套,汗流浃背地坐着。其中最亲近的是彼得幼年时代的太傅戚洪·尼基乞维支·史特莱西内夫,人家永不明白他的怎样的性命,是狡猾还是聪明,他总是口边露着快活的笑影,浓眉掩覆目光。其次是棕发圆脸、性气粗猛的伊凡·波里索维支·托洛艾库洛夫公爵,火热的高耸的颧骨,赤露着无毛的眼睑。皇后的长兄彼得·亚勃拉摩维支·罗布亨——这位矮瘦的老人,对于舞权弄势跟蛇蝎一般地害怕,永是靠身在暖炉边,宽宽地交叠着两手,昏昏瞌睡。茨冈似的老鹰鼻的米哈尔·亚历各歌维支·乞尔加斯基公爵——费亚特尔·犹利维支·罗莫达诺夫斯基,一到来便抚着口髭,眼睛像玻璃球似的转着,在太后的屋子里占定一个座席,晃动着大肚子,呼呼地喘气。

娜泰丽亚·基丽洛芙娜由兄莱夫·基丽洛维支陪伴着,走进屋子里,向每个人点头招呼,用手指捧着印有圣像的圣饼,坐落一张粗糙的小椅。棕脸俨然的莱夫·基丽洛维支把硕大的身子坐在她的旁边,于是大贵族们便慢慢地跟他们议起国事来——怎样处置苏菲亚,怎样处置米洛斯拉夫斯基家,谁处流刑,谁幽闭修道院,以及哪个贵族派什么职司等等。

波里斯·亚历克舍维支·歌里纯除了要事是不上娜泰丽亚·基丽洛

芙娜处来的,从兄华西里·华西里维支的事使他害羞,同时也没有闲工夫。他一天到晚签发敕令,与莫斯科方面折冲,再接再厉煽动枪兵联队,奔走军队食粮的调度。他从不听别人的意见,在这点上他比华西里·华西里维支更为桀骜。穿上轻软的镀金甲,戴上红羽毛的意大利钢盔,带着微微的酒意,捻着口髭,跨上长鬣和尾毛都用金纽束上的红鬃烈马,英风飒飒地巡阅联队。从丝绒马鞍上挺出身子,和新来的联队长亲吻,两手托在腰上。枪兵们见他到来,便如割下的草束一般,一齐跪伏地上。

"好呀,枪兵兄弟们!"他向他们喑哑地叫喊着,须毛稀疏的地方涨露一片殷红,"上帝宽恕你们,皇上陛下同情你们的处境,把马匹解开车子,烧粥吧,皇上钦赐御酒一樽。"

"多么威武啦,他叫波里斯!"马车中的枪兵对妻子说,"你看这儿多么兴旺,咱们真来得不坏!"

波里斯料理一切,不必别的大贵族分心。因此,大家都很高兴,就懒懒地坐在太后的屋子里,做着胡思乱想。只有住在大司教府缎幕中的特尔高尔基家的雅可夫和葛里斯里对波里斯怀着敌意。

"吃那华西里的苦头吃了七年,现在还是要踏在波里斯的脚底下吗?郭公鸟换了大鹰呀!"总主教因波里斯曾经和彼得在谷古狂饮,读拉丁文的书,跟外国人交游,对他也没有好的脸孔。

八月二十九日那天,一个枪兵跑到大修道院的铁门前,圆帽已经丢掉,长袍撕得七零八落,满脸染黑了尘灰,只露出一对白眼睛。他抬起楔形的、胶成一片的腭髯,发出破钟似的声音叫唤:

"紧急公事!"

门拉开来,枪兵跳落跑坏了的马,是一个结实的家伙,已经一步也跑不动了。他是那么兴奋、那么紧急,被人扶着带到波里斯·歌里纯跟前,一边走一边向四面探望,望见站在外廊下的波里斯,一步跳上前去:

"苏菲亚到离此十俄里的伏士特维潜斯可来了!"

伏士特维潜斯可的岗位前,苏菲亚的马车被人拦住。苏菲亚略略打开一点儿玻璃门,望见几张熟悉的枪兵的脸,破口便骂叛徒、犹大,扬着拳头恐吓。枪兵惊慌地脱掉帽子,但等马车重新动起来时,便用钺柄拦住,拉住了马头。苏菲亚惊慌起来,命令带路找一民家休息。

爱热闹的农夫和农妇们从木门里探头出来,孩子们爬上屋顶,狗子向马车扑上去。苏菲亚满心羞辱和愤恨，气得别转了苍白的脸孔。维尔加因为在途中解闷，一起带来伏在苏菲亚脚边的身长一亚尔泃的侏儒伊格纳西，戴着鹰铃的圆帽，皱紧脸皮大声哭号了。人们带他到一家富裕的酒店主人的家里，苏菲亚嘱咐主人夫妇不许张扬，走进屋子里。维尔加马上在床上、长柜上、椅子上铺好御用的被单，点上灯。苏菲亚在床上躺下，不祥的预兆像铁箍一般地箍住她的脑袋。

约莫经过了两个钟头，一阵马蹄和刀剑碰上马镫的声音，伊凡·伊凡诺维支·蒲杜尔林两手插在怀里，圆帽子覆着脑后，只当旅舍客店一般，也不打声招呼就闯了进来。

"公主在哪里？"

维尔加跳过去两手拦住。

"出去，出去，不要脸的……她睡着……"

"啊！好吧，睡着吗？那你关照公主，不准上大修道院去……"

苏菲亚跳起身来，射过眼去。蒲杜尔林连忙脱去帽子……

"一定要去……对我兄弟说，我要去……"

"陛下已派伊凡·波里索维支·托洛艾库洛夫公爵代表，命令不许去大修道院。公爵马上就到！"

蒲杜尔林走出了，苏菲亚重新睡下。维尔加怕她受寒，给盖上皮外套。屋子里的琉璃窗暗下来了。鞭声、母牛的鸣叫，门户响动。于是，重新像修道院一般的静寂，怒气震动苏菲亚的全身。伊格纳西帽上的小铃寂然地鸣响。这弄人悄然地坐在长柜上，吊着两腿。"连他也折磨我啦！"怒气震到苏菲亚的全身，她想伸出手去，把他从长柜上推落去，可是手像铅一般沉重，再也抬不起来。

"维尔加！"苏菲亚低声地喊，"到了大修道院，别忘了华尼加·蒲杜尔林！"

维尔加冰冷的嘴唇触了一下苏菲亚的手腕。在灰色的暗阴中，幻想着华尼加赤裸的背和苍然绑起的两手。刀光一闪，两肩向上一耸，立刻便塌下去，砍去脑袋的颈口上，喷出一股热血……大胆无礼，就该如此……苏菲亚轻轻叹气。

托洛伊察派托洛艾库洛夫当代表来，可是在两星期前，她从克里姆林派到彼得处去的代表，也正是他。他谈判得一点儿结果也没有，悄然回来,那时苏菲亚大为震怒,不许他来见面。是愤慨还是害怕呢?虽不算一个血统优良的大贵族,然而容貌魁梧,是深有可取的。苏菲亚把肥胖的腿跨落寝床,裙边挂到天鹅绒的靴子上。

"维尔加,把手提匣带来!"

维尔加把铁的手提匣放在鸭绒被上,上面放上一支蜡烛。苏菲亚气得肩头索索发抖,连连地打着火石。火绒焦燃起来,燃着纸煤。在烛上点上火,她伏在烛火底下,掠一把披落头上的头发,重新读了伊凡皇帝的御笔亲书,是写给彼得,劝他速即言归于好,勿再流血。另一封是写给总主教的,请他从旁努力,使苏菲亚和彼得和好。

读完了信,冷冷地一笑,哼,反正都是一样,结果还不得不忍耻受辱。只要能够把小狼儿从托洛伊察叫回去……苏菲亚深沉地想,竟没有听见进来的脚声,等到听见托洛艾库洛夫在门外叫她的声音,苏菲亚才惊觉起来,忙从床上拿起黑巾披在头上,站起来迎接公爵。他侧身走进狭窄的门口,双手触地,躬身行礼,再把红铜脸仰起来几乎碰着天花板地直起身子。暗影中看不出他的目光,只有大鼻子映在烛火光中。苏菲亚询问彼得和娜泰丽亚·基丽洛芙娜的安好,托洛艾库洛夫答称赖上天保佑,都称安好。不知想迷了什么,捻捻长须,搔搔下颏,也不向苏菲亚请安。她留意到了,不禁一怔,想着自己不必如此恭敬,应该坐下,但依然没有坐下,这样说了:

"我要住到大修道院去,这儿太寒碜,总觉不大舒服。"

凝注着视线,张望暗影中的他的眼色,想着自己以摄政之身,竟害怕起这穿三件皮外套的傻蛋。她的骄傲的心鸣叫了,可是久已忘却的女性的怯弱,却使她把头缩进了肩窝。托洛艾库洛夫说了:

"没有卫护,没有军队,单身前来此间,实欠考虑……道中没有受惊吗?"

"我没有什么害怕,我的兵比你们要多一点儿。"

"这是不错,不过不堪一用。"

"所以我不带卫护,我不愿流血,我要和平……"

"您所说的血,那是绝不会流的。不过恶徒法齐加·夏克洛维泰一党,他们都喝着血呢,所以我们要探探他们的下落。"

"你是来干吗的?"苏菲亚迫着嗓子大声嚷道,(托洛艾库洛夫从怀里拿

155

出一卷束线上烫有朱红火漆印的文件)"你带来了命令吗？交出来。维尔加，你拿着……命令上是不是说，套上马车，到大修道院去住？"

托洛艾库洛夫慢慢打开文件，俨然朗诵：

全大俄罗斯，小、白俄罗斯诸强大公皇帝诏曰：

　　无得迟延速归莫都，再候圣旨……

　　欲来大修道院，着毋庸议……

"叫我走！"苏菲亚夺过文件，团成一体，丢在地上，黑巾从头上落下，"要我回去带联队来攻大修道院吗？"

托洛艾库洛夫嗯了一声，弯腰拾起文件，把头一昂，好似苏菲亚还在温和地站着一般，淡漠地说：

"皇上命令：要是强入大修道院，便铐上双手，押解回去，这样也好吗？"

苏菲亚提起两手，紧紧地抱住颈项，指甲几乎陷入肉内，颓然地倒在床上。托洛艾库洛夫小心地把文件放在椅上，搔搔胡子想道：在这样的时候，使者应该怎样呢？要不要行礼呢？斜眼望一望苏菲亚，她那穿着天鹅绒靴的脚叉出在裙子底下，死人般地伏身床上。托洛艾库洛夫慢慢把帽子戴好，也不行礼，挤出了房门去了。

十九

际此危机一发，因循犹豫，最为大害……

华西里·华西里维支拿信的手索索地发抖。他移近了蜡烛，仔细凝视草书的文句，读了一次又一次，努力想明白其中的意义，凝练自己的思路。信是从弟波里斯写来的。

歌东将军已率蒲杜尔斯基联队到托洛伊察，恩许朝见，彼得·亚历克舍维支抱歌东将军流泪狂吻……与将军同时，尚有外籍军官、龙骑兵、骠骑兵等亦投诚此间……现留居尊处者，仅

156

极少数枪兵，不肯放弃其自营店铺、副业及小浴室之人……

华西里公爵，望立即出走，毋稍迟延，已不能待之明日矣！

法齐加·夏克洛维泰明日将受刑讯……

波里斯信中所说的都是实情，自从苏菲亚走不进大修道院被逐回来，竭尽一切手段，也无法阻止武将军人自莫斯科脱走，大贵族们在白昼公然出门。清廉纯洁、严明正直的武人歌东，到华西里·华西里维支家来，拿出彼得命令他投到托洛伊察的敕状来给他看：

"我已经白发苍苍，伤痕遍体。"歌东蹙紧着眉，在剃净的脸上打起无数皱褶，注视着华西里·华西里维支，"我可以对《圣经》发誓，我对亚历克舍·米哈洛维支皇上，对费亚特尔·亚历克舍维支皇上，和对苏菲亚·亚历克舍芙娜都尽了忠心，现在我最后决定尽忠彼得·亚历克舍维支皇上。"戴皮手套的手握着长剑的鞘，在地上撞了一下，"我当然不愿意，眼看着叫自己变成断头台的露水。"

华西里·华西里维支不敢反对，即使反对也无效。歌东认为在和彼得的争霸中，苏菲亚已经失败了。这一天，他便张着军旗，打着大鼓，离莫斯科而去了，这是一个致命的打击。华西里·华西里维支这几天完全在做噩梦一般，眼看着苏菲亚徒劳地努力，既不能伸手帮助她，又不能把她丢弃；既害怕受辱蒙耻，又感到无法逃避迫近身边的一种死一样的东西。以帝王的辅佐，大司令的权力，至少可以带二十个联队到托洛伊察去和彼得说话，但士兵不但不肯服从，反而可能骂他"恶徒！叛贼！"这样地胡思乱想着，一筹莫展地过着日子，极力避免和苏菲亚单独相处，因此称病家居。给从弟波里斯写了拉丁文的信，派心腹部下秘密送到托洛伊察，请求不要对莫斯科发动军事行动。提出种种使苏菲亚和彼得媾和的策略，表白自己对皇帝的功迹和苦心。但一切都成徒劳，好似一个不能明白看出的罪人，压身在他的睡梦之中，心头发出恐怖的呻吟，而身子却不能动一动，完全是这样的一种心情，日夜不断地缠绕着他。

燃残的烛火上，飞来一匹向火的苍蝇，跌落热蜡中，死命地挣扎。华西里·华西里维支两肘靠在桌上，抱着头……

昨夜他命儿子亚历克舍和妻子欧特却（她久已被他忘却，丢开一边的了）立刻到莫斯科近郊每特维脱可伏的领地去。府第中显得异常的空洞，窗门和外廊都封闭了,但他还在逡巡着,有时还幻想幸运也许会重新回来。苏菲亚从托洛伊察回来以后,连洗一洗手的心情也没有,也吃不下东西,四面派出了告示官,召集着枪兵、商会,组织市郊居民和所有善良的公民到克里姆林。自己带同伊凡皇帝走到红外廊下。伊凡不能直立,便蹲在柱子旁边,寂然地微笑着(简直已不像有生的样子)。自己披上黑肩巾,也不束发,扮成刚从旅途中来的样子,向民众报告了:

"我们认为最紧要的,是和平与友爱……托洛伊察方面胆敢拒收我的亲笔书信,把使者驱逐回来……因此我决心和彼得皇帝开诚谈判,一心念着祷告,亲身出马前去谈判,却在伏士特维潜斯可横受拦阻。我身为公主,却被破口大骂,蒙受耻辱,只好黯然回来。我自从一昼夜以前吃了一点儿圣饼,到此刻还没有吃过一点儿东西。附近的村庄,因莱夫·纳露西庚、波里斯·歌里纯的命令,被他们抢劫一空。他们让彼得兄弟恣情饮酒,终日醉倒在暗房中。他们正想进攻莫斯科,砍华西里公爵的头。我们的生命已危在旦夕,假使不要我们,就干脆说不要好啦,我可以同伊凡皇帝一起找一个修道院安息去。"

眼泪从苏菲亚的眼中滚滚而下,她哽咽不能作声,手取附有圣体的十字架,高举头上。民众望望十字架,望望痛哭流涕的苏菲亚,和紧皱着脸、处身事外的伊凡皇帝,脱掉帽子,有许多人轻轻叹气拭泪。苏菲亚问:"你们到托洛伊察去吗?我们可以信赖你们吗?""可以,可以,我们决不背叛!"大家这样叫唤。

解散之后,想着苏菲亚的话,嘲笑了。当然,受了侮辱总不肯沉默的啰,可是说说又有什么用?莫斯科没有面包,运货马车都换了方向望托洛伊察去了。城里盗贼横行,秩序混乱,市场上也不能做买卖,正所谓人心惶惶。实在叫人厌透,应该见个分晓的时候了。华西里·歌里纯或是波里斯·歌里纯,无论哪方面胜利就好了。

今天有几万民众从四城门冲进克里姆林,在各人手中,互相传递着捉拿叛贼法齐加·夏克洛维泰一党,押赴托洛伊察的彼得的敕诏,狂叫着:"把法齐加交出来!"跟几年前一般,爬上宫殿的窗子和红外廊。"把尼基泰·格拉特基交出来!把库齐马·乞尔姆纽交出来!把奥勃洛西加·彼得洛夫交出来!把神父西威尔斯多加·梅特威桀夫交出来!"卫兵丢了武器,脚底抹油似的逃走了。宫役、宫女、丫鬟、弄人、侏儒,都躲进窖子里,连气也不敢透一口。

"好吧,你出去,对那些野兽说,费亚特尔·列逢乞维支是决不交出来的!"苏菲亚气急呼呼地拉着华西里·华西里维支的袖子,推到门外。他茫然地走到红外廊上,汹涌的群众呼吸着蒸腾的汗气、仇恨和大蒜味。一眼望见芦苇一般的枪篯,剑和短刀的光芒。他含糊不清地叫喊了几句,一边慢慢地退进门廊。突然,肩头着了一下,大门被挤得叽吱发响。他回头瞥见苏菲亚满脸怒气:"不行了,交出去吧!"说着,大门一声巨响,呀地挤了开来,群众如雪崩一般涌进来了。苏菲亚把背脊靠在他身上,倾全身的重量,正想把她抱起来,立刻闪过一个念头,低叫一声,推开苏菲亚的身体,一溜烟逃走了。当他们两个伫立在格拉诺维泰宫的一刹那间,忽听法齐加·夏克洛维泰一声惨叫,在苏菲亚的浴室里被人捉住了。

但华西里·华西里维支还是在逡巡不决。从傍晚的时候,马车已经在后阶口等着,总管和几个老家人在门廊下焦灼地彷徨,华西里·华西里维支依然对着蜡烛抱头地坐在那儿。扑在烛上的苍蝇仰起细腿子颠扑不住。空洞的府第是死一般的静寂。天花板上的十二宫图掩闪在微光之中,希腊诸神透过黑暗凝望着他。府第中的人只是哀怜他,骚乱的神经。为什么弄到这样田地呢,完全莫名其妙。到底这是谁的罪恶?苏菲亚,不错,是苏菲亚!现在再也不能掩住自己的眼睛了。从神秘的深处,现在一张洗去了脂粉的讨厌的女人的苦脸,贪欲的情妇、弄权而横暴的可怕的女脸,她的美貌是万事的祸根!"

怎样对彼得说?怎样回答敌人?利用女人,梦想帝王的权势,受辱于克里米亚,起草着《论社会生活及全民万事之革新》。他从颈子上把手拿开,在桌子上愤然一拍,还要整夜地和魔法使搅在一起。

窗门缝里微微透进红光,是天亮了吗?还是莫斯科的天空中升起了血色的月亮呢?华西里·华西里维支站起身来,回头望望闪进圆穹大室的暗影中的闪灿的光。敌人是绝不肯宽容的,把窗户微微打开。远远的中国城顶上透起一片通红的火光,慢慢地戴起帽子,把两柄短枪藏进怀里,注望着尚未燃尽的燃台上的烛火,烛心在融蜡中倒下去,跳了几跳,溘然地熄灭。

阴暗的院子中,几个提着明角灯的家人来回走着,朝日透过遥远的霞

彩,慢慢地露出脸来。华西里·华西里维支坐上马车,把钥匙交给总管:

"把那个家伙带来……"

马车中装进皮袍,车后吊好了行李箱。总管带了华西加·西林走来,铁链锵嘣作响。魔法使叹一口气,向四方和星空画了十字。仆人举足一踢,把华西加推倒在华西里·华西里维支的脚边。"开步走!"车夫沉着有力地叫了一声,六匹一色的青鬃悍马便在木铺道上拔足飞驰,在托佛尔斯街拐进山脚下,路上还不大有人。牧牛人吹着角笛,徘徊在卷起尘埃的农舍门前。牛群啼叫着从门内出来。教堂的阶沿上,从寒冷中颤醒过来的乞丐们遍身搔挖着互相咒骂。一个教堂的堂役,连连地打着哈欠,打开了教堂的侧门。巷子口,一个小贩坐在炭车上叫喊:"木炭! 木炭!"妇女们在街上泼着脏水,倒着垃圾,张大着嘴望着疾驰而过的白马,穿绣金绯色长袍、戴孔雀毛帽子,跨在高鞍上的传令,和伸开大手,拉住十二条白绸马缰,从眼底直到胸腹披着蓬松长须,屁股跟木桶一般的面目狰狞的车夫,和两个在公爵车台上拔剑而立的威武的家丁。妇女连忙把手桶放落,行人脱下帽子,有的特别小心,跪到地上。

华西里·华西里维支巡行莫斯科,这是最后的一次了。明天的命运呢? 放逐? 修道院? 还是刑讯? 他埋脸在羊皮的旅行外套中,注目蓬乱的口髭,朦胧地养神。但华西加·西林身子一动,他就使劲地跌去。"啊哟,怎么?"华西加圆睁了眼睛,公爵闭下眼睑,脸肉微微地抽搐,通过了哨岗,华西里·华西里维支低声说了:

"浑蛋,强盗,你的魔法全是胡说! 狗才,私生儿①,骗子,抽你筋剥你皮,还太客气了你!"

"不,不,您可甭怀疑,一切都会依照我的话,皇冠的事也是。"

"住嘴,住嘴,恶鬼,混账子孙!"

华西里·华西里维支直起身子,发疯地捶去,直到华西加哀声求饶……

在离每特维脱可伏约一俄里的地方,守望的农人望见马车便挥舞帽子。到白桦林边上第二道守望出来招呼,越过谷口到小山上,遇到第三道:"来了,来了!"五百农奴跪倒双膝,在草地上叩头迎接公爵。扶下马

---

① 原文为收获子,指收获时节男女苟合所生之子。

车,在外套边上亲吻……害怕的脸,好奇的眼。华西里·华西里维支向仆奴们扫了一眼,大家慌慌张张地低头不迭。望望四级倾斜的荷兰风的屋顶,木造正院六个细格子的玻璃窗,没有顶棚的外梯,两个半圆形的盘梯等等。大院子的周围,马厩、耳房、地窖、亚麻工厂、暖房、温床、家禽小舍、鸽房……

"到了明天,书记却跑来,盖上封条,没收入官。一切都化成灰烬了。"华西里·华西里维支缓步走进正院,在长廊下,身材发色面貌和父亲完全相似的儿子亚历克舍跳过身来,战栗的嘴唇熨在他手前。镜中映出火亮的板壁,挂在窗间的壁帷放着华贵食具的橱架。这一切也将化成灰烬了。把烧酒倒进杯里,掰了一点儿黑面包蘸着盐碟,不想喝也不想吃,忘掉了。靠着手肘,低着头,亚历克舍在旁边正要诉说,屏息等待。

"怎么样?"

"父亲,已经来过了。"

"从托洛伊察?"

"近侍伏尔可夫和中尉,带领二十五名龙骑兵。"

"后来怎样?"

"我告诉他,父亲在莫斯科,大概不会到这儿来吧!那近侍伏尔可夫便说:'你告诉他,要是怕事的,立刻到托洛伊察去出头。'"

华西里·华西里维支勉强笑了一脸,喝干了杯子,把面包放进嘴里,跟嚼蜡一般,觉不出一点儿味儿。亚历克舍强自遏制着,紧贴着两臂,两腿奴隶似的靠实,脚下的地板微微震动。华西里·华西里维支正想呵斥,望见亚历克舍害怕的脸,心里一阵哀怜:

"膝头别动,坐下来!"

"父亲,他们叫我跟您一起去……"

华西里·华西里维支脸上一阵红潮,立刻恢复自尊心,半开眼睛,倒了烧酒,又起一片放大蒜的冻鱼。亚历克舍急忙把醋瓶子推开一边。

"你去准备起来,亚留霞。让我休息一下,等晚上出发,用不到担心。(一边吃,一边悄然地沉思,忽然额上爆出汗珠,目光不安地瞪着。)啊,还有一件事,我带来一个乡下人,已叫他们把他严密禁闭在河边浴室里,你去看一看吧!"

亚历克舍出去了,华西里·华西里维支抖索着,把尖上刺着一片冻鱼的刀子放下来,伏倒了身子,皱起脸皮,涨起眼泡,挂下了嘴唇。

华西加·西林坐在河边山脚下的浴室里,整天哭喊着肚饿,四周只有树叶萧萧,鲤鱼逃脱梭子鱼的牙齿在水中跳跃,大群的白头翁准备迁移,翼翅闪着青光飞起(华西加从浴室的拉窗中可以望见),没有一个人答应。白头翁飞倦了息在核桃树上,全不知道人类的悲叹,开始吵吵地叫起来了。

"亲爱的波尔泰华县呀!"华西加呻吟独白,"我为什么要上可恶的莫斯科来! 可是有什么办法呢? 故乡发生了瘟疫,人民流亡四散,地方是完全破坏了。"

夕阳从小窗中射进光来,渐渐沉入森林的后方。得不到食物,只得把浴帚当作枕头,躺在冷冷的蒸汽浴缸的阶沿上,蒙眬睡去。忽然跳起身来,抬起害怕的脸。华西里·华西里维支在门口出现,戴着黑色覆耳帽,旅行外套下穿着外国式的衣服,剑像尾巴似的挂出身后。

"现在你还有话说吗,预言家?"公爵怪声地问。

在这儿华西加·西林又一次失了策。他不明白华西里·华西里维支的话是什么意思,为什么要这样问。华西里·华西里维支对华西加的魔法至少还有一点儿信念,要不然他是不会再来的。所以他很可以说不要杀死我,或是说到彼得皇帝处去当然不快,可是也不用害怕,开头虽坏,结果还是好的,使他存一线希望。把他的念头完全改变过来……岂知华西加·西林已经吓昏饿昏,只知道唠叨那皇冠的一套,号哭着求饶。

"发发慈悲,饶恕我,让我回波尔泰华去吧! 我决不说对你不利的话,你不用担心我会去告密。"

华西里·华西里维支从门口恶狠狠地注视华西加,突然跳出去,从浴室的侧屋里搬来了木柴,堆在门口,锁上锁子。华西加开头还不明白公爵在做什么,只觉到公爵搬来了什么东西,忽然在脑子里一闪,是把木柴堆起来了! 华西加一声:"不好了!"公爵喝道:"你知道事情太多了,不能让你活着!"咳嗽地吹着火绒,一阵焦味。华西加拉住门上的把手乱掀乱敲,门一动也不动。侧了头向拉窗望出去,在浓烟中呛咳着大声呼救。木柴暴烈地燃烧起来,火焰咻咻作声……木墙的缝间映成一片殷红。火焰震撼地面像一道墙似的直立起来。华西加钻进最低的棚架底下,躲避热焰。屋顶已在碎裂作响,木墙开始烧起来了。

火焰穿过无风的暗夜,烧红河上的天空掩灭着星光。六匹青鬃马拉着黑皮包镶的马车映着红红的影子,向雅洛斯拉芙里大道疾驰而去,跑过久已收割的田野,穿进潮湿山谷的深处,登上斜坡,陡地一闪,就躲进白桦的树林之间。

"是哪里失火呀?父亲……不是我们家里吗?"亚历克舍再三地问。

华西里·华西里维支在马车角上瞌睡蒙眬的,不作回应。

二十

在乱世时代是火药库,现在修道院用作粮食仓的地下廊的牛舍里,木匠们在低低的穹窿底下造了一间空场,砖柱当中装上挂有辘轳和活索的横梁,底下装上钉有铁环的矮柱,设立了刑讯台,放着录取口供的大秘书官用的桌椅,另放罩上红布的大官用的椅子,从地窖到石边的石仓,架着急陡的梯子。法齐加·夏洛维泰在这石仓里到今日已经铐住了两天。

波里斯·歌里纯担任审问。从莫斯科的侦缉队叫来了刑吏叶梅良·史佛月夫。他是以鞭打出口供而有名的好手。商人之类要受体刑的时候,他总是手下留情的,如果放出真本领,只消十五鞭就皮开肉绽,露出背脊骨来。

有大批诸色人等,受了审问,其中也有出头自首的。库齐马·乞尔姆纽被捕了,又如苏菲亚的心腹、监察吏奥勃罗洵·彼得洛夫曾经两次挥剑抵抗枪斧的攻袭,拒捕逃跑,结果也被诱捕。尼基泰·格拉特基和神父梅特威桀夫闻风逃匿,便向全国地方长官发布通缉令。

终于,挨到费亚特尔·夏克洛维泰了。昨天审问的时候,法齐加对于控诉、旁供、讯问中所提出的一切罪状,热烈地抗辩:"这是敌人想陷害我们,故意造谣中伤,我不知道我犯过什么罪。"今天已替他预备了叫梅良·史佛月夫,他还不知道,跟上一天一样,一味倔强地熬供,回说从没有揭过叛职,想谋害彼得皇帝,更是绝对没有的事。

开头审问的时候,彼得并没有到场,波里斯·歌里纯每晚带了大秘书官去谒见,由大秘书官朗读记录。但后来捉到乞尔姆纽和彼得洛夫一党——奥格鲁可夫、雪斯泰可夫、叶英特基莫夫和乞乞特克等,这一批不共戴天之仇。彼得想听听他们的口供,就搬了一张床榻放在地窖里,坐在霉蒸汽的托梁底下,肘靠膝头,下颏托在拳上,自己不开口讯问,只在一旁细听。后来，刑讯台第一次响动，吊起了上身精赤、胸膛宽阔、体格强实的奥勃罗洵·彼得洛夫，麻脸转成白色，耳朵伸长，牙齿痛得紧紧地咬轧。彼得从床榻跳下，躲身砖柱后，在刑讯之中蹲在柱后，一动也不动。这一天他整天沉着灰白的脸，但后来慢慢看惯，不再躲开了。

今天受娜泰丽亚·基丽洛芙娜的命令出席早上的弥撒。总主教作了庆祝的说教:搅乱已经顺利告终了。实际上，苏菲亚虽还留在克里姆林，但已经完全没有势力。留在莫斯科的联队派代表到彼得处来，乞求赦免，即使充军到亚斯脱拉罕，到边疆也好，只希望大发宠恩，保全家属、事业和生命。

彼得从教堂徒步到来，牛舍中已挤满了枪兵，叫嚣着:"陛下，把法齐加交给我们，由我们来处置他。"彼得把脑袋一屈，气生生连连摇手，走过古朽的仓房，跳落梯级，出现到阴湿的地窖里。鼻管里闻到一股皮革和老鼠的气味，绕过木箱、木桶、麻袋，推开小门。大秘书官桌上的烛火把托梁下的蛛网、泥地上的尘埃、刑讯台上的原生木映成黄黄的颜色。大秘密官坐在旁边椅上的波里斯·亚历克舍维支、莱夫·基丽洛维支、史特莱西内夫、罗莫达诺夫斯基等站起来躬身行礼。重新坐下之后，彼得才见到夏克洛维泰在相去一步的地上跪着，低倒卷毛的头，穿的还是在克里姆被捉时的华贵的长袍，腋下已经破裂，内衣非常肮脏。法齐加缓缓地举起憔悴的脸，接受彼得的视线。眼睛微微张开，扯开红的嘴唇，无声地哽咽着，索索地发抖。他望住彼得把身子向前扑出。波里斯·歌里纯向彼得投了一眼，微笑着说:

"陛下，继续下去吗?"

史特莱西内夫从毛胡子中发声说了:

"像你这样大罪魁，干脆供出来就是啦! 你辩白有什么用? 陛下要知道事实的真相呀!"

波里斯·亚历克舍维支提高嗓子说:

"他还倔强，没有说过，没有做过，问也不必问了，一定得上刑。"

夏克洛维泰好似被人推撞，双膝着地地逃开了几步，大概想躲进鼠洞似的皮革堆后，或是咸鱼桶背后去。可是，跌倒了，不会动弹。彼得走过去，俯视倒在脚边的法齐加，洼下许多深沟的剃光的颈子。做了一个轻蔑的脸，悠然地坐下，便发出高朗的声音，从上边对他说了:

"老实说吧……"

波里斯·亚历克舍维支喊：

"叶梅良……"

从刑讯台后边托梁阴里，走出一个赤裈子、犊鼻裤、肩膀狭窄的高个汉子来。夏克洛维泰认为不过是威吓，不会真动手的，把屁股蹲在脚跟上，脑袋缩进肩窝里，望住叶梅良·史佛月夫的冷然的马脸。前额平削，几乎跟没有一般，全张脸孔只有从眉毛到下颏的一截。他走过来，把法齐加跟婴儿似的抱起，把他晃了几晃，站直身子，便很仔细而纯熟地替他拉落衣袖，脱去长袍，打开珠衫的大襟，然后用手指把白绸衬衫一把撕破，直裂到腰部。法齐加想清楚地说，结果却只是发出喑哑而含糊的声音：

"各位大人，我都供说了……"

坐在长椅子上的大贵族们把脑袋、胡子、面颊摇晃了一下，叶梅良把法齐加的双手反扎到背后，绑住手腕，套在一根皮带子上，紧拉皮带子的另一头。夏克洛维泰惊惶地站着，滑车轧轧作响，他的双手在背后举起来，肌肉紧张着，两肩耸起来，他弯曲着了。于是叶梅良狠狠地戳他的腰，蹲下来，往上扯。反绑的双手从肩夹上被扭脱下来，高挂在头上。法齐加忍不住哼了一声，他的身体离地一亚尔洵，悬空挂着，他的嘴张开，眼睛瞪大，肚皮深深陷进。叶梅良系好绳子，从钉上摘下装着短刀的鞭子来。

由波里斯·亚历克舍维支的指点，大秘书官戴上铁边眼镜，把干燥的鼻子靠近烛火，开始朗读起来：

再须询问者，上述之飞利浦·沙波歌夫上尉曾供称：去年某日，已不忆月日，苏菲亚·亚历克舍芙娜公主到普劳勃拉潜斯克，迨彼得·亚历克含维支陛下驾出，苏菲亚公主仅留至正午即行。但随行者有费亚特尔·夏克洛维泰及各联队兵士多人，费亚特尔与彼等同行之原因，实欲杀害莱夫·基丽洛维支，谋弑娜泰丽亚·基丽洛芙娜陛下……其时费亚特尔曾至宫门廊下，命令飞利浦·沙波歌夫："注意宫中呼号之声！"其时娜泰丽亚·基丽洛芙娜陛下为苏菲亚语塞，宫中有呼号甚厉……"如闻呼声，速即准备，如有人自宫中逃出，格杀勿论！"

"我没有说过这话,是飞利浦为自己脱干系故意乱说的。"夏克洛维泰榨着嗓子叫了。

受了波里斯·亚历克舍维支的暗示,叶梅良退后两三步,打量一下地位,卷起衣袖,挥鞭向前,忽地抽了下去。法齐加黄瘦的背脊闪起一条抽搐,发出惨厉的哀号。叶梅良重新把鞭子抽下。(波里斯·歌里纯快速地喝了一声。)第三下鞭子又响出声来。夏克洛维泰口吐白沫,大声厥叫:

"喝醉的时候说的,喝醉的时候,随口胡说的……"

叫声一停,大秘书官又朗读下去:

> 彼对彼得·亚历克舍维支陛下,又暴言不逊,曾谓飞利浦曰:"酗酒,遨游谷古。狂醉大饮,使尽方法,不能镇压……宜在彼得雪橇中密置炸弹三枚,将其炸毙。"

夏克洛维泰默不作声,波里斯·亚历克舍维支狂喝一声:"五!"

叶梅良又挥起三亚尔洵长的鞭子使劲地抽下去。彼得跑到夏克洛维泰面前,正对着法齐加发狂似的眼睛直盯(彼得是那么高大……),摇摇他的背脊、胳臂、颈项……

"老实说出来,狗才,狗才(抓住了夏克洛维泰的胸口)。你可怜我还太小,因此没有杀吗?对吗?法齐加,真是这样吗?是谁指使你杀我的?你自己?什么,不对?那么,谁呢?谁指使放炸弹的?说,说!为什么没有杀我?为什么逃脱了?"

两颊殷红的圆脸扯歪了小小的嘴,法齐加喃喃地说了。血管紧张得暴胀起来。

"我只记得这样说过:'以前为什么不把娜泰丽亚·基丽洛芙娜和纳露西庚家早收拾掉了?'短刀、炸弹,都是说谎,我都不知道。不过对娜泰丽亚·基丽洛芙娜陛下说过凶暴的话的是华西里。"

他正要供出华西里·华西里维支的名字,波里斯·亚历克舍维支从凳子上猛然站起来,大声吼叫:

"打!打!"

叶梅良当心着不碰着彼得,把鞭子的四方的头结结实实抽在法齐加的背上,肉开绽了,爆出血来……夏克洛维泰昂起了喉结,呜呜地哀呻。

打到第十鞭的时候,他慢慢摇了摇头,倒下了颈子。

"解下来!"波里斯·亚历克舍维支发一声命令,拿绸帕拭拭嘴唇,"小心押下去,用烧酒揩揩身子,当孩子一般小心看守……明天再问口供。"

当大贵族们从地窖走到牛舍时,戚洪·尼基乞维支·史特莱西内夫咬着莱夫·基丽洛维支的耳朵说:

"莱夫·基丽洛维支,你有没有看见波里斯公爵的神气?"

"没有呀!怎么样?"

"从椅子上跳起来,不许法齐加开口呀!"

"为什么?"

"法齐加说出犯忌的话来了……波里斯和华西里是一个血统嘛,所以国家大事总及不上血统关系的重要。"

莱夫·在丽洛维支陡然吃惊地站住,把大腿一拍:

"果……果然不错,不过我们一向是信任波里斯的啦……"

"信任归信任,留意还是要留意……"

"对啦,对啦……"

二十一

在没有烟囱的小屋里,烧着暖炕,烟雾弥漫,只看得见人身的下半截,躺在床上的就根本看不见。木片的火微微地闪耀,燃残的碎片落在满满的水槽里,咻咻发声。拖鼻涕的小孩袒出了突脐的肚子,满屁股污泥,老是扳跌着,哇哇地啼叫。一个圆肚子络着树皮带子的妇人,拉起孩子的手推出门外边:"我可没工夫照管你们,这孩子真麻烦了!"

华西里·华西里维支和亚历克舍从昨天以来就坐在这屋子里。修道院那边不许他进行。"留在城外听候命令,等陛下召唤。"这样地,等候着命运的决定,没有吃也没有喝。彼得不愿听他的辩诉。华西里·华西里维支在路上早估计了最坏的情势,可没想到这没有烟囱的小屋子。

中午时候,快活而忠实的歌东上校来访问了。他同情地咂着舌头,完全像友辈似的拍拍华西里·华西里维支的膝头,"没打紧的,不消担心。俄国人俗话说得好,跌得倒,爬得起呀!"于是这自由的幸运儿,便拍响着大剌轮回去了。

要向大修道院通报，也没有门路可托。城外那些人看见这位苏菲亚的老情人，也满不当一回事，连头也不点一点。没有脸见人不敢走出门外去，臭气和孩子的哭声闹得头脑发涨，烟雾熏着眼睛。不知什么缘故，那个该死的华西加·西林老是出现在他的脑子里。"开门！你这个绝子绝孙的，绝子绝孙的！"火焰中从小窗里发出来的号呼，永远留在他的耳管里。

黄昏渐深时，一个下士带着卫兵到小屋里来，被烟雾咽噎着，向那孕妇问讯：

"华西里·歌里纯在你家吗？"

妇人把破肘头一指：

"喏，在那边……"

"上边叫你去，快点儿……"

华西里·华西里维支跟囚犯一样，被卫兵押着徒步走到修道院门口。枪兵们望见他，都跑过来大声嘲笑，有人把他的帽子拉到鼻梁上，有人拉他的胡子，有人对他做出滑稽的样子。

"谁在胡闹？司令官阁下骑两脚马来了。啊哟，马在哪里？啊，对了，在脚底下呀！司令官阁下，叫别跌在泥淖里呀！"

华西里·华西里维支逃开了嘲笑，跑上挤满人群的大司教府的外廊。不料门口悠然走出一个衣服寒碜的不相识的大秘书官，用食指叫他站下，展开敕令，一字一字用力大声地慢慢朗读起来：

> 依据上述罪状，彼得·亚历克舍维支与伊凡·亚历克舍维支两陛下，命削去汝华西里·华西里维支公爵之爵位及大贵族称号，与妻子同终身发配于加尔歌波里。又汝之封地，世袭领地，莫斯科府第所有家畜财产，一并没收充公；汝之奴隶、农奴及其他佃户与其子弟，准予解放……

滔滔不绝地朗读了以后，大秘书官把敕令卷好，对监察吏做了一个手势。华西里·华西里维支光秃着头，赖亚历克舍扶住，才好容易没有跌倒。

"派卫兵押去,执行命令……"

被卫兵簇拥着带出门外,在教堂院子的角落上,父子两人坐上铺草荐的运货车,监察吏和龙骑兵跳上车后,穿破外套和破草鞋的车夫把缰绳一顿,瘦马拔步跑出修道院的大门,向田野奔腾而去。夜深了,天上的星儿掩蔽在秋天的湿气中。

二十二

托洛伊察的出征闭幕了。跟七年前一样,莫斯科好似搬到了大修道院。经大贵族、总主教、娜泰丽亚·基丽洛芙娜的商定,由彼得的名义,送一封御书给伊凡皇帝。

"胞兄手足,我二人今已成长,上帝俾我二人之王国,已应由我人亲政,如皇姊等可耻之第三者,专断我男子之称号与大权,断然不能容许。"

苏菲亚被郑重地送进诺伏特维支修道院。夏克洛维泰和奥勃罗洵·彼得洛夫枭首。余人在广场及市街受鞭刑,割舌,终身流配西伯利亚。神父梅特威桀夫和尼基泰·格拉特基,后来被特洛歌蒲格的长官逮捕,受炮烙火刑刑讯之后,也处枭首。

褒功方面,赏赐了金钱和土地。大贵族各赐金三百卢布,廷臣各二百七十卢布,贵族院会员各二百五十卢布。近侍中随彼得同去托洛伊察的各三十七卢布,后来者各三十二卢布,八月十日以前到者各三十卢布,八月二十日到者各二十七卢布。城市的贵族,也依照同样顺序,各得十八卢布、十七卢布、十六卢布。枪兵队列兵也嘉奖他们的忠诚,虽没有得到土地,也各赐金一卢布。

在回莫斯科以前,大贵族们已经内定了各部长官的位置:第一个最重要的国交部是莱夫·基丽洛维支(但已取消监国的称号),兵部是伊凡·波里索维支·托洛艾库洛夫,吏部是戚洪·尼基乞维支·史特莱西内夫,户部是普洛左洛夫斯基老公爵,宫廷部是彼得·亚勃拉摩维支·罗布亨。因为波里斯·亚历克舍维支断然拒绝战争及其他必需的行动,总主教和娜泰丽亚·基尔洛芙娜对他并无大的倚重,再加把华西里·华西里维支救出了笞刑和枭首,且认为大贵族则除名门的声誉,实欠斟酌。他们说:"这样干下去,庶政各部马上轮不到我们了,现在那些小买卖人、来历不明的大秘书官、各种流氓浑蛋，一爬进彼得的门路，就打算着权力和地位。"因为报答他报效粮食，及对他表示敬意，把离宫部的位置派给了波里斯·亚历克舍维支。波里斯听到消息，吐了一口口沫，这一天便大喝其酒："见他妈的鬼，我有我自己的东西就够了。"怒吼一声，泥醉的身子跨上马背，跑到莫斯科郊外的领地，埋头便睡。

新大臣们——当时外国名字已这样叫熟了，便从衙门中逐出以前的大秘书官，另委新人，依然照老习惯决策行事。没有特别变革的事情，所变革的，只是莱夫·基丽洛维支代替伊凡·米洛斯拉夫斯基穿上黑貂皮外套，把门砰的一声关上，踏响着脚跟，在克里姆林高行阔步罢了。

对于这班人物，除了陋习、盛名、苛敛诛求、收受贿赂、办事糊涂以外，是没有什么可以期望的。莫斯科、谷古的一切工会的商人、专利人、市梢头的小商人、工匠、外国商人、船长，荷兰、汉诺威、英国、瑞典的代理人等，一日三秋地盼望着新制度与新人物的出现。对彼得发生许多传言，许多人把一切希望寄托在他的身上。俄罗斯是一座建造在永劫湖底中的宝藏……要是新皇帝不能把社会生活振兴起来，那还有谁能够做呢？

彼得并不急着去莫斯科，他率领军队从大修道院行军到亚历克山大洛夫斯可村，伊凡四世的可怕的宫殿的废墟埋灭在那儿的丛林荒草之中。宋梅尔将军便在这儿举行模拟战，继续了一个礼拜，直到用完火药。而且这一次也是宋梅尔的最后的勤务，他落了马，变成终身的残废。

十月，彼得只带领游戏联队向莫斯科进发。在相距十俄里的亚历克舍夫斯可村，群众如云一般出迎。每个人手里捧着圣像，扯着教会旗，捧着载在盘上的圆面包。道路两边散乱着木段，用斧头打着的木桩①，没有投到托洛伊察的枪兵联队的代表们脑瓜悬在木段上。尸体倒在潮湿的地面。

---

① 临时的断头台。

第 五 章

一

　　莱福忒现在是名人了。谷古有钱的外国人因商务从亚尔亨格里斯克、伏洛格达来的，都抱着敬意谈论到他。阿姆斯特丹或伦敦商行的代理人写信给总行时也谈到莱福忒，偶然发生什么事，只消送他一点儿礼物，送礼最好是上等的酒。当莱福忒因托洛伊察出征的功绩，晋封将军的头衔时，谷古的侨民大家集金送他一把剑。人们走过他家门口，便会心地打个照面说："啊，是了。"现在有很多人到他家来，想跟他握手，谈几句话，希望他注意自己，因此他的公馆已显得太窄了。虽在晚秋时候，却忙忙碌碌地兴起添造的工程来，侧面造了有停车处的石步梯，正面装饰了圆柱和农民雕像，从前有喷水池的花园里，现在开掘了可以行游艇放水灯的大池，两边又造了卫兵室。

　　莱福忒自己原不打算如此浪费，那是青年皇帝极力怂恿的，当困守托洛伊察的时候，莱福忒之于彼得，好似慈母之于婴孩一般的重要，简直不能缺少。莱福忒懂得彼得的心事，教他避凶就吉，辨别利害，也使人看出他是热爱彼得。经常侍奉在彼得的近侧，却不跟别的俄国人那样，永是诚惶诚恐地三跪九叩首，一心巴望着一片小小的领地和一官半职的地位，而是完全为着两人共同的事业与游戏。他潇洒善辞令，和蔼可亲，可似窗子中照进朝日的阳光，跑进彼得的寝室，微微地点点头。这样地，便抱着畅快欢乐的关怀和幸福的期待，开始了一日。莱福忒又能使彼得满足对于自己童年时代在外国书画插图上所习熟了的异国丽都，发着烟香酒气的船长，点缀船舶的海港风景的思慕之情，因此彼得更加喜欢他。甚至从莱福忒衣服上发出来的气味也全不像俄国味,而是一种完全不同的浓郁的味儿。

彼得要使这位宠臣的家变成模拟缅怀异国的另一天地,所以莱福忒的公馆是为着慰乐彼得而布置的。彼得尽量向母亲和莱夫·基丽洛维支要到了钱,毫不吝惜地花费在这上边。自从回到莫斯科,占据要津的都是自己的亲信,彼得便很安心地寻欢作乐,热情特别高涨,于是莱福忒变得更为重要,没有他便不快活,不知要怎样才好。要是跟身边的俄罗斯人去商谈,那会有什么用处呢?他们一准会劝他猎鹰、捉迷藏,引不起一点儿兴味,实在厌透了的!莱福忒不等彼得说出来,就明白他的心事。彼得的热情像浓烈的啤酒,而他却是一片蛇麻。

同时"飨宴城普莱西堡"也着手改筑,准备秋天的操演。联队的制服重新改定:普劳勃拉潜斯克联队规定绿色上衣,赛门诺夫斯基联队是绀碧色,歌东的蒲杜尔斯基联队是红色。整个秋天,接连举行酒宴或跳舞会。外国商人和实业家都沉湎在莱福忒公馆的狂欢中,追求各自的目的。

二

新造的跳舞厅还含着潮气,两只大火炉发出热焰,在高高的半圆窗和对面糊壁上窗似的壁镜上,挂上模糊的水蒸气,麻栎的嵌镶地板,地蜡抹得雪亮。天色刚刚黄昏,装有反光镜的三支烛架上已经点了蜡烛,鹅毛雪飘飘地下着。园中罩上一层白衣的胶泥和沙石的假山间,开进德国人的嵌着金色象眼的天鹅形的雪橇,和填满褥子铺上熊皮的俄国人的雪橇,六马拉车的沉重的皮篷平橇,还有从鲁宾加花两哥贝雇到谷古的粗笨的街橇,上边坐着外国人,像跌仰天筋斗一般高举着双膝,哈哈地狂笑。

石造外廊下沾雪的绒毯上,只有剃光大脸的两个弄人托马斯和塞加迎接客人。托马斯披着长仅及腰的西班牙短黑氅,戴着鹅毛麦秆帽子,塞加戴着有两只猪耳的灯芯草织的两亚尔洵长的风斗。特别是那荷兰商人,挺高兴地逗弄着西班牙装的弄人,手指弹弹他的鼻尖,向西班牙国王问好,在四边装着麻栎板壁,壁边放着青釉盘植的明净的门廊下,客人们脱下皮外套和帽子交给穿制服的仆人,莱福忒身穿银线刺绣的白缎长袍,头戴敷着银粉的假发,在舞厅门口接待。客人走到火炉边,喝匈牙利酒,抽烟斗。

俄国人都拘谨地噤口（只有很少几个能够讲荷兰话、英国话和德国话）。也有迟到的，马上坐上餐桌。客人们都在火炉边懒洋洋地烤着屁股和长筒袜的腿子，互相闲谈。只有主人披开长袍的大襟，像穿花蝴蝶一般周旋在宾客中，替人介绍，询问安好和旅途的情形，找到了好的宿处没有，请当心强盗和小偷，极尽招待的能事。

"啊，对啦，我听到过许多俄国平民的情形。"一个客人说，"他们遇到行装丰盛的旅客，便会打劫，结果也有被杀的。"

英国木材商人雪特尼厌恶地说：

"一个国度的人民，单靠欺诈糊口，还算什么国度呢？俄罗斯商人祷告上帝，只望能够敲诈别人，他们把诈骗当作精明。我是很明白这可恶的国家的。到这儿来，最要紧的便是带好武器。"

生长谷古的贫商哈米尔顿（他是从克伦威尔政变中逃到莫斯科公国来的英贵族哈米尔顿的侄儿）恭敬地加入了谈话：

"像我这样不幸生长此国的人，对于俄国人的粗暴无礼，委实也看不顺眼，每个人都像受魔鬼驱使的一样。"

雪特尼注视着这个英语不流利、服装很寒酸的插嘴者，受辱似的扯歪了嘴唇，但为着对主人的礼貌，回答道：

"我们并不想侨居在这儿，只是发展一下商务，俄罗斯人无礼不无礼，倒也不去管他。"

"您是做木材生意的吗？"

"对，做木材生意的。我们在亚尔亨格里斯，获得不少木材的权利。"

听到木材权利，荷兰人房·列旦便插进嘴来。他是一个长着西班牙式的尖须了，血红的红脸孔，重叠的下颏摩擦着浆过的大领圈：

"不错！"他说，"俄国的木材真出色，可是北冰洋的狂风跟魔鬼抓住一般，还有挪威的海强盗，实在叫人不痛快。"他张开大口，脸孔涨得更红，哈哈地笑，从小眼睛里笑出两滴眼泪。

"这算什么呢？"瘦长黄脸的雪特尼应对着说，"一条做桅杆的木材，这儿只消二十五个哥贝可以买到，拿到纽加索就可卖九个先令①。多少

---

① 值四卢布五十哥贝。

冒点儿险当然是应该的。"

荷兰人爽然地吁了一口气:"一条木头值九先令?"他是到莫斯科来采办亚麻线、亚麻布、柏油、银酸钾的。他有两艘船在亚尔亨格里斯守冬。事情进行得不大顺手,御用商——莫斯科的大商人都把货收买到国库里了,听说他有两艘船,便看定了门路把价钱抬上了。而私家的小商行、货色完全不合适。想不到竟有这样的好买卖,要是这英国人并非吹牛,一准是捞着不少油水了。这么想时,不禁大为生气,他向两边望望,留心有没有俄国人:

"俄罗斯的沙皇独占全世界四分之三的柏油。桅木和麻类,品质是世界第一。可是你要采办它,实在困难,简直跟上天挖月亮一般费劲。嘿,你得到权利当然不坏,要挣大一点儿也不容易呢。北方人手太少,你总不能教熊去采木头,再加上你有三条船,两条就会被瑞典和挪威的海盗沉灭了,碰得不巧,第三条说不定会触着冰山。"他看见那骄傲的英国人面色难看起来,更加引起了兴致,哈哈地大笑,"不错,这个国度跟新大陆一样出产是丰富的,比印度还要丰富,可是有着大贵族当国,我们总不过吃亏而已。莫斯科人从来不明白自己的利益所在,跟野蛮人一般,做买卖简直乱来。要是在波罗的海开辟了海港,造一条运输便利的公路,让些诚实的人民来做头卖,那才是一百八十度的转机呢!"

"对啦,先生!"雪特尼郑重地回答,"我完全赞成你的意见,我不大知道贵国的情形,大概贵国跟我们英国一样,已经不造小船。英国的船厂,现在都造四五百吨的大船,所以木材和麻的需加比从来增上五倍。一条船还得至少一万英尺的帆布……"

"嘿,嘿!"听着的人全都张大了眼睛咽气。

"皮革,先生,还没有皮革呢! 对于俄国皮革的需要,你可忘了吗?"哈米尔顿又插进嘴来。雪特尼不高兴地望住这乡下佬,多骨的脸皱起了皮,把细小的眼望了一会儿炉火:

"不,这个我没有忘记,只是我不做皮革生意,买皮革的是瑞典人……谢谢老天,英国是挺富裕的,我们需要大量的建筑材料……英国人从来要什么都办到什么,所以我们相信也可以办到。"

他讲完了,坐落安乐椅上,把厚厚的靴底搁在火炉架子上,再不听别人的谈话。莱福忒携着亚历克舍西加·门西可夫的手跑进来,这青年穿着红翻领的青呢长袍,足蹬大银马刺的马靴,波形蓬松的假发上敷着银粉,花边的襟饰上闪着钻石别针。举起水汪汪的快活的眼光,静静地向客人四望,作了优雅的一礼,冷缩着宽阔的肩膀,背炉立定,拿出烟斗来:

"陛下即刻就到……"

客人们喁喁耳语,为首的就向门口走去。雪特尼没有听清亚历克舍西加说的什么,微微张开了嘴,也不打一下招呼,便不客气地把一些贵宾推开炉边,望定了这位青年。哈米尔顿轻声告诉他:"这位是沙皇的宠臣呀,以前是一个亲随,最近受了军衔,跟他认识认识,有用处的。"雪特尼眼梢皱起了和蔼的细纹,对着亚历克舍西加:

"我很想有谒见陛下的光荣,一向就是梦想不止的。我不过是一个穷买卖人,能够得到这样千载难逢、将来可以留传子孙的机会,正是感谢诸位啦!"

莱福忒替他当了翻译,亚历克舍西加说:

"好呀,好呀,我可以替你引见。"晒出洁白的牙齿,笑了一笑,"只要会喝酒,会讲笑话,就可以向陛下请安玩乐,一定可以留传子孙的。(对莱福忒)要问买卖的事情吗?啊,对啦,是木材的事情。是不是锯木人不够,要借用农夫?(莱福忒问了雪特尼,雪特尼微笑点头。)那只消陛下给莱夫·基丽洛维支下一张手条,就不成问题了。好吧,让我从旁吹嘘一下!"

突然,彼得在门口出现。跟亚历克舍西加一般,穿着紧身的普劳勃拉潜斯克联队的制服,满身是雪。红红的脸上皱起一个笑窝儿,紧闭着嘴唇,晶黑的眼珠灼灼地看。脱去掩耳的帽子,站在门口踏了踏尖靴硬直、靴筒及膝的笨拙的长靴,抖落身上的雪花。

"Guten tag,meine herrschften!(好呀,诸位!)"以青春的粗嗓子打了招呼,(莱福忒伸出一手,另一手杠杆似的挥着跳身过去。)"让我们大吃一顿吧……好,坐席,坐席……"

向那屏息注目的外国人投了一个眼色,他就换一个阴谋诡计,躬下几乎碰着门框的高身子,跨出门廊,向餐堂走去。

三

客人们已经醉红了脸,假发横掉下来,亚历克舍西加取掉围巾,跳了一会儿特莱拍克①,便大口地喝起酒来。他愈喝脸色愈显得苍白,弄人们假装着酩酊大醉的神情,蹦跳着,拿装着干豌豆的公牛的膀胱打着客人的脑瓜,逗着玩儿。满堂的客人不管三七二十一大嚷大闹。蜡烛已燃尽了半截。一会儿,谷古的贵妇们便会坐雪橇到舞厅来了。

雪特尼拘谨地危坐着,红着脸,吊起眼梢在和彼得谈话(哈米尔顿站在他们的背后翻译)。

"我说,陛下,我们英国人觉得:我国的幸福完全依赖商业的发达……战争是可悲的浪费,不能避免的事,商业才真正是上帝的恩宠。"

"对啦,对啦!"彼得应和着,宴席上的吵闹和争论,特别是外国人对国家、商业、利害的一种特异的观点,飘起在他的心头。而现在他又谈到了幸福,怪呀,"那么,怎样呢? 说吧,我听着。"

"英国皇上和尊敬的贵族们,不管任何法案,凡是侵害商业的,都绝对不批准。所以,国库总是充裕得很……英国商人在国内是受尊敬的人物。我们商人都甘心为祖国和皇上献身……陛下,恕我说一句冒渎的话,请不要发怒,俄罗斯有许多法律,实在太不近人情了。哎,优良的法律,才真正伟大啦! 当然,英国也有严厉的法律,但它对于我们有利,所以我们都尊重的。"

"你不妨说点儿大概的情形。"彼得哈哈地笑着,捧起有座台的大爵喝了酒,"你要在克里姆林说这样的话,那可不行啊! 喂,法兰茨,你想,他们一准会骇得昏倒的。不错,你说吧,俄罗斯有什么地方不对,哈米尔顿,你翻译!"

"啊,这可是一个难题。陛下明鉴,我已经喝醉了,假如承蒙允许,等明天完全清醒的时候,我当说一点儿俄罗斯的恶习。以后,顺便谈谈国家如何兴盛,要兴盛国家应该用什么方法。"

彼得望着对方那只饱藏睿智的吊眼,不禁瞿然一怔。这个商人不是在笑我们俄国人傻气吗? 莱福兹连忙弯下腰去低语:

"听吧,很有意思的,其中含有富国强民的道理呢!"

"好吧!"彼得说,"但是你先说一说俄罗斯最不好的地方。"

"是!"雪特尼陡然发出了一股酒意,"刚才承招来此,路上经过一个广

---

① 一种急拍的俄国农民舞。

场,那边有一个绞刑台,一块扫清了雪的小小的地方,站着一个兵士……"

"是波克洛夫斯该门外。"亚历克舍西加搬来椅子,坐在旁边,插上了一句。

"是的……不意一看,地上露出一个女人头,还在那儿眨眼睛。我大骇一跳,问同行的人:'为什么这脑袋会眨眼睛?'同行的人对我说:'她还活着,那是俄罗斯的刑罚,谋杀亲夫的女子,活活埋在地下,要过一二天才死去,然后再把她倒挂起来晒在太阳里。'"

亚历克舍西加笑了起来。彼得瞥了一下亚历克舍西加和微笑的莱福忒的脸。

"这便怎样?她杀人啊……是古老传下来的刑法……你以为应该赦免吗?"

"陛下,你假如问这可怜的女人,她为什么要下这种毒手,"雪特尼说,"那她一定会触发陛下的慈悲,(彼得微微一笑)我自从来到俄国,增长了不少的见闻。哎,外国人的眼睛是尖利的……俄国妇女的家庭生活实在跟畜生没有什么分别。(他用手帕揩去额上的汗,想自己说得太言重了,但酒意和自尊心打开了他的舌头,他依然说下去。)做母亲的在活埋之后,还要无耻地倒挂起来,这对于未来的公民会发生怎样可怕的影响,是可想而知的了。我国的一位大文学家威廉·莎士比亚在一个出色的喜剧中,用着充满感动的笔致,描写一个意大利富商的儿子,因为对一女子的恋爱,服毒自杀。可是俄罗斯人却用鞭子和棍棒把妻子打得半死不活,而这种野蛮的行为,却还有国法奖励他。我现在回到伦敦家里去,我的敬爱的妻子会微笑着迎接我,我的孙子会扑到我的身上,对我一点儿也没有害怕。而我也知道我的家庭中充满和平和道德,我的妻子就使做梦也不会想到要杀死我这良善的丈夫。"

英国人感动地闭住了口,低下视线。彼得一把抓住他的肩头:

"哈米尔顿,你翻译!(他靠着雪特尼的耳边,用俄国话大声地说。)大家去调查明白,我们绝不自以为俄罗斯是最好的地方。我曾经对母亲说,打算在近侍中挑选五十名天资聪敏的到外国去留学。我也要叫他们到你们的国度里去学习,从 ABC 学起,一定就这样办。你说我们野蛮、贫穷、傻笨、畜生……这些话,见他妈的鬼,我都十分明白!好,等着瞧,看看会变成怎样!"他跳起身来,踢开挡路的椅子:

"亚历克舍西加,拉马来!"

"往哪儿去,敏·海尔茨?"

"波克洛夫斯该门……"

四

露出地面的脸,忧郁地张开眼皮,没有死,还活着。大地的冷气,冻裂着她的身体。大地是并不温暖的,在坟墓中,身体不能动弹,泥土直埋到耳朵边。(雪花飘落在仰起的脸上)纵使因胸头的呕恶,眼睛还在转动,但是世界上还有比我更悲惨的人吗?世界上的人都是畜生,哎哎,都是畜生!

也有过黄金的少女时代,像野外的草花一般。达霞,达霞尼加——哎,是母亲在叫。我为什么要出生到这个世界上来?活着只是因为等人来活埋吗?我没有做坏事,明白吗?夫,我并没有做坏事。

慢慢地张开嘴唇,拌动干燥的舌子:"妈,妈,我要死了。"眼泪流到脸颊,睫毛上挂了雪花。

背后的黑暗的广场上,绞刑台上挂着的麻索跟铁环一样轧得咯吱地响,似乎在说:你别安心吧,等你死了,你就得吊在我身上呀!难受,真难受,泥土周身压下来,石块压在腰上。唉,难受呀,多么难受呀!(张开口,仰向着天空)"上帝,救救我!妈,你对他说,喂,妈呀!不是我不好,我是一时糊涂杀了他呀!啊哟,狗来咬了,妈……"叫喊,也没有办法,可怕的难受。瞪着眼睛,一阵昏花,颈子倒下了……

雪花又飘起来,依然没有死。马上便是第三天的早晨,风,风吹响绞刑台的麻索。"就是一头母牛,也不会叫它受三天的罪……那是什么呢?那红红的光?啊,怕呀!松明……雪橇……是人呀!到这儿来了……还要叫我受苦吗?"两脚想动,可是泥土紧紧地压住,连手指也不能一动。

"在哪儿?没有看见呀!"彼得大声地说,"被狗吃掉了吗?"

"卫兵!打瞌睡了吗?喂,守望人!"随雪橇同来的人七嘴八舌地叫喊。

"喂!"

守望兵双脚被皮外套缠绊着,从雪中跑过来。到彼得面前,马上熊似的伏倒,直起来,跪着。

178

"一个活埋的妇人在这儿吗?"

"在这儿,陛下……"

"活着吗?"

"活着,陛下!"

"犯什么罪受刑的?"

"拿短刀杀死丈夫。"

"让我看看……"

守望兵跑过去,蹲下身子,皮外套的边缘拂落妇人脸上和冻发上的雪花。

"活着,活着,陛下,眼睛还在动……"

彼得、雪特尼、亚历克舍西加和另外五位莱福忒家的客人,走到露出头面的地上。两名步兵高举松明,照亮了钢盔,一张雪白的、不很美的脸抬起大而深陷的眼。

"为什么谋杀丈夫?"彼得问。妇人沉默着。

守望人提起毡靴轻轻推一下妇人的脸:

"陛下亲自来问你呀,傻鬼!"

"为什么,他打你,使你痛苦吗?(彼得弯下身子)你叫什么名字?达丽亚……啊,达丽亚,把经过告诉我!"

沉默。

好心的守望人蹲下身子在她耳边说:

"你说呀,也许会赦你呢……你别叫我为难,大嫂子……"

妇人张开黑焦的嘴唇,沙着嗓子恨恨地说:

"杀了……我还要杀,这个畜生……"

闭下了眼。大家都默默地站着。松明吱吱地发声,滴下松油。雪特尼急匆匆地说了什么,可是没有人翻译。守望人拿靴子踢一下妇人的头,颈子死硬地动了一动。彼得猛然一咳,走回雪橇去,低声对亚历克舍西加说:

"把她枪毙了……"

五

他沉默而寒冷地回到莱福忒的灯烛辉煌的公馆里。舞厅的乐台上正奏着音乐,华丽的服装、脸、烛火的光焰在镜子里映出无数分裂的影子。从蒙蒙的热氛中,彼得立刻发现了安娜·蒙思的亚麻发,她正垂着两个赤裸的肩头,沉郁地坐在墙边。

这时候,正在演奏缓舞曲的音乐,从演奏席上突然伸出黄铜的管乐器,向彼得吹出安亨,她的艳丽的装束,放在膝上的洁白的手……哎,我的如此哀伤的心为什么这样狂跳呢?我也全身埋在泥土里,面向着从无边远方吹来的风雪,叫唤着我的爱情吗?

安娜第一个望见彼得从门口走进来,轻轻颤动眼珠,站起身,在擦蜡的地板上飞跑过去。音乐欢乐地赞颂着美丽的德意志,华丽的窗畔,杏树开着玫瑰色的花,慈爱的爸爸和妈妈,微笑地守望着杏花树下的亨斯和葛莱台尔,好似表示着永久的爱。一会儿,当太阳沉落在苍茫暮色中,两人便将吐着安静的喘息,向坟墓走去了。唉,无望的远方啊!

彼得抱着玫瑰色丝绸,安亨暖和和的身体,乐师们吹奏得快要疯狂的样子,永远地,永远地,默默地跳舞……

"安娜?"

她抬起信任的明眸,注视彼得的眼:

"今天为什么这样沉默呢,彼得?"

"安奴西加,你爱我吗?"

安娜低垂颈子,颈子上束着天鹅绒的带子。跳舞的妇女们、旁坐的妇女们都明白彼得和安娜的问答。绕广厅跳着舞,彼得又说了:

"和你在一起的时候我觉得最是幸福……"

六

总主教领导着,太后、太后的兄弟和大贵族们接受了祝福,便在苦行女修道士的骸骨似的手上冥然接吻。彼得皇帝还没有到场。育基姆总主教在一把高靠臂的硬椅上坐下,深深垂倒脑袋,脸孔隐在头巾中望不出来。

日光通过厚的窗棂,闪弄着格拉诺维泰宫的炫目的托梁。全体默默地拱手闭目,只有雪窗外闪动的鸽影扰乱了这儿的平安。涂着青釉的火炉,融融地燃耀着,微微地飘浮檀香和蜜蜡的芬芳。

这种守着严肃的沉默，占住在座席中，维持阶位和习惯，是比一切都重要的事。纵使人群狂潮似的汹涌过来，暴风雨从头上吹刮下来，这坚固的城池也屹然不动，试验和改革是不需要的。在这里，正是俄罗斯的堡垒，只需要重重的胜利，只需要正直而公明已经够了。其余的，便委之于上帝的恩宠。

默默地等待皇上的到来。娜泰丽亚·基丽洛芙娜一心虔诚地蒙眬微睡。她在这几个月来发了胖，以前是那么瘦弱，现在却健实得好像换了一个人。念珠从她的膝头滑落地毯上，史特莱西内夫气喘喘地轻轻拾起。在苏菲亚的时候，这厅堂里放有一口时钟，因为钟摆的声音骚动神经，命令拆除了，戒条上说过："不应有计时的器具！"计算时间便是欺侮自己。在俄罗斯的天空中，应该使时间过得徐缓。

廊下的大门一声响，寒冻的声音骚乱了深深的静寂。太后忍住了哈欠，在口上画一个十字。亲随——一个拘谨的小厮低声报告皇帝的到来。大贵族慢慢地脱去高顶的帽子，太后蹙着眉心向门口凝望，谢谢上天，彼得穿着俄国装，在门边凝住了笑脸，缓吞吞地走进来。"啊哟，他跟着鹤一样的步子，做出那么端庄的神气，真不知花了多大气力呢！"娜泰丽亚·基丽洛芙娜这样想着，满脸光辉地迎接。彼得走上前去，接受了总主教的祝福，向病弱的兄请问了安好。

他因为急需款项，因此很温顺地接受母亲的信，信中说育基姆有事奏上。他坐上宝座，在广厅的诱人入睡的静寂中，跟埋在鸭绒被中一般靠住肘头，一手掩住口唇，说不准会打哈欠的样子。

育基姆从黑袍下拿出一本手折，颤动着老弱的双手，翻开册页，抬起眼睛，指头按一按缝在头巾上的八角十字架，然后画了十字，以低弱滞腻的嗓子，慢慢地念出来：

> ……勿赖叛逆而求民众与村舍之和平……因万民无共同之意见与繁荣，我心将永沉于悲愁。呜呼，皇都！无职之修道士与修道女，教士与助祭，种种类乎放恣无赖之安逸之徒，成群结队，挥手舞足，或则掩目，或则觑眼，徘徊于通衢，隐匿其狡诈而乞求慈悲。是岂所谓花木茂盛之果园乎？且以予所见，家庭化为狂醉、占卜、魔道、地狱之淫窟；夫揪其发，裸其体肤，逐之户外；妻

杀其夫;顽劣疯狂之幼童,如野草之成长,是岂所谓花木茂盛之果园乎? 予又有见者:贵族子弟,百工农耕之徒,竞携铁锤,焚其家舍,为凶暴所驱,而投身于绿林。农人乎,汝之犁何在哉? 商民乎,汝之秤何在哉? 贵族子弟乎,汝之光荣又何在哉?

他这样地念出了普遍各地的灾祸,彼得忍耐了哈欠。娜泰丽亚·基丽洛芙娜忧心地望望彼得,又望望大贵族们的脸色。他们照例是拱起了下颏,一声不响。国事蜩螗的事实,每个人心里都明白,但是如何拯救呢? 却只有听之自然的一法。育基姆念下去:

臣等自忘驽才,谨敢直奏陛下……无神论与狂悖之拉丁、路德、加尔文,犹太等邪教之滋蔓,使国步难臻于治理与隆盛之途,是皆吾人罪恶之报偿耳! 我国昔曾为第三之罗马,今则已成第二之沙陀与果马拉①矣! 陛下乎? 使异教之士不得建立其教堂,实为要图,其已设者,应勒令拆毁。狂悖之异教徒,不得任命为联队长,正教之军队,万难获得此辈之助力! 是不过招致天怒而已,犹豺狼之率领群羊焉! 严禁正教徒与异教徒之交游。凡模仿洋习,服用异装,皆断然不可容许。虽小事亦必禁绝,以昂扬正教之精神,驱逐外人于俄国之境外,彼地狱与魔窟之德侨居留区,亦必须付之一炬。

总主教的目光灼灼如燃,脸肉微微摇动,细致的长须和淡紫的手索索地颤抖,大贵族们都低下了项颈。育基姆说得有点儿过火了,这样的话要不迂回地提出,准会闹起反感的。

罗莫达诺夫斯基眼睛虾儿似的弹出来,娜泰丽亚·基丽洛芙娜还没弄清是怎么回事,听完了朗诵,微笑着轻轻点头。彼得仰身在宝座上,跟小孩子似的噘起了嘴唇。总主教把手折合上,用指头抹抹眼睑:

"大事是从小事开始的,在苏菲亚·亚历克舍芙娜的圣朝,由老臣的

---

① 两者为死海沿岸与北方低原之城市,被称为罪恶之城。(见《旧约·创世纪》第十三章)

泣求,在谷古逮捕了狂妄的邪教徒克维林·库尔曼,在审问的时候,他供说:'我在阿姆斯特丹的时候,有一穿白袍的人命令我到莫斯科来,使莫斯科吹起无信仰的黑暗,早日灭亡。(育基姆停了一下,镇定自己的兴奋)你们是瞎子,我的头上有佛光,你们不知道我所说的正是圣灵的话语。'他又引用约可伯·佩美、克里多法·巴尔图德①的教义。可是他自己在莫斯科勾引一个叫玛利亚·塞里福多华的女子,叫她穿上男装,藏在自己的屋子里,做着狗彘不如的行为,他们昼夜饮酒作乐。克维林·库尔曼把头伸出窗外,发狂地叫喊:我的身上有圣灵降临,对皈依他的人预示未来,命令他们在脐下接吻。诸位大臣,魔鬼在莫斯科狂舞作乐,我们能够片刻安闲吗? 陛下,请下旨将克维林·库尔曼处死,连同他的《圣经》一起火刑。"

全场把视线集中在彼得身上,商议克维林·库尔曼的案子。彼得望着母亲的肃静的眼色,轻轻一点头。只有罗莫达诺夫斯基似乎反对地搔着胡子。彼得端然地坐着,把指头伸到口边去,大概又想咬指甲了。以咬指甲裁夺国事,这是现在新兴的方法。心里有点儿害怕,但一股怒气已然压抑在他的心头,眼前现出几天前在莱福忒家中欢谈时,那些外国人的英俊的脸上所表现的秋霜一般严厉、掩蔽在一脸的殷勤之中的针一般的侮辱。"俄罗斯过亚洲式的生活实在太久了。"雪特尼说,(是在那一夜的第二天)"俄罗斯人害怕欧洲,其实俄罗斯人最可怕的敌人还是他们自己。"听了这样的话,羞得脸上会发出火来。(那时候,他命令钦赐雪特尼黑貂外套一袭,其中大半含着这样的意思,以后再不要上莱福忒家来,到亚尔亨格里斯去吧。)现在听了育基姆的话,想起那英国人的话是多么对啦! 要拆毁侨民区的新教教堂和天主教堂吗? 哎,想起一到夏天的时候,从开着的窗户里传来德国教堂的清朗的钟声,那钟声颤动着黎明的大气,响彻谷古的清净,整齐的、轩朗的屋舍,安娜·蒙思的窗边,花边窗帘轻轻地飘动。啊,你们这些老不死的乌鸦,你要带她一起烧死吗? 要把谷古化作焦土吗?(彼得射出火一般的目光盯住总主教)但是(大概是因为受过莱福忒的教示吧)他的倔强和虚伪抑制心头的愤怒。好吧,让我吓一吓这些辅佐的大臣,这些毛胡子。那时候,他们一定会匍匐伏地,鼻子碰在地毯上,母亲会乐极而哭,而总主教也将鼻尖突进膝腿中。于是我的一言半句,他们都将唯唯诺诺,要用钱也

---

① 两人均为十七世纪荷兰哲学家与神学家。

可以尽量地到手了。

"神圣的父!"彼得自然地掩饰了愤怒,说,(娜泰丽亚·基丽洛芙娜惊骇地举起眉毛)"我的心里非常遗憾,我们的意见好像不大一致。对于你的宗教问题我也不愿多说,希望你对我的军事问题也不要插嘴。你是不会明白的,我的计划相当的大,我要争取海洋。我认为我国的幸福,在于国外贸易的成功,国外贸易是上天的恩宠。而我在军事上的问题,要是没有客卿参赞,那是一筹莫展的。万一我们得罪了新教和天主教,他们便会逃光的。说一句比方话,(他把视线一个个地望着大贵族)这好比折断我的臂膀。"

彼得这样决绝地说了之后,大贵族都慌张地睁大眼睛:"啊哟,这是怎么啦? 简直跟暴风雨一般!"互相面面相觑。只罗莫达诺夫斯基说:"对啦,对啦!"不住地点头。总主教把干瘪的鼻子碰着宝座,热烈地叫:

"陛下,至少魔鬼邪教徒克维林·库尔曼的案子,必须请陛下允许。"

彼得皱着眉头,这件事情是非向老毛子让步不可的了。娜泰丽亚·基丽洛芙娜大着舌子说:"求求您!"拱了双手几乎要拜起来。彼得斜眼望望罗莫达诺夫斯基,摊开两手,把肩膀一耸。

"我不过问库尔曼的案子就是。"彼得说,"我把他的脑袋交给你,任你煮着吃,烧着吃。(总主教坐下身子,颓然地闭下眼睑)大贵族们,我有话要谈,我需要八千卢布作军费和造船的用途。"

彼得走出宫殿,请费亚特尔·犹利维支·罗莫达诺夫斯基坐上自己的雪橇,一同到他鲁宾加的公馆去吃午饭了。

七

应皇后的召见,伏洛皮哈老婆子被人从靡契西溪村带到克里姆林来。也芙特基亚大为欢喜,忙吩咐立刻从门廊带进寝殿。皇后的寝殿,占据楼上添造的木房的一室,那儿有两扇嵌上颜色玻璃,用窗帷蔽住阳光的小窗。她穿着毡鞋、皮袍,不分昼夜地困守在融融的暖炕上面。因为恐防肚子忽然痛起来,也芙特基亚这几天一直没有离开天鹅绒的褥子。她真想跑出这狗舍一般气闷的屋子,坐上雪橇,恣情任意地到莫斯科的雪地上跑去。外面一定是青烟缭绕,阳光低垂,从巷子里伸出滴泪的银枝,碰触着马颈上的高轭。可是娜泰丽亚·基丽洛芙娜和身边的妇人,包围着阻挡她,岂有此理,哪里有坐雪橇的道理！静静地躺着,当心您的肚子,里面藏着皇上陛下的血统呢！最后,总算允许可以听听有神道出场的宗教故事。但不可以忧忧郁郁,肚里的孩子要不舒服的。

伏洛皮哈婆子大大方方地走进来,服装楚楚,穿着新草鞋,亚麻布裙子底下束着沙尔比亚草的束子,发散一股芬香。柔和的嘴唇、老鼠的眼睛、脸上略有皱纹,两颊鲜红,再加一张悬河的口。从门口一眼看尽室内的一切,伏倒床前,皇后亲启御口,伸出潮润的手:

"坐下,伏洛皮哈,我很寂寞,你讲讲什么故事给我听。"

伏洛皮哈轻轻抹一下并无肮脏的嘴,先讲些老公公老婆婆的故事,教士女儿的故事,金角羊的故事……

"等一等,伏洛皮哈!"也芙特基亚坐正身体,看看稳婆正在打盹,"你给我卜一个课!"

"卜课,红太阳,我怎么会卜课……"

"你说谎,伏洛皮哈,我不会对谁说,用大豆好吗? 你卜吧……"

"现在用大豆卜课,背脊皮会给鞭子打烂呢……用碎麦也许还可以,用圣水调成薄薄的。"

"我肚子什么时候痛? 快了吗? 我心害怕得很。晚上,心头突然不动,我便跳起来,摸摸肚子里的孩子是不是还活着。啊,天哪!"

"小腿儿踢了吗? 踢在哪里?"

"大概就是这一边,骨碌碌地转动,好似碰到小肘儿小膝头啦……"

"从左到右,还是从右到左?"

"从这边……活泼得很呢!"

"男孩子呀!"

"啊,真的吗?"

伏洛皮哈张着聪明的鼠目,低声地问:

"还要卜什么吗? 图画也描不出的美丽的皇后,我看您的嘴唇轻轻地颤动,您一定有秘密的话要问。在我的耳边低低说吧,皇后……"

也芙特基亚回脸向着墙壁,额上和太阳穴涨起紫褐的斑点,噘起嘴唇,脸上一阵羞红:

"大概是因为我长得丑了,不知道什么缘故……"

"怎么,你长得这样美,连图画也描不出的……"

"哎……"也芙特基亚转过眼来,褐色的眼中含满了泪水,"你老实说,他爱不爱我? 好,你拿碎麦卜吧!"

伏洛皮哈袋子里偷偷带来了应用的物品。她拿出一只瓦盆,装着水和灰色粉子的小瓶,(嘴里低声说:"这是伊凡·库派拉节①采来的羊齿草子。")把粉子溶在水里,瓦盆放在床边的茶几上,向也芙特基亚要了结婚戒,嘴里喃喃有词,将指戒沉进瓦盆中说:"请好好儿瞧定了。"

"我要明白请问,请想想有什么值得疑心的秘事,为什么起了这种疑心?"

"从托洛伊察修道院回来之后,好像变过了一个人。"也芙特基亚微微地动着嘴唇,"不大肯听我的话,好像当我是一个无知无识的人。他说:'你看看历史书吧,学学荷兰文、德文吧!'我也听从他,可是一点儿也不明白。既然爱自己的妻子,管什么读书不读书呢?"

"好久没有同床了吗?"

"已经三个月了。太后禁止的,因为肚里的孩子……"

"您看看指戒中间,没有看见一个模糊的影子吗?"

"这好像是谁的脸?"

"您仔细看呀……是一个女子的脸吗?"

"是呀,是女子的脸……"

"就是她!"伏洛皮哈做出完全明白的样子嚓起嘴巴,兽洞似的深眼窝中,跳动玻璃珠一般的眼球。也芙特基亚屏息起立,双手从大肚皮提到胸口,心头像被捉的小鸟一般,不住地颤动。

"你知道吗? 你为什么不对我说? 她是谁?"

"嗯,谁吗? 她便是那蛇一般恶魔的女儿,那个德国女子。全个莫斯科都有名,不过大家只悄悄儿说着罢了。皇上喜欢去德国人的侨民区,灌醉了迷药了。您不要太难受,现在还用不到伤心呢! 我给你解除吧! 您拿住这枚针,(伏洛皮哈马上从头巾上拔下一枚针来,交给也芙特基亚,低声说)别害怕,夹在指头里。嗯,跟着我念:'去吧去吧,恶毒的蛇,蜿蜒转侧,瘦弱痛苦的安娜呀,去那四周闭塞、日月昏黑、没有露滴的法弗尔山的山阴吧,去那压着三沙勤封碑的湿土中吧。你,毒恶的蛇,安娜呀,在那边是你永远

① 即圣约翰节,俄历六月二十四日。

186

的归宿,亚门!'您拿针刺进去,刺进戒指中去,刺这娘儿的脸。"

也芙特基亚拼命地刺着,刺着,终于刺断了两枚针,背过脸去,拿手臂掩着眼,低低地哭泣起来,噘起的嘴唇微微颤动。

傍晚,传保的女官、乳母、稳婆、伴女,慌慌张张地响动着门户和地板跑进来:"皇上来了!"伏洛皮哈在烛上撒了些香粉,烧清了寝殿的空气,自己便藏起身来。彼得三脚两跳跨上楼梯,跑了进来,扑身到也芙特基亚的床上时,身上发出一股寒气和熟柿味。

"好吗,特娘?为什么还没做产呢?我还当已经生产了。"

一脸苦笑,快活的圆眼显出无情而冷淡的样子。一股冷气滑过也芙特基亚的胸头,她爽然地说:

"满望你高兴一下,你看,大家都等得心焦,真对不起!"

彼得皱了皱眉头,心里想:她为什么要说这样的话呢?坐下身子,一手扳着茶几,用马刺拨着地毯。

"在罗莫达诺夫斯基家里吃饭,大家说起,快要生产了。我想,也许已经在生产了,便急着赶了回来。"

"我听人说,我也许会产亡的呢!"

"不会死,别相信这种无聊的话……"

这时候,也芙特基亚使尽浑身的劲儿揭开了毛毯和被服,挺起肚子给他看:

"你看看……受苦的,叫痛的,是我,不是你……你倒说得轻巧,不会死!你以后便会知道的,任你欢笑,任你快乐,任你尽量地喝酒,任你去那讨厌的侨民区,再不用什么顾忌。(彼得张嘴注视着也芙特基亚)稍微避避耳目吧,大家讲得起劲呢!"

"什么事情讲得起劲?"

彼得缩进腿子,猫似的发起怒来。她便不管三七二十一大声地叫喊:

"你的异教女人呀,德国女人呀,酒排间的女人呀!你到底被什么东西迷昏了头?"

彼得勃然大怒,连汗水都发红了,突然从椅子上跳起来。也芙特基亚骇得忘了神,举手掩住面孔。彼得站挺了身体,两眼凶凶地望住也芙特基亚:

"傻瓜!"只这么叫了一声,就闭住了口。她拍一拍手掌,抱住头,全身抽搐着,无声地哭泣起来。肚子里的婴儿急促地掉了头,突然抽动起来,一阵剧痛,一股茫然的劲儿,缩紧了腰骨。

传保的女官、乳母、稳婆、伴女听见低声的野兽一般的呻吟,便跑进来。也芙特基亚张开大口,瞪着疯狂的眼,大声叫唤。妇女们都忙乱起来,摘下圣像,点上长明灯。彼得走出寝殿。经过了第一次的阵痛,伏洛皮哈和稳婆扶住也芙特基亚的双手,带往暖气蒸腾的浴室里,生产便开始了。

八

白眼鸦不知被什么惊动了,忽地从草堆下飞起来,停在树上,冰柱跌落地面。独眼茨冈仰起脸,在压雪的树枝后,泛滥着冬天的朝霞。家家主妇们焚烧的暖炕里,吹出淡淡的轻烟。四处发出毡靴、咳嗽、木门叽吱和斧头叮当的声音。银妆的白桦树间,逐渐显出峻斜的屋顶。河边枪兵村,鞘皮匠、皮鞋匠、克华水酿造人等等居民的房舍,渐渐笼罩玫瑰色的烟雾。

鸦儿眼上涂染着雪,在树枝间轻轻地跳来跳去。茨冈气恼地把皮手套一挥,从井里钩起结冰的水瓶,把芳冽的水倒进水槽里。在这样晴爽的星期日的早晨,他的心中还是充满着苦恼的仇恨而疼痛。"唉,多么倒霉的命运,终究干起奴隶的活儿来了……简直不知是畜生还是人……大家脚碰脚的家伙,居然被他随便使唤了。"铁的水瓶锵嘣地响,瓶颈叽吱叽吱,吊绳的破滑车骨碌碌地摇晃。

这屋子的主人枪兵欧绥·鲁乔夫从檐下走出来,一条毛织的红带子束着光板皮的短外套,对着冰似的冷空气呼呼地喘着,帽子覆在眉心上,戴上手套,一束钥匙锵锵作声:

"水汲好了吗?"

茨冈只瞪了一下独眼,从结着冰的水槽跳落草鞋脚。欧绥走过去打开畜棚的门,好似说:一个勤恳的主人是亲自给家畜饮水的。一边走,一边举起白地红点的毡靴,踢开挡在路口的小木棒。

"啊,这些木棒,你干吗不收拾,背脊骨不会弯断的啦,摊了这么一地!"

打开门,竖上撑棒,抓起鬃毛拉出两匹肥胖的阉马,轻轻拍着,吹着呼

188

哨。马儿喝了冷水，昂起颈子望清晨的天空。冒热气的嘴唇滴下水点，抖索着身体嘶鸣了。"嘟，嘟！"欧绥轻轻地抚拍。畜棚中又赶出母牛和青色的公牛，接着一阵蹄声，奔出了羊群。茨冈不停地汲水，已经非常累乏，动不动打湿裤子。欧绥说：

"你做事情总是没有长心，你就是脾气别扭，这可不行啦！别尽鼓起独眼，对牲口和气点儿。你这家伙，简直想上天摘云儿呢！"

"要是办得到，当然要做呀！"

欧绥冷冷地一笑，"嗯，嗯！"吩咐说，我在这儿看着，给马儿喂点儿草料，铺些新的稻草。茨冈到院子对面搬草束，来回了十来趟。雀群啄食四散的麸壳。搬走了劈好的木柴，压雪的白桦树梢，映在青空的背景中，在阳光里闪耀银焰。教堂的钟声响了，欧绥虔诚地画了十字。一个圆脸孔、鸦青眼的小女孩子跑到檐廊下来：

"爸爸，快来吃饭……"

欧绥拍去毡靴上的雪，打开低低的门走进去了。没有招呼茨冈，他哼了一哼鼻子，扯起破上褂的边褶揩鼻子，等了好一会儿还没有人来叫，他便向和暖阴暗的半地室走进去。侧身坐在门口的凳子上，闻到牛肉菜汤的香味。欧绥和他的兄弟，也是当枪兵的孔士坦丁，正搬着木盘缓吞吞地吃，同个死人眼、高个儿、古板脸的婆子在一旁搬菜。

他兄弟在鲁宾诺有一个铺子，巴屈格有一个浴堂，一个磨坊，此外又向奥特艾夫斯基公爵租用二十俄亩耕地和草场，以前自己干活的（他没有参加克里米亚远征），自从到彼得皇帝手里，公务忙得抽一筒烟的工夫也没有，每天东奔西走，时时有召集到队的命令。当枪兵不能管铺子，开浴堂的又不能经常雇工。结果，只好由老婆姊妹干活，总之，是变成妇女当家，男子是到皇帝游玩的地方当差去了。

"夏天收获时怎么办呢？真正不得了！"欧绥把圆面包放在胸口亚麻布衬衫上擦着，切了兄弟的和自己的一份，吐了一口气，咬了一口面包，又用汤匙搅着肉片，喝起菜汤来了。

"雇人也危险……上边有新命令……村舍、酒店、浴室、砖厂之类，寄宿没有保人的闲汉，必须交给官厅。"

"干活的没有关系吗？"

"干活的，也得负盗贼一般的责任呢……你这茨冈有没有保障，他是

189

怎样的人?"

"我哪里知道……他不肯说……"

"可不是逃亡的罪犯吗……"

那时候,茨冈走进来了。拂落须上的冰屑,独眼分别地望望两弟兄。欧绥故意大声地说话:

"那家伙我实在讨厌死了……"

说着,不作声地吃起来。茨冈身上的冷气吹冷了面包和菜汤,他把身上的冰屑拍到门外,暗着嗓子说:

"是说我吗?"

"说你便怎样?"欧绥放下食匙,"你在这儿吃了七个月面包,我还不知道你的来历,你这个无名狗贼,大概老在这一带游荡的吧!"

"无名不无名没有关系,我偷了你的东西吗?"

"哼,这个谁知道呢……"

"你就不会知道。"

"不过,想起来倒还是失窃的好。我这儿死了两头羊,这到底是怎么一回事? 干吗母牛那么没有神气,尽出一些不能上嘴的臭奶,为什么呢?"欧绥越身桌外,拳头在桌上一碰,"我的女人为什么整个秋天躺在床上,这到底是为了什么? 你说这是为了什么? 难道不都是你这个晦气星! 难道不都是你这只黑洞洞的独眼盯着的缘故?"

"你叫魔鬼迷昏了头吗?"茨冈伤心地说,"瞧你也是个明理的。"

"孔士坦丁,听到没有,现在这种毒话? 叫魔鬼迷昏了头?"欧绥从桌边站起来,握紧战兢的手指,捏成拳头。茨冈不想打架,鲁乔夫兄弟是结实的汉子,他很小心地走开了。

"老话说得好,情人眼里出娇娇,我在你这儿干活,实在也干不下去了,欧绥,蒙你照顾,实在多谢。(他作了揖)你不满意我,我也没有法子,不过说定的工钱,你总得给我。"

"什么,要钱吗?"欧绥回头望望兄弟和婆子的脸。婆子瞪着死人眼一动不动:"他在我这儿有存款吗? 还是我用过他的钱?"

"欧绥,老天爷就在头上,你不是答应一个月半卢布的吗? 所以,你一共得给我两卢布半,这是我的工钱呀!"

"给你钱? 你要命不要? 滚到地狱去,叫魔鬼吃你!"

190

欧绥扯住茨冈的破外套,一记响耳光,凶暴地吼叫。茨冈要不是避开第二拳,准不会有命活。孔士坦丁扳住欧绥摇晃的肩头,拦住了他,茨冈跌跄地走出去。孔士坦丁追上去,背上又是一拳头,茨冈跌倒街上,恶狠狠地望了一会儿门,恨恨地说:"记着吧!"摸摸脸,一手的血。行人回头望着他笑,他抬起脸,昂然提起草鞋脚走去了。

九

"让开啦,让开啦……"

"那些人到什么地方去呀……"

"去看火刑呀……"

"这是怎样的刑法?"

"自己不愿意,别人用火烧……"

"不是还有人自己烧死的吗?"

"那是为了信心,分离派的教徒呀……"

"那么,他是谁?"

"德国人呀……"

"你说什么,啊,天哪,会有这样的事吗……"

"太迟了,那些衔烟斗的家伙,把咱们的血汗都榨光了。"

"看呀,冒烟了……"

茨冈走到河边去看。垃圾堆上,村人们苍蝇似的围在一起。他看见两个跟他一般的流浪汉子,是以前常常见到的伙伴,也许弄得好还可以吃点儿他们的白食,这么想着,他便黏在他们身边不走开。看样子好像也是受过痛苦的农人。一个麻脸的,脸上裹着破布,掩灭了火烙印①。他叫作犹大,另一个是驼子,身体跟折断一般,携着两条木杖,走一步,把胡子翘一翘,走得飞一般快。眼色很明朗。打补丁的破外套上,披着破席子。他叫作奥杜根,茨冈很欢喜这个人。奥杜根马上发觉一个涨起了脸、浅黑独眼的汉子,缠住在自己的身边,探出挂在木杖上的身体,和善地说:

"你找我们有什么用,老弟,我们也靠偷摸点儿过活的呀……"

----

① 罪犯的印纹。

犹大歪着嘴，不屑地说：

"有一次，侦缉队里的家伙也是这么缠着我们不放，后来被我们丢进冰洞里。"

"嘿！"茨冈心里想，"好厉害的家伙！"因此更想加入他们的伙里。

"无常还没到，我总得想法儿活下去！"他眨眨挂着霜屑的睫毛，"好不好，让我入伙呢，俗话说得好，三个臭皮匠，合个诸葛亮呀！"

犹大又向奥杜根投弃地说：

"不是'当眼线的'吗，哎？"

"不，不，你完全看错了。"奥杜根回过头去望茨冈的眼睛。

双方都不作声了。枪兵们在河冰上走，拍着戴手套的手，驱散迫人的寒威。他们推推撞撞地围住了火刑台周围，木柴高堆的地方。近边竖立着鞭刑的柱子，在冒白烟的火堆中煨着铁棒。群众寒战着等候。

"来了，来了……让开，让开！"

一队龙骑兵从街市那边跑来，走到河冰上。接着，来了一辆大雪橇，上面一个德国人和一个戴男子帽的姑娘，背脊对马坐着。后面，几个骑马的大贵族、近侍、大秘书官，最后是一架黑皮篷的大平橇。枪兵们退开两边，让队伍通过。大秘书官跳下马来。平橇近来，拐了一个弯，可是里面没有人出来。观众都望住这个橇，发出了惊异的声浪。

红帽子的叶梅良·史佛月夫，肩着鞭子从火刑台后走出来。差役把姑娘从雪橇上拖下来，踢着，拖到柱子边，脱去皮袍，让她两手合抱，缚在柱子上。大秘书官展开文卷，卷束在风中飘动，朗声地宣读起来。但是在人声和冰雪冻裂声的吵扰中，几乎一点儿也听不清，只听见姑娘叫作马霞·塞里风多华，德国人叫作库里庚……从雪橇上露出高耸的两肩和光秃的后脑。

叶梅良的马脸现出僵硬的笑，慢慢地走到柱子边，挥起就是一鞭子，发出呼的一声鞭鸣，姑娘的赤背上梗起斜斜一条蚯蚓肿，姑娘发出乳猪似的哀叫。约用八分的劲儿抽了五鞭，便从柱子上解下来，拉到火堆旁。叶梅良又举起灼热的铁，熨在姑娘的脸上。她发出一声丧魂落魄的狂叫，赖下屁股，突然昏迷过去了。人家抱起来，穿上袍子，又放在雪橇上。马儿拖起雪橇，拔步向莫斯科河边的那家修道院去了。

大秘书官依然宣读敕状，现在挨到德国人身上了，他下了雪橇，一个短小精悍的汉子独自向火刑台走去。忽然合起战栗的两掌,抬起蓬生硬髯的光赤的脸,这德国鬼朗朗地念出莫名其妙的文句,大声哭叫起来……强拉上火刑台。叶梅良轻巧地剥去德国人的衣服,赤露身体,按伏地上,把他的邪教《圣经》和书册堆在他的背上,从下面点起火来。背负经册烧死,这是照着敕状办理的。

河边方面(茨冈的地方)有人叫唤:

"库里曼,好好儿暖一会儿吧……"

立刻,这叫喊的人——一个厚嘴唇的青年教士被人喝倒了:

"住嘴,不要脸的东西,你才该暖一暖呀……"

厚唇的青年教士偷偷溜走了。火刑台四边放起火来,冒着灰色的烟雾,融融地炽耀了。枪兵靠在枪上站着,四周沉寂无声,青烟缭绕升上空中。

"他先得被烟呛死啦,木柴很潮呢……"

"他是德国人,也要受火刑。嘿,真见他妈的鬼,简直莫名其妙……"

"听说他到莫斯科来研究学问,著书的……"

从皮篷平橇的小窗里,好像一张旧圣像动了起来,一个死人样的脸孔(大家已经看清是谁)眼睛一眨不眨望着升腾的烟、烁烁的焰。

"你看,眼珠不是在那儿动,真怕人!"

"总主教来看火刑的呀,好慈悲啦……"

"什么狗屁的信仰不信仰,把人在火里烧!嘿,好个神父!"

这毫无顾忌,大声说话的是奥杜根。身边的人恐怕被他连累,都跑开了,只有犹大和茨冈留着不动。奥杜根又顿着木杖叫喊起来:

"邪教徒便怎么样?难道有可以信仰的道理,还有人不信仰的吗?我想那家伙也并没有用处呀,所以祸事来了。老百姓活着只是受罪,吃苦吧!"

火焰呼呼地炽耀,火星和烟雾在天空涡旋,有人从火焰中望见德国人还在那儿挣扎。总主教的雪橇疾驶而去了,群众渐渐地散开。犹大又催促了:

"走吧,奥杜根……"

"不,不,大伙儿弟兄(他的眼笑着,但好像刚洗过浴那样清润的红脸却流满了眼泪,山羊胡子索索地抖),这世界没有理讲的。神父、官厅的大人物、税务官,腰包里装满了钱,穿着残忍的血袍……受鞭子、受火刑的朋友们,跳上破车子逃亡吧！逃他妈的蛋,投到绿林里去。"

好容易拉走了奥杜根,三个人拐进巷子里,走进一家酒店。

十

终于茨冈拿起了食匙,抖着手,面包片醮着素菜汤送进嘴里。他一途非常担心,是不是会带他上吃食店,拿皮手套揉着眼睛,诉述自己的厄运。奥杜根默默地跟油虫一般划着木杖很快地走,走到门口突然发问:

"会不会偷东西?"

"会的,只消有伙伴！拿铁锤投奔绿林我也会去……"

"嚯,好大的气概……"

"你当我们是什么人?"犹大问了。

茨冈踌躇了一下:"不高兴我入伙吗?"黯然地望望歪斜的门,冻住了的肮脏院子里的雪堆,和挂着芦席的门口。门口发出一股美味的香气,头目有点儿昏眩,静静地说:

"你们都是豪爽的朋友……你们当偷儿,也不是你们不好,总而言之,是时运不济嘛！现在大半老百姓不是都逃到绿林里去了吗? 求你们,别把我赶走,弄点儿东西给我吃吃。"

"我们,老板,有时发发善心,有时也无情得很,好好儿记着吧！"奥杜根左手拿着两条木杖,右手捏着拳扬了一扬说,"你加入了伙,就不准跑掉。犹大,你有利市没有?"

犹大从怀里取出钱袋,把钱倒在手掌里,三人数了数掏摸出来的钱,奥杜根得意地说:

"不捉鸟儿不种田,老天爷照样养活咱们……咱们不要多,只消混得过日子就得。好,一起来吧,独眼！"

走进酒店,拣角上的位置坐下,柜台上的牛油蜡烛,光线微微地可以照到。客人不多,有喝醉了胡闹的,也有躺在长凳上睡觉的。奥杜根要了半瓶酒和一钵菜汤。东西搬来了,使用食匙敲着桌子:

"好,吃吧,独眼,这是老天的恩宠……"

提起瓶喝酒,兔子似的大嚼着,眼里燃出了喜色:

"我给你们讲一个老话要不要听？有一处地方，有两个人，一个很快活，一个很忧郁，那快活的一个很穷。所有的东西都被贵族拿走，秘书和法官想出许多诡计叫他受罪，他受刑把脊骨打断了，所以，他变成一个驼背的样子。嗯，好吧，那忧郁的一个是贵族的儿子，很有钱，却是吝啬鬼。仆人们也不给吃饱，都逃光了，院子里就长满了野菜。他只剩了一个人，一天到晚坐在装金银的柜子上，屁股也不敢动一动。他们两个就这样地过着日子，快活的人用露水洗脸，靠着木杖走路，肚子饿了，便偷点儿讨点儿。穷人都知道他的身世，常常布施他，他便这样一天到晚，到处蹿来蹿去，混过了日子。可是那位忧郁的先生，一天到晚愁着钱会不会被人抢去，他又怕死。有钱人都是怕死的，他钱愈是多，怕死也愈是怕得凶。他送一普特重的蜡烛给教堂里，又捐助圣像的框额，他想这样老天就会叫他长寿了。"

奥杜根把胡子扣在桌沿上，哈哈地笑了，提着食匙的长手臂伸过来舀了一匙菜汤，兔子似的嚼着，又讲下去：

"嗯，原来这忧郁的人便是使那快活的人受了灾难，潦倒了的人。有一次，快活的人拿了棍棒走进他屋子里去偷东西，在一间大屋子里探头四望，忽然发现这富人睡在椅子上。快活的人没留心到椅子底下便是钱柜，抓起富人的头发，恐吓他说：'你把我的东西都夺光了，好，现在你给我吃饭的钱！'富人骇得要死，又舍不得钱，他总是不肯点一点头，于是快活的人便拿起棍子望他的脸上肚上打去。（犹大呲着牙，得意地笑起来）好，怎么样，好，怎么样，你看见这个没有，这么恐吓着，自己也觉得好笑起来。他便说：'好，你等着，明天晚上我再来，你预备好一帽子钱。'

"富人也不傻，他向皇帝上一张条陈，皇帝马上派卫兵到那儿去。可是那快活人却是个好本领，他逃过了卫兵，依旧溜进有钱人的屋子里，抓住他的头发：'钱预备好了没有？'富人抖得跟一片树叶子一样，依然大叫着不肯。快活人便拿起棍子打，富人骇得几乎断气，大声哀求：'没有法子，你明天再来，我预备一柜子的钱！'"

"这是当然的！"茨冈说。

"已经打得够凶吗？"犹大笑了。

"那么，好吧……现在皇帝派来了枪兵队，保护富人的屋子……怎么好呢？不料那快活人真是个厉害的家伙。他换上枪兵的制服，跑到富人的家里,故意问道:'老总,你们保护谁的财产啦?'枪兵回答道:'我们奉皇上的命令保护富人呀。''你们这么辛苦,有很多工钱拿吗?'对方没作声,快活人便煽动了:'你们这么出力保护人家的财产,真是烂好人啦。那富人就使跟狗子一般死在钱柜上面,你们也只消摸摸嘴巴,只当不知道,不就完了吗?'这话果然不错,枪兵们便打坏富人的酒仓和地窖的锁子,大吃大嚼,喝得烂醉。便在这个时候,心里发起狠来,那晚上打开门去一看,那富人正在索索地发抖,满身创痕,脏得不成样子。那假枪兵又抓起他的头发,说:'我以前只要自己的一份,你不肯给,现在得全部交出来!'于是,把他推到枪兵那边,枪兵们砍碎了他的身体。那快活人便拿了够吃用的钱,溜之大吉了。"

挤进他们的桌上,来听奥杜根讲故事的人,都拍手大笑了。其中有一个,不知是喝醉了酒,还是头脑有毛病,忽然大哭起来,张开双手,捧住了光秃的大额。等故事讲完可以说话的时候,却突然慌张起来,吐了一口口水,他说出话来,又完全叫人莫名其妙:

"库其马到贵族家去……被打了屁股……"

好像以为这里有了坏人,要用火照亮来看看明白,柜台上摘去了蜡烛心的残烬……一张圆鼻子的毛胡脸。看那浮肿的样子,这位名叫库其马的穷光蛋,似乎是一位从不清醒的酒鬼。下边一条裤,上边一件破衬衫解开了带子,完全一副落拓相。

"这家伙连十字架都喝进了。"

"待在这里快有一礼拜了。"

"你叫他上哪儿去,这么冷的天气他还光着脚板呢……"

"我独身阻挡了老百姓的灾难!"库其马拉起裤子大嚷,"大贵族托洛艾库洛夫侵犯了我的身体!"他把裤子顺手脱下,露出血痕、乌青和红肿的屁股。满座的人都捧腹大笑,连酒店的掌柜都摘掉了烛心的残烬,从柜子上探出身来。库其马把裤子拉起:

"你们认识我铁匠库其马·齐莫夫吗? 华华尔加的大殉道者……我在那里住了十五年,记得吗? 铁匠齐莫夫司务! 不管哪个偷儿都没有法撬开我打的锁子。我打的镰刀,连喀山都有名的,我打的盔甲从没有穿进炮弹。给马儿打蹄铁的是哪一位? 给男男女女拔牙齿的是哪一位? 都是我这位齐莫夫司务呀! 你们还认识吗?"

"认识,认识!"大伙儿笑着回答,"以后怎么样呢……"

"可是,你们还有不知道的事情,齐莫夫司务晚上不大睡觉。(他又抱紧了秃头)齐莫夫司务是个绝顶聪明人。如果在外国,也许早已飞黄腾达,走好运了。可是在这个国度里,我的聪明只好喂猪猡。他妈的,记着吧!(他伸起大拳头向四扇冒着水蒸气的小玻璃窗和窗外的冬夜扬了一扬)你们的坟头会长满荠菜,可是齐莫夫的名字会流芳百世呢!"

"慢着,库其马,你究竟为什么挨打?"

"你说吧……咱们不笑你……"

他好似开始注意到,茫然地望着围在身边的酒糟鼻、蓬腮胡,似乎马上会大声哗笑地张开着的大口,和几十条好奇的视线。四周围好像烧起了火,马上会沸腾起来。

"大伙儿约好了的,一准不许笑,我的心痛得难受呢……"

他摸索了好久,从钱袋里拿出一张纸头,摊在桌子上,(又从柜台上拿来蜡烛)指头按在纸上。纸上画着蝙蝠翼子似的两条翅膀,中间有油车和杠杆,齐莫夫浮肿的脸鼓起来:

"这是一种异常奇妙的机器!"他得意地说,"是云母做的翼子,三亚尔洵长,一亚尔洵二十威修克宽。杠杆推动起来,翼子便跟蝙蝠一般拍扇起来,你只消用脚手去推动就得。我认为人一定可以飞,我想逃到英国去,那边人家正想造这种翼子。从钟楼上边飞下来,一点儿也不受伤,人可以跟鹤一样飞!(他又向潮湿的小窗,发疯地扬一扬拳头)托洛艾库洛夫,你瞧错了!人跟蚯蚓一般,只会在地上爬,我要教人飞。"①

奥杜根伸出手去,和爱地拍拍齐莫夫的肩头:

"你从头至尾讲来……究竟为什么挨了打呢?"

库其马皱着脸,哼哼鼻了:

"我做得太重了一点儿……失了一点儿算……我没有钱……开头是用菩提树皮和兽皮造了小的翼子,迎风从屋子飞到院子,飞了这么五十来步,因此我热心起来。问明了路,找到枪兵总部,呔,守兵喝住我,抓住我打。喂,不要打,带我去见老爷,我有要事禀告。他们便簇拥着我进去。托洛艾库洛夫这个恶魔,张着三天没洗的脏脸,仰坐在椅子上。我告诉

① 这里所说的事件,1694 年发生于莫斯科。

他，我知道飞行的方法，请给我二十卢布、一点儿云母，花六个星期，我就飞给你看。他不信。那么，请派一名书吏到我家里去，我可以拿小翼子给他看，让我先带这个在皇帝面前试飞，便感恩不尽了。那守兵在旁听了我的话，便说，反正他逃不掉的，试试看吧！托洛艾库洛夫便唠唠地说着，抓住我的头发说：'好，你向《福音书》发誓，你不是诳骗，给了我十八卢布，我在限期以前造好了翼子，可是我做得太重了。'这一点，我在这酒店里才想到的，喝醉了酒，心里倒明白了！云母没有用，应该用木架子贴上羊皮纸才行。这样，我拿了到克里姆林去试验了。它不飞，跌在地面上，受了伤，我便对托洛艾库洛夫说，因为我没有经验，再给我五个卢布，要是再不飞，就砍我的头。托洛艾库洛夫完全不信，偷儿，骗子，邪教徒！你想胜过上帝吗？把我痛骂了一顿，又叫人打我两百鞭子。这样，各位弟兄，我只好一声不响，受了两百鞭子，只不过咬咬牙齿罢了。托洛艾库洛夫就叫人把我的铁匠作坊、铁匠工具、小屋子，一概卖掉，赔偿他的十八卢布。现在弄到这个田地，还有什么办法，除非奔到绿林里去当强盗。"

"只有这条路！"奥杜根静静地干脆地说。

库其马·齐莫夫加入了奥杜根的一伙。在旧衣店里买了一双毡靴和一袭外套，四个人在莫斯科街头流荡起来，出现在市场、浴堂、中国城的狭窄的巷子里。犹大当扒手。茨冈学会了把眼珠怕人地弹出来，跟着人求乞。库其马颈子上吊着绳，由奥杜根牵着走，装作疯瘫的苦行教士："可怜可怜疯子呀，给点儿饭钱吧！喂，让开，让开，跳上来了！"这么奔走一天，就挣到饭钱，有时还有酒钱。进款倒没有问题，问题就只是危险。近来上边命令捕捉流浪人，一发现就拉到侦缉队去。

大斋节完了，莫斯科的高空辉耀出春天的太阳。照在阳光中的积雪开始融化，天气渐渐和暖起来。污秽的雪已不在雪橇底下吱轧。有一天晚上，奥杜根在酒店里说：

"现在可以上大路上去了……诸位，在这儿当然没有人会流泪告辞的。只等山上的雪融化了，我们就动身吧！"

犹大反对道："我们人又少，武器又少，不会在绿林里饿死吗？"

"所以出发之前，我们得干一番大事。（果然向奥杜根注视）先把需要的东西办到手，不管咱们干什么坏事，总比咱们受苦好吧！做人有什么用？《圣经》没有正义的，别担心，一切由我担当，你们铁胆放心。"

十一

到了春天,突然开始了"猫儿欢笑老鼠泪"①,波兰王和飨宴城普莱西堡王之间宣战了,普莱西堡王带领游戏队,蒲杜尔斯基和莱福忒两联队,波兰王带领枪兵队精锐史特莱绵奴、史哈留夫、崔克莱尔、克洛夫可夫、纳却艾夫、杜洛夫、诺尔马兹基、略柴诺夫各联队,由费亚特尔·犹利维支·罗莫达诺夫斯基假拟普莱西堡王,费烈特里夫斯、伊凡·伊凡诺维支·蒲杜尔林假拟波兰王。这是一个醉鬼,脾气很坏,贪污,对于游戏吵闹的事,总是胜人一筹。决定赛门诺夫斯可哀郊外的苏可里尼契宫为飨宴城的大本营。

起先大家以为又是彼得的消遣,不料不到一天工夫,接连发下令人不安的上谕。大贵族、重臣、近侍们被任命为两国王的朝臣。彼得的游戏越出了法度,甚至连官位也玩弄起来。这实在是从来没有的事,许多大贵族都不安起来。到娜泰丽亚·基丽洛芙娜跟前,诉述彼得的非法,她只把肥胖的双手一摊,什么也不明白。莱夫·基丽洛维支生气地说:"我们有什么办法呢?是盖着国玺的上谕呀!你们自己去请求撤回好了。"可是谁也不敢上彼得跟前去,好吧,也许会有用的。可是,彼得的事情,谁也不知会闹到怎样田地。他不管你什么大贵族不大贵族,突然派一队兵士围进府第来,不问皂白给你穿上朝臣的服装,就拉到普劳勃拉潜斯克去,强迫你做胡闹的对手。普里摩可夫·洛斯托夫斯基老公爵害着脚疾,也有人装假病,结果都是徒劳,逃避不脱,只好揩一把冷汗跑去受辱。

普莱西堡的俄罗斯人差不多每个人都发疯了。木造的八角瞭望台,架大炮的草地炮台,和扎在四周的白营帐,远远地便望得见,简直跟噩梦一样。这已经不能说是游戏,从头到尾都和实战一色无二。在色彩绚烂的广厅中,绯色的天幕下,费烈特里夫斯王仰身高坐在涂金的宝座上。头戴铜王冠,星纹白缎长袍上披着兔皮大氅,长筒靴上装着响亮的马刺。嘴里还叼着一支烟斗,脸色俨然地弹出怕人的眼球。仔细一看,啊哟哟,这不是费亚特尔·犹利维支吗?恨不得呸他一口口水,可是不行。贵族院

---

① 俄谚,意谓在上者的快乐,在下者的牺牲。

贵族齐诺维艾夫实在忍耐不住,吐了一口口水,当天立刻褫夺了爵位,押上农人用的大车发配充军去了。娜泰丽亚·基丽洛芙娜亲自到普劳勃拉潜斯克求情,总算得了赦免回来。

彼得皇帝自己呢,啊哟哟,这是怎么一回事,他竟没有一官半职,穿着列兵的制服。走近费烈特里夫斯王的宝座,恭身行礼。而这地狱的皇帝,有时真当他只是一个小兵,破口便喝骂。大贵族、重臣们坐在这儿戏的宫殿中,茫然地沉思,接见使节,传达普莱西堡国王的上谕,只好自悲受辱。一到晚上,便是莱福忒府中的狂宴,在那儿,统治着第二国王,夜的皇帝,无耻的渎神者,土百姓尼基泰·曹多夫,狂妄公爵,谷古法皇。

后来,一定是可恶的外国人故意教唆着要彻底倾覆俄罗斯,几千大秘书官、书吏从莫斯科各省部征调出去,年轻化强迫武装、骑马,受残酷的军事训练。费烈特里夫斯王在国会上说:

"现在大家都得受训,跟油虫一般钻在缝里的日子快要完结了,不管谁都叫他尝尝军队的苦味。"

站在门口的彼得(在皇帝跟前是不准坐的)捧着肚子大笑。费烈特里夫斯王发疯地顿足,马刺锵唧地响。彼得连忙闭口……哎,怪不得有人想来哭诉,承认自己的罪孽,向上帝祈祷,伏在皇帝的脚边,这样说道:"如果一定要做这种游戏,请斩臣的脑袋,请严厉申斥,圣上的行动实在太不近理了。圣上是卑占丁皇帝的继承人,此种行动,实在是把俄罗斯的国家颠覆于泥沼的深渊。在圣上背后闪动的,难道还不是反基督的影子吗?"对啦,应该这样说,可是没有勇气,谁也不敢说。

在赛门诺夫斯可哀的波兰王华尼加·蒲杜尔林的宫廷中,也跟这边差不多。虽然也必须严加取缔,勤务到底还很是不平稳。大贵族和重臣们忍着哈欠坐在墙边的椅子上,算是游戏国会。当暮色染上小窗的时候,便回莫斯科睡觉。不怀好意的华尼加·该稳王,想强迫大家说波兰话,可是大贵族们坚决反对,结果是碰了鼻子,而自己尽跟这班家伙凑在一起,也实在有点儿厌倦,便让他们自由打盹。

大伙儿还没有将这些把戏弄得惯,又来了新把戏。当森林微染新绿的时候,蒲杜尔林派军使送战书给费烈特里夫斯王,同时率领联队、辎重、大贵族们向普莱西堡进发。枪兵们怨声载道地随军出发。现在正是播种的季节,一日千金的时候,他妈的鬼,偏偏想出这种把戏来。

依照一切战术法则举行围攻战争。挖掘战壕和掩护工事,通地道进行突击,辛苦得简直不能说游戏。火药毫无吝惜地使用,臼炮中打出烧着的炮弹,弹子跟炸弹一般炸开来,堡垒上溅起泥浆和污水,竿头上扎着麻屑燃火进攻,刀折剑断,围攻军脸受火伤,弹出眼珠,折断骨节。像这样所费的款项,比实战也少不了多少。这样的一星期一星期,延长了一个春天。在休战的时候,两方的国王便和彼得跟他的宠臣们一同饮酒狂欢。

到了夏天,蒲杜尔林攻不下普莱西堡,退后到三十俄里的森林中,固守阵地。于是费烈特里夫斯王举行反攻。枪兵们实在恨透了这样的生活,便胡战乱打,结果出了几十名死伤。连歌东将军的脑袋也都被旧炮的弹子擦伤,几乎要躺倒床上。彼得脸上、眉头也受了火伤,贴满了膏药。半数的军队害了赤痢病。火药全部用光,武器损毁,兵士和枪兵的服装弄得稀烂,于是莱夫·基丽洛维支带了娜泰丽亚·基丽洛芙娜的亲书到军营里来,哭诉国库马上要空了,请求勿再浪费,彼得才算听从。两国国王下了军队复员的命令。

老百姓对于这场游戏战争,议论纷纷:"当然那么多的钱并不会都花在游戏上的,这里边一定有什么把戏。彼得还只是一个毛头小伙子,他什么也不懂,他不过受人教唆! 一定有人利用他的胡闹,从中取利的。"

十二

生活是黑暗而沉闷的。在苏菲亚当政的时候,至少还有一根绳子牵着,现在呢,大大小小的权势之徒,都趁着千载难逢的机会把老百姓的灵魂赶进绝望的深渊。法庭的枉法,普遍的贪污,借国家的名义,罗掘剥削,到达猖獗的极点。许多老百姓逃进绿林,丁强盗生涯。又有人丢弃诅咒的生活,逃亡到那些枉法暴戾吸血的地方长官、地主、大秘书官、书吏、税吏、郡长们贪污的手所接触不到的茂盛的密林,北方的河边去。在那边忘掉了过去的一切,建立渔猎的营生。开伐森林,播种大麦。用松树的老干在与邻居相距甚远的地方建造有柱的广大村舍。从那永别的土地带到这荒乡僻壤来的,便只有传说、民歌和沉郁的俚谚。他们信仰家神和林鬼,到严格的分离派修道士处去做祷告,以面粉和越橘做圣餐。修道士讲给他们听:"现在是反基督的天下,只有能够脱离皇帝和总主教羁束的人,才能得救。"

但是,在这茂盛的密林中,远离人烟的荒乡,又秘密地到来了反基督所遣派的仆人的手,来找寻毁谤官家的叛徒。于是百姓们又丢弃了家屋和牲口,妇孺避入修道士家和教堂里,向兵队开枪了。还有那些没有枪的人,便厉声叫骂,死不屈服,在家屋和教堂里放火,在叫唤和赞美歌的高声之中自行焚死。

逃出了困苦与束缚,在绿林里当强盗,家庭担负轻松的人,逐渐移动到天气温和食粮丰富的伏尔加河、顿河流域。但是在那边,依然闻到俄罗斯的气味。勒令飞来,正教的神父大发雷霆,武装的他们便结合大群的党徒,逃进更远的大盖斯坦、加巴尔达,或契列克河的对岸。甚至也有跑到克里米亚的鞑靼人那边,归化到土耳其王的治下。在那富庶的南方,已不大有人相信黄昏的家神,而相信弯刀与骏马了。

丑恶和苦闷的俄罗斯的土地,恶劣悲惨的奴隶国家,千古以来为草鞋所踏平,为仇恨所耕种的荒废的村落的焦土,遍地是孤魂的荒冢。不幸的、野蛮的国家呀!

十三

"爸爸,你听这是什么? 在撞钟吗?"

"撞钟便怎么样?"

"你听,爸爸,钟声响……近来不大撞钟……可是这……爸爸,不要出了什么事,回去吧!"

"慢着,你这傻瓜……"

伊凡·亚乞米契·勃洛夫庚(伊凡西加的卑称,是久远以前的事了)站在麦斯尼兹加耶一个颇有来历的小教堂的阶沿口。青呢面子的新貂皮短外套,不服帖地弓在肩胛上,新购的毡靴样子也不大合适,新的毛围巾高高地围住了脑袋。寒风吹得脸孔都要迸裂一般。雪子飘拂在黑沉沉的街道上,落进轮迹中去。铺子门前站着大群人,大家都侧着耳朵听。四处的教堂响彻着小钟的鸣声,是一种很混乱的声响,好像正在不管三七二十一地胡敲乱撞。

服装华丽、血色红润,正当嫁期的美丽的沙尼加·勃洛夫基娜(她已经十八岁了)又在拉父亲的袖子,催他快走。她不大上莫斯科来,一来便心惊肉跳,甚至觉得很不舒服。今天她是跟父亲来买嫁妆中羽毛被的绒毛的。媒婆们都贪婪地徘徊在勃洛夫庚的门口,可是伊凡·亚乞米契愈来愈觉得难以出手了。儿子亚留西加现在是炮手长,颇得皇帝的宠爱。伏尔可夫家的总管,时常到飞黄腾达的勃洛夫庚家来问候。伊凡·亚乞米契租了伏尔可夫的草场和田地,带做木材生意。最近又开办了磨坊。牲口也独立①了。按时按节送食品到普劳勃拉潜斯克供皇帝食用。村子里的人都对他弯腰行礼,没有一个人不欠他的债。他见人区别,对有些人非常大度,对有些人却十分严厉。订立奴隶契约在他家干活的,已有十多个人。

"爸爸,你做什么迟迟疑疑的?"沙尼加说。

这时候,红胡子神父裴里加走到阶沿口来(这十年来,神父胖得皮法袍都要炸开来了),他的脸孔当中突着一个气色很坏的鼻子。推一把瘦弱的堂役的背脊:

"去,贼秃,快去,猴子……"

堂役栗然一怔,连忙拿起钥匙去开教堂的门。裴里加又推了一把:

"手发抖……臭酒鬼……日子也没好好儿过,又在那儿喝酒(一拳打上堂役的驼背),早对你说过了:叫你去撞钟,为了你,我总是倒霉。"

堂役挨进半开的铁门,爬上钟楼去,裴里加留在阶沿口。伊凡·亚乞米契用戴皮手套的两手脱去帽子,恭敬地画了十字:

"多热闹呀,今天有什么事吗? 我和女儿两个正在猜测,不知出了什么事情。到底为什么,请您告诉我!"

裴里加飘着长髯,向吹雪子的街头眯着眼望,大声清晰地说:

"反基督来了!"

伊凡·亚乞米契突然蹲坐地上,沙尼加抱紧胸口,变了颜色,立地画了一个十字,终究出了可怕的事。一大群人从麦斯尼兹该门涌过来,嘴里大声嚷嚷着,呼哨与狂乱地大笑,站在教堂门口的群众默默地望。商店都闭上了门。不知从哪儿走来一群破破烂烂的乞丐,害热病的,赤膊的流浪人、没有鼻子的……白发的苦行教士拖响着挂在胸口的铁索,大声呼唤着:"冒渎神圣,冒渎神圣!"

---

① 农奴所有品不受领主管束。

伊凡·亚乞米契两膝发颤,沙尼加低声喃喃,仆倒在长明灯下的格子窗里,她是一个很柔弱的姑娘。

一会儿,望见了六匹猪拖着一辆大车,全身涂柏油、头上载羽毛的牛拖着雪橇,山羊和狗拖着的两轮马车,形成长长的队伍,慢慢从街上走来。雪橇上、大车上、双轮马车上,坐着头戴菩提树皮帽、身穿麻袋外套、足蹬麦秆靴子、手戴鼠皮手套的人,还有穿着百衲衣,拖着猫尾巴、猫脚爪的人。

鞭子呼呼地响,猪叫、狗吠、化装的人呜呜地啼哭,嗯嗯地哼叫,都是喝得烂醉的。队伍中间,一匹颈上吊着浴带的花斑瘦马,拉着涂金的御用的厢车。从玻璃窗望进去,前座坐着彼得的酒友青年教士比得加,仆倒身子在打盹。后座仰躺着一对男女,男的披着华贵的皮外套,头上戴着插孔雀毛的圆帽,是一个大鼻子;女的是一个大胖子,满脸涂着白粉,染黑头发和眉毛,吊着耳环,穿着黑貂皮,手里捧着酒瓶。这是新雇的弄人约可夫·屠格涅夫,以前是苏菲亚的近侍,贬谪使他戴上弄人的圆帽。女的是教堂堂役的寡妇修雪拉。这修雪拉和屠格涅夫三天前钦赐结婚,三天来便到处拜客。

厢车后面,是罗莫达诺夫斯基和蒲杜尔林两位国王,戴着马口铁的法冠,披上绯色的大氅,手里拿着两只烟斗做成的十字架,中间扶着"普莱西堡至圣教主野尼基泰",法皇尼基泰·曹多夫徒步而行。再后面又是一群两国王的大贵族、重臣。人们可以见到雪莱梅乞夫、托尔倍兹基、特尔高尔基、齐诺维艾夫、波波鲁庚等人的脸。自从莫斯科建国以来,还不曾有过这种荒唐的行为。观众当中,有指点的,有瞪大眼睛的,有叹气的,有变色而发抖的,各式各样都有。其中还有走到大贵族跟前,大胆行礼的。

在一群大贵族之后,推来一条有轮子的船,风雪吹摇着桅杆。彼得作炮兵装束,跨马前行。抬起下颏,弹出圆圆的眼珠,向人群环望,一边还打着鼓。观众不待命令,都怯生生地对他行礼。苦行教士望见打鼓的彼得,又大声绝叫了一声"冒渎神圣!"钻进人丛里去不见了。船上坐着荷兰水兵装的莱福忒、歌东、八字胡子的彭保、清梅尔曼、新任联队长伐台、曼格丹、法拉该、勃留斯、莱文格斯东、沙尔姆、苏里潘巴哈……他们都仰腹大笑,抽着烟斗,怕冷似的顿着脚。

当彼得经过教堂门前,伊凡·亚乞米契推着昏过去的沙尼加,跪倒地上，"行礼呀，傻瓜！"很快地对她说，"这同你我有什么关系呢？"神父嘴里加张大口，沙声大笑(彼得甚至回头看他了)。他一边笑，一边举起两手背过去，向教堂中走进去了。

队伍通过之后，伊凡·亚乞米契站起来，深深地覆下帽子：

"对！"他沉思地说，"结果……对对……这一切都不坏！"对沙尼加生气地说，"嗯，掉了魂吗？神气清清，走吧，买绒毛去。"

十四

实在可惊，这魔鬼不知从哪儿来的精力。比他年长、比他强壮的人，恐怕也早就支撑不住了，他却每星期一定烂醉两次，从德国人的侨民区被人送回来。只消熟睡四个钟头，立刻清醒过来，又在四周围找寻，有什么有趣的玩意儿没有。

基督圣诞周(照例是严厉申令的)他便想到率领法皇、两国王和大贵族们巡阅各家望族。完全化成假装，戴上假面。并任命一个莫斯科的贵族，专干下流坏事的诡辩毒舌家华西里·索可芙宁为圣诞祭的主祭。封他"预言家"的头衔，穿上臀部故意露出的连帽长袍。这一年他特别对付名门望族，尤其是公爵府和老贵族的家，彻底地给他们受耻辱的洗礼。约莫百来人的一队，各人手里拿着洞拉①、横笛、铜鼓，发狂地大叫大嚷，突然涌进家来。虔诚的主人望见这些狂徒的乱跳乱舞和覆面的笑脸，气得头发都倒竖起来。其中特别高长的一个，醉气熏天，穿着呢绒鼻裤、长毛筒袜、木靴，头戴土耳其圆帽，一副荷兰船长的服装，一看便知道是彼得。还有脸上包着一块颜色手帕的，挂上一条长假鼻的。

乐声、脚声、笑声。大队人马，也不管你什么地方，围住餐桌，要求菜汤、炒蛋、香肠、胡椒酒，在外边耍舞女……满府闹得天翻地覆。在蒙蒙的烟雾中，大杯喝酒，一直喝到躺到地下。主人还得陪他们喝双倍的酒，要是不肯喝，便扳开嘴巴强灌。

愈是那主人的家风严正，他们也愈吵闹得凶恶。倍洛塞里斯基公爵因为一味顽强，结果被剥光了衣服，胯下接着一只面盆，在他的光屁股上

---

① 用指甲弹奏的圆形弦乐器。

205

敲鸡蛋。波波鲁庚因为长得痴肥,被他们捉弄,翻转一把椅子,连瘦子也挤不下的椅脚间,硬把他掀了进去。伏尔扎斯基公爵屁眼里插上蜡烛点火,一边唱赞美歌,一边绕着他的身边兜圈儿。大家狂笑大乐,捧着肚子跌倒地上。也有人被他们遍身涂了煤和柏油,身子倒竖起来。还有贵族伊凡·亚加该维支·麦斯诺伊因为被他们用一条竹管往屁眼里吹风,以后不久就死掉了。

这种圣诞节的吵闹,实在跟受刑一般痛苦。许多人好似等待死神的降临,等待他们到来。

好容易到了春天,才算能够微微透一口安心的气。彼得动身到亚尔亨格里斯去了。这一年荷兰商人房·列旦和倍廷堡第二次到俄罗斯来,他们采办了比上年多两倍的货物。从国库购买了腌鱼子、撒门鱼、冻肉、各种皮革、鱼胶、生丝,以及照例的柏油、苎麻、亚麻、碳酸钾之类,又从工匠方面,办了俄国皮、骨雕的手工艺品之类。从外国人马赛里斯手里收买了杜拉①的兵器厂的莱夫·基丽洛维支硬要把许多刻有浮雕的兵器卖给荷兰商人,因为讨价高得骇人,结果受了拒绝。

他们把商货满满地装了六船,等北海开冻。忽然莱福忒(受荷兰人的嘱托)鼓励彼得的兴致,请他到亚尔亨格里斯去游玩,看看真正的海上风景。第二天便有带着上谕给地方官的下士拍着驿马在伏洛格达大道上疾驱而去。彼得带领着大队——野尼基泰法皇、两国王、莱福忒和两国王治下的大贵族们出发了。不过这一次,队伍中又加上了贵族院大秘书官维纽斯、波里斯·歌里纯、托洛艾库洛夫和先皇费亚特尔的后弟亚伯拉克辛等等干练的大员,和刚毅的亚历克舍西加·门西可夫统率下的五十名兵士。

他们乘马到伏洛格达,教士商民出城迎接。但彼得急着赶路,当天便分乘七条帆船,走斯霍挪河到威里基·乌斯丘克去,又从那儿,沿北多瑙河向亚尔亨格里斯进发。

彼得第一天看见大江的流水和丛林的壮观。随视野的日益扩展,大地逐渐分成两翼,正是辽阔无边地眺望。云头沉郁地垂在天空,季鸟大群地飞落船前的远方,巨浪洗泼船舷,高帆孕着满风,桅杆轧吱作声。河边

---

① 俄国中部的城市。

206

的修道院敲着奉献日的钟声,丛林的浓荫中,躲藏着分离派教徒的无休无息的目光,锐利地送望着反基督船队的经过。

十五

披着毛毯的桌上,两支蜡烛点滴着烛泪。柏油点子溜落刚刨过的新板壁。清洁的地板上、角角落落、窗边、床边,到处都印乱着潮湿的足印。一只泥污的鞋子抛在屋子中心,另一只倒覆在桌子底下。窗外是白色的夜,没有星光的昏暗。含潮的风呼呼怒吼,巨浪向近边的河滩溅起飞沫。

彼得坐在床上,一条短衬裤,膝头润湿,光赤的脚踵向外弯开。手肘靠在膝盖上,拳头托着下颏,举起茫然的目光,凝望着窗外。隔壁的屋子里,罗莫达诺夫斯塞和蒲杜尔林比赛鼾声。在马赛艾夫岛供应皇帝行幸而临时急造的屋子里,息宿着大群的从人。这一天,彼得把所有的人都支开了。

今天黎明的时候,到了亚尔亨格里斯。大多数都是第一次到北方的,站在船甲板上,遥望沉郁的层云之外,明丽耀目的晨光,一轮巨大的太阳从黑沉沉的森林里升起来,白色的光焰灼燃天空,射透河岸、岩石和松林。帆船使劲地摇着木橹,在多瑙河曲折点儿的外边,设有六个高塔和一长带掩墙,防栅的外国人的住宅,像堡垒一般峭然地矗立。四方形的院内,是坚实的仓库、头颅形屋顶的明净的屋宇。腰墙上装着独角炮、臼炮,中间突出木造的埠头,艍船迤逦河边,绵绵不绝,堆积着包袋和木桶,上面张着雨棚,大束的锚绳和大堆的角料。艍船边停靠十二只海船,抛在江心的船只还多至三倍。桅樯林立,缆索张得跟蜘蛛网一般,雕花的船头微仰摇晃。荷兰、英国、汉堡的国旗低低垂向水面。在涂漆柏油和画着粗条白线的船舷上,从舱口掀出大炮的炮口。

左边河岸(东方)开始鸣响接迎圣驾的钟声。岸上是古旧朽腐的俄罗斯——钟楼笼罩在忧郁和沉寂中的疏疏落落的破碎的屋舍、篱垣、粪肥堆。靠岸是几百只满载原料品的蔽着船篷的小船和木排,跟苍蝇一般聚在一起。彼得向莱福忒丢了一个眼色(他们两个并立在船艄上),服装华丽的莱福忒习惯地叩着芦杖,唇须底下和肿胖的眼皮上浮起甜蜜的微笑,脸腮上做着深深的酒窝,他是那么快乐幸福而得意。彼得不快地哼哼鼻子,好似忽然想打知友莱福式的耳光。连那厚脸皮的亚历克舍西加，坐在彼得脚边橹夫的座位上，也"哎，哎！"地低语着摇头。一边是富庶而骄傲的欧罗巴的河岸，以黄金和大炮耀扬着威武，在一世纪以前的时间中，带着怀疑的眼守望着东岸。

近边的船舷上冒出白烟，隆隆的炮声压倒了对岸的钟声。彼得踏过橹夫的脚背跑出船艄，走到三普特大炮边，从炮手手里夺过火药线，炮声鸣响了，可是比了外国船的海炮，便显得低弱了。外国船听到炮声，立刻冒出蒙蒙的白烟，发出齐声的排炮致礼。炮声震动河岸，彼得燃起目光，不住地大喊："好，好！"童年时代看过的图画，好似出现在目前了。炮烟消散，左岸的趸船上现出外国人的影子，挥着帽子，是房·列旦和倍廷堡。彼得抓起头上的覆耳帽使劲地摇着答礼，大声打着招呼。但是正当这个时候，一眼瞥见亚伯拉克辛、罗莫达诺夫斯基和精明的大秘书官维纽斯等人紧张的脸色，他便生气地背过了身子。

彼得坐在床上凝望着窗外深灰色的夜光，如果在谷古的外侨区，那些德国人当然不过自己豢养下的子民。但在这儿，就难以分辨到底谁是主人公了，尤其是经过洋船高峙的船舷，看那些本国木船可怜的样子。真倒霉，大家都这样地感觉。脸色阴沉的大贵族们、站在岸上的和善的洋人们、船长，和排队在后甲板上、饱经大海咸风的强壮的水手们，都有这样的感觉。多么可笑，自曝其丑。大贵族们(或许甚至是明白彼得心情的莱福式)都只是战战兢兢地恐怕丧失了尊严。他们装得很傲然的样子，故意在心里这样地想：我大、小白俄罗斯的皇帝陛下，对于你们外国商船之类蕞尔小物，决不会看得如何稀罕的。虽然为了要务，你们开到我们治下来，实在也算不得聪明，让那些商船冻结在白海里吧，这是我们的海啦！他们几乎想这样叫。

假使他坐了来的是大型的艇子，彼得大概还会更骄傲一些的，可是他深深记得以前也曾有过的事，而现在又重新感到，那些从西方来的朋友——下从短桩胡子缺牙齿的水手，上到穿西班牙天鹅绒的商人，都发出一种掩在笑脸中的傲岸的侮蔑。看那站立在灯火辉煌的高耸的船尾下，闪耀着衣上的金边，戴鸵鸟毛帽子，穿长筒丝袜，像曝在阳光中的秋霜一般严厉的、矮胖的汉子，握望远镜的左手托在腰边，右手竖着芦杖，那人正是横行七大海洋，和海盗船奋勇作战的船长。他静静地俯视着乘在丑陋的小船上、一个长身条的丑陋的青年——野蛮人的皇帝。他一定也曾那样地在麦达格斯加尔的什么地方，俯视菲律宾群岛命令水手在炮筒里装上榴霰弹。

彼得以亚洲人特有的狡猾，知道要对付他们，必须用出人意料的态度，让他们大惊失色，带回祖国去当话柄，做出他们出生以来从未见到过的样子，一个盖世无双的视皇冠如敝履的皇帝的样子，让大贵族们去板正经脸孔，这样对他反而有益。而我呢，沛莱雅斯拉芙里舰队的帆长彼得·亚历克舍艾夫这样说：我不过像一个贫穷然而并不傻气的苦力，谨向各位致敬，希望教导我们使用斧头的方法。

他发令立刻靠岸，首先跳进齐膝的河水中，爬上岸滩，抱紧房·列旦和倍廷堡，又和别的洋人们紧紧握手，拍拍背脊。混杂着德国话和荷兰话，告诉他们旅途上的情形，又指点大贵族们茫然站立着的木船，哈哈地自嘲。"你们恐怕做梦也不曾见过这么寒碜的船。"又夸大地称赞那些装有许多大炮的洋船，顿着脚，拍拍自己精瘦的大腿。"哎，那样的船，我们只要有这么两条！"他又说到打算在亚尔亨格里斯设立造船厂，"我自己要当造船匠，再叫那些大贵族们打钉子！"

这一番大大的恭维，诸位绅商果然完全受了煽动的样子，在紧张的脸上现出装作的笑容。他们确实没曾有过这样的经验。彼得自动提出要出席他们的晚餐会："请我大吃一顿，大家欢叙一番吧！"说着，丢了一个眼色，又跳落河滩，乘上木船，到马赛艾夫临时急造的行宫里去了。地方官马特威艾夫诚惶诚恐地接迎圣驾。彼得好似换了一个人相，接见马特威艾夫谈了半个钟头的话，结果是望他屁股上狠狠地踢了一脚，让他滚出门口（他在路上已经有人控诉马特威艾夫敲诈洋商的案子），以后带了莱福式和亚历克舍西加，坐帆船去参观洋船，晚上出席洋人商会的晚宴。彼得同英国妇人和汉诺威妇人猛烈地跳舞，几乎把靴跟都跳破了，洋人们骇然地望着他。

在这失眠的晚上，使人惊骇的计划总算是成功了。但使人惊骇便怎样呢？俄罗斯还不是依然继续昏昏沉睡、贫穷和苦闷地生活？唉，多么的耻辱呀！富人，你应该害羞；强者，你应该害羞……能够用一种力量，刺激他们，震醒他们的睡眠才好。俄罗斯的人民，你们在千年之久流洒泪血，绝望于真理和幸福，终于如朽腐的树木，倾倒于苔芩之上吗？

生而为这样国家的皇帝，是多么的不幸。彼得记起曾经在一个秋夜寒风之中，对亚历克舍西加这样大声地说过："在这种国家做皇帝，还是到荷兰去当一个学徒要好些。在这几年之间，我做了一些什么事情？还不是尽在胡闹吗？唉，我是一个多大的傻瓜！华西加·歌里纯还造了石头的房子，虽然一败涂地，究竟也举行远征，和波兰订立和约。"他感到胸口的骚动，淌下悔恨的苦泪。对于自己和对于俄罗斯人的憎恶感，对于骄傲的洋商的羡慕心，跟火焰一般烧遍他的全身。他们撑开顺风的饱帆，回到梦中的故乡去。但是，等待着自己的，却是贫寒的莫斯科。嘿，发下一个暴戾的命令吧，干脆绞刑处死，干脆鞭刑处罚。

但是，处罚谁呢？敌人是眼睛不能瞧见的，不能逮捕的。到处都是敌人，敌人也在自己的心中。

彼得推开通到隔壁小屋子的门。

"法兰茨！（莱福忒从椅子上跳起身来，瞪大了浮肿的眼睛）你睡了吗？来！"

莱福忒光穿着衬衫裤，坐在彼得的床沿上。

"怎样啦，赫尔彼得？要吐吗？"

"不……法兰茨，我想向荷兰买两条船……"

"这很好呀……"

"我还打算在这地方造船……以后我们自己运输商货……"

"好啦……"

"你想，以后再什么什么呢？"

莱福忒不解地注视彼得的脸，照例比寻觅自己的思路还快，他马上明白对方思想的连索，微微一笑：

"好，等一等，我去穿上裤子，拿烟斗来……"他一边在小屋子里穿衣服，一边发出跟平常完全不同的声音，说，"我已经等待了许久呢，赫尔彼得，你现在已到了轰轰烈烈干一番大事业的年纪了。"

"什么事业？"彼得嚷道。

"罗马的英雄——现在正是应该把他们做模范的时候。（他理着假发的卷毛，走了回来。彼得睁着眼睛瞪住他的身体。）罗马的英雄，在战争中找到自己的光荣。"

"跟谁？再打克里米亚去吗？"

"不得到黑海和亚索夫海,打不开俄罗斯的未来,赫尔彼得! 刚才倍廷堡还悄悄地问我:'俄罗斯还是向克里米亚的汗进贡吗?'(彼得的目光忽然一跃,像一枚针刺进知友的脸上。)以后是取得波罗的海。与其说这是我们的意志,其实还是荷兰人迫胁我们的,他们说:要是在波罗的海占有海港,商货的运输便可以比以前增加十倍。"

"跟瑞典打仗吗? 这简直是发疯啦! 你不会捉弄我吧? 全世界无论哪个国家,都不能屈服瑞典人,而你……"

"到了明天,情势就不同了……因为您问我,所以我回答您,有一句比方的话:不入虎穴焉得虎子?"

十六

"商民、商会,及一切市民、小商人、工匠,因地方官、衙吏及其他公务员办事延搁之故,在商事贸易及营业进行上蒙受莫大之损失及破产之危险。彼官吏如虎如狼,以其贪馋之爪牙,鱼肉吾人,伏维圣上垂怜民困。"

"又是控告官吏的吗?"彼得问。

他正在桌端吃饭,刚刚从造船厂回来,肘头上卷起着被柏油染污的粗布衬衫的袖子,还没有放下来。把面包片在盛烧肉的陶瓷盆里蘸着,一边咬嚼,一边望着多瑙河铅色的滚沸的小波浪,坐在桌子的对头,向亚麻胡子的脸色白胖的大秘书官安特莱·安特莱维支移过视线。

安特莱·安特莱维支大鼻子挂着圆眼镜,冷酷而明锐的眼睛远远地望着,口诵莫斯科寄来的邮件。他近来渐渐得到势力,特别自从彼得和莱福忒那次夜话之后,命令他把莫斯科的邮件直接面读以来,更加走了顺风。这些邮件以前照例只由托洛艾库洛夫过一过目,彼得也不另外过问,最近他要亲自听取了。每次吃午饭的时候便叫人读,因为此外的时间都没有工夫。他整天和停泊中洋船上雇来的外国木匠一起在造船厂做工。他做木匠,也做铁工,带着野蛮人的贪心,吸取一切紧要的知识,不管对谁,都大声地呵斥,有时还殴打,使那些外国人都看得瞪大了眼睛。造船厂做工的人已经超过了百名,这些人都是从各处村镇上寻找、卑躬盛礼地请了来的,要是遇到一定不肯点头的,便使用强硬手段用铁链吊来。

到吃午饭时候,彼得饿得跟一只野兽一样,乘帆船回到马赛艾夫岛来。那时候,维纽斯便重声朗诵需要皇帝署名的上谕、请求书、诉状、书信之类。这一类文绉绉的公文,发出古臭的气味,诉状中充满着奴隶的呻吟。古老的官僚俄罗斯,横施暴虐,巧妙地借着谜样的法网的口实,被虱子和油虫腐蚀得没有气力的广大的国王,正在痛楚地呻吟。

"是,又是控告史屈普加·苏霍金的。"安特莱·安特莱维支回答道。

他整一整眼镜的位置,又读出控诉孔古尔地方官暴行的号泣。史屈普加·苏霍金横征暴敛,使商业濒于破产,把商民、市人禁闭在自己的仓房里,用芦杖拷打,因此有一名无辜屈死。又从行商队侵吞税款藏在自己的腰包里,冬天每一架雪橇收税八哥贝,夏天每一条舢板收税三哥贝。他把一个富裕的实业家滋米埃夫锁闭在一只盖上开一小孔的长柜中。他又侵吞地方税和烧酒税,还大言恐吓,要是有人胆敢控诉,便把全个孔古尔烧成白地。

"把这狗东西在孔古尔市街上绞死!"彼得大叫道,"写一道上谕!"

维纽斯从眼睛后面投出锐利的视线:

"绞刑也不是永远有用的。这种处置,并不能叫别人打开茅塞。以我的见解,彼得·亚历克舍维支,地方官在同一地方,最好不要任职两年以上,习久玩忽,对地方情形便熟悉了。要是新任的地方官,当然不能做出怎样的坏事来。彼得·亚力克舍维支首先应该护商,解除他们额外的负担,那么,即令他们粉身碎骨,他们也会图报于陛下的。可是现在他们当中,有人甚至连两只草鞋也不敢拿到市上去卖,被捕、受打、敲诈金钱。除开商人阶级,还叫谁能够富国强兵呢?从贵族身上是什么也拿不出来的,他们所有的都已经自行卖光了。农人们早就是身无长物的了。好,这儿有一个例子请听……"

维纽斯从文件堆里找出一张诉状,读起来:

> ……天祸我民,连年凶歉,田地曝于寒威,现无一片之面包,无一捆之薪柴,亦无一匹之牲畜,小民皆处于饥寒交迫之状况。望圣上念疴众,救民水火,谕免民等岁纳年贡。民等水深火热,精疲力尽,实已不能以豚肉牛肉禽类等各种食料租税供应领主。民食野草度日,四体浮肿……伏祈鉴怜!

彼得侧着耳朵,生气地打着火石,把指头差不多打出血痕来。在烟斗上烧着了火,深深地吸了一口烟。多么贫乏的人生,阳光透过流云,闪烁在青苍的水面。河对岸一条正在打造的船舶,把硕大的体积横放在船架上面。斧锯声遥遥地传来,在那儿,大概正飘散烟草、柏油、刨花、锚索的气味吧?海风沁入胸心。那天晚上,莱福忒曾经这样说过:"俄罗斯是一个可怕的国家,赫尔彼得好比一件毛皮外套一样,必须彻底翻新呢!"

"听说外国没有强盗也没有贼。"彼得眯着眼望河面的波纹,"这是什么缘故,难道是人种不同吗?"

"同样的人呀,彼得·亚历克舍维支,所不同的只是当贼当强盗挣不了钱,诚实营生却能够发财罢了。外国商人是受保护的,他们又能够自卫,我们的先父在亚历克舍·米哈洛维支皇上的朝代到俄罗斯来,在杜拉办了工厂,原想诚实干一番的,可是你要正直,商行主不接受你的货物。官僚办事拖延,一切就归于泡影了。在俄罗斯,一个人不偷不盗,别人就把你当傻鬼。所谓诚实并不是真正的诚实,不过是对别人吹牛的时候,在嘴里说说罢了。但在俄罗斯也有聪明的人。(安特莱·安特莱维支白胖的指头向上像蜘蛛网似的动着,眼镜上玻片受着太阳映出闪烁的光,他用柔和的声音说出谜样的话。)把商人拉起来,把他们从泥沼里救出来,帮助他们。商人的诚实应该是真正的诚实,而且放胆依赖他们的拥护,彼得·亚历克舍维支……"

雪特尼、房·列旦以至莱福忒都是这样地说。彼得听了这些话,感到一种从来没有经验过的东西,好像脚底下踏着脊梁一般,有一种惊奇的感觉。这绝不是三个游戏队那样的东西,它是结实而有力的。他伏身窗口,望望浮着油腻、映着日光的波面和造船厂的一边。在那边,望见大铁锤无声地落在龙骨上,经过片刻才听到击打的声音。他兴奋地眨着眼睛,心头骄傲地跃动起来,一股喜悦的感情热烈地抑住了胸口。

"伏洛格达的商民伊凡·齐格林,要面呈请求书,请求谒见。"安特莱·安特莱维支声音特别清澈地说了,彼得轻轻点头。维纽斯微微晃着肥胖的身躯,往门口走去,叫唤了一声,又疾步回到自己的座位。一个肩膀宽阔、头发剪成诺伏格洛特式样的商人走了进来。他的头发披落额上,是一个脸上精神饱满、眼中昂然带着锐利神光的汉子。画一个十字,低下了头。彼得用烟斗向椅子一指:

"坐吧!"齐格林眉毛一动,战战兢兢,不则声地在椅上坐下。

"你请求什么事？（齐格林向维纽斯斜了一眼）说好啦，没有关系。"

齐格林好似立刻看出，恭恭敬敬反而不行，还是开门见山的好，他慢慢地抚着唇须，视线落到羊皮靴上，扫了一扫喉咙：

"陛下，有一件事情特来请求，听说陛下正在多瑙河建造船舶。小民听到这个消息，正是万分的欣喜，因此我们想以后不必再把商货托洋商转手。从来我们差不多用白送一般的价钱，把鱼油、海豹皮、腌撒门鱼、鱼骨、珍珠之类卖给洋商。我们请求陛下允许把新造的船舶归我们承用。英国人一向把我们欺侮得太凶了……请陛下垂怜，我们从来差不多只是替外国的国王在劳苦，以后我们要为俄罗斯尽一点儿力量。"

彼得兴奋着眼色注视着齐格林的脸，突然伸出手去拍着他的肩头，高兴地启口道：

"到秋天，可以造好两条船，另外打算向荷兰买一条。就照你的请求，归你承运商货，不过，你不能欺诈撞骗！"

"哪儿的话？像我这样的人，哪有……"

"你自己跟货一起出发吗？那便是俄罗斯第一个国外贸易商了。是不是往阿姆斯特丹去贩卖？"

"我虽然不懂外国话，要是陛下允许的话，就打算这样办去。就照陛下的话打算在阿姆斯特丹卖货，绝不会有丝毫欺诈的行为。"

"好家伙……安特莱·安特莱维支，写上谕……第一个国外贸易商人，什么名字？伊凡·齐格林吗？父称呢？"

齐格林张大嘴站起来，瞪出了眼珠，颤着下颏说：

"还要添上父称吗？哎，我一定要奋身报答。"

他好似见到了祝祷商业成功的救主，伏倒在彼得的脚边。

齐格林走出去了。维纽斯急动着笔尖。彼得喜滋滋地在室内来回疾走，他站下来：

"嗯，还有吗？快点儿读吧！"

"还有一件盗案，托洛伊察大道上解送公帑的马车被劫，两名公役遇害。侦查的结果，把赛门·奥特艾夫斯基公爵的幼子史屈普加·奥特艾夫斯基从公馆里用大车押解到侦缉队里，供认属实。在侦查地室处罚鞭刑，将其莫斯科公馆和四百户农奴没收归公，本人交赛门公爵严加管束。还有史屈普加手下的仆人，有十五名判处绞刑。"

"安特莱·安特莱维支,这便是公爵,便是大贵族呀,携带武器,施行盗劫。"

"正是,彼得·亚历克舍维支。"

"混账东西,毛胡子! 我很明白,他们个个都背后带刀想转我的念头。(把脖子一弯)哼哼,可是我带的却是斧头呢!(吐一口口水,抖着两腿,张开手指一把抓住台毯,拉过身来。维纽斯慌忙按住墨水壶和纸张。)现在我可有力量啦,谁敢碰我一碰,包你打个稀烂。(他向门口走去。)"

"请稍待一会儿,还有两封信,是太后陛下来的。"

"没有法子,念吧!"

彼得回到窗边,挖着烟斗。维纽斯微微俯倒脑袋读起来:

> 您好,亲爱的父亲,彼得·亚历克舍维支皇上陛下!(彼得吃惊地轩起眉毛,回过身。)您的幼儿亚留西加,敬求您的祝福。请您立刻回来吧,回到我们这儿来。儿实在不忍看妈妈终日地悲愁,所以这样请求,请您容恕这封信写得太潦草,因为我还没有惯,不能好好地写。

"是谁的笔迹?"

"娜泰丽亚·基丽洛芙娜陛下写的,好像写的时候手在发颤,笔迹很草率。"

"嗯,爸爸婉言写一封回书吧,只说正在等汉堡来船到埠,请别挂念,身体很好,海里不会去的。所以,暂时还不能回来。听见吗?"

维纽斯轻轻感叹道:

"皇子亚历克舍·彼得洛维支在这儿用墨水打着一个小小的指头印呢!"

"嗯,真的,真的? 小指头!(他喘着鼻息从维纽斯手上取过信笺)小指头!"

彼得坐上小船以后,打开皇后的来信。海上吹起快适的凉风,涨满了风帆,一个古旧的小船腾跃在波涛之间,波涛泛着泡沫,殴打船舷,船头排开泡沫,分水前进。彼得两手把住舵柄,被泡沫泼湿的信抑住膝上,一目十行地看下去:

我的夫君,您好吧,祝您永远健康……您写一封信告诉我,
您的平安,安慰您悲愁欲狂的可怜的妻子吧……自您离我而去,
至今未获片字……我既不在您的心中,连一纸平安的家报也不
蒙寄赐,世上不幸可怜的人,岂尚有更甚于我者吗……请把您的
归期告诉我吧……我和亚留西加在一起……

小船忽然打了一个侧,彼得慌忙把舵扳到左边。一个巨浪溅起了飞
沫,使他全身泼湿得跟一只落汤鸡一般。彼得大笑。本来可有可无的也
芙特基亚的信,随风飘去,卷进远远的波浪中,不见了。

十七

娜泰丽亚·基丽洛芙娜望眼欲穿地等待儿子的归来,正在这一天,心
里好似钉上一枚钉子一般。躺身在白天鹅绒的被堆中,瞪着眼茫然地望
着墙壁和墙帷上的金色涡纹图案,她不敢移开视线,也不敢动弹一下身
子。心头的可怕的空虚,比焦灼的盼望更使她胸头隐隐疼痛,呼吸感到异
常的困难。好容易她想开口叹一声气,却已恐怖得把眼珠都弹出来了。

莱夫·基丽洛维支一有暇便蹑着脚尖到寝殿来,向老妇们问:

"嗯,怎么样? 我的天,好些吗?"

他屏息坐在床边,给她讲话,妹妹不回答他。她的眼前一切东西都罩
上一阵朦胧的云雾,她只是明锐地感觉,心头钉进了钉子。

一会儿,传令使高喊着:"驾到,驾到!"急匆匆地拍着悍马疾驰而来。
堂役画着十字,爬上钟楼,亚亨格里斯教堂、乌思潘斯基教堂的大门左右
打开,主教和助祭慌慌张张从法袍下拉出头发。朝臣们排班外廊下,急使
们赤着脚像小蜘蛛似的发散全莫斯科,报告皇帝回銮。莱夫·基丽洛维
支透了一口闷气,俯身床上:

"旭日升起来了!"

娜泰丽亚·基丽洛芙娜吸进了一口空气,肥胖的手拉住衬衫,嘴唇突
然失色,抽搐着歪过去。连莱夫·基丽洛维支都骇得目瞪口呆。老妇们
慌忙跑出去请忏悔的教士。留在屋子角落上和小屋子里的乞食们开始哀

吟,全个宫殿都慌乱起来了。

同在这个时候,伊凡大帝的钟楼上洪钟嗡鸣,教堂和修道院撞起警钟,宫役陡然骚动,一片喧声中,德国军官威风凛凛的嗓音劈裂空气:"Ah-tung(注意)!下枪!Halt(立停)!稍息。"厢军和大马车的行列,在军队和老百姓的先头,向红外廊疾驰而进。大家举目探望,在绮罗绫缎的长袖袍和将军们的大氅间,都望不见皇帝的影子。

彼得推开往来廊下的人,立刻跑到母亲的地方去。他被太阳晒得发黑,瘦了许多,头发剪得很短,穿着黑天鹅绒紧身的短裤子,一条长裤皱得不成样子。跑上楼梯,甚至有人还当他是谷古来的医生(后来知道是彼得,立刻变色画十字)。他猛然推开房门,跳进围着可多华皮的、穿窿低垂的闷气沉沉的寝殿。娜泰丽亚·基丽洛芙娜坐起半身,张开发光的眼,紧盯着荷兰水兵装的儿子,恨不得一口吞进肚里。

"妈妈!"他跟孩子时一样叫唤,"好妈妈!"

娜泰丽亚·基丽洛芙娜伸出手去:

"彼乞尼加,好宝贝,我的孩子……"

刺在心头的尖针被母亲的爱压倒,她喘不过气来。彼得跪在枕边,跟雨点一般地吻着母亲的肩头和脸孔,直到母亲的胸头死命地疼痛起来,才放开了抱住颈子的双手。

彼得急忙站起身来,出奇地凝视着母亲突出的双眼。老妇们害怕泄出呜咽的声音,用手帕掩着口。莱夫·基丽洛维支索索地发抖。这时候,娜泰丽亚·基丽洛芙娜的睫毛微微动弹了。彼得暗哑着嗓子吩咐了什么,谁都对他发愣,他便跑到窗边,使劲地摇撼着铅的窗档,圆玻璃像树叶子一般碎落下来。

"到侨民区叫勃留曼托洛斯特来!"

他见别人还不懂他说什么,便一手拉住老妇的肩头,嚷着说:"傻瓜,去叫医生来。"说着,便一把推开门外去。

老妇骇得半死,慌慌地走下梯去,嘴里还叫着道:

"陛下有命令!陛下有命令!"可是,究竟什么命令呢?

娜泰丽亚·基丽洛芙娜病体渐渐好起来了。气喘回复平静,到第三天,她已经会出席祈祷,胃口也开了。彼得出发到也芙特基亚和皇子亚历克舍居住的普劳勃拉潜斯克宫去(她和太后不睦,从春天以来就移居了)。在

217

这两三天前,她正天天伸长颈子盼待彼得的到来,终于是绝了念头,也不再打扮装束。不料彼得忽然在后宫的沙径上出现。她正在宫后的菩提树下煮安多诺夫加苹果①做果酱。拖着长辫子,戴着帽子,穿着玫瑰红绸衫的那些特选的眉目秀丽的宫女们,正在伏洛皮哈的监督下洗苹果。另外几个把木柴运进灶口,灶上的铜锅中沸沸地滚着。也有的在毛毯上哄着皇子。皇子亚留西加是一个大脑袋的瘦孩子,黑晶晶的眼睛没有一点儿笑意,扯着嘴要哭的样子。

他不知道正要着什么,小聪明的宫女们手臂上挂着绳子,装着呜呜地叫,汪汪地啼,四脚四手爬在地面上,自己也觉得好笑,笑得在地上打滚,孩子却做着要哭出来的脸,气生生地望着。也芙特基亚在旁喝骂:

"傻瓜,不会想点儿新花样吗?史吉西加,你看你成什么样子,叫人恨不得拿木柴揍你!华先加,做个风轮给他玩玩吧!找一个小甲虫来,用麦秆缚起来,拿给他,问他是什么……养了你们就叫你们逗逗欢喜,讲讲笑话的呀!连骗骗小孩子也骗不好……"

闷热得很,秋蝇嗡嗡缠扰不休。也芙特基亚脱去头巾,叫人给她梳理头发。从菩提树的梢头,望见明彻的阳光、没风的苍空。没听到八月的风声,有机会还是想跳进河里洗澡。可是牡鹿的角已在水里浸过,不能再洗澡,那是罪过的。

忽然,在小径上现出一个黑服浅黑脸的高身汉子。也芙特基亚两手掩住脸,心头剧烈地跳跃,头脑一阵昏眩。宫女们大叫一声,飞起发辫,逃进紫丁香和野蔷薇的茂丛中。彼得大步走过来,抱住也芙特基亚的腋下,在嘴下猛烈地接吻。也芙特基亚半闭着眼挺起身来,他的脸移到她露胸的薄衫上,接吻像雨点一般落在她汗涔涔的胸口。也芙特基亚突然一声惊叫,骇得变了脸色,浑身抖索……独自坐在毛毯上的亚留西加跟小兔儿似的呜呜哭起来。彼得把他抱起,高举空中,孩子放声大哭了。

这是很粗野的会见,彼得问了什么,也芙特基亚支吾地回答。再加秃着头,服装也不整齐,孩子脸上沾着果酱。当然,他不过来会一会面,立刻又走掉了。院子里,许多工匠头目、商人、将军们、酒友们包围了彼得。远远地听见他的疏落的笑声,一会儿又上河边去看耶柴舰队去了。以后便

---

① 一种皮色绿中带黄,宜于久藏的苹果。

到谷古去。唉,特涅,特涅!你的幸福又逃开了。

伏洛皮哈说,不要紧的,她有本领挽回彼得的爱情,立刻着手布置起来。吩咐宫女来烧浴汤,叫乳母给亚留西加洗面换衣服,然后,偷偷对也芙特基亚说:

"到晚上的时候,您不可以糊涂。您要跟我们老百姓的做法一般,浴汤里放上一些克华水,以后用树脂油①把身子擦一擦,那便发出一股奇怪的香味。男子汉们最要紧的是香味,以后,要是彼得皇上问您,您别忘了,您要笑,把整个身体扭动起来,轻轻地,用胸头笑,那么一来,便是死人也受不了,会自动地请求了。"

"可是,伏洛皮哈,他又到那德国女子的地方去了……"

"还有,对于那个德国女子,您千万别提起她。她是一个妖精,那个德国女子,她是小心眼儿的,欲念一烧起来,准没有错儿,良心黑黑,皮肤还发黏呢。所以您得像一只美丽的天鹅,和蔼、快乐地把彼得皇上接进床里。那么,什么屁的德国女子,就一点儿也不用担心了。"

也芙特基亚觉得她的话很对,马上兴奋起来。浴汤沸沸地烧着了,宫女们和伏洛皮哈一起把也芙特基亚躺在蒸汽浴缸的阶梯形凳子上,浴帚上蘸着薄荷和树脂油,望她的身上拭拂了。再把她那疲乏的身体扛进寝殿中,梳好头发,脸上抹了胭脂,画了眉毛,躺进床上,放下帷帐。这样地,也芙特基亚等待着彼得的回来。

鼠儿窸窣地响,夜幕完全挂下。宫中静得悄然无声,守夜的打着更木在院子里巡逻。埋在被里的胸口剧烈地鸣跳……彼乞尼加还是没有回来……心里想着伏洛皮哈的话,身子横躺在黑暗之中,对于安娜的仇恨使她肚子颤动、双足发冷,终于还勉强地在嘴上装出笑脸来。

更木的声音已经停止了,鼠儿也不再吵闹。要是这样天就亮起来,还有什么脸见到宫女们呢?这么想着,也芙特基亚又鼓起勇气,回忆新婚初夜和彼得一起吃鸡的情形。于是心里忽然悲伤起来,拿睡衣掩着脸,泄出了鸣咽的声音,眼泪沾湿了枕头。

脸上忽然感到一股热煦煦的呼吸,张开眼来,跳起身子:"谁,谁?"叫了……蒙眬中觉得身边有人过来。原来彼得已经烂醉如泥,满身发出烟

---

① Rosnui ladan,一种产于南亚的从树皮中采取的树脂,有奇香。

219

气……树脂油擦身毕竟也有了用处。

也芙特基亚把身子让到床边。彼得嘴里呜呜地说了什么，跟跌进泥沟里的乡下人一般，深深地睡着了。帐缝里已透进苍白的光，也芙特基亚看彼得露出大腿太不雅相，给他扯下了睡衣，不觉低低地呜咽起来。伏洛皮哈的嘱咐已经随风消散了。

从莫斯科来了告急的专差，娜泰丽亚·基丽洛芙娜的病体又转剧了。喘一口气的时间也没有，连忙寻找彼得的下落。这时候，彼得正在新造的普劳勃拉潜斯克村出席一个兵士蒲伏司妥夫家的洗礼宴，在那儿吃油煎饼。跟他在一起的，只有亚历克舍西加·门西可夫中尉，和最近擢升侍卫的亚留西加·勃洛夫庚，以及至醉法皇尼基泰·曹多夫这一班最近身的人物。大家闹着，玩耍着。门西可夫正讲起十二年前和亚留西加一同逃亡，在柴雅兹家里当食客，后来没处可去，靠掏摸过日子，不料有一天在柴耶河河边遇到孩子时代的彼得，教他脸上刺针的魔术。

"那么，这就是你吗？啊，是你吗？"彼得瞪圆眼睛大嚷，"从那次以后，差不多在半年之中，我还到处找你呢！仅仅那刺针的事情，我就喜欢你了。"于是，他在亚历克舍西加的唇上和齿龈上接吻。

"那么，你还记得吗？彼得·亚历克舍维支！"法皇拿指头点着他问，"你还记得因为你太会吵，我便打你的鞭子的味儿吗？你真是一个最坏的顽皮孩子。是了，有过这样的一回事。"

尼基泰·曹多夫便讲彼得还很小没有离乳的时候，已经具备做一个元首的才智。那时候，大贵族们叫他猜谜，猜这猜那，只是缠着颈子说不出来，忽然把小小的手儿一挥，答出来了：是了，是这个啰！啊哟，那情形真有趣。

合座的人都听得目瞪口呆。彼得自己已经一点儿都不记得了，等大家都认为不错，他也就点点头。

蒲伏司妥夫给大家斟了酒。他是一个很聪明的人，样子很朴实，做着安分的脸色。他能够准没错儿地看出彼得醉了没有，也决不模仿亚历克舍西加的样子，他的年纪已经不轻，他永是对人微微地笑着，不在别人谈话中插嘴。

"不过，话又得说回来了。"门西可夫绣金袖子的红翻口在桌毯上摩擦作声，说，"陛下的侍从亚历克舍·勃洛夫庚家里，有一个很漂亮的妹子,正在待字。怎么样？咱们来替她做个媒人。"

老实的亚留西加乱眨着眼睛,脸孔变色了。座上的人要他说得更详细些,其中彼得又特别热心。亚留西加终究点点头说："是的,我的妹妹亚历克舍特拉正在待字,还没有找到合适的新郎。老子伊凡·亚乞米契的口气大得很,二等的买卖人家他瞧不上眼。屋里又养了几只恶狗,村人怕狗,只好远远地走过门前。媒婆走进来,都被狗赶出去。所以沙尼加虽在待字,却因老子的顽固,害怕戴不到新娘的花冠,却去戴修道院的头巾,正在担心得要命,日日夜夜暗自流泪。"

"岂有此理！"彼得热烈地愤慨起来,"怎么样？门西可夫中尉,你去娶了吧！"

"对不起得很,我还只是一个毛头小伙子,对付不了女人,敏·海尔茨！"

"那么你呢？野尼基泰法皇？要不要娶太太？"

"像我这样的新郎,您说对青年姑娘不大相称吗？我会好好爱她的呢！"

"好,明白了,这酒鬼！亚留西加,你给老子写封信,我来做媒人。"

亚留西加脱去黑色大假发,恭敬地低头。彼得正打算马上出发到勃洛夫庚家去,这时候,莫斯科的专使走进来,呈上莱夫·基丽洛维支的书信。太后逝世了。当彼得还在看信的时候,座中人都肃然起立,脱掉了假发。彼得紧张的神经突然松弛下来,嘴唇索索地颤抖……从窗龛上取了帽子,深深地戴上,两条眼泪流落脸腮。默默地走出屋子,提起腿子向村道上走去。路中,一辆马车迎接过来,他跳身上车。车子以最高的速度向莫斯科疾驰而去。

别的人都纷纷议论以后的事情,这期间,亚历克山大·门西可夫带了彼得将成独裁皇帝的秘密消息,跑到莱福忒家去,莱福忒乐得跳起身来,拥抱了亚历克舍西加,两个人低低地计议起来。从此以后,必须使彼得改变回避国事的态度,他必须把国库和兵权完全掌握在自己的手里,除了我们这般左右以外,谁也不能违反他的意见。宫廷应该移到普劳勃拉潜斯克去。叫安娜·蒙思也别再那么半推半就的,应该把整个身子交给彼得,一定得这样办。

娜泰丽亚·基丽洛芙娜的尸身放着没动,直等彼得到来。她脸上的样子苍白而惊慌,眼睛紧紧闭着,两只浮肿的手抱着一面小小的圣像,笔直地在那儿躺着。

彼得凝注着母亲的脸,是一张遥遥离去的、忘掉了一切的冷冥的脸。连嘴角上也没留下一丝爱的影子吗? 不,他深深地找觅,还是一丝都没有。一向她的嘴是这样冷冥地紧闭过的吗? 可是在今天早晨,在她痛苦的喘息之间,她不是还曾低低地呻吟:"叫彼得鲁霞来吧,我要给他祝福呢!"唉,我变成一个孤儿了,四边都是一群身外的陌路人。可怜……可怜的被抛弃了的彼得。

他耸着肩,苦着脸……寝殿之中,除了闷声哭泣的老妇,便是好奇地呆望彼得的新任总主教亚特良(亚麻色头发的矮小汉子)和比彼得大三岁的公主娜泰丽亚·亚历克舍芙娜,她是和蔼可亲的、生性快乐的姑娘,两手掩着泪湿的脸,站在一边,灰色的眼中怜悯地战栗着,燃着母性的爱。

彼得走过去:

"娜泰霞,妈妈真太可怜了……"

娜泰丽亚·亚历克舍芙娜抱住彼得的头,按在自己的胸口。老妇低低地哭出声来。亚特良总主教轻轻张开了嘴,背向着遗体注望呜咽的彼得。莱夫·基丽洛维支胡子都润湿了,面孔红得跟生牛肉一般,跌跌跄跄地走进来,跪倒在遗体前,就像冻住似的一动不动,只有屁股微微地摇动。

当洗净遗体,更换衣服的时候,娜泰丽亚·亚历克舍芙娜带彼得到楼上自己的屋子里。彼得在花玻璃窗边坐下。这屋子跟他小孩时代完全没有变动,柜子、绒毯还是原来的样子,小小的橱架上,依然放着银的、玻璃的和石的野兽像,几页夹在《圣经》里的彩色叶子,外国贝壳……

"娜泰霞!"他低声地问,"你那个眼睛很怕的土耳其人在哪儿? 头还会转吗?"

娜泰丽亚·亚历克舍芙娜想了一想,打开柜子,从柜底里拿出一个土耳其玩偶的身体和头,给彼得看。眉毛挺然一竖,彼得蹲下身体,紧紧抱住娜泰丽亚的双腿,他们的眼中又淌下了眼泪。

将近黄昏时分,娜泰丽亚·基丽洛芙娜的尸身包裹了金色的法衣,躺在格拉诺维泰宫里。彼得坐在灵柩边,躬身在经案的烛台中用空疏的低音念着经文。肩负小斧的白衣亲随兵站在左右门边,每边两名,无声地踱着步子。灵柩脚架边跪着莱夫·基丽洛维支……宫中全像精疲力尽的,

222

一切都沉睡了。

半夜中,门声剥落,走进苏菲亚来。她披着黑大氅,黑的圆顶帽,也不向彼得瞥一眼,在娜泰丽亚·基丽洛芙娜苍白的额上轻轻接吻,也跪下了身子。彼得翻着白蜡黏合的书页,低低地继续读着。又经过了好一会儿,听到钟声静静地响。苏菲亚向兄弟瞥了一眼,当窗上透进白光的时候,苏菲亚默默地站起身来,走到经案边,小声地说:

"我代替你,你休息吧!"

他茫然地听着,没有作声,立刻耸一耸肩头,离开经案。苏菲亚接着读下去,一边读,一边用手指摘去烛上的残芯。彼得靠身墙边,头碰在托梁上不大方便,在长柜上坐下,肘头靠在膝上,两手掩着脸腮:"不,决不能宽恕她!"这样地,克里姆林宫最后的古老而神圣的夜,便静静地过去了。

三天以后,彼得完毕了葬礼,立刻回到普劳勃拉潜斯克宫,躺到床上。过了一会儿,也芙特基亚也回来了。女官(大抵是大贵族的夫人们)排队恭送。她不大熟悉这些女官们的名字,女官们都称她皇后陛下,满口恭维、奉承,请求她的爱顾,在她手上接吻。正被她们恼得头昏,好容易才脱出了,看了看亚留西加的样子,便向寝殿走去。彼得照例只脱去一只泥污的靴子,就和衣躺身在白缎子的床铺上。也芙特基亚皱皱眉头:"啊哟哟,喝醉了睡倒。谷古的老脾气还是没有脱掉!"……蹲在镜前脱起衣服来。

午餐前的休息,脑子里还想着克里姆林的女官们,她们那些满口的恭维。忽然想道:我是权威无上的皇后呀……半闭着眼,做出皇后的样子,把嘴唇紧紧地闭住。"把安娜·蒙思终身发配到西伯利亚去,这是第一件……把丈夫软禁起来……固然这好像欺骗了刚过世的恶姑……从此情形便完全不同吧。昨天还不过是一个也芙特基亚,今天便是大俄罗斯国的女皇了。(她想象自己在钟声鸣响之中,率领着众大贵族从乌思潘斯基教堂徐步向民众走去的情形,呼吸便迫促起来。)我要缝制绫罗的新帝服,不要那娜泰丽亚·基丽洛芙娜着旧了的。彼得鲁霞常常出门,我必须亲身治理国事。对啦,苏菲亚也当过国的,不过,此外的先例就不多了。大贵族们一言一动都得听我的吩咐。(她忽然笑开了脸,想起莱夫·基丽洛维支来。)从来走过身边也不理人,可是今天葬礼的时候,却老是携着我的手,眼睛灼灼地望住我,巴望我能够瞧得起他。好讨厌,这大块头!"

"特涅……"(她惊了一跳,回过身去。)彼得肘头靠在枕上,伏着身子,

"特涅,妈死了!（也芙特基亚眨眨睫毛）我的胸头好似万念皆空,我刚才好似睡着了一下。哎,特内契加!"

他很想也芙特基亚对他说几句安慰的话。他的眼色非常悲凉,可是她正打开了幻想的门,满心的骄气:

"一切都是上天的意旨,没有法子的……老是有什么多说的呢……要哭就哭个畅快,往后便别再去想她。您是一国之君,您还有许多大事要操心。（他慢慢地伸起肘头坐起来,挂落两条腿,袜子的大拇指上破了一个洞。）您看,缎子被头上,这么和衣躺着,成什么体统呢? 往后您也别再同那些兵士老百姓去打交道。"

"怎么,怎么?"他拦住了她的话,瞪大了眼睛,"你连心肺都受了邪教毒吗? 特涅!"

也芙特基亚被彼得猛烈的目光一射,不免有点儿胆怯,但看他那眼色,好似受了不意的打击,便发出跟平常完全不同的叹音,继续说了下去。当她不小心说溜了嘴,说出"妈活着时候总是跟我作对的,从我进门她就是这样,我不知道为此哭过多少次"的时候,彼得突然露出牙齿,穿起靴子来。

"彼得鲁霞,啊哟,你的袜子尽是破洞了,换一双吧!"

"我也见到过不少的傻瓜,像你这样的傻瓜倒还没有见过! 你这是算什么的? 特涅,你不知道妈已经死了吗? 我还是第一次跟你谈谈心,我不会忘记你的!"

砰的一声,他关上门走出去了。也芙特基亚骇住了,站在镜子面前,好久好久地直发愣。啊,为什么说了这样的话? 我疯了,唉,我真疯了!

莱福武早就在寝殿的门间里等待彼得……（葬礼的时候只远远地照了面）他立刻抓住彼得的手:

"啊,赫尔彼得,赫尔彼得,真是巨大的损失呀!（彼得还在那儿生气）请您允许,我是完全明白您心里的悲痛……Ich kondolire, ich kondolire... Main Hertzist foll schmertzen① 啊! 我的心充满了Schmertz……（当他精神兴奋的时候,便一定混用德国话和俄国话,这又特别使彼得感动。）我知道安慰对您也是空的,不过你夺取……夺取我的生命吧,只要您心里不痛苦,彼得……"

---

① 我同情你,我同情你……我的心中充满了痛苦。

彼得紧紧地抱住莱福忒,差不多把胸口都抑碎了,他把脸熨帖在莱福忒喷着香水的假发上。这个才是真诚的朋友呀! 莱福忒低声说:

"请到我家里去,排遣您心中的痛苦吧,您要是希望。我们大家便笑一笑,要不然 zusamen weinen①,一块儿哭!"

"好,好。到你那边去,法兰茨!"

莱福忒的家里,一切都已准备。通园庭的精雅小间中,食桌上放着五个人用的食具,乐师们藏身在树荫里。两个穿罗马式上褂、戴枫叶冠的侏儒,托马斯和塞加担任侍奉。屋子里插满了玫瑰花束。彼得、莱福忒、门西可夫、法皇尼基泰·曹多夫围住食桌坐下。没有烧酒瓶,也没有平常的头菜。侏儒们头上顶着装雀肉包子和烧鹌鹑的金漆盘子送上来。

"那一份盘子给谁的?"彼得问。

莱福忒歪着嘴笑了一脸:

"今天是罗马式的赞颂女神蔡莱拉的夜宴,她以和女儿普洛采尔庇娜谈安慰的故事,非常有名②。"

"是什么样的故事呢?"亚历克舍西加问。他穿一件绸的长袍,披一头长及腰际的涂黑的波纹的假发。至醉法皇也做同样的装束。

"普洛采尔庇娜被冥府的普尔东神劫去了。"莱福忒讲起来,"母亲一天到晚哭泣着过日子……故事在这儿本来可以完结了,可是不然,她并非死去,她是永生了。薄幸的普洛采尔庇娜,贯穿了大地,结了世上稀有的石榴果。而这对于母亲,便成为最大的安慰。"

彼得阴沉着脸,保守沉默。阴暗的园庭一片的潮湿。从开着的角门口,望见天上的星光,有时,在室内透出的光线中,一片枯叶飘然落地。

"这食具给谁用的?"彼得又问。

莱福忒把指头一举,园中的沙径上有脚声鸣响,安亨满身华装,左手握着麦穗,右手抱着一只装有胡萝卜、莴苣菜、萝卜、苹果的盘子,走了进来。她的头上结着高高的发髻,插着玫瑰花。烛火的光映到她的脸上,显得分外的焕发。

---

① 一块儿哭。
② 蔡莱拉与普洛采尔庇娜均为罗马神话中的女神,前者为五谷之神,后者为黄泉之神。

彼得依然坐着，两手抓住椅子的靠身，挺过身去。安娜把盘子放在他的面前，跪下低头，好像预先教好了应说的话，但她什么也没有说，微微地笑着。而这更引起了彼得的爱怜。

"蔡莱拉给您送果子来了，这是永生的记号。享受吧，活下去吧!"莱福忒叫着，把椅子推给安娜。她和彼得并肩坐下，斟了泛沫的法国酒。彼得的眼盯住安娜片刻不离，但不知什么缘故，觉得非常的局促。安娜把洁白的指头放在他的手上：

"Ich kondolire，赫尔彼得，(她的大眼中含着潮润)要是能够安慰您，我将竭尽所有的一切!"

不知因为喝了酒，还是身边坐了安娜，周身忽然发出一股热情。法皇做了一个眉眼，将亚历克舍西加推了一把，大家便叫闹起来。莱福忒支使侏儒到园子里去，立刻传来一派弦乐和鼓管的声音。安娜的衣裳窸窣作响，像雨霁的天空一般，她的眼睛干了。彼得好似要排去满身的悲哀，大声嚷道：

"酒，酒，法兰茨!"

"对，对，好孩子!"至醉法皇解开了皱脸，说道，"和希腊罗马的诸神一起真是快活啦!"

十八

在瓦窝河对岸茂郁的森林中(他们在那儿过了夏天)，乞丐奥杜根如鱼得水，过着幸福而放恣的生活。他挑选几个经验丰富的受迫害的农夫，结成了小小的一伙，他们都是不怕死、不怕流血，出门打劫绝不空手回来的家伙。在沼泽的泥洲上安置了巢穴。只通着一条崎岖的小径，人和野兽都没法儿打来。他们把粮食、牲口、酒、衣服、从教堂打劫来的银器之类，所有的赃物，一股脑儿搬到这巢穴里来。住在巢穴边，穴口堆塞了树枝，在千年老松树上设一个守望哨，犹大趴在树上向附近瞭望。

泥洲上一共有九个强盗。另外派两名最大胆的当探子，在酒店和大道上溜达，听到有行商队从莫斯科到杜拉去，大贵族出发往乡下的领地，或是财务吏喝醉了酒，泄露出埋藏的钱柜，他立刻派村上的孩子手拿着鞭子和竹篮，跑进阴暗的森林。胆子大的就一直跑到泥洲上，吹一声呼哨，打一个暗号,犹大在守望哨上回过一声呼哨去。驼背的奥杜根便从泥屋里爬出来,越过沼泽,把孩子带进泥洲上,然后详细地讯问。这类奥杜根的传信人,在大道两旁的移民村里,到处都有,他们便是斩成肉酱,也绝不肯透露半点儿口风。奥杜根对他们很好,给他们吃东西,给他们小钱,问他们父母的安好,可是不管孩子或大人,都害怕他。他是那么和蔼而快活,却因为他太和气了,反而含蓄着一种叫人害怕的阴影。

沼泽中的生活是多么的阴森。傍晚时候,罩起牛奶一般的浓雾,骨节发湿气,旧创隐隐作痛。奥杜根晚上绝对不许点火。有一次,有一个强盗大发牢骚(那是在一个坟墓一般的黑夜):"狗官领主骑在咱们颈子上,咱们受不住那痛苦。妈的,现在又是一匹恶鬼骑上咱们了!"嚷着,就点起了火。奥杜根笑嘻嘻地走过去,立刻把木杖放在左手里,伸出右手捏住他的咽喉。他吐出舌头,弹出眼珠死了,尸体被沉在泥沼里。

太阳黄沉沉地升起寒空,朝雾带子似的挂上梢头。强盗们咳嗽着,搔着破屁股,换上鞋子,在炉子里生火。

这会儿完全没有一点儿事做。传信人快吹呼哨打个暗号来才好。要不然,整天就得睡觉发愣。太闷了,便开始谈谈无聊的故事,唱着痛裂心胸的苦役的歌。他们很少回想自己的过去,同时也不愿回想它。除了犹大和齐莫夫,所有的人都是逃亡的农奴,叫人逮住了,便得挂上链子,和这片泥洲告别。

奥杜根常常坐在苔芩的石上,给他们闲谈。在森林的微睡的静寂中,强盗们阴着脸听他谈讲。奥杜根有一种奇怪的口才,谁也不知道他的真意在哪里。如果像别人那样老实吹牛,倒好得多了。嗯,弟兄们,黄金的宪章马上要颁下来了,从此大家可以变成自由身,过安静和平的舒服日子了。当然这不过是一些梦话,不过在潮湿的松涛声中引起这类的幻想也不是坏事。不,奥杜根可绝不是空口讲好听话的人:

"是好久好久以前了,弟兄们,我已想不起是哪一年。那时候,我穿着呢绒的长袍,腰间佩着锋利的宝剑,帽子里藏着出色的书件,真是神气啦!那样的时候,还是要到来的。兄弟们,我把你们留在绿林里,就是为了这个。那时候,破落户、穷光蛋简直跟乌鸦一样,嗯,跟云头一样聚拢来。黄

227

金宪章是哥萨克史吉邦·乞莫弗维支①自己纵在长袍里的。那宪章是用血写的,他从我们的伤口上采了血,蘸在小刀尖上写的。里边这样写着:一切富翁名流,着即自其领地、城市、城市工商区、飨宴城莫斯科逐出,不得宽赦并在此等区域,设立哥萨克自由团体。可惜,那张支票没有兑现。不过,弟兄们,这一回咱们一定要兑现的了。鸽书②就明明写着的呀!

"咱们在这儿待到圣母节为止,到那时候,食粮是不会缺少了。等到落第一次雪,便带你们出去。去路预先说明,我们不上莫斯科去,那边现在不容易过活了,罗莫达诺夫斯基公爵霸占在侦缉队里呀。有人那么说,他要喝一天血才有一天精神,要是一天不喝血,就一天没有精神,连饭也咽不下。所以,我想带你们到维迦河边森林中分离派教徒的隐居处去。那儿有带着唱歌台的出色的教堂,还造着瞭望的窗子,防备皇帝派来的搜索队,有许多火枪和火药。教堂里住着一个身材矮小、白须白发的老教士,散在维迦河的两百多分离派教徒,都聚集在这教士的身边。那些人都住着有柱子的屋子,耕田不用马,万事只消教士一句话,大家就去干。他们的人数一天天多起来,谁也不能有一点儿私心。每礼拜上教士跟前去做忏悔。教士把人家送来的莓子、越橘、裸麦粉、大麦粉搅拌在一起,给他们吃圣餐。我要带你们一道投奔这阴暗的果园去,在那儿,咱们可以逃开世间的残暴和罪恶,安安静静过日子。"

强盗们听了这维迦河的故事,舒发了胸头的闷气,可是没有一个人相信能活着赶到那儿。这到底不过是神话罢了。

奥杜根自己很少出发,他总是独自留在泥洲里,煮着粥,洗着裤子和衬衣,但一旦他把雕花锤插进肚带,自己殿后出发的时候,那就是费劲儿的大买卖了。在黑夜中,一声毛发悚然的呼哨跟蜘蛛一般从四方八面向马队扑过去,大铁锤一下打在头顶上,准没有命活。要是来人是有名人物,富儿,不小心饶了他们的命,那就等于自杀了。随从仆人大抵总是唬吓一顿便放走了,要是有人认识他的面孔,这人的命运便不得不遭受悲惨的结局。

杜拉大道上这一种恶作剧,传到莫斯科的耳朵里,几次派遣由中尉率

---

① 即史吉加·拉金。
② 古代俄罗斯流传的一种关于万物起源的通俗宗教诗歌。

领的一队兵士去扫除盗党,每次没有一个人从森林中生还。知道他们下落的,只有奥杜根把他们诱进深底里的沼泽。

这样地,不饿肚子地过着日子。夏末时候,奥杜根分发了一点儿武器,叫茨冈、犹大、齐莫夫三个人到杜拉大市场去营生。

“你们三个,去弄些钱来吧,别做对不起人的事呀! 你们要是做这样的事,对不起,我不会让你们活下去。你们逃走我也会把你们找到的。”

约莫过了一礼拜之后,犹大独自一个被打破了脑袋,失了武器,也没有带钱便回来了。泥洲已经空空,只看见火堆的冷灰,丢弃的破烂。待了好一会儿,试着呼喊,也没人答应。再去找奥杜根埋藏钱和银条的地方,也找不到银箱。

黄色和红色的森林环绕着周围,蛛网在风中摇荡,木叶萧萧地飘落。犹大的胸头懊丧发痛,拾了一些干燥的面包皮茫然无归地向前走着,他大概想往莫斯科去吧。一会儿,走到沼泽外边红条纹的松林中,突然遇到伙中的纳露西庚家的农奴费杜尔·费杜洛夫。

费杜尔是一个沉默的、带一大群家族的、马一样驯良的汉子。他受着苛酷的人口税的压迫,靠双手养着一大群孩子。只有一次恶魔在他的耳边低语。他喝醉了酒,受辱的心使他的头脑发狂。他忽然带了一条木棒,在村子里到处乱闯,说是要把纳露西庚家的总管打成两段。后来,那总管果然被人杀了,但不知谁是凶手,费杜尔对孩子站在神像面前发誓,并不是自己干的事,便逃到这儿来了。现在他两手反缚,低倒了脑袋,挂在松枝上,直瞪着犹大的脸,连眼也没有眨一眨。“唉,老头子,老头子,你做的好事呀!”犹大流着泪,穿过林丛,离开这恋恋的土地。

十九

当克里姆林宫贵族院的大贵族们,虚度光阴地只望着靠天过活,一厢情愿地想着:“少年皇帝只是一味贪玩,一切事情自然而然地进门,用不到什么慌张,纵使会发生什么变化,也只要等着就是,自有老百姓会来养育。”当普劳勃拉潜斯克方面,彼得把祖先遗传的光荣换了棕色的假发,被一些来历不明的家伙、商人、贵族们包围着,现在是对谁也不用顾虑,玩着战争和其他游戏,造船、设立兵士村、筑造宠臣的府第,把国库的钱像水一般花费。以及当国家像陷在泥泞里的大车一样,咯吱咯吱地响着的时候,西欧(威尼斯、罗马帝国、波兰等国)情势发生了急转直下的变化,对于莫斯科那些睡肿的脸、无耻的诳话,已经到了再也不能忍耐的决裂的田地。北海控制在瑞典的势力下,地中海在土耳其的近卫兵旁若无人地蹂躏匈牙利。土耳其王附庸的克里米亚的鞑靼人,在波兰南部的草原横行无忌,而莫斯科政府却不管根据条约有讨伐鞑靼和土耳其的义务,受了催促还是不当一回事,敷衍回答,说是:"我国先后二次发兵克里米亚,同盟国家并未援手。今年收获不佳,不得不待诸来年,乞贵国先行出兵,我国当乐为声援。"这样虚度光阴地过着日子。

克里米亚的使节长驻在莫斯科,毫不吝惜地送礼物笼络大贵族们,游说他们和克里米亚订立和平协定,发誓不侵犯俄罗斯的寸土,并且不像往昔一般要求屈辱的贡物。莱夫·基丽洛维支分别发信给维也纳、克拉可、威尼斯的俄国大使,叫他们不要相信各国国王的诺言,应该由自己提出有利的条件。这样的三年之间,继续着敷衍了事的外交。土耳其便威吓着说要以兵火蹂躏全个的波兰,在维也纳和威尼斯建造半月堡垒。于是奥地利皇的使节约翰·古尔茨从维也纳跑到莫斯科来,大贵族们都慌张起来,事情终于非明白决定不可了。铺张扬厉地迎接大使节,引进到克里姆林宫,拨出宏丽的宫殿给使节居住,饮食比他国使节优越两倍。然后用着权术,说着谎话,说是皇帝出去操阅了,我们不能专断大计,一味地敷衍时日。

可是,结果终于弄出一个定局来。约翰·古尔茨把旧条约拿给大贵族们,取得了参战的承诺,还要他们向十字架发誓。古尔茨满心欢喜地回去了。不久,罗马国皇和波兰国皇就给莫斯科送来道谢的信。信中尊称沙皇为"陛下!"还加上一大串称号,连"伊佛尔国、格鲁藉国、加巴尔达国及其契奥忒契省的国王"都加上去了。以后不久之间,不管怎样敷衍,战争终究成为不可避免的局面了。

二十

当谢肉节完毕,报告大斋节的钟声流遍镇静和平的莫斯科的晓空时,所有的市场、村舍和城镇,霎时间,吹起了战争的风声。好似一夜之间传遍了老百姓的耳朵："战争要起来了，这是有点儿道理的。克里米亚会变成我们所有，那时候我们将跟全世界做买卖。海洋是无边的大，在那儿，没有警官会看中你藏在口里的几文小钱，跑来找你的事。"

从伏洛内齐、科尔斯克、倍尔格洛特跟装小麦的车队一起到来的村农和农夫化的乡下绅士们说，他们盼望在草原上和鞑靼人作战，盼望得颈子都伸长了。"我们的草原，向东南伸展有一千俄里。草原好像健康的姑娘，你只消把裤子抖一抖，五谷立刻堆得上头颈。不许让鞑靼人跨进一步，他们不知道俘虏了我们多少亲属朋友，带到克里米亚去了。见他妈的鬼！可是草原是自由的，对啦，已经自由了！你们大俄罗斯人当然没有自由。"

在谷古主战和反战两派发生剧烈的争论。反战派特别多："黑海对我们没有用处，把木材、柏油、鱼油装到土耳其和威尼斯有什么鬼用？现在应该争取的是北海上的霸权。"但是军人，特别是青年军人，都热烈拥护开战。这年秋天，在科其霍伏村，分作红白两军，以历年所无的规模，竭尽了军事科学的精粹，举行过演习。外国人们议论莱福忒、蒲杜尔斯基两联队，以及现在改称近卫兵的普劳勃拉潜斯克和赛门诺夫斯基两个游戏联队，说是比之瑞典军和法兰西军也没有一点儿逊色。可是科其霍伏的演习，可以夸称为光荣的，恐怕只是那些赞颂的演说、大鼓的骚闹，和排炮轰击中所盛大举行的宴席吧。那些头戴染黑假发，绸带子拖到地面，足佩大马刺的军官们，常常听到背后的讽刺："那是科其霍伏的英雄吗！在纸做的假炮弹中，当然是十分的英勇，叫他们尝尝鞑靼人的子弹味儿吧！"

只有罗莫达诺夫斯基、亚泰蒙·歌洛文、亚伯拉克辛、歌东、维纽斯、亚历克山大·门西可夫等最接近的臣子，心里在动摇，他们觉得战争究竟是可怕的投机。"打败了怎么办呢？那时候绝没有人来帮助你。说不定会被愤怒的民众杀得一个也不留。但不打仗结果会更坏。老百姓已经在那里抱怨：皇帝宠信德国人，魔鬼换过了他的灵魂，一味地寻欢作乐，挥金如土，人民痛苦得不得了，而大事业是毫无头绪。"

彼得保持着沉默，谈到战争的时候，便随随便便地说："好吧，好吧，在科其霍伏已经玩得不少了，到鞑靼人那边去玩玩也好。"只有莱福忒和门西可夫明白彼得心中隐藏着恐怖，隐藏着跟那个可纪念之夜逃到托洛伊察去时一样的剧烈的恐怖。但是也明白他，最后准会下定作战的决心。

从耶路撒冷来了两个黑脸的教士,带来耶路撒冷总主教杜西飞的手书。总主教和泪哭诉,法兰西使节携带圣地事件的国书,来亚特里亚诺堡以金币七万元给土耳其宰相,又以金币一万元给偶在亚特里亚诺堡的克里米亚汗,请求由土耳其之手将圣地归法兰西。"然土耳其人自我正教徒夺取圣枢以与法兰西,则吾人所余者仅二十四悬灯。而法兰西人又自吾人强夺谷谷泰①之半及伯利恒②圣城之全部教堂,破毁三圣像③,又发掘圣光临照之教堂西侧,在耶路撒冷加以较波斯人与阿拉伯人更甚之冒渎行为。设若神所嘉尚之大君主国如贵国者,尤置神圣教堂于不顾,则如何能获神庥? 必须先使圣地归还正教徒之手,然后与土耳其缔结和约,土耳其苟加拒绝,则应即兴兵讨伐。目前正为绝好之时机,土耳其王方以三路大军,在威尼斯与奥皇交兵。应先取乌克兰,更进兵摩尔达维及伐拉比亚,以袭取耶路撒冷,然后缔结和约。贵国非尝祷求上天,愿土耳其人及鞑靼人与德意志人作战者乎? 现在千载一时之机会,何故贵国犹狐疑逡巡耶? 请视回教徒辈,方如何愚弄贵国。因鞑靼人获贵国少数之贡物,彼等方扬扬自得曰:鞑靼为土耳其之臣属,故贵国亦即土耳其之臣属云。"

莫斯科方面读了这封来信,勃然大怒。贵族院召集会议。彼得穿着帝服,披着肩帔,脸色阴沉地默坐宝座上。大贵族们肚子里泛腾着修辞工整的雄辩,引用古代编年史上的文句,悲叹被冒渎的神圣。黄昏已经罩上了窗子,宫殿角上的灯光微微地照着他们的脸。大贵族们按照阶位和席次,挨次站起,挥舞着累赘的袍袖,滔滔不绝地说着,伸长洁白的指头,汗涔涔的昂然的脸额,峻险的眼色,梳理整然的长须,跟玩具风轮一般转旋不绝的空洞的演说。叠床架屋地接连着这一切。彼得胸头闷郁,头隐隐地作痛。没有一个人明白地提到战争。他们斜着眼望望同两个书记一起速记演词的贵族院大秘书维纽斯,谆谆地发挥不绝。总而言之,他们害怕说出使和平安静生活发生急转直下的"战争"二字,恐怕又会引起叛乱和饥荒吧? 现在,他们只等着彼得的发言。事情当然要照他的话来决定的。

但彼得要自己一个人来担负这样重大事件的决定,心里觉得难受。

---

① 基督受死地。
② 基督降生地。
③ 圣母、基督及派普推斯马之约翰。

他还年轻,而这年轻对他正是一种威胁。他半闭着眼,凝然地等着,终于挨到近臣们发言了。他们跟刚才那些人不同,单刀直入就抓住了问题。戚洪·史特莱西内夫说:

"当然,事情自当听皇上的裁夺,我们大贵族为了被侮辱的基督的圣柩,为了皇上的光荣,势必献出自己的生命。我们已被耶路撒冷冷嘲笑,还有比这个更大的耻辱吗?不,诸位大贵族,我们决定动员国民军吧!"

莱夫·基丽洛维支的脾气是对什么事情都不会性急的。他的话远从乌拉桀米尔帝时代古俄罗斯的命名讲起,然后瞥一眼彼得的厌倦皱眉的脸,马上把两手一摊:

"不,诸位大贵族,我们是没有什么可怕的。华西里·歌里纯在克里米亚烫坏了手,可是,那时候国民军是拿什么军器去攻打克里米亚?还不是几条木棍吗?但现在形势不同了,我们的手里已经有很多的军器。比方在我那杜拉的工厂里,就造出了不弱于土耳其的出色的大炮,我工厂里出品的火枪和短枪,就比土耳其出品好。只等皇上一道上谕,在五月以前,我就可以造出十万挺枪尖和刀剑。不,害怕战争那样的话,可不用多谈的。"

罗莫达诺夫斯基喉头咻咻地响着说:

"咱们要是孤立在世界上,当然可以照咱们自己的便,可是整个罗区巴正在注视着咱们呀!咱们不能永远站在老地方不动,因为这样下去,终有一天会破灭的。现在已经不是一切随便的时代了。大骚动的时期渐渐迫近了,所以,第一件要做的事,便是打倒鞑靼人。"

在低垂的朱红托梁下,一时又回复了静寂。彼得咬着指甲,剃光脑袋,同时却穿着俄罗斯装的波里斯·亚历克舍维支,微微地笑着,英爽地走进来,把一张展开的纸页交给彼得,这是莫斯科商界的请愿书,请求保护谷谷泰和主的圣柩,在通南方的道路中扫荡鞑靼人,如可能时,更在黑海建设城市。维纽斯把眼镜推上额顶,凛然地宣读了。彼得皇冠几乎碰着头上的穹窿,突然站起身来:

"怎么啦,诸位大臣,我们就决定吧?"

他气鼓鼓地向两边一看,闭紧了嘴唇。大贵族们都站起来,躬下身子:

"悉听皇上御旨——动员国民军……"

二十一

"茨冈……你听我说。"

"嘿?"

"你跟他说,你在我的铁作坊里当过徒弟……你向十字架接吻发誓!"

"这有什么用处?"

"有用的……留下这条命……说不定还有好运来。"

"我活够了,库其马,还是早点儿断气的好。"

"你想断气,你得好好儿等一会儿……扭住你的鼻子,把你揍得脊梁上露出骨头来,还要送你上西伯利亚去。"

"对啦,这个……很可能的……"

"听说莱夫·基丽洛维支家的总管到莫斯科去,带来特许的赦状,要在牢狱里找熟练的工人带到工厂里去。我先说一句,这儿要我来出场,他们一定还记得我。嗯,兄弟,库其马·齐莫夫不会这样容易被人忘掉。他们会请我吃牛肉菜汤,特别上等的待遇,绝不挨打。管束当然是严的,他们叫你时,你说,你在我这儿当过助手。"

茨冈想了一想说:

"牛肉菜汤吗?"

茨冈和齐莫夫两个在杜拉牢狱的地牢里这样地谈着。他们自从关进牢里,已快将一个月了。他们只在带着抢来的衣服在市场被人逮住时挨了一次打(那时候犹大脱身走了),等着他们的是审问和刑罚。不料杜拉的地方官自己,书吏和司书们都变成受审之身,没有人来审问囚犯。看守每天把戴着脚镣的他们带到市场里去求乞。把讨来的东西供给看守的吃喝,想不到西伯利亚倒没去,去了莱夫·基丽洛维支的兵工厂,总算鼻子是平安无事了。

茨冈照齐莫夫的吩咐,供述了自己。他们戴上足链,从牢狱带到市外的乌伯河去。河边一带建筑着围木栅的瓦房,从河里引进水渠,转动着水车。天气寒冷得很,从北方的天空中,吹来重重的墨云。赤泥的河滩上,成群的囚犯从木船上搬卸木柴、铣铁、矿砂之类。四周围是木材、枯枝,死

234

一般的原野,秋风劈面狂吹。走到站着荷斧卫兵的铁门口,茨冈的独眼弹出冷然的光。把我们踏烂了,跟野兽一般从地上把我们猎来,赶进这阴暗难受的天地,他们这样地干着,就算数了吗? 他们不是在说:好,替我们做工,做工,要是略微喘一口气,便对你不起呀!

走进大门,是四处堆着铁块的漆黑的院子。噪音,锯子的哀号,锤子的撞击。从煤黑的门口,望见竖炉中火花飞舞。在那儿,一些上身精赤的人正挥着锤子打铁。被水车转动的几普特重的大铁锤,落到铁块上,铁水雨一般溅到皮护胸上,工作台上工人们在做工。从门口到结实的炉顶搭着木板的桥,上边络绎不绝地推过运煤的手车,熔炉中喷出火焰和煤烟。齐莫夫推推茨冈:

"他们果然知道库其马·齐莫夫呀!"

离铁工厂不远,一所小巧的瓦房窗口,映出一个戴圆顶帽、像刚洗过澡的玫瑰色的无须的脸,那是工厂管理人德国人克拉伊斯忒。他把烟斗敲敲玻璃,看守慌忙带齐莫夫和茨冈走过去,报告他们的来历和身份。克拉伊斯忒把窗子下半截推上,探出紧闭嘴唇的脸。圆顶帽的穗子在圆脸前摇晃。茨冈带着仇恨和恐怖的心,注视着这穗子。"哼,刽子手!"在心中骂。

克拉伊斯忒背后一张精致的小食桌上,放着烧牛排、赭色的面包块、盛在镀金杯子里的咖啡。窗口冒出清香的烟斗中的烟雾。克拉伊斯忒的眼光跟冰一样冷,射穿俄罗斯人的肚底,仔细考量两个囚犯,缓缓地说:

"别光想把肚子装饱,要倒霉的呀。老送来一些没用的土百姓、小猪仔,真要命……那些混账东西,一点儿用处也没有。你的样子倒是一个真正的铁匠。好吧,可是你要是捣蛋,我就吊你的颈子。(他用烟斗叩着窗槛)嘿,我可以吊你的颈子,我有权力的。看守,把这两个傻瓜关起来。"

路上,看守告诉他们说:

"好吧,孩子们,要当心他呀! 一个不小心,打一个瞌睡,偷一个懒,他不肯饶人的。"

"我们不是来打瞌睡的!"齐莫夫说,"我们还要教训你们的德国人呢!"

"你们到底什么家伙? 听说你们是当强盗的,究竟是什么呢?"

"我跟这个独眼想过神圣的生活,打算上分离教徒的地方去,被他妈

235

的魔鬼逮住啦!"

"嗯,那可是另一回事了。"看守打开矮门的铁锁,"这里有一定的规则,好好儿记着吧! 进去,我来点蜡烛。(走进地室,蜡烛的微光透过铁的提灯,葡萄一般映照着板床、地板、挂在绳子上的破衣之类。)规则是这样的:早上四点钟,我打起床鼓,你们就起来做祷告,然后出去上工。七点钟再打鼓,吃早饭,三十分钟。我有表的,看吧,不坏吧?(拿出一只走音清脆的铜表给他们看)然后,再上工。正午吃午饭,昼寝一小时,七点钟吃晚饭,三十分钟,十点钟,收工。"

"这不累死人吗?"茨冈问。

"当然累人的,老弟,这是苦役呀。你要是不偷不盗,当然可以舒舒服服在家里躺炕床。这里有十五个自由的工人,他们七点钟就下工,分别休息,节日还可以回家。"

"那么……"茨冈坐在板床上,暗哑着嗓子又问了,"我们要老死在这儿吗?"

齐莫夫凝望着圆提灯的透光的孔,轻轻地咳嗽着。看守喃喃地自语着,携着提灯走出去了。

二十二

掺和着白发的大胡子梳理得很整洁,头发抹着牛油,玫瑰色的衬褂,胸部底下束着绣有四十圣名的绸带。但是那些乡巴佬们——从前的教亲、亲戚家的女人、邻居,还深深注视着伊凡·亚乞米契的吃得鼓胀的肚子。从前的——这一点是很重要的。伊凡·亚乞米契坐在椅上,两手填在屁股底下,他目光灼灼地一眨不眨。他穿着薄呢裤子、喀山制的花斑靴子,靴尖像钩子一般。乡巴佬们站在门口的新芦席上,在那么干净的屋子里,是不能印上草鞋迹的。

"怎么?"伊凡·亚乞米契对他们说,"我并不是你们的仇人,能办我总是办的,可是,办不到的事,也用不到生我的气啦!"

"小鸡儿没有地方放呀,伊凡·亚乞米契!"

"您可没有说过牲口呀,牲口总是在您的草场上聚着的……"

"而且我们总是代您骂那些看牛人的……"

"对,对!"伊凡·亚乞米契点点头。

"请你把牲口放还给我们吧……"

"实在是因为太挤了,太挤了……"

"我挣你们的钱真正一点儿!"伊凡·亚乞米契说着,从屁股底下抽出双手,组合了指头,放在肚子上,"我认为秩序是顶重要的,朋友们,我还借给你们多少钱?"

"借了的,伊凡·亚乞米契,记着的,记着的……"

"我完全是一片好心……我生长在这块土地,我的老子也是死在这里的。所以上帝是我的恩人,我便是你们的恩人。我借钱给你们拿多少利息,真好笑! 一年一个卢布只取十个哥贝,呵呵,我不是想挣钱,只是保守秩序罢了。"

"谢谢您,伊凡·亚乞米契……"

"我不久就要离开这儿……我要做点儿大的事业,大的事业……住到莫斯科去。嗯,可以想得到的,(他叹了声气,闭住眼睛)光跟你们在一起,我是过不了什么好日子的。为了从前的情谊,因为自己的灵魂对你们施点儿恩。可是你们怎么啦? 你们到底要我如何施恩呢? 你们的牲口踏坏了我的田地,你们还要为一点儿小事来哭诉。唉,真是不明道理。那么好吧,母牛出三哥贝租金,羊出半哥贝,你们带回去好了。"

"谢谢,愿上帝保佑你健康,伊凡·亚乞米契。"

乡巴佬们行着礼回去了。他还是想发发议论。今天兴致很好。得到儿子亚留西加的奔走,会见了亚历克舍西加·门西可夫,挣进了两百卢布的款子。门西可夫介绍他拜见了莱福忒。勃洛夫庚从来没见过这样的上等人物,当他被人带到他面前,望见这中等身材的汉子,长发垂到腰边,穿着绸和天鹅绒的衣装,手上戴着亮晶晶的指戒,在灯光中闪闪泛耀,心里着实害怕。他昂然地站着,鼻尖仰向着天花板,眼睛眯得针一般又细又尖。这个乡巴佬是谁呀,知道是亚留西加的老子,还带着门西可夫的介绍书,马上展开笑脸,轻轻拍着他的肩头。这样地,伊凡·亚乞米契得到了承办军用燕麦和草料的特许状。

"沙尼加,把芦席收拾一下……"他叫着女儿吩咐,"教乡亲们把草鞋脚踏上泥印子了。"

伊凡·亚乞米契眼睛里跳起了笑影。变了富翁,当然可以笑了。从小到头白,笑起来也是刻板的没有一个样子。沙尼加走进来,她穿着草绿色的有纽扣的绸衫。亚麻色的发辫有臂膀粗细,一直挂到膝头边,肚子微微地挺出,胸部饱饱的,有点儿难为情的样子。青色的眼空灵迷人。

"呵,讨厌得来,踏得这样脏!"她别转漂亮的脸,指尖抓起席子边,砰的一声,丢在门廊外边。伊凡·亚乞米契狡猾地望着女儿,这么漂亮的姑娘,嫁给皇帝也一点儿不会倒霉。

"我将来还打算在莫斯科造石头房子呢,还可以加入第一等的商会。嘿,沙涅,幸好没有急着把你出嫁。现在我们还可以同上等人家结亲呢,你有什么不快活吗?傻瓜!"

"哪里!"沙尼加甩动发辫,向父亲瞅了一眼,"你可别用管我。"

"别用管?为什么呀?你还不是听我的便,做爸的要是不高兴你,就把你给牧牛人。"

"你这么吞吞吐吐把人家耽误了,倒不如跟别人一块儿去喂猪的好。"

伊凡·亚乞米契拿起装盐的木罐子扔过去。他想打她,可是站起来实在费劲。沙尼加哭了起来。这时候,突然听到猛烈的叩门声,伊凡·亚乞米契骇得张口结舌,守门狗发疯地吠叫起来。

"沙涅,去瞧瞧……"

"我害怕,你自己去吧……"

"好吧,这叩门的家伙……"伊凡·亚乞米契从门廊里拿出一把扫帚,走下院子去,"我要请他吃一顿生活,不要脸的。你是谁,我叫狗咬你!"

"开门!"门外发疯地叫,门板敲得砰砰作响。伊凡·亚乞米契脸孔变了色,怯生生走到门边,抖索着手,刚刚把门闩拔去,门被推了进来,仗剑华装的人群骑马进来,接着,走进了四马的镀金厢车。马夫台上坐着阿拉伯的侏儒,再接着,是独马的双轮车,进来了戴三角帽子、穿旅尘仆仆的长袍的彼得皇帝和莱福忒。蹄声、笑声、喊声闹成一片。

勃洛夫庚连忙战战栗栗地跪下,在他跪下的时候,来人都下了马。穿德国装、睡眼惺忪、面目浮肿的至醉法皇从厢式马车中爬出来。接着,下来了银色长袍的青年大贵族,跟彼得和莱福忒一起向阶沿走上来,嘴里还大声地叫嚷:"主人在哪儿?死活都好,快滚出来呀!"

伊凡·亚乞米契骇得连小便都急出来,淋湿了裤裆,门西可夫和儿子亚留西加在一旁发现了他,便把他扶起,带上阶沿,拉住了他,别让他再跪下去。他心里想着:会挨打吗,还是有更大的祸事?只是骇得战战兢兢。彼得脱去帽子,低一低头:

"老头儿你好呀,我们听说你这儿有绸缎,特地带来了买主,你可别讨太大的价钱。"

伊凡·亚乞米契哑然地张开口,脑子里掠过一个奇怪的念头:"不会是发现我干了什么欺骗的事吗?我不作声吧,不作声,他可拿我没办法呀!"彼得和莱福忒捧着肚子大笑,其余的人都忍住了笑。亚留西加找到时机便偷偷向父亲说:"他们给沙尼加做媒来的。"从大伙的笑声中,伊凡·亚乞米契早已看出到来的不是什么祸事,还是故意装着傻相。农人是最聪明的,就这样以战战兢兢的姿态跟客人们一同走进屋子,人家把他按坐在圣像底下。他的右边坐着皇帝,左边是法皇。勃洛夫庚把小眼睛向四边偷望,哪一个是新郎呢?突然,他几乎骇得仰跌下去。在亚留西加和门西可夫之间,不是正坐着穿银袍的旧主人华西里·伏尔可夫吗?伊凡·亚乞米契已经向他赎回了奴隶契约,现在自己的身份已经可以全部收买他的世袭领地和奴隶了,可是这到底有点儿不近人情。挨过打的屁股,使他心里有点儿发慌。

"怎么,你不喜欢这位新郎吗?"彼得突然发问。

又是一阵大笑……伏尔可夫在抹过的口须下歪了歪嘴。门西可夫又向彼得投了一个眼色:

"老头儿,你还记着从前的侮辱吗?(他向勃洛夫庚投了一眼)新郎抓过你的头毛把你拖过吗?还是打过爸爸把鞭子都打断了的吗?看我面上,饶恕了他,大家讲和吧!"

怎么样回答才好呢?手发抖,脚发抖……他望望伏尔可夫。伏尔可夫白着脸,不动地坐着。忽然想起在普劳勃拉潜斯克宫院内,亚留西加帮助自己,伏尔可夫追上门西可夫在雪地上跑,拉着他带哭声哀求的时候。"嘿,那时候我也不算一等的傻瓜啦!"他望着伏尔可夫,心里说不出的得意。差点儿把事情搅坏了,可是他明白应该怎么办。这是一种危险的游戏,好比靠一条竹竿跳过深渊,好吧,用心就是!

许多人都望住着他。他悄悄在桌底下对肚脐画了十字,向彼得和法皇恭敬地躬身行礼：

"媒人老爷,这实在是太荣幸了。我是个什么都不懂的乡巴佬,假使有不对的地方,千万请包涵这个。当然,我不过是一个买卖人,愚笨没知识的种田佬,所以我老实说,我这女儿是卖剩货,实在叫我头痛。就是一个怎样的酒鬼,我也很高兴给的。(悚然地向彼得瞥了一眼,心里安心了。皇帝跟猫似的哼着鼻子在笑。)不知道什么缘故,多少年轻伙子走过我门前,头也不回一回,姑娘倒是长得不坏,虽然一只眼睛稍微有点儿模糊,另外一只是挺好的。魔鬼还在她的脸上撒了一点儿豌豆,不过用手帕把脸孔一遮也就遮没了。(伏尔可夫阴沉着眼,刺一般盯住伊凡·亚乞米契的脸。)还有,一条腿子是拐腿的,脑袋有点儿歪,腰膀略微弯了一点儿。不过,不过这一点儿罢了,诸位媒人老爷,把我这可爱的女儿娶去吧! (勃洛夫庚兴奋得哼着鼻子,揉着眼睛。)喂,亚历克舍特拉!"他哀声地叫唤了,"你到这边来,亚留西加,把你妹子叫出来。躲在仓间里做什么呀,应该老练一点儿呀! 对不起,我完全忘啦,快把新娘子带出来。"

伏尔可夫愤然地想站起身来,门西可夫把他一把按住。没有一个人笑,只有彼得微微地抖了一抖下颏。

"谢谢,好媒人老爷!"勃洛夫庚说,"这新郎少爷我心里真中意。从此我就是他的尊长,他做好事我就要奖赏他,他要做坏事我就责罚他,我不会拿鞭子打,不会抓着头发拖,可别叫我发怒才好,女婿少爷。现在就请你接受我这乡巴佬的一家。"

满座的人都抱着肚子大笑。伏尔可夫紧紧地咬住牙齿,他的脸孔羞得火一般红,眼里涌出泪来。亚留西加已经把沙尼加硬从门廊里拖进来。她举袖掩着脸孔。彼得跑过去,使劲拉开她的手。笑声突然停止,沙尼加是长得那么漂亮。弯月的眉,晶黑的眼,长长的睫毛,微仰的鼻尖,微微战栗的婴儿似的嘴唇,抖索作声的编贝似的白齿,苹果似的红红的脸腮。彼得在她的嘴上、赤热的脸上接吻。勃洛夫庚叫道：

"沙尼加,这是皇上陛下,你得忍耐啦……"

她仰身注视着彼得的脸,心头别别地激跳。彼得抱着她的肩头带她到食桌旁边,指着华西里·伏尔可夫：

"怎么样,这位新郎,中意吗?"

沙尼加茫然地,也不怕羞,发狂地急喘着,眼睛紧瞅着伏尔可夫,突然吐了一口气,低低地叫了声:"啊,妈呀!"彼得又把她抱紧,接吻了。

"喂,喂,媒人先生,这可不行啦!"法皇说,"把姑娘放了!"

沙尼加缠着衣裾趔跄了一下,亚留西加把她带出屋子。伏尔可夫好似安心了一点儿,抹一抹口须。法皇鼻声地说:

"那么,咱们还是跟真正的天父巴加斯和好和好吧……拿酒菜来请我们吃吧!"

伊凡·亚乞米契好似突然记起的样子,立刻忙乱了起来。亚留西加抱歉地微笑着,收拾起食桌来,雇工在院子里捉鸡。"马特柳娜,把钥匙拿来。在客间四十殉教者①底下。"沙尼加在里边轻浮地叫喊。彼得对伏尔可夫嚷道:"给你找了老婆,你得谢谢我呀,莱西加。"伏尔可夫低头在他的手上接吻。伊凡·亚乞米契亲自搬来了炒蛋的锅子。彼得认真地说:

"啊,真有趣,你道谢吧……不过,沙尼加,你得知道自己的身份,不许不识相呀!"

"哪里的话,我哪里敢得罪陛下呢……我已经骇得魂都透顶了。"

"好吧,我早明白你这种鬼家伙……现在,快点儿准备婚礼吧,新郎马上要出发打仗,找个伴娘服侍新娘,教会她礼节和跳舞,等我们打胜仗回来,把沙尼加召进宫里去。"

---

① 指四十殉教者的圣像。

241

第 六 章

　　一六九五年二月,大秘书官维纽斯在寝殿外廊,向全体近侍、武官、议员、莫斯科及各都市贵族颁布敕状:速即率领民兵亲兵,齐集倍尔格洛特及塞夫斯克大贵族波里斯·彼得洛维支·席梅勒乞夫麾下,出发讨伐克里米亚。

　　席梅勒乞夫是一位经验丰富、小心谨慎的司令官。到了四月,他集合十二万武士军,和小俄罗斯的哥萨克军会合,向第聂泊尔河下流徐行进发。在那边,有古代的城市奥却可夫,和设防的土耳其小城基齐凯尔曼、亚斯兰·奥迭克、夏凯尔曼等,在第聂泊尔河口的岛上,是鹰城。从鹰城到河岸张布着铁索,封锁通海的出口。

　　莫斯科大军开抵各个小城,整个夏天继续着作战。钱很少,军器不多,大炮也不够,有一点儿事情和莫斯科取得联络,需要很长的时间,但是到八月里,终于攻陷了基齐凯尔曼和另外两个小城。那时候,在席梅勒乞夫的总部里,便举行祝捷的盛宴。每干一次杯,战壕里便发射一次大炮,向土耳其人和鞑靼人示威。捷报送到莫斯科,留守莫斯科的人都吐着气说:"终究出了气啦,只消占得克里米亚一片地,也就是极大的光荣了。"

　　同年的春天,有两万精锐——普劳勃拉潜斯克、赛门诺夫斯基、莱福忒各联队、枪兵、城市军、大秘书官中队,并不经过公布,悄悄地在莫斯科河的夫塞夫斯维耶兹基桥,乘上木船、橹船和小船等征集的军船队,受乐队和礼炮的欢送,蜿蜒几俄里,向瓦窝河下游,再从那儿下伏尔加河到蔡里纯。

　　歌东将军率领二万支队,越过草原到乞加斯克。

　　两支军队都向亚索夫海边土耳其的城塞亚索夫进发。亚索夫是土耳其通东部及谷物丰富的古班和乞尔斯克草原的商路。进击亚索夫的计划,是莱福忒、歌东、亚泰蒙·歌洛文、彼得四人的军事会议决定的。他们没有公布,彼得用炮手彼得·亚历克赛夫的名义参加军中,为的不愿给土耳其以御驾亲征的荣誉(同时,不幸打了败仗,也可减少耻辱)。会议上还讨论了许多事情。例如由谁留守莫斯科,也是一个问题,人民正在动摇,连首都也有盗党横行,公路都长满了蔓草,行旅变成最大的危险。可怕的敌人苏菲亚,虽然事实上是静默地禁闭在诺伏特维支修道院里,可是,谁能知道她会永远安分下去。只有一个人可以安心付托,不会弄诡计而信任得过的,只有一个人能够镇住人民的,那便是游戏军和至醉教堂的恺撒大公费亚特尔·犹利维支·罗莫达诺夫斯基。于是莫斯科便交托了他。而且不是从前那么开玩笑地,而是正式地加封了恺撒大公殿下的称号。这使大贵族们想起一百年以前,伊凡雷帝到亚历克山大夫斯加耶村去的时候,将莫斯科交托弄臣怪物鞑靼人西梅昂·倍克勃拉忒维支公爵,称以"全俄罗斯皇帝"的事。因为有过先例,大家也便甘心服从。可是老百姓是不管什么恺撒大公什么魔鬼的,他们所知道的,罗莫达诺夫斯基只是凶暴刻薄、杀人不怕血腥气的家伙罢了。

炮手彼得·亚历克赛夫乘坐莱福忒的多桨划船,在军船队的先头进发。路上首先吃了苦头,民间商人和御用商人所承造的小船、木船、舢板之类,漏水淹灭了。在多雾的春夜,被急流冲撞,有的船搁上了浅滩。至尼士尼·诺伏格洛特,不得不改乘伏尔加的帆船。彼得写信给罗莫达诺夫斯基。

"Min Herr König①! 伏念圣上鸿恩,臣等誓以最后一滴血,完成出征之目的。此间自陛下之忠仆亚泰蒙·米哈洛维支·法兰茨·雅可芙莱维支二将军以次,合军托犬之福,均各健好。明日原定继续行军,因某船意外延搁迟到三日,实以商人承造船只,甚为恶劣,故发生中途滞误之事。至目前止,将士略有死亡,是皆托陛下之洪福。吾威光普照陛下之永远奴隶 Bom Bordir② 彼得。"

在喀山没有停泊,继续前行,河水洗泼白垩的城墙又通过了险岸上的

---

① Min 为 mein 之误,全句意为"我皇陛下"。
② Bombardir(炮子)之误。

辛比尔斯克和撒马拉城。土塞边环绕木栅,是防御游牧民的。过了萨拉托夫之后,草岸曝晒在阳威之中,青苍的河水流行迂缓,草原上灼热的空气日渐炎烈,使人联想火炉的热氛。

彼得、莱福忒、亚历克舍西加,和为了军人解闷欢宴特地带来的法皇尼基泰·曹多夫等,整天坐在橹船的高艄上,呼呼地抽着烟斗。远远地望着数俄里长的长蛇一般的军船队,和在水浪间银光闪耀的桨列,好像以前那种快乐的战争游戏现在还在继续着。亚索夫城塞的情形,以及如何进攻,他们都不大明白。百闻不如一见,他们都取着待事情到来时再说的态度。酒兴大发的法皇,用指甲剥着被阳光晒焦的鼻头皮,说道:

"总而言之,我们已经活到现在了。孩子,我给您教算术,想起来好像还是昨天的事,不料现在却坐在船上去打仗了。哎,您已经是一个顶天立地的男子汉了。"

莱福忒是不歇地叹赏辽阔无边的大河的华丽雄浑的远景。

"法兰西皇算什么东西,奥地利皇又算什么东西!哎,您只消更有些钱,赫尔彼得,从欧洲多请一些技师、军人、名士来,这是一个多么巨大的国土,多么野蛮、多么荒凉的国土呀!"

军船队在蔡里纯下锚,从这儿开始艰苦的陆地行军。一共只有五百匹马,划桨已经酸了胳臂的疲乏的兵士,不得不用自己的手拖曳大炮和辎重。面包、玉蜀黍、牛油都不够了。又饥又疲的军队向主要粮库的顿河沿岸的潘西诺城,经过三日三夜草原行程,进发而去。路上,有许多人力竭掉队,预定在潘西诺小作休息,但是从城方送来了管理食粮的大贵族戚洪·史特内西内夫的信:

炮手阁下:

因承办人不法之行为,终至发生可悲之事件。御用商人伏洛宁、乌夏可夫、歌莱勤前承办蜂蜜一万五千维大罗,醋及烧酒各四万五千维大罗,腌鲟鱼及石斑鱼刺鱼,西溪加各两百条,火腿一万普特,牛酪及牛油五千普特,盐八千普特,预领银三万三千卢布,不料该商等将银项侵吞半数,既无一封特之盐,鱼类又皆霉臭,不能入仓。粮食亦为剩余之劣品。唯商人伊凡·勃洛夫庚所纳燕麦草料,品质甚佳。因御用商人此等不法之行为,使

244

阁下过受忧劳,且军人皆感不适,故欲使阁下行军不因之迟滞,实已唯上天是赖耳!

彼得和莱福忒下令停止军队的行进,拍马疾驱到潘西诺。顿河中央岛上的一个小小的哥萨克村,四周包围着运送辎重的车马,像山野的烧迹一般。到处躺着大角的阉牛,三只脚吊住的马在啮着青草,不见一个人影。彼得发疯地喝叫起来,几个毛发蓬蓬的脑袋从篱垣后面、从大麻田上探了出来。一个农人一边搔挖着身子,带他们到大贵族驻宿的村舍里。彼得大声地推进门去,一群受惊的苍蝇嗡地飞了起来。两条拼拢的长凳子上,史特莱西内夫正把毛毯蒙着头大睡。彼得一手扯开毛毯,抓起了慌张的大贵族的稀落的毛发,气得说不出话来。向他脸上吓了一口,拖到泥地上,就用马靴向老头儿柔软的肚子猛踢过去。

咻咻地喘息着,对桌子坐下,命人打开铁门,弹出了眼珠。被太阳晒黑的憔悴的脸,暴涨出愤怒的斑点。

"报告吧,站着!"他向史特莱西内夫叫道,"坐下来,御用商人已经处了绞刑没有? 什么,还没有? 为什么?"

"陛下! (彼得把脚一顿)炮手阁下(威洪·史特莱西内夫既不敢呻吟,又不敢致礼),我想先叫御用商人照契约交纳,要不然,就死没对证,结果还是毫无所得。"

"你说什么? 傻瓜! 那么为什么伊凡·勃洛夫庚没有欺诈呢? 我的手下没有一个人敢营私舞弊,为什么你的人个个都盗窃了? 以后承办军用,一律交给伊凡·勃洛夫庚,把乌夏可夫和伏洛宁用链子吊起来,解送到莫斯科罗莫达诺夫斯基那边去。"

"好,gut!"莱福忒点头赞同。

"还有什么? 船还没有预备好吗?"

"炮手阁下,船只全部都预备好了。刚才,最后的船已从伏洛内齐出发。"

"那就到河边去看看……"

史特莱西内夫脚上就穿着一双室内用的羊皮鞋,衬裤的带子也没有束上,便跟在大步前行的皇帝身后,有气没力地跑上去了。顿河港口镜子一般的水面上,浮着小船、木船,船肚底下拖着芦筏的狭窄的哥萨克橹船,和只有船头设有橹楼的、挂着直帆、船尾设有小舱、船头特别尖长的格莱船，等等无数的船列，全部都是刚从造船厂里开出来的。在波浪中轻轻地摇晃着，许多船一半沉在水里，旗帜悄无生气地挂着。在骄烈的阳威之下，没有油漆的部分都发着炽烈，涂过柏油的船舷，闪闪地反射光芒。

莱福忒跨开黄色的马靴，用望远镜眺望着军队船：

"Sehr gut……这很够了……"

"Gut!"彼得突然唤了一声。两只肮脏的手微微地抖索。莱福忒照例又说出了他的心事：

"战事便从这儿展开了。"

"戚洪·史特莱西内夫，别生气!"彼得轻轻拉着啜泣的史特莱西内夫的胡子，"马上叫军队上船。耽延时日只是坏事呀! 一鼓作气，攻下亚索夫吧!"

又过了六天，在一个早上微明的时候，在烟雾蒙蒙的史特莱西内的宿舍里，给恺撒大公写信：

> Mein Herr König……普莱西堡大主教全耶柴全、谷古总主教，陛下之至圣神父亚尼基泰及陛下之奴仆亚泰蒙·米哈洛维支，与法兰茨·雅可芙莱维支两将军及其部下，均各安好，现下正自潘西诺壮烈进军。在我军神马尔斯轭下①做不绝之努力。谨为陛下之健康干烧酒之杯，及更多之啤酒。

后边又用清楚细小的字体署名："法兰茨斯加·莱福忒……亚历克舍西加·门西可夫……法特加·托洛艾库洛夫……伐莱诺·马当根……"

一星期之间，望着散在顿河中央各岛上的哥萨克城市，通过歌波、季莫维斯加耶、钦良斯加耶、拉兹陀鲁、马纽契……在壁立的石岸上，望见乞加兹斯克的防塞、篱垣、木城。下了三天锚，等待迟到的船。

军船队形成长蛇势，向亚索夫进发。静静的黑夜，发出雨和草的气息，蟋蟀鸣叫，夜鸟怪声地啼。在队伍先头的莱福忒的格莱船上，还没有一个人睡觉，也没有吸烟斗，也没有闲谈，桨橹徐徐溅起飞沫。

---

① 意谓"依从军律"。

246

彼得出生以来第一次在全身的皮肤上感到难受的恐怖。黑暗流荡在近边的河岸,忽然有影子闪然地掠过,注眼望去,耳中听到木叶的萧萧,鞑靼人的弓弦好似马上会在暗中鸣响!足趾悚然地发颤。南方的远空中,电光在层云中闪刹,没有听到雷声。莱福式说:"等到天亮,就可以听见歌东将军的炮声了。"

天亮了,空中一片晴光。领港的哥萨克人把格莱船的船头朝向科伊索格河。全部军船队浩浩荡荡地随在后面。顿河已遗在右边,升起了白热的太阳。河水好像增涨了,离开边岸,泛滥的草原上开始弥漫暖醺的朝霭。远远的沙地外,重新现出银链似的顿河,斜岸上望见亚麻布的天幕、大车、马匹。军旗飘飘地翻飞:这是歌东将军所占据的阵地。离亚索夫十五俄里的米契夏码头。

彼得亲手发射了船头的大炮,炮弹像皮球一般飞过水面。全部军船队发出枪声和炮声。彼得断断续续地沙声叫喊:"划,划!"划桨弯成了弓形,兵士们倒着头拼命地划。

在米契夏码头上陆,疲乏的兵士立刻在沙地上躺倒,班长挥着棒叫他们站起来。一会儿,天幕已经发白,篝火的烟飘散河面,彼得、莱福式、歌洛文三人率领三个哥萨克中队,爬过丘冈,走向米契夏码头和亚索夫之间歌东将军设有防御工事的阵营。在远远的高冢上,隐约望见歌东将军所住的斑色大天幕。

路上散乱着中矢的马尸、毁坏的大车。赤膊的瘦小的鞑靼人头颈上沾着血渍,躲身在苦蓬丛中。彼得的马呼呼地喘着向他瞥了一眼。哥萨克们交口地说:

"我们的辎重队从米契夏出发,鞑靼人马像云一样涌过来。这一带是顶难走的地方,您望那边看看。"说着,用皮鞭指去,"在小山冈后躲着,就是他们,他们马上会涌过来的。"

一队人马向土冢进发。天幕中,身披铠甲,头戴羽盔的歌东将军,腋下挟着望远镜站在那儿,严峻而沉着地皱着脸。军号一吹,大炮便轰轰响起来。从土冢上望夕阳映辉的港口,回教堂的瘦尖塔楼,灰黄色的亚索夫的城墙,俄军远征时土耳其人放火焚烧的村落的废墟,城塞前沿褐色山冈一带的战壕和五角碉堡,历历如在指掌。镜面一般平静的远远的港口,装置许多大炮的大兵船,落帆停泊在那儿。歌东指点着说:

"土耳其人上星期从加法经海路调来了一千五百名近卫兵。现在那些船又有军队开来了。昨天逮捕了一个土耳其俘虏，据供城中共有六千兵力，也不知是真是假；草原上据说还有鞑靼的骑兵队。他们一切都预备得很富足，海控制在他们手里，要围困他们，等他们兵尽粮绝，决计办不到。"

"一鼓作气把他们占领好了。"莱福忒把手套一挥。

歌洛文沉着地点点头：

"用厮杀来占领……好吧……"

彼得出神地望着亚索夫海的海野、城墙、回教堂的尖塔的半月形的光辉，船舶和绚烂的落日之光。幼时所爱好的图画，复活在他的眼前了，未知的国土出现在他的眼中。

"那么，怎样嘛，歌东将军？你干吗不作声？亚索夫打得下吗？"

"打得下吧！"歌东回答道，粗暴的嘴角打起了皱纹。

从天幕中拿出地图，放在大鼓上，将军们围拢脑袋来。彼得用指甲在配置军队的地方刻了痕迹。歌东军从离城五百步的正面，莱福忒军担任左翼，歌洛文军担任右翼。

"这儿配上攻城炮台，那儿放上白炮……从这儿接近城墙……怎么样，歌东将军？"

"这个也可以，不过那么一来，鞑靼人的骑兵队就在我们的背后了。"歌东回答。

"当然也得把他们攻破……叫哥萨克担任吧……"

"对，可以攻破的……不过有一点，困难的是从米契夏码头运送军粮。每个辎重队必须派大兵护送，这实在是困难的。"

"嗯，各位将军，咱们不能用小船运粮吗？"

将军们的假发挨擦着地图，歌东说：

"小船运送更加困难，顿河有铁链子封锁的，河口还有两个装置大炮的瞭望台。"

"先把瞭望台占领！各位将军，好吗？"

"把两个瞭望台占领——好呀！"歌洛文哈哈地笑着，半闭着澄澈的眼，遥望西岗后边隐约可见的圆顶的齿形的炮塔。歌东想了一想，回答道：

"好吧,我们可以占领瞭望台……"

"好呀,歌东将军,愿上天保佑!"彼得扳过歌东的脸,亲了吻,"明天就开始攻城,我们马上率领全军到来。先行炮击两天,以后就冲锋抢城。"

土耳其军船上,隐隐传来军号声,是集合号。黄昏的阴影掩盖港口。回教堂的尖塔顶显得更加殷赤,一会儿便消失了。只有蟋蟀的闷人的振翅,颤动着大气。彼得走进营帐。罩着华贵桌毯的桌上,燃起两支蜡烛。在鼓上坐下,装羊肉的盘子上,冒出腾腾的热气。彼得馋痨的双手抓起肉块。莱福忒为的要舒服一下,脱去了甲胄,在锡的大爵中倒了匈牙利酒。歌洛文满面通红,叫着"恭祝第一炮手的健康!"派一个兵士到天幕下面暗空中疏落的队伍里,"祝炮! 祝炮!"炮声轰然地鸣响,烛火轻轻地颤动,"好呀!"彼得叫道。莱福忒呵呵地笑着,又倒满了酒爵:

"人生真是有味呀,赫尔彼得……"

"将军,你的营里有没有侍酒的女子?"歌洛文问着,解去了甲胄的链子,莱福忒和彼得哈哈大笑:

"那是伐莱诺·马当根的势力范围……"

"派一匹马去,把伐莱诺找来……"

第二天早晨,歌东由两个枪兵联队的掩护,向亚索夫进发。前哨哥萨克中队跑步爬上城塞前的褐色山冈,包围战立刻开始了。有几名哥萨克拉转马头,跳回到四列行进的步兵队来,大声叫道:"鞑靼兵呀,注意,带大炮来!"右边丘冈中,突出一队鞑靼骑兵,展开半月形阵势,总数约有五六千人,渐渐加速迫近,尘头大起,箭如雨来。哥萨克中队都有点儿虚心的,哥萨克伏倒马背上,突然向后退却,联队长拼命挥动指挥杖,也没有一点儿效果。全中队连剑子也没有拔出来,便雪崩似的从山冈上溃下。可是来不及了,鞑靼人已经从右翼冲到背后。他们毛毿毿的小马骤然散开,弯刀在头上打起涡旋。呼号、尘烟。一部分哥萨克回转马头,无剑冲杀,混战开始了。步兵疾步前进,拢开方阵。枪兵在大炮上缚上绳子,一把拉开。鞑靼兵的半月阵形立刻退缩。一阵乱放,炮烟几重几重地弥漫了丘冈。马匹发狂地飞奔。一个鞑靼兵翻一个筋斗栽倒地面。炮弹咻咻地飞舞。又是一阵排炮的轰鸣,兵士们在乱矢中发起疯来,忘神地呼号,军官们互相扭扑。攻城炮的洪亮的炮声响彻在天空之中,压倒了一切的喧音。没有一个人知道胜利是属于敌人,还是属于自己。忽然,好似发生了什么

249

变故,蓦地云开日出,硝烟消散,抬头一看,再没有鞑靼兵或土耳其兵的影踪。只见倒地的军马痛苦地挣扎,许多人体,有的木然不动,有的微微地抽搐,散乱在褐色的地面。前边山冈上,望见歌东将军高骑黑马,背上的铠甲闪烁发光,望远镜挂在腋下,失掉盔兜的花白的头颅,球一般地露出铠甲之上。他缓缓地挥着军刀,跳落丘冈向亚索夫骤马前进。军队四面发出叫喊的声音:

"前进,勇敢前进……"

歌东军挖掘了战壕,在城墙附近架设了障碍物。土耳其兵从城墙上向歌东军阵地开炮,引起了极大的恐慌,炮弹落下,咻咻地发声,滚滚地转动,联队长、军官、近侍廷臣,都跟地蜘蛛一般在地上爬着,把袖子抱住了脑袋。这可比不得游戏用的瓦弹——发出震天动地的响声,爆炸开来,炸起冲天的尘土。勇士们骇白了脸,只是在胸口画十字,一筹莫展。只有威严而沉着的歌东,不管炮弹的骇人的叫乱,在阵地上来回指挥,大骂那些遇到炮弹鞠躬低头的士兵:

"谁要再作揖,便要严厉惩罚……不要脸的东西,别害怕,顾点儿面子吧! 你们也算是俄罗斯军人吗?"

正如歌东的警告,食粮和饮水的输送,情形非常恶劣。鞑靼兵拥塞通米契夏码头的途中,给辎重队致命的袭劫。要战胜那些控着骏马的鞑靼兵,简直毫无可能。他们乱矢如雨一般射击俄罗斯兵,丝毫不给你一点儿反攻的余裕,立刻向草原退走。阵地筑成了,兵士躲进深深的战壕,躲避炮火。莱福忒和歌洛文的军队过了四天,才奏着军乐,打着大鼓,张着军旗到达了阵地。

彼得在炮兵中队的前头悠然地走着。炮兵中队中,有门西可夫、亚留霞·勃洛夫庚、伏尔可夫,和最近聘来的经验丰富的炮手荷兰人雅可伯·杨山等作为兵卒而参加。在彼得面前,一个熊鼻厚唇的高大汉子,打着小鼓,迈步而行,这是皇帝的新酒友、铜鼓手,名叫伐莱诺·马当根,盖世无双的荒唐大酒鬼。

彼得率领一队炮手,向歌东阵地进发。(莱福忒在左翼,歌洛文在右翼,各在急造战壕。)围着柴束和沙包的五角碉堡,已运出在离城墙五百步的地点,城堞中闪烁着土耳其帽、土耳其狙击兵的尖利的目光。彼得扶着亚历克舍西加的肩头,跳上柴束,歌东急忙一把把他拉下:

"好危险,当心!"

城堞中露出的枪口,吐出一朵白烟,打掉了彼得手里的望远镜。他跳落战壕,弯倒了身体。旁近的人都围集过来,他晒出牙齿勉强地一笑:

"恶鬼,狗子!"才吐出声来,"火药线拿过来……"

炮手们把炮口对正天空,拉来炮身矮矮的铜臼炮。彼得(向周围扫望了一眼)很熟手地把火药装进药包,抱起一个二十封特的炮弹,校正火门,装进臼炮中,跪下身子,瞄准了:

"来呀,第一弹呢……好!"

臼炮吐出火焰,圆形的炮弹描成一条锐角的弧线飞了出去,落在城墙的附近。土耳其兵从城堞中探出身来,破口叫骂。彼得怒得满脸通红,又去拉另一门臼炮。

站立在亚索夫高崎的城墙下,想起昨天自己一鼓攻下的大言,他开始感到自己的鲁莽,恨不得有一个地洞钻进去。围城军建筑了炮台和五角碉堡,整整炮攻了两个星期。市街发生了火灾,又炸毁了一座监视塔(那时在彼得的泥屋里发生了绝大的吵闹)。但土耳其方面,又有二十艘格莱船由海道添到援兵。土耳其的近卫兵夜间持弯刀蛇行匍匐到俄罗斯兵的战壕,斩杀了哨兵。而亚索夫的城墙,还是绝望地一动不动,而最糟的是食粮的缺乏,将军们商议的结果,决定组织敢死队,悬赏十卢布攻取瞭望台。二百名顿河哥萨克出头应募,由一个步兵联队遥为接应。哥萨克们乘夜暗中潜行到左岸的瞭望台,打算炸毁塞门,终于失败,便用铁杠打毁围墙侵入台内。里边有约三十名土耳其兵,四分之一被杀,其余的都被俘虏。又掠获大炮十五门。立刻掉转炮口,攻打隔河的另一瞭望台,土耳其兵便不得已弃而退却。这是伟大的战果,顿河脱离了土耳其的控制了。营中举行感恩的祷告,至醉法皇从米契夏到来。

但是,突然发生意外的灾难,接连着酷热的天气。每天将近正午的时候,士兵们像煨熟了的一般,四处找躲阴的地方,他们不想打仗,也鼓不起敌忾。每人分发到一罐鱼干菜汤、一杯烧酒。光焰万丈的旭日吹起难堪的炎威,蟋蟀烦躁地鸣叫,苍蝇缠绕着人身,粪便发出恶臭,因为炎热的缘故,城墙和炮塔显出火堆一般的样子。依照古来的习惯,吃过午饭大家在营里睡觉,上自将军下到伙夫,全部俄罗斯兵都发出大声鼾息,连哨兵也摇摇摆摆地打盹。

正在午睡的一小时中,荷兰炮手雅可伯·杨山忽然失踪了。第一个发觉的,是彼得,他在一小时午睡之后,从泥屋子懒洋洋地走出来,打着哈欠在白热的光线中眯细着眼睛。刚才二三小时之前,他绝对主张说可以用三发炮弹轰破回教堂的尖塔——不管杨山极力反对,还是说一定可能。彼得吵闹起来:

"被他妈的魔鬼抓去了吗?"

全营到处找遍,有一个兵士说,好像见到过一个穿红袍的汉子,手里提着布囊什物向城塞方面走去的。彼得勃然大怒,伸手打了那兵士一掌。但事实是泥屋中没有杨山的行装。难道投到土耳其方面去了吗?第二天早晨,每个联队中传遍咒骂可恶的荷兰人的言语,歌东因这叛逆的行为大为懊丧,要求开军事会议,在席上揭穿了歌洛文和莱福忒阵地中防御工事做得非常潦草,阵地之间,完全没有相互的联络,因此土耳其兵假如出城袭击,一定会引起惨败的结局。

"各位将军,打仗可不是闹着玩的事……我们对许多人的生命负着责任。可是我们却只是当着玩意儿一般胡闹。"

莱福忒气得嘴唇发白,歌洛文勃然大怒,公牛似的眼睛盯住了歌东。但歌东绝对主张整顿防御工事,丝毫不让步。

"打仗的时候,最要紧的是惧敌……"

"叫我们怕他们吗?"

"把他们当苍蝇一样打死就是……"

"什么话,为什么,为什么,亚索夫是苍蝇吗……"

将军们大骂歌东是懦虫,是狗子。如果彼得不在场的话,也许大家会扭落假发。那一天,当全军在午餐后好梦正圆的时候,土耳其兵大开城门,跟一阵风一般,突击歌东所指摘的未完成的阵地交通壕。

半数枪兵在梦中被杀,其余的丢弃了戟和枪,向潦草完成的十六门大炮台逃去。可是来不及放大炮,土耳其兵已经追上溃走的枪兵,高举弯形的土耳其短剑,攀登五角碉堡,一声嘶喊,就低着脑袋跃进围成一团的炮手群中。其中还望见歌东的儿子雅可夫乱舞着浴帚。

阵地沸腾大乱,枪声跟爆豆子一般。彼得站在泥舍的屋顶,握紧拳头,愤激得要哭出来。尽喊,尽发命令,都没有用处。睡眼惺忪的兵士们好似都发了疯,乱窜乱跑。

彼得望见歌东握着手枪,登上阵地的土堡,满心兴奋的样子,可是他的衰龄使他的脚失了劲儿,不住地鼓着勇,跑到五角堡去救自己的儿子。穿着绿色红色蓝色长袍的混乱的一群,从歌东的后面拥上去。莱福忒军阵地的土堡上,军旗急急地乱摇,从那边也涌出了应援的部队。遍野都是兵士,被占领的五角堡,完全笼罩在炮烟之中。土耳其兵用射击掩护退却,推运着大炮向通到城塞的斜坡上走去,挥舞着弯刀,射着回马枪,从五角堡上逃出来,闪刹着红色的土耳其裤。在野面上散乱着的俄罗斯兵终于形成一条不规则的阵势向两边展开,把土耳其兵追进城里去了。彼得从泥舍顶上望见这一切,完全跟游戏战争一模一样。现在是我方反攻了!土耳其兵,接连着是俄罗斯兵,杀到城壕边上。

　　"拉过马来!"彼得大声叫道,"号手! 冲锋号!"

　　他顿脚大声叫唤,却没有一个人答应。亚历克舍西加·门西可夫瞪大眼睛,从他身边疾驰而过,用剑拍打马背,跃过城壕,突然张开嘴来,叫了一声"万岁!"战鼓震天动地地响起来,忽然好似发生了什么事,土耳其兵刚逃到城边,城门豁然大开,涌出一队土耳其近卫兵来。中间簇拥一人,全身红衣,头包大帕,跨身马上,把两臂向上一扬,一阵猛然地嘶喊,透过枪声而来。彼得瞿然一怔,俄罗斯兵溃退下来了。土耳其骑兵步兵回身追来,一个人倒下去,又是一个人倒下去。彼得双手紧掩太阳穴,眼中又看见亚历克舍西加的身影,他向红衣人跃马过去,交起剑来。窝卷的硝烟,炸裂的炮弹,狂奔的战马,逃命的兵士忽然倒下地去,恐怖而抽搐的脸,跃过城堞,滚落战壕。失败了,唉,失败了!

　　一场恶战,损失了联队长一人、军官十名和全部的炮台。彼得有两三天不敢望城塞边看那些咧牙狞笑的土耳其兵。只有亚历克舍西加有资格在人前炫耀他的染血的剑刃。亚历克舍西加变成英雄了……

　　阵地中的兵士都丧魂落胆,一个疏忽就受了如此重罚。莱福忒和歌洛文不再在人前露面,在他们的阵地上,现在只看见从铁铲上飞起来的土块。彼得日夜不安地怨艾着失败,几天工夫好似苍老了许多,一天到晚阴沉着脸走来走去。只有一件事锲而不舍地深陷在他的脑子里——无论如何要攻陷亚索夫,不管光荣或耻辱,即使全俄罗斯四脚爬地,也非攻陷亚索夫不可! 每天傍晚,便坐在星空底下的小泥舍旁边,抽着烟,听歌东谈战事,奇胜的故事,和有名的司令官的故事。

"用粥汤和铁铲作战的人，坚决而慎重的人，这样的司令官是国家的幸运。要是士兵信仰司令官，而且有足够食粮的接济，他们便能够勇敢地作战。"

彼得已不再向城塞做无用的炮击。白天在坑道中做土工，由于坑道的挖掘，军队一步步向城塞接近了。他脱去上褂和假发，掘着泥，打着柴束，和兵士一个锅子喝粥汤。

从河边看去，亚索夫是在丘陵上边。歌东提议在对城的岛上建筑一座有炮台的掩蔽堡。这个危险的任务由雅可夫·特尔高尔基担任。他是一个倔强的莽汉，宁使丢掉脑袋也要获得战争的光荣。他率领两个联队，在夜色中占领了那个岛子，动手开掘壕沟。第二天早上，土耳其兵发觉危险，忙派精锐部队带同鞑靼骑兵，渡过顿河的右岸，从那儿展开攻势，打算把俄罗斯兵逐出岛上。歌东派了两位将军，声援特尔高尔基。也等不及回音，便亲身率领大炮和骑队出发，埋伏在岛子下方的障碍物后。

土耳其兵慌忙停兵，于是歌东驻扎左岸，受惊的特尔高尔基驻扎岛上，土耳其兵驻扎右岸形成掎角对峙之势。莱福忒和歌洛文开头有点儿羞恼，结果决定不出阵地一步。他们不满意歌东的措置，"让他自己一个人去打吧！"

彼得在角堡高处守望着军势的动静，照例还是不大明白事态的趋势。想去加入作战，心里又是害怕。忽然，鞑靼骑兵跳进水里游过去了，土耳其近卫兵拉着马尾巴纷纷退却。鞑靼人退到草原上去了。土耳其兵退进城里。歌东的部队由军乐队开道，张着军旗回来，他终于不费一弹，得了胜仗。

从岛上开始向城中炮击，轰毁房屋，引起火灾，都历历可见，也看见人民逃到城墙底下躲避。俄罗斯营中，大家高兴得雀跃起来。冲锋的主张又重新点燃起来，但歌东反对这种愚蠢的尝试，他提议城防司令摩多赛总督也许有好的条件肯来投诚，主张派人交涉。把整个亚索夫包围在火烟中的猛烈炮击之后，两名哥萨克带着国书被派到总督的地方去。远远望去，只见哥萨克走到城前，挥着帽子和诏书，对方开门接纳进去，不多一会儿，却被凶凶地滚了出来。岂有此理，把皇帝的使节……哥萨克带着国书回来了，是雅可伯·杨山的笔迹，用俄文把俄方毒骂了一顿。

歌东在歌洛文的营里，绝力申说依照军事学，先掘地道接近城墙，造成破口,然后发兵冲城。但一切都归徒劳,没有一个人听从他的话。将军们面前放着酒杯,默默地坐着。彼得抱紧脑袋搔挖着后颈,凝视烛火。他的耳朵中,好似已经听到亚索夫城边胜利的军号。歌东把剑鞘头在地上一顿:

"有名的孔德元帅,每次都是……"

"孔德,孔德!"歌洛文拦住他的话,鼻声地说,"跟孔德滚去吧!跟你商议,只是白费时间,结果不过把国家的光荣涂在污泥里。"

莱福忒厚着脸做了一个轻蔑的笑。彼得是绝力主张立刻攻城,于是便决定八月五日开始猛攻。

征募敢死队,规定俘获一尊大炮,军官赏与二十五卢布,士兵赏与十卢布。从军教士在做了祈祷之后,劝人向苦难之路行进。步兵联队和枪兵联队中没有一个人应募敢死队,大家沉着脸背过身去:"哪个傻子要这点儿卖命钱?"但顿河哥萨克队派一个一等上尉到彼得跟前,申请二千五百名哥萨克兵甘愿担任抢城的任务,如果攻下城以后,肯把亚索夫交在他们手里,准许公开抢劫,即使一天也好,那一定会有许多人愿意冒死。

彼得和将军们一一拥抱了这位一等上尉,准许于三天之内将亚索夫城任他们随意处置,并决定以五千枪兵和步兵在后接应。攻城的前夜,歌东到泥舍中来。彼得抽着烟斗,正借着流泪的烛火的光,伏身在军用地图上。

"和士官讲过了吗?怎么样,一定打胜吗?"

歌东坐下来,把钢盔放在膝上。老人很疲倦的样子,瘦削的脸上长着白色的乱须,突出缺了两颗的又大又黄的前齿,呼呼地哮喘着。他举起含愁的眼色,霭然地望着过信自己力量的青年。一切以血气从事,终必造成这样的情势。

"我打算今年冬天,在伏洛内齐造一个大舰队。"彼得抬起充血的眼睛说道,"明天无论如何要攻下亚索夫城。(他用烟斗指点顿河口西边的小弯)你看,在这儿造第二要塞。今年冬天土耳其兵就进不得亚索夫海。到明年春天,我们就可以带大舰队到这儿来。你看,在这海峡的凯尔契地方造一个要塞,那么,所有的海便全在我们的手里了。我们造海船,然后占领黑海。(他把烟斗在地图上一画)我们在这儿便完全自由了。从海道进兵克里米亚,取得克里米亚,以后便是波司伏拉斯加和鞑靼内尔斯,不管流血

255

不流血,总之冲进地中海。那儿堆满着丝绸、小麦……你看,这些国度——威尼斯、罗马……你再看,莫斯科从水路把商品运到蔡里纯,于是我们走来的道路,就可以在河峡地带①直通潘西诺。你看,这地方,可以掘一条通顿河的运河,莫斯科便直通罗马了。怎么样? 以后便是商人登场的时代了! 怎么样,歌东将军,你看亚索夫攻得下吗?"

歌东想了一想,回答道:

"我不大明白,我见过那些兵士了,许多人实在太缺乏常识了,他们以为不带云梯可以抢城。还有许多人,在那里懊悔,嗯,甚至还显出害怕的颜色。我对他们说,你们是菌蕈,去爬树干吧。他们听了我的话,都骇住了,临阵不前者格死勿论。顺便还告诉他们,一切都准备好了,云梯、柴束、手榴弹都有。以后便听天命。"

彼得总是安静不下来,午夜零时以后,叫醒了门西可夫,骑马到哥萨克营中去。营中非常寂静,哥萨克都在大车上睡得很甜蜜,会见了容貌魁梧、目光炯闪的和尚头的亚塔曼。他请彼得坐在火堆边的马鞍上,自己土耳其式地盘膝坐着。哥萨克兵人山人海地围聚在他们的周围,拿来了鱼干和烧酒,开始狂放俏皮地对话。哥萨克人看来是连魔鬼也不怕的,他们紧靠在火堆周围,火光映闪着他们漆黑的胡子和狞猛的脸孔。他们冷笑着说:

"哥萨克是最强最好的种族,可是莫斯科人完全不知道我们,有人还说我们是强盗。咳,这真是岂有此理的话! 你们派地方官到我们的地方来,这些家伙才是真正的强盗。可是,现在陛下亲自来见我们了,嗯,多么大的光荣呀! 我们是强盗吗? 不,哥萨克是苍鹰呢! 哈哈! 要留心我们才好呢!"

一会儿,到东方露白的时候,营中一阵轻声的叫嚷,哥萨克中队爬过土垒,在河边城外的黑野中,像猫似的吞灭了影子。另外的部队坐上舢板,运去了带着钩绳的轻梯。军营中寂然地消失了人影。

辽广的天空中晓星苍然发光。辎重中的公鸡引吭而啼,黎明的微风凉爽地拂过肩头。北方天空中跃起一道闪光,炮声隆然地震动大地。歌东将军部下的蒲杜尔斯基和丹波夫斯基两联队开始冲城了。

---

① 两河间的狭地,小舟货物可以通过。

爬上城墙的只有蒲杜尔斯基兵和丹波夫斯基兵,在后接应的枪兵队,一听到惨厉的厮杀和刀枪乒乓的声响,都骇得面孔灰白,匍匐在焦毁的村落的樱桃园里。哥萨克兵从河边奋勇猛攻,把梯子架到城垣的低处,土耳其兵从城头上抛下石块,泼下沸滚的柏油,哥萨克退回到空营中,冲锋队被击退了。

太阳升起来,城墙一带堆满了累累的尸山。土耳其兵蹒跚着把俄罗斯兵的尸首从城头上扔下来,尸首打着滚,落进城壕中。俄罗斯兵方面阵亡一千五百名以上。兵士在战壕里叹气:

"昨天伐纽西加还跟我聊天,今天他的身体叫乌鸦啄了……"

"我们真不明白……到底干吗要跑到土耳其人的地方来?"

"打打仗倒没有什么关系……可是杀得一个不剩,实在有点儿吃不消。"

"大概只有将军们回得了莫斯科……"

将军们受皇帝的召,齐集在歌洛文的营里。歌东阴沉着脸,一声不响。莱福忒眼睛向空中呆望着,无聊地忍住着哈欠。歌洛文呆着脸打瞌睡。只有跟皇帝一起来的门西可夫还保持着昂然的英雄气概。他的头上裹着纱布,剑上还挂着血渍,这是他曾经爬上城头搏斗的记号。厄运当头,他依然活着没死。

彼得气恼地挺着胸背,坐在上首。将军们在两边:

"怎么样? 有什么意见没有? (莱福忒向歌东悄悄地碰了一下,歌洛文做了一个没有办法的手势。)打算倒霉到底吗? 解围退兵吗?"

他们默默不响,彼得用指头敲着桌边,板紧了脸孔。门西可夫目光昂然地走到桌边,伸出一手:

"恕我放肆,彼得·亚历克舍维支,我在这里本没有资格说话,我曾经亲身爬上城头打仗。当然,我也杀了几个土耳其的将军,因此我想贡献一点儿对于他们的意见。我们的兵士跟土耳其作战,必须五个人才对得一个,他们简直凶暴得可怕。我杀死的那些将军,他们愤怒地跟猪一般发叫,用牙齿咬紧铠甲。他们的军器也比我们好得多,弯刀快得跟剃刀一般,他们的剑钺,一下子砍得下三颗脑袋。我们要不先把城墙毁灭,到底是打不过土耳其兵的。所以最要紧的是先把城墙炸破,其次我们的兵士应该用手榴弹和哥萨克刀,不要使长的军器。"

257

亚历克舍西加把眉尖一蹙，傲然地退到后边。歌东说了：

"这青年人的话我完全同意，但是要攻破城墙，除用地雷，没有别的办法，所以必须掘挖地道，这是很危险的，而且需要长时间的工程。"

"不过，我们快没有面包了。"歌洛文说，"粮食桶快要见底了。"

"可不可以延到来年呢?"莱福忒沉思地说。

彼得突然回过身来，瞪出玻璃一般的眼睛，盯住刚才还是知己的酒友。

"你主张放弃吗?"他通红着脸大声怒吼，"好，我要打城，我自己来打。从今夜起，开始挖掘地道，谁要再说什么面包不面包的，立刻判处绞刑。明天开始作战，亚历克舍西加，去叫技师来。"

衰老得皮肤宽弛的法兰茨·清梅尔曼，和面目玲珑瘦长的青年，外国人亚当·伐伊台走进来了。

"两位技师!"彼得用手掌拓平地图的皱纹，移过烛台，"九月以前必须炸破城墙，仔细看一看地图，想一想，限一个月期限完成地道工程。"

他站起来，在烛火上吸燃了烟斗，走出营帐，仰头看天上的星。亚历克舍西加在他肩背后低低说了几句话。将军们看着炮手阁下从来没有的脾气，都木然地站在营里发愣。

围城依然继续下去。土耳其兵乘战胜余威，昼夜不息地妨碍工事的进行，冲进战壕来。尘头起处，鞑靼骑兵队直追阵地，劫夺辎重车队，许多哥萨克在肉搏中阵亡。俄罗斯兵渐渐支持不住，物质大感缺乏。黑海袭来了猛雷，这种大雷雨是莫斯科人出生以来还没有见过的。电光如火柱一般落下，暴雨震动大地，骤雨跟洪流一般灌进战壕和地道。接连的雷雨，寒冷而灰色的秋天意外地悄然而来。军队没有预备寒衣，恶疫开始蔓延。枪兵联队中发生动摇的征兆，而且在寒凉的海面，连日白帆掩映土耳其兵方面，援军陆续到来。

莱福忒一再地劝彼得解围退兵，但彼得的意志跟石头一般的顽强，他变得更加粗暴而凶猛了，一天瘦似一天，绿的上褂跟吊在竹竿上一般宽飘起来，也不说一句空话。法皇喝醉了酒跑进阵地中来，被他一铲子狠狠地打着了脑盖。

没有一个人能够像彼得所要求的那样紧张地工作，但结果并非没有可能。九月中旬的某日，亚当·伊伐台已通到城堞的底下。工夫们报告地道中听到有一种奇怪的声响,是不是土耳其方面正在挖掘对抗的地道呢? 如果真是这样,那一切都归于泡影了。彼得燃着烛火爬进地道中,倾听那种声响,立刻下了决心,便是只这段地道,也一样可以轰炸的。他命令军队装填了八十三普特的火药,着手攻城的准备。三声炮响,警告那些士兵和夫役。彼得在导火线上点了火,飞退到阵地的后方,接着亚历克舍西加和伐莱诺·马当根也退身向后,土耳其兵从城头逃进内部的堡垒。一刹那间,四周镇住凄然的寂静,只听见顿河对岸,飞鸦啼鸣。忽然,城墙底下的地面像小山一般地隆起,一声震天的轰响,从翻腾的小山中喷出无数蛇一般接连的火柱、黑烟、泥块、岩石、木段。一刹那后,所有的一切开始向俄罗斯兵阵地落下。吹上一阵火辣辣的赤热的旋风,木段被火焰围绕着,向阵地正当中呼呼地飞来。伐莱诺·马当根在离开彼得只有三步的地方,碰破了脑瓜立刻死去。约一百五十名兵士和枪兵,两名上校和中校死伤了。全军受到无可名状的恐慌,沙尘向四边散开。远远望去,城墙依然完好,土耳其兵发疯地笑倒。

大家害怕彼得,没有一个人敢近过身去。他亲自(扭曲着歪斜的字体,模糊着墨污)书写自这月末日开始水陆总攻,不得迟误的命令。两条地道总算毫无损害地完成了。他叫兵士们行了忏悔礼,吃了圣餐。全军都等待着死期。不断地望见彼得骑一匹毛毵毵的小马,巡视阵地,瘦削的小腿拂动着长草。腰带中插着手枪的门西可夫和手持军号和铁枪的亚历克舍·勃洛夫庚每次都骑马紧随他的背后。兵士们躲在战壕中发点儿牢骚倒还可以,要是偶然露出颓丧的面色,被这三位魔鬼碰上了,便叫班长来问话,三言两语便抡鞭痛打。有一次,彼得听见几个枪兵在背地里私语:"把人家赶到这种地方,叫俄罗斯人的肉喂土耳其的乌鸦,这算什么聪明的行径呢?"突然跳过去就是几个耳光,命令把他们吊死在辎重车的车辕里。

八月二十五日[①]的夜,彼得到雅可夫·特尔高尔基的岛上去观战,全营沸腾起来。从军教士在火堆边坐着(这是受命而行的),班长们的髭须在四处抖动。各联队开出野原上,在晓寒中等待黎明。轰炸声两次震动天地,一刹那间,映出了回教寺院的尖塔顶、山陵、河水、人脸、因恐怖而瞪大

---

① 第一次地道完工攻城为九月中旬,此处日期疑原文笔误。——译者

259

的眼睛……俄罗斯兵又开始攻城了。

蒲杜尔斯基联队从城墙破口冲进去，虽然受了惨酷的损失，终于以手榴弹肉搏到城内的防栅。普劳勃拉潜斯克和赛门诺夫斯基两联队用小船渡河靠近城墙，便架云梯爬城。土耳其兵用弓矢和长枪应战，几百俄罗斯兵从梯子上纷纷跌落，疯狂地爬上去，嘶声叫骂，爬进了城墙。摩多赛总督率领土耳其近卫兵，野兽似的怒号着，仗剑杀到。

别的几个联队开到城墙边，只是空口喊叫，没有赴死的勇气。枪兵联队连土堤外边都不敢越出一步。那时候，歌东下令打退兵鼓。蒲杜尔斯基联队只有一半生还，从城墙破口逃出来。游戏联队围住摩多赛总督已苦战了一个多小时，在狭窄的巷子里乱冲乱闯。从焦毁的废墟中飞出箭矢、手榴弹和石块，但是四无援兵。另外的方面，彼得在岛上暴怒得跟发疯一般，派传令兵带来重新反身攻城的命令。莱福忒身披金甲，头戴翎盔，抓住夺获的土耳其军旗，混在溃退的联队中拍马疾驱。歌洛文挺着一支破枪，胡乱打开士兵，只有歌东一个，站在箭弹如雨的土垒上，沙声直喊。俄罗斯兵开到城壕边上，站足游移起来。许多人丢了手枪和枪，坐到地面上，双手掩住脸孔，要杀便杀，要剖便剖，不愿前进，不愿前进了！退兵鼓继续地响着。

城寨和阵地悄然静寂，鸟群飞落到垒垒的死尸上。第三天的晚上，亚索夫城解围了。也没有燃火，也没作声，大炮车系上马匹，在顿河左岸行军。前面是辎重车队，接着是残余军队，然后由歌东将军的两联队断后。在设有防御工事的瞭望台中，留下了三千兵士和哥萨克兵。

第二天早上，海中袭来飓风，顿河突然泛涨，想渡河往克里米亚方面，淹灭了不少的辎重和人马。于是一方面避开鞑靼人的袭击，一方面继续沿诺迦河岸行进。但歌东不得不接连和鞑靼兵的追击应战，变换炮位，展开方阵，用排炮将他们击退。可是斯维尔德的步兵联队在这样的情势中，因为在夜间迷路，还是连同联队长和军旗，全军变成鞑靼兵刀上的锈污，未死的兵都成了俘虏，被他们带走了。

经过乞尔加兹斯克以后，鞑靼人才把他放弃。以后便走进没有人烟的不毛的旷野，吃完了干硬的面包。没有东西烧火堆，忍不住夜的寒威，秋云密布天空，北风狂吹着，运来了雪粉，大地冻结，风雪交迫。穿着夏服的赤足的兵士，彷徨在死神一般白色的旷野上，一失足倒地，便再也爬不起来。天亮的时候,许多人躺在野营地上被丢弃了。狼群从风雪中咆哮着袭来,紧紧地盯在行军的背后。

三星期之后,退却到伐鲁伊基,全军只剩了三分之一。彼得带领近臣,从这儿到杜拉的莱夫·基丽洛维支的兵工厂,带去了二名土耳其俘虏和夺得的军旗。

路上,彼得给恺撒大公写信:

> Mein Herr König……当亚索夫不得占领而还兵之时,余在诸将会议中所可指摘者,即今后之战争必须以舰舶、平底船、格莱船及其他船舶进行。此间陛下之神父普莱西堡大主教,全耶柴及全谷古总主教至圣野尼基泰,与陛下诸臣均托赖神佑,健好如恒。

> 彼得

于是,第一次的亚索夫远征,便在耻辱中闭幕了。

第 七 章

一

两年过去了。喃喃怨骂者咬住舌头，嘲笑者闭住嘴。在这两年之中，接连发生大事件和可怕的灾祸。西方的天光蓦然闯进睡气沉沉的生活。在这儿，发生了更大的裂痕，两种不能调和的势力①发生更剧烈的冲突。

大贵族阶级、领主阶级、教士阶级、枪兵们害怕变化（新的事业和新的人物），仇视一切革新事业的触目惊心的速度和猛势。"平静的生活不知消失到何处去了，简直是酒馆中一般的吵扰。一切都毁坏了，一切都四分五裂了，来历不明的商人们陡然得意起来，他们都是眼快手快的家伙，简直会挖奔马的眼睛。皇帝叫那些不畏上帝的好色贪赃的家伙治理国事，我们只有落地狱的一路了。"

可是那些所谓来历不明的眼快手快的家伙，一心希望着变化，就使一粒也好，只想深深探究包围于日落之国的黄金的尘灰，他们就大言着说这位青年的皇帝，到底没有令人失望。彼得果真是他们所期待的人物。亚索夫远征的惨祸和羞辱立刻使他变成了成人。失败镇定他放逸的心，连近身的臣僚也觉得他好像换了一个人，他变得脾气恶劣，倔强而实务化了。

亚索夫远征失败以后，彼得对一切人都冷笑着说："嘿嘿，跟科其霍夫的战争游戏到底有点儿不同吧？"他只在莫斯科露了一下面，立刻出发到

---

① 旧时代的势力和新时代的势力。

伏洛内齐去。从俄罗斯的每个角落,征发了夫役和工匠到那边去。秋天的大道上,络绎不绝地通过大车的队伍。在伏洛内齐和顿河地方的森林,久年的老麻栎树受了斧子的打击,摇摇晃晃地倒下来。造船厂、仓库、临时房舍都建造起来了。两艘大船,二十三艘格莱船,四艘火攻船①放在船架子上了。寒冬到来,一切都感不足,因此死亡的数以百计。做梦也不曾见过的严酷的强迫制度。逃亡者被捕用铁链吊住。在吹雪的烈风中,绞首台上摇晃着冻结的尸体。许多人被绝望驱迫,在伏洛内齐近郊的林中放火。押运大车到来的农民,斩杀护卫的兵士,把货物抢劫一空,拔脚逃跑。村舍中,常常有人因为不愿赴伏洛内齐的徭役,故意残废自己的身体,砍落指头。全俄罗斯都顽强地反抗。反基督的时代真正出现了。加上从来的灾难、奴役、徭役劳动,现在又强制服役于新的莫名其妙的工作。领主们因被征造船税而咒骂,看着荒芜的田地和空虚的谷仓而呻吟。教士阶级也不管黑衣白衣的嫌疑,同样倾诉心中的不平。他们都明白地看出来,权势正从他们的手中离开,移到那些外国人和新近擢拔的出身低贱的坏蛋们的手里去了。

新的时代开始翻展苦难的篇幅,军船队的建造,到春天总算告了一个段落。从荷兰聘请了技师和联队长。在潘西诺和乞尔加兹斯克造了食粮公仓。又补足了军队的兵员。五月,彼得坐在车船队前头新造的格莱船普林基鼓号上,出现于亚索夫。土耳其兵受海陆两路的包围,顽强抵抗,击退了几次的进攻,但是兵尽粮绝,终于投降。三十名土耳其近卫兵和哈桑·爱思兰公爵把亚索夫交出了。

这最主要的意义是对俄罗斯本身的胜利,谷古打胜了莫斯科。立刻向奥地利皇雷波特、威尼斯总督、普鲁士王送去了堂皇的国书。由安特莱·安特莱维支·维纽斯的尽力,在莫斯科河的卡门斯基桥塅建造了一座凯旋门。门上刻满双头鹰,四周围着国旗和军器,下面如此写着:

上帝与吾人同在,不在彼等之上,且从未降临。

镀金的海克力斯与马尔斯,全长三沙勤的农夫雕像,托起门的穹窿。

---

① 专门向敌人放火的轻便小船。

底下是亚索夫总督和鞑靼公爵的彩色木像,用铁链吊着,上面写着这样的句子:

昔战旷野,今囚莫都。

门的一边挂着一大幅海神纳普钦的布画,上面写着:"在此庆祝亚索夫之占领,永属吾神!"另一边画着俄罗斯兵肉搏鞑靼人,写着:"呜呼吾侪,失亚索夫,成此惨象。"

九月末,莫斯科人山人海,围聚河岸屋顶之上。亚索夫远征军从莫斯科河对岸过桥入凯旋门。至醉法皇一手持剑,一手执盾,跨着六匹高头大马,打头领道。接着是歌手、笛师、侏儒,以后是大秘书官、大贵族、军队。再接着是莱福忒马具崭新的十四匹大马。莱福忒披甲戴胄,手执亚索夫简明地图,站立在薄冰地上徐徐前进的皇帝的描金御橇上。然后,又是大贵族、大秘书官、军队、水兵、新任海军中将里马和特罗吉耶尔副提督。脸色庄严、身体横胖的总司令官,大贵族西因,乘希腊式两轮车,四边环绕着一群叫器的铜鼓手,堂皇地打鼓前进。他是在第二次远征前,因掩住了大贵族的口而晋升总司令称号的。他们的后面,十六面土耳其军旗曳地行进。成为俘虏的鞑靼猛将亚拉杜克被人牵着走来,他眯着吊眼睛斜睨两边的群众,疯狂地咧出牙齿,群众向他发出嘘声。普劳勃拉潜斯克联队后面,四匹马拖着一辆大车,车上装着一个绞刑台,叛贼雅可伯·杨山颈子吊在绞绳上,站在绞刑台下。两边站着两名刑史,响着刑讯用的铁钳,呼呼地挥着鞭子。再接着是技师、船匠、木匠、铁匠、枪兵队以后,歌东将军骑马前进。以后是身穿尸衣的土耳其俘虏。八匹鼠灰色大马,拖一辆船式马车。彼得作海军装,头戴鸵鸟毛的掩耳毡帽,在马车前徐徐徒步。群众望见他的圆脸和特出的高身干,大吃一惊。许多人想起关于这位皇帝的许多可怕的神秘的传说,画着十字。

军队通过莫斯科向普劳勃拉潜斯克前进。不久,又在这儿召开大贵族会议,大国会打破了古来的习惯,由外国人、将军、提督、技师等列席。彼得以独裁的口气说道:

"幸运女神这样地降临于南方,是从来没有的事,但她正要从我们的手里逃去。谁能抓住幸运神的头发,才是真正有福。所以各位大贵族,

264

请你们议以下的各件:首先是把归于荒废化为焦土的亚索夫复兴起来,驻扎相当的军队,然后在离此不远的泰刚洛克整备我所创设的要塞,驻扎同额的军队。其次,因海上战争比陆路更为有利,应建造四十艘或更多的军船队,军船必须能使用于战争,设置大炮小枪等一切军备装置。因此必须实行以下各条:总主教及各修道院领地内,每农家八千户,出船一艘;大贵族及各级官员每农家一万八千户出船一艘;大商人、商会、平民公会、自由农村等担负大船十二艘,因之各大贵族、官员、商人等应组织公社,总数应为三十五所。"

许多大贵族都骇得瞪大了眼睛,毛皮外套渗透了热汗,但终竟还是照彼得的意思一致决议。下令于年底以前,组织公社,如有违反,将世袭领地分封土地及邸第,一律没收归皇帝。各公社除俄罗斯木匠锯匠以外,规定各设外国工匠、翻译、手艺高强的铁工,及优秀的雕刻师一人、优秀的小木工匠一人、画匠一人、药房及医师一人。

彼得又发布敕令,开凿沟通伏尔加河和顿河的运河,并立即着手动工。大贵族耸一耸肩头,无异议通过。他们虽然认为这样性急地进行工事,大有困难,但反对也没有用处,彼得早经预先决定一切,已叫人无从下手了。彼得的话并不是提议,是卖座上的大声号令。一听到这些号令,脸孔剃得发光的将军们便昂着假发头赞成。唉,事情是弄得多么糟糕呀!普劳勃拉潜斯克的周围都是军营,听得见军号、大鼓和兵士的声音,况且,所谓大贵族的会议,从古来的习惯,原不过是在这儿揩揩汗水的。大概以后皇帝也不必召集国会,可以自由行事了。

事实上,不久以后,许多大的政事都不经大贵族的通过,单照彼得独断的意思随便施行。皇帝的私人机要处的大秘书官和尼基泰·曹多夫发布敕令,派兵士传谕五十个特选的贵族,叫他们往外国留学,专攻数学、筑城学、造船术及其他学问。(谢谢老天,没有这些学问,也从符拉齐美圣帝传到现在了。)莫斯科许多家庭,终日悲叹,以泪度日,但是既不敢请求撤销,又不敢告病不出。他们集合了青年们,授了祝福,好似送丧一般,郑重地交了酒杯。每个人派兵士随从,既以代替仆役,而且外表上又好看得多。他们登上了春雨的泥泞之路,向遥远的惑人的异国出发。

这样地,在近侍中,也参加了托洛艾库洛夫的女婿彼得·安特莱维支·托尔斯泰。他以参加枪兵队叛乱的罪恶,得到这种美差的报偿,大为欢喜。

二

亚索夫的占领是一件极轻率危险的冒险,它可能使俄罗斯对全土耳其引起一场大战争。但是讲到实力的时候,造一个小小的要塞也已经尽了全力。彼得和将军们在亚索夫的战争中,对于这一点是很明白的。以前做战争游戏的那种血气之勇已经消得连影子都没有了。他们再也不梦想什么侵略领土,一心只望要是土耳其从海陆双方进攻俄罗斯的时候,能够暂时维持一个最初的时期。

可是要找寻同盟国,加紧充实海陆军,实施新锐的军备,把这个连骨髓都发锈了的国家机构改造为欧罗巴形式的组织,第一件事便是钱,钱,把钱弄到手。

能够满足这种需要的,唯一的路是欧罗巴。必须派人到欧罗巴去,可是派人去还不够,必须使人家来满足你的需要。这是困难的,一刻也不能疏忽的火迫燃眉的问题。而彼得(和他的近臣)便以亚细亚人的狡猾解决了问题。他派遣了堂堂的大使节,自己则跟假装跳舞会一样化装为普劳勃拉潜斯克联队的一个班长彼得·米哈洛夫,随从同行。于是就好比对欧洲人说:"你们把我看作顽固愚陋的野蛮人,但我虽然是一国之君,是亚索夫土耳其人的征服者,却绝不是一个傲慢、单纯而轻率的人。我比你们要精干得多,我能够在地板上睡觉,和平民百姓一个锅子吃饭,我只有唯一的希望——驱除我的愚蠢和蒙昧,跟着我的恩人的你们学习。"

这种预料当然没有错误。你要是带一条美人鱼去,欧洲人也不会骇破魂胆的,把彼得的老兄当作神道一般看待,还是昨天的事。可是这位身长超过七尺,体躯因紧张而歪曲的美丈夫,为商业及学问的好奇心所驱,敝屣皇帝的尊严。这实在是破天荒的可惊的事情。

莱福忒,头脑敏捷、语学精明的西伯利亚总督费亚特尔·亚历克舍维支·歌洛支,国会大秘书普洛可斐·伏治尼纯被选为全权大使,随行二十位莫斯科贵族和三十五名义勇兵,这其中加入了亚历克舍西加·门西可夫和彼得。

因意外的事变,他们的行期不得不耽延起来。顿河哥萨克的阴谋案被发现了,主谋者是彼得困守托洛伊察时最先率领枪兵联队归附的崔克莱尔上校。彼得做梦也不会忘记崔克莱尔是苏菲亚的心腹,他很顽强地不信任此人的阿谀和追随。亚索夫占领后,彼得建造泰刚洛克的要塞,特派崔克莱尔前去任职。对于这样的野心家,这好比是发配充军。他在泰刚洛克察得哥萨克人对强迫劳动抱着愤懑的不平。草原的自由,蹂躏在皇帝的脚下了。敏于见机的崔克莱尔,便向哥萨克煽动。

"彼得正想到外国去游历,他派我们的敌人可恶的外国人莱福忒做大使节,因此事国库中须付出一笔很大的费用,现在全国都在叫闹。彼得倔强得很,不听任何人的劝告,一心只贪游乐,因此把人民投入痛苦的深渊,而且还毫无意义地耗尽公帑。他每晚上独自一人上德国女人处去,狙击他非常便当。他死之后,就没有人敢压迫哥萨克人。我们跟史吉加·拉金一般,自由行动吧。干完了事,你们可以选我当皇帝,我是旧教的保护者,特别爱护那些朴素低贱的人。"

哥萨克人受了他的煽动,便互相叫语:"现在就让彼得去找他的德国女人好啦,不久我们会跟史吉加·拉金一般叫他吃苦头的。"枪兵队的五十人长叶里柴勒夫飞马赶到莫斯科把不稳的计划一一报告出来。侦察的结果,莫斯科贵族索可芙宁、普式庚和崔克莱尔互通声气的,而且也终于暴露与诺伏特维支修道院也有联络。彼得亲身刑讯崔克莱尔。崔克莱尔受不住痛苦和死的绝望,终于供白了苏菲亚和三年前已经去世的米洛斯拉夫斯基从前的恐怖阴谋,许多新的事实。童年时所经历的米洛斯拉夫斯基的可怕的影子,又突然地站立起来,战栗于无限仇恨中的老头儿的模样仿佛又现出眼前。

发掘了东司可修道院中米洛斯拉夫斯基的历代的祖坟,掘出伊凡·米洛斯拉夫斯基的棺材,装在一只破雪橇上,二十匹猫背长鼻的猪猡,在鞭子底下嘀嘀地叫着,拖过莫斯科污水淋漓的道路,运到普劳勃拉潜斯克,后面跟着大群的观众,也不知是大声喧笑的好,还是怖极而叫的好。

普劳勃拉潜斯克兵士村的广场中,荷枪的兵士排列成一个方阵,大鼓雷鸣。中央放一座断头台,旁边看见将军们和戴掩耳帽、披黑大氅跨在马上的彼得驯良的马匹温顺地站着。彼得拉紧马辔铁,两足脱出马镫,猛然地拍着马腹,仰向的苍白的脸,好像发笑地抽紧着。可是仔细看时,却并不是在笑,棺盖打开来了,被朽腐的锦衾包裹着的头顶已烂

267

成青色,肘头已经霉落。彼得拍马前进,向伊凡·米哈洛维支的尸体呸了一口涎沫。棺材被扛到断头台底下。三个枪兵班长拉来因受重刑已不像人样的崔克莱尔、索可芙宁、普式庚。醉得昏天糊涂的尼基泰·曹多夫宣读布告。

第一个拉住崔克莱尔的头发从险陡的梯子拖到断头台上,斧光一闪,脑袋翻一个筋斗滚下地去。鲜血从台上的板缝流下,染红了米洛斯拉夫斯基的棺材。

三

把国事交托给以莱夫·基丽洛维支、史特莱西内夫、亚伯拉克辛、托洛艾库洛夫、波里斯·歌里纯、大秘书官维纽斯等为首的一群大贵族的手里,把莫斯科及对付恶棍盗贼的工作委托给罗莫达诺夫斯基。三月中旬,大使节和彼得·米哈洛夫一行人等,向古尔兰①进发。

四月一日,彼得用普通及隐形两种墨水,写信到莫斯科来:

> Mein Herr 维纽斯……昨日到达里加。托赖神佑,均各健好。大使节阁下受隆重欢迎,入国及出入城垣之时,二十四门礼炮齐鸣。多瑙河尚未解冻,故不得不在此间小住。请转咨诸友,此后用隐形墨水书写,请用火烘之,即可显露,并特用黑墨水郑重书写"敬向诸将军问候,并乞勿舍我茅庐为感",以示其后系用隐形墨水书写,因此间人物,好奇心甚强也。

维纽斯的回信:

> ……大使节阁下及贵国第一信拜聆,臣际斯时会,忝列朝班,谨祝大使节及诸刚勇骑士健康,并特为陛下圣躬康泰,狂干酒杯,因之巴加斯及其孙伊凡西加·富美利尼兹基大笑捧腹②,

---

① 波罗的海附近省会。
② 此处形容酒席盛况。

将军诸联队长及队长与全体士兵,命附笔为陛下致衷心之敬礼。第一中队之鲁加病故。亚拉普与哈尼巴加托赖祝佑,现已温顺,故已解去镣链,命学俄文。陛下御族均各健好。

两星期以后,莫斯科又得到了第二封信:

Herr 维纽斯……今日由此间出发赴米泰华……我人正生活于河上。河于复活节日始解冻。我等在此间生活,形同奴隶,所饱者唯眼福耳。此间商人出门均服大氅,道貌俨然,但与我等之御人售橇之时,因些微之铢锱,竟致放言设誓。以橇系于马上,付费十哥贝。不料毫不足恃,竟纷纷毁坏。

敬向诸将军问好,并乞勿舍我茅庐为感……(这以后都用隐形墨水书写)当自里加穿行街市全城之时,城头密布兵士约二千人。全城严重设防,但准备尚未完成,故此间情势甚为紧张。在城市及其他各地,均见哨兵出防,因本年收获甚劣,举国饥馑也。

又过了三个星期:

今日由此行海道赴喀尼希斯堡……我在此间,即巴伐,见俄人所谓骗子之怪物。在一药局,有一用酒精炼制之火蛇。我曾取之手中,见上书:火蛇者,动物也,栖于火中……御人已全部解雇,并托当地衙门,觅得逃人,重加鞭击,游行街市,令其一一返还工资,使其以后勿盗他人之物。

四

大桅和前桅,垂直地张着四扇大帆,高峙的船头斜桅,垂直地张着两扇三角帆,吹满着饱满的清风。圣乔治号轻轻地侧着左舷,滑走在明灰色的春天的海上。环绕着泡沫的冰块,到处浮动。塔一般高高的船艄上,飘扬着勃兰廷堡公国的旗帜。甲板洗得挺干净,铜栏杆擦得雪亮。波浪愉快地洗泼麻栎雕刻的纳普钦神像,船头的斜桅下冲碎着红色的飞沫。

彼得、亚历克舍西加·门西可夫、亚留霞·勃洛夫庚，剪短胡子的虚弱相的大脑瓜比得加教士——都穿着鼠灰呢的德国装、丝袜、带着铁扣子的俄罗斯皮鞋，抽着上等的板烟。

彼得肘头靠在高高的膝头上，很得意地说：

"我们到喀尼希斯堡便去拜访勃兰廷堡选候①费烈特里煦，他派起来是我的兄长，一定会热烈地欢迎我们。他非常需要我们，因为他一方面受瑞典的压迫，另一方面又有波兰，正在日夜不安。我们看准这一点，十之八九，他会要跟我们订军事同盟的。"

"这倒是最值得考虑的。"亚历克舍西加说。

彼得向海中唾了一口，用衣袖揩揩烟斗嘴。

"对啦，跟他结了同盟，对我们没有多大好处。普鲁士不会跟土耳其打仗，不过，大家别在喀尼希斯堡做出无礼的举动，要不然，我会砍他的头。要是丧失了场面，一切都化成乌有了。"

醉气醺醺的比得加教士振奋地说：

"我们那个时候不规规矩矩，您可别用唬吓……不过选候这个爵位，倒还没有听到过。"

亚历克舍西加告诉他说：

"选候比皇帝小，比公爵大。不过现在他的国家正在崩溃，正所谓日暮途穷的境地。"

亚留霞·勃洛夫庚瞪着明亮的眼睛，张大没须的光嘴，出神地听着……彼得对他的嘴吹进一口烟去。亚留霞痛苦地咳嗽着。彼得大声地哗笑起来，推了他一下。亚留霞说：

"啊哟，别开玩笑啦……不过站在这种选候跟前，好像有点儿怕人呢。"

芬兰人的老船长望着在大索中间玩笑着的他们，心里不胜的惊异。这群快活青年中的一个，谁能相信是莫斯科政府的皇帝呢。不过，世界上，奇怪的事件是很多的。

船左的远方，流过一片沙洲。时时望见帆影，张着全帆的船影，在西

---

① 古时德意志，有被选为国王资格的诸侯。

方的水平线下隐灭了。这是伐根①亨柴同盟②的领海,现在是在瑞典的手中。太阳斜过去了,圣乔治号大帆吹满了顺风,伸展了展帆的绳索,向着划分弗里西湾和海洋的长突的沙洲,轻轻地摔开着波浪。远远地矗起一座灯塔,视野中望见防守港湾的庇拉华要塞的低低的堡垒。一会儿放了号炮,投下了锚。船长招待莫斯科客人们晚餐。

五

　　第二天早晨上陆,并没有特别引人注目的风物。满眼的沙滩和松林,此外便是二十二艘渔船,和晾在架竿上的渔网、低矮的风雨剥蚀的茅舍,挂着白纱帘的玻璃窗。(彼得胸头跳跃着,想起安亨来。)扫除整洁的门口,戴布帽的妇人正忙着料理家务,男人们戴着一种叫南西帽③的皮帽,剃去上须,单留着下颏的胡子,走路的样子比俄罗斯人还笨重。可是看上去好像都是出身做工的,高高兴兴的,没有一些退缩的神气。

　　彼得找到了一家酒馆,坐在一张整洁的麻栎台子边,室内很干净,发出一股悦人的芬芳,心里很惊异地喝起啤酒来。他在这儿用俄文写一封要求会见的信给费烈特煦选候,伏尔可夫跟着从要塞来的兵士,带了信上喀尼希斯堡去。

　　渔夫渔妇围在门口,从玻璃窗里张望,彼得对这些良善的人们快乐地打着招呼,问了他们的名字、年成好坏之后,便请他们坐到桌边喝啤酒。

　　正午时候,一辆顶上饰着鸵鸟毛的金漆厢车停在酒馆门口,侍从武官封·普林茨假发上敷着发粉,身穿青绸的衣服轻轻地下车来,推开渔夫们,张着惊奇的脸,望手握锡杯的莫斯科客人走来。在离开台子三步的地方,脱去阔边的帽子,羽毛的帽饰轻拂地面,恭敬地低身行礼,以后把手臂像杠杆那么一弯,屈倒膝头,后退数步。

　　"奉大勃兰廷堡选候费烈特煦阁下命令,敬以衷心的喜悦请陛……(他迟疑了一下,彼得做一个威吓的眼色)请热望的贵宾从这贫窭的茅舍移驾

---

①　8世纪—10世纪横行欧洲西北沿海的北欧海盗。
②　中世纪时北德意志商业城市为防御各国之压迫而组织的同盟。
③　水手在暴风雨时所用的帽子。

和阁下高贵的爵位相适应的宾馆去。"

亚历克舍西加紧紧地眨着这位青衣的骑士,在桌底下踢踢亚留西加。

"瞧吧,这便叫礼貌啦……点起脚尖——不是跟画上一样吗?你看那假发那么短,可是我们的假发却拖到肚脐上呢。呸!见他妈的鬼!"

彼得和封·普林茨一起坐上马车。接着,随从们坐上另一辆比较不讲究的马车。他们把市中富庶区的一家商号,预定为宾客的宿舍。黄昏时候,进了喀尼希斯堡市。屋舍都没有垣栅,多么奇怪呀!大门都直接开向街道,路边一手撩得到的地方,是嵌着小块玻璃的长窗,到处点着辉煌的灯火,开着门。行人们都不带武器。他们甚至想问,你们不害怕强盗吗?这儿没有坏人吗?

充作宾馆的商号,也是一无遮蔽的,陈设着许多华贵的物品。只有傻瓜才不想偷盗。彼得眺望着餐厅中黑木雕框中的画幅、餐具、野牛角,轻轻对亚历克舍西加说:

"你去吩咐大家,就是一点儿小东西,有人毛手毛脚,马上在门口吊起来。"

"是,敏·海尔茨。连我也有点儿害怕起来了……在没有习惯以前,叫大家把袋子口缝起来。喝醉的家伙,决计别让他们看见。"

封·普林茨又回到马车上来,和彼得一起往宫里去。

打开秘密的侧门,走进院内。喷泉沸沸地飞溅,草地上黑幢幢地耸立着剪成球形、鸡形、金字塔形的灌林。费烈特里煦在面庭的玻璃门口,躬身欢迎彼得,伸出围着花边袖口的指尖,丝线一般的假发披拂在尖鼻突额的锋利的脸边。胸头斜挂蓝色的绶章,上边灿烂着钻石的宝星。

"啊,老弟,您来啦!"他用法国话说,以后又用德国话重说了一句。彼得像一只白鹤似的俯视他,不知称他什么才好。兄长吗?未免有失自己的尊严。叔父吗?又不大好。叫阁下吗?正在不得解决,不禁冒起火来。

选候携着彼得的手,踏着绒毯把他带进一间雅室。彼得瞿然一惊,挂在普劳勃拉潜斯克宫屋子里少年时代最爱好的一幅图画,好似在眼前复活起来了。融融的火墙上,一只装饰着大体星月的精巧的钟,摆动着钟摆。装着反光镜的三支烛架,柔和的光映照着墙帷的花纹,精致的椅子、沙发,以及其他百看不厌的许多华丽而优雅的装置。长花瓶细腻得像肥皂的泡沫,中间插着带花的苹果和樱桃的小枝。

选候手里转动着鼻烟壶,柔软的睫毛掩蔽着矍铄的目光,请彼得坐在火炉边一张金漆轻便小椅上。彼得恐怕碰坏了东西,怯生生地缩起了长腿子。选候用法文、德文夹杂着滔滔地谈话,最后提起军事同盟的问题。彼得早就知道有此一着,他的怯气稍稍减退了一点儿。用着夹杂荷兰文和德文的水手话,回答说自己是微行到此,不便商谈国事,过一个星期,大使节团便可到来,军事同盟的事情希望到那时再谈。

选候轻轻拍一下掌,觉得窗外玻门轻轻地打开,红制服的侍仆推进了放着饮食的小儿。彼得肚子正饿,立刻振奋起来。不料食物少得要命,几片香肠、一只烧鸽、包子、生菜,只这一点儿。选候做一个优雅的姿势,请彼得就餐,用浆洗过的餐巾掩住背心,轻轻微笑着说:

"全欧洲是多么的兴奋,看陛下对基督教徒的敌人打了光荣的胜仗,我就好像罗马人在竞技场的观席上,只是向您拍手呀。敝国不幸,正受强敌波兰和瑞典的包围。那瑞典简直跟强盗一样,只要他们控制着撒克逊、波兰、波罗的海、里伏尼亚等处,一切国家的繁荣是无可期望的。年轻的友人,你不久就会明白,因我们的罪业上帝所送来的我们共同的敌人,实不是土耳其而是瑞典,他们向波罗的海一切的船舶征税,我们辛辛苦苦流汗劳碌,他们却黄蜂一般只是打劫。受灾的不单是我们,荷兰、英国也在感到痛苦。可是土耳其,土耳其算什么东西呢?他们只是受了法兰西暴君,那个向西班牙哈布斯堡皇冠伸手,从来不知餍足的法兰西暴君的怂恿,才撑起了翅膀的呀。亲爱的友人,您不久便会目睹一个对抗法兰西的大联盟。路易十四已经老朽了。许多名将都已睡在坟墓中,全国在苛征暴敛之下,可是瑞典啊,这可怕的强敌,他正从背后紧盯着莫斯科政府呀。"

选候肘头轻靠餐几上,拨弄着苹果的花,水汪汪的眼睛灼灼发光。无须的脸曝在烛火光中,看起来像魔鬼一般的精悍。

他进攻得多凶呀——彼得心里很明白。

干了一大杯酒:

"我很想跟贵国的技师学习炮术……"

"制炮厂请随便参观吧……"

"Danlse……"

"这是摩西葡萄酒,请尝尝看吧……"

"Danke。俄罗斯参加欧洲方面的纷争还太早一点儿,现在光是对付土耳其,也已经够了。"

"不过,可不能希望波兰的援助,波兰是跟着瑞典的笛声跳舞的。"

"这摩西葡萄酒可真不坏……"

"黑海在俄罗斯的商业发展上,并没有多大的用处……假使在波罗的海沿岸有几个海港,那在俄罗斯的面前,将开拓无限的财富。"

选候咬着苹果的花瓣,钢铁般的目光中现出嘲讽的影子,滑溜在彼得窘迫的脸上。

六

在使节一行还没有到来的一星期之间,彼得在市外练习大炮瞄准发射术,从炮术技师长苏泰特那·封·司坦法特得到这样一张证书:

> 查得彼得·米哈洛夫修得全部炮术学理实习,特此证明其为缜密优秀之炮术家。并对其卓越之知识,谨表尽可能之援助与好意。

大使节一行以空前未有的盛况到达喀尼希斯堡。使团中的随员在队伍的前头,骑着全身披挂的骏马。接着是普鲁士的近卫军、侍童、骑士、武士。俄罗斯的军号吹得震耳欲聋。再接着是三十名绿袍的义勇军,闪烁着银色的刺绣,举步前进。侍从武官穿着胸背绣有金色纹章的绯色长袍,骑在马上。莱福忒、歌洛文、伏治尼纯三位使节,身穿白缎面黑貂皮外套,海獭皮烟囱般的高帽上,闪烁着钻石镶嵌的双头鹰,坐在四边张着玻璃窗的大厢车内。他们像偶像似的仰向着,辉耀着指环和芦杖头上的金环。莫斯科贵族的一群,满身佩戴最高贵的装饰,跟在马车背后。

接见,和选候谈判,在这一片热闹声中,彼得已乘着艇子出发到弗里西湾去了。事实上,他在这里也没有事。不管选候玩着怎样的花巧,到底跟波兰缔结同盟是重要得多。大使节跟以前的情形不同,并没有牵丝扳藤的引用成案,只因至多只是一位选候,并不是皇帝,就不高兴在他的手上恭恭敬敬地接吻。他们主张仅仅友好同盟,不是军事同盟,一步不肯退让。选候唇焦舌烂地说服他们。使节们说:"我们明白了,那么就结军事同盟吧,不过先得对那些回避和土耳其作战的国家打仗。"这提议选候不能接受,他到艇上去访谒彼得,谈了整整一夜,彼得只是咬着污秽的指甲,终于屈服了,回答道:

"好,这就是了……不过不必用书面……在紧要关头,援助就是……好吧,就这样向十字架发誓,好吧?"

口头订立了秘密的军事同盟之后(虽然结果还是用了书面),大使节一行正预备出发,忽然听到很重要的情报,不得不在庇拉华逗留了两三星期。波兰开始了新皇的选举,波兰贵族在大小各式的国会中,各拥戴自己的候补者,闹得动了刀枪。候补者有十个以上,其中最有实力的,是撒克逊选候奥古斯忒和法兰西国皇皇弟孔德。

法兰西人占据波兰的皇位,无疑地就是把波兰离开对土的同盟,和莫斯科国家开启战端。在这欧洲的海岸,彼得第一次悟到政治赌博的意义。他从庇拉华派急使到维纽斯处去,要他出一封足以恐吓孔德派的国书给波兰。在莫斯科,由罗马法皇厅机密员格内治陀教区长出名,写了一封亲笔信:

> ……波兰国如以法兰西人为国皇,则不仅对于圣十字同盟,即对俄波和平条约,亦必受极大之侵害。然则敝国,不仅对贵国历代国皇陛下,且亦对贵族诸公抱有极大友谊之敝国,为波兰立陶宛王国计,实不望有如此倾向法土之国皇。

信函之外,又以貂皮和金币为饵。巴黎方面也不服输地送去了黄金。波兰人无所适从,就选奥古斯忒和孔德并立为皇,扰乱便勃发了。贵族们武装了仆役和农奴,互相掠夺村落,焚毁小城,彼得慌忙又派急使到莫斯科,命令派兵到立陶宛边境,声援奥古斯忒,但奥古斯忒为了要独占皇位,亲自率十二万大军到临波兰。法兰西派一败涂地,贵族们四散到各自的城塞,而小贵族则散开到酒馆里。孔德公爵——他因此事闻名欧洲,只到达勃洛纽,便缩起肩膀,又回到自己的享乐生活中去了。奥古斯忒在华沙向俄罗斯使官发誓和彼得一致协力。

大事变便这样顺利地结束。使节和彼得一行,便带领义勇军离开庇拉华。

七

彼得在使节之前出发,他乘驿马车匆匆赶程,路过柏林、勃兰廷堡、格贝城等处都没有停留,只顺便绕道到悠然堡一行,在那里参观了熔炉中流出铣铁的溶液,倾入坩埚中炼成精铁,由灼热的钢板切成步枪的筒子,在水车发动的转旋台上磨光、穿孔等等的工作过程。工人和实习生在各自的工作部门中劳动。以及步枪、手枪、军刀、锁子、蹄铁等制成品,运输到悠然堡城去。彼得鼓励两个高手的名工到莫斯科去,但工厂方面不肯答应。

一路行去,公路两边满种着梨树和苹果树,沿路居民从没有一人会偷果子。路的四周是栎树的林子,棋盘似的方形的田亩整齐有序,像仪器画出的一般。围绕石垣的园庭,藏在绿荫深处的鸽舍的砖的屋顶。草原上有肥美的母牛在吃青草,小河贯穿两岸,银光如链,老栎树高高耸立,水车缓缓地转动。约过了两三俄里,便望见一个小镇市,红砖墙的新教堂矗起一座尖尖的高塔,石砌广场中有一口石井,镇商会的高高的屋宇,静穆而清朗的民房,啤酒店的风趣的招牌,理发店门口挂一只铜的水盘①。居民戴着毛编的圆顶帽,穿着短裤子、白色长袜,和蔼可亲的面色。幽雅而淳朴的德意志。

一个七月的和暖的傍晚,彼得和亚历克舍西加坐着驿道马车,到达汉诺威附近的小镇谷辫堡。狗儿吠叫,从人家的窗口泻出烛火映照街道,家家户户正在吃晚餐。一家招牌上写着“金猪”的客店,从光亮的门口走出一个胸口披着围裙的汉子,向车夫打招呼。车夫停止了疲乏的马腿,回头对彼得说:

“先生,这老板说他们今天杀了猪,有许多好的香肠……再没有比这更好的客店了。”

彼得和门西可夫从马车上跳下来,轻轻地踏着脚。

---

① 理发的标识。

276

"怎么样，亚历克舍西加，到什么时候我们也能有这样的生活呢？"

"嘿，是呀，敏·海尔茨。这到底不是立时三刻办得到的……"

"这生活多舒服……你瞧，连这里的狗儿，叫起来都很文雅，真是地上的乐园，把这跟莫斯科比起来，真恨不得把莫斯科烧成一蓬灰。"

"那儿简直是猪舍啦……"

"永生永世只知道照老法过日子，一直到腐朽死亡。整整一千年，也学不会一件耕种土地的方法。这到底是什么道理？费烈特里煦选候到底是聪明人，他说得不错，我们必须打通波罗的海。我们要在那儿建设一个新的、真正的乐园。你瞧，这儿的星也比俄罗斯光亮得多。"

"因为俄罗斯四周围都是阴阴沉沉的啦！"

"你等着，亚历克舍西加，待我回去，把莫斯科彻底翻造过。"

"那是一定的……"

走进客店，望见一座大灶，天花板底下麻栎的横梁上，挂满着火腿和香肠。铜的器皿映在燃耀的木柴光中，发出晶亮的光焰，老板恭敬行礼，赧红的煎锅似的脸微微地笑着。当他们要了啤酒，开始据座大嚼的时候，外边进来一位骑士。

这骑士头戴圆锥形阔边高帽，身披纱呢大氅，直拖到脚边马刺之上。他向老板略一点头，便打照面走来，脱帽按在胸口，躬身行礼，大氅下裾被佩剑揭起来，满厨房豁然张开，彼得和亚历克舍西加木然张开了嘴，瞪眼直望着他。骑士用柔软的方言说道：

"汉诺威选候夫人苏菲亚，和公主勃兰廷堡选候夫人苏菲亚·夏绿蒂；公子英皇嗣君乔治·路易太子殿下，采尔公爵，以及属下各位女官，骑士，正从汉诺威，为拜谒盖世无双、闻名遐迩的莫斯科皇帝陛下的龙颜，并为陛下洗尘，供奉一夜的御宿，已来当地迎驾。"

谷辨斯坦——是这骑士的名字，向彼得恳求，说选候夫人和公主，现在正具酌恭候，无论如何请赏光临席。彼得只听懂一半谷辨斯坦的话，却惊慌得想立刻往街上逃走。

"不行！"他结结巴巴地说，"我急着赶路，况且现在天色已晚，等我从荷兰去了回来，那时一定……"

谷辨斯坦又满厨房张舞大氅和帽子，不慌不忙地继续恳请，亚历克舍西加用俄国话低低说：

"不必拒绝吧……我们就去一走,留一个钟头如何,敏·海尔茨？德国人很会生气的啦!"

彼得懊丧地扭开了背心纽扣,约定了后门进出,不让闲人过目,同席只准选候夫人一个,至多加上一位公主。于是深深地戴上尘秽的掩耳帽,向灶上的香肠恋恋不舍地瞥了一眼。

门口等着一辆厢车。

八

苏菲亚选候夫人和公主苏菲亚·夏绿蒂,坐在四周张着中国绸的火炉前,一张放好了晚餐食具的餐台边。母女二人勉强耐住了当地地主所提供的中世纪式的城堡,赖几张时新的壁布和墙帷,总算掩住了斑驳的砖墙。托梁四近一定有猫头鹰做巢。赤须武士的靴子和马蹄铁磨光了的石砌地上,布置着城主人匆促收拾过的绸面小环臂椅。到处发出鼠儿和尘灰的气味。贵夫人想念着这愈看愈粗劣的趣味,这城堡主人的永远失去的光荣,不禁战栗着身子。只有那些挂在过去曾经挂盾甲的锈铁钉上的大幅的绘画,聊足安慰她们的眼睛,那儿很鲜丽地画着大堆的海鱼和龙虾,一束野味、野菜、菜子,穿在枪尖中的野猪……斑斓的彩色映在日光之中。

只有对美术、音乐、诗歌,对一切精制品和典雅物的活泼的知性的游戏,才是这世界上唯一有价值的内容,母女二人心里都这样地想。她们是德意志教养最高的妇人,她们常和莱布尼兹①通信。有一次莱布尼兹说过这样的话:"这两位妇人的头脑真太敏锐了,有时候我不能不倾倒在她们深刻的问题之前。"她们又竭力扶植艺术与文学。苏菲亚·夏绿蒂在柏林创设学士院。几天前费烈特里煦选候写来一封语气幽默的信,告诉她们对于一位化身工匠,来此游历的野蛮皇帝的印象。"莫斯科国正从亚细亚的长睡中渐渐醒来,我们现在最要紧的是首先给他们一点儿小惠。"母女俩对政治并无兴味,她们之来谷辨堡,完全由于一种高尚的好奇的心理。

---

① Lebnity(1646—1716),德国哲学家。

278

苏菲亚选候夫人纤指紧握着椅档,侧耳静听开向园子的窗外的声音。一阵轻轻的轮声,杂着木叶的萧萧之声传进室内。白假发上的珠链微微动摇,用鲸须架张起的假发,高得举起手上也撩不到顶上。选候夫人瘦削多皱、蛀破的齿孔中填着凝蜡,紫罗兰色的衣裳中露出裹着白花边的胸肩,完全是端庄稳重的风度,只一对晶黑大眼闪烁着智慧的光。

苏菲亚·夏绿蒂生着一对酷似母亲的黑眼,分外凝重而美丽,容貌也很出色,皮色白净。一头敷着发粉的假发,一张伶俐的额角,胸肩露出到乳房之上,薄薄的嘴唇,清灵的脸廓,微微高耸的鼻梁,使人会自然地深深注视她的脸面,探求她那隐藏着的佻佻。

"来了。"苏菲亚·夏绿蒂说着立起身来,她母亲也已站了起来。衣衫窸窣作声,走到嵌在厚壁上的窗边。一个高长身影挥着两只大手从园中小径大步而来,后面是大氅高帽的第二个身影,再后面是第三个影子。

"是他呀!"老夫人说,"啊,长得多么高大呀!"

谷辨斯坦推进门来:

"陛下驾到!"

泥污的皮鞋,着毛袜的毛腿突然跨进来,彼得侧身而入。一眼望见烛光中两位贵妇的脸,叫了一声"Guten Abent①!"举手额上像揩汗一般,踌躇地用掌掩脸。

苏菲亚老夫人趋前数步,用指尖撮起裙裾,以和年龄不相称的轻捷姿态,屈膝一礼:

"欢迎陛下驾临……"

苏菲亚·夏绿蒂站在母亲身边,轻轻甩开一手,提起华丽的裙子,以天鹅似的优美的姿态,跪下身来:

"陛下,请原恕我们是这样的焦急,盼待得到莫人的光荣,拜见俄罗斯万民之主,第一个打破俄罗斯古来偏见的青年英雄。"

彼得从脸上移开手来,还了一礼,木然地发起愣来,心里踌躇着想:我是这么粗鲁,别叫这贵妇们笑话才好。越是心里着急,愈是把德国话忘得干干净净。

---

① 晚安。

"Ich kain nicht schprechen①……"他的声音细得跟蚊子一般,但是他并无说话的必要。苏菲亚夫人滔滔不绝地问着天气、旅程、俄罗斯、战争、游历的印象等,也不等他的回答,便扶着他的手臂,带他到餐桌边去。三个人对坐在阴暗托梁上的沉郁的厅堂中,母亲请他尝炸鸡,女儿替他斟酒。母女俩身上发出强烈的芳香,刺激着彼得的鼻子。老的一边说话,一边拿枯瘦的手指像慈母一般轻轻抚摸他的手。他握紧了手掌,在排列着瓶花和上等玻璃器皿的雪白台毯上,他觉得自己的指甲龌龊得可耻。苏菲亚·夏绿蒂探起身子,伸手提过酒瓶和菜盘,满脸含笑地对着彼得,蔼然可亲地劝他喝酒进食:

"请尝这个,陛下……这很值得陛下尝一尝滋味……"

要是她不那么露出美丽的胸部,她那芳香的衣裳不那么发出窸窣的声音,她便真像自己的亲妹子。而她们的谈吐之中,真有着跟母亲和妹子一般的声音。彼得的心渐渐镇定起来,开始流利地应对。老夫人以荷兰名画家、法国宫廷为题,谈到戏剧、哲学、美术。他对这一切完全外行,只会一味地反问、惊奇……

"莫斯科对于学问和艺术从没有人留意!"他说着,在餐桌下顿响着脚,"我到这儿才第一次听到,俄罗斯没有这类东西,大概是因为他们害怕的缘故。俄罗斯的贵族们完全跟乡巴佬一般没有知识,他们一天到晚,只知道睡觉、吃饭、做祷告,跟山猿一般。俄罗斯是一个阴惨的国家,你们在那里,恐怕连一天也过不来。我在这里同你们坐在一起,想起自己的祖国,心里是难受……便是仅仅莫斯科附近一带,便有三万土匪,人家都说我是一个喜欢流血的暴君,还有些秘密的小册子,说我亲身刑讯呢。"

他扯歪嘴唇,抽摇着脸,瞪出的大眼突然一阵昏花,满台子的佳肴在他的眼前消失,变成普劳勃拉潜斯克村那间没有窗子的血腥的小屋。他抽搐着颈项和肩头,努力拂去眼中的幻象。两个妇人眼中充满惊奇之色,注视着他脸上的变化。

"那些都是造谣……我最爱的是造船……一艘叫普林基彭号的格莱船,从桅杆到船底,都是我一手造成的(他到这时才张开拳来给她们看手上的

_____

① 我不会说话。

老茧)。我爱海,我爱放烟火。我会十四种手艺,可是都不精,所以我到这儿来。人家说我暴虐,说我爱流血,那些都是诳话,我何尝暴虐? 当然跟俄罗斯人住在一起,谁都会厌恶得发疯了。俄罗斯的一切都必须彻底破坏,重新改造,可是俄罗斯人是非常的倔强,就使把骨头磨成粉,我也一定要达到目的。"

他停了口,注视着贵妇们的眼色,脸上浮出抱歉的笑容。

"我到你们国中,觉得做皇帝也实在没有味儿……"他握紧苏菲亚夫人的手,"我必须先学会木匠的工作。"

选候夫人们完全兴奋了,她们原谅了彼得龌龊的指甲,在台毯上揩手,吃食的时候嚼嘴作声,莫斯科式的健谈中,插进水手的俗语,圆眼睛不住地多闪。讲到兴奋的时候,叫人注意,屡屡用肘头碰着苏菲亚·夏绿蒂。

一切的一切,自然流露的残忍的性格,对于人道主义等现象的极其朴素的无知。虽然觉得可怕,却有一种特殊的魔力。从彼得的身上,发出一种猛兽似的原始的新鲜的气味。(后来苏菲亚夫人在日记中这样写道:"他是一个很良善同时又是很凶恶的人,在道德的方面,他是该国的完全的代表。")

不知因为泛沫的酒浆还是因和聪明愉快的美妇人同席的缘故,彼得显得异常的兴奋。苏菲亚·夏绿蒂提出介绍叔父、兄弟和廷臣们跟他见面,彼得从衣袋中拿出烟斗,小小的嘴上现出微微的笑容,点头答应了:"好,见见面吧!"采尔公爵进来了。他留着现在已不流行的西班牙式的花白胡子,上唇挠起两条八字须,像一位花花公子或拳师的样子,是干瘪的老头儿了。皇太子穿着黑色天鹅绒的服装,是神情萎弱的清瘦的少年。后面跟着一大群华服富丽的贵妇和骑士(他们早已到来这个城堡中)。再接着,是被女官们簇拥着的气概轩昂的美男子亚历克舍西加,后来又进来大使节们——莱福忒、肥胖的西伯利亚总督歌洛文。(他们坐着御用的大旅行马车,一到谷辨堡探悉皇帝的行在,也来不及吃饭换衣服,便慌忙跑进城堡中来。)

彼得和公爵拥抱,又抱起了未来的英皇,在他的颊上亲吻,手按胸口,向廷臣们轻轻一礼。贵妇们齐身跪倒,骑士们脱帽趋前。

"亚历克舍西加,把门好好儿关上!"他用俄罗斯话命令着说。从一瓜形瓶中倒酒在高脚杯里,抬颏招呼身边的骑士,嘴边又露出神妙的微笑。

照俄罗斯的规矩，皇帝赐酒不能拒绝，贵妇和骑士们都干了满杯。

谷古式的酒宴在这儿展开了，意大利歌人抱着曼陀铃出来。彼得耐不住想一试跳舞的身手。意大利的音乐靡靡而沉涩，他叫亚历克舍西加到客店里去唤来自己随从的乐师。一会儿，普劳勃拉潜斯克的笛师和吹号手都到来了。他们一律穿绯红的上褂，蓄沙弥发，木立在墙边，敲打匙盘，吹起牛角笛、木笛和铜箫来。自有世界以来，在这样中世纪的圆穹窿下，从未有过这种百鬼夜行的音乐。彼得踏着脚板，眉飞色舞：

"亚历克舍西加，来啊！"

门西可夫抖动肩胛，轩着眉毛，扭撮脸孔，点起脚尖跳起舞来。苏菲亚便请彼得共舞，他轻轻握起老夫人的手指像天鹅一般开始旋舞。舞完一圈，搀她坐下，又拣了一个比较年轻的微肥贵妇，重新跳起蹦蹦舞来。莱福忒担任跳舞的指挥，苏菲亚·夏绿蒂和肥胖的歌洛文伴舞，义勇军从园中跑进来，各自拣女官伴舞，发出鞑靼式的怪声开始猛烈的普利夏托加①。舞裙飞旋，假发散乱，男男女女都舞得热汗涔涔。这时候，有许多人都觉得奇怪，为什么妇人们的腰膀都那么硬邦邦的。彼得耐不住向苏菲亚·夏绿蒂问了。选候夫人起初不懂得他的意思，后来明白了，笑得连眼泪都流出来：

"这不是腰膀，这是腰裆的锃子和鲸骨呀……"

九

在谷辨堡一行人分两路出发。大使节一路绕道去阿姆斯特丹，彼得率领少数义勇军向莱茵河直行。到克山丁登舟水行。过了显坎石墙，便是渴望中的荷兰了。莱茵河向右拐弯进入支流，在福特村通过水闸，便开进水渠和运河之中。

两头大臀的花黑马，套着高峰的颈圈，拖曳着平底的帆船，有节奏地晃动着脖颈子，跑进杂草丛生的河岸的沙径。运河像一条带子直线地穿过平原。平原像一张地图，点缀着菜园、牧场和花圃，网似的交错着沟渠

---

① 俄国舞的一种，舞时作鸟步跳跃。

与河道。酷热而阴淡的太阳。紫罗兰、风信子、水仙草的花儿已经萎谢，黑沉沉的田亩还留着一些残花，有人随手折几朵藏在手篮中。黑紫色、火焰一般的红色、斑色和金黄色的五色缤纷的樱花，像一片天鹅绒的花毯，掩蔽着大地。满眼望去，只见受微风而转动的风轮、群集的农舍、小村落、屋顶倾斜有鹳鸟栖止的小屋舍、沿沟渠的纸低的柳行。笼罩在苍茫中的市镇、教堂、钟塔的朦胧的轮廓，以及无数的风轮和风轮。

干草船在菜田边的沟渠中迤逦而行。农舍后耸起白帆，穿过樱桃园缓缓移去。水苔青绿的水闸边，荷兰人穿着桶一般灯笼裤，胸部狭窄的短褂，曳着木靴，站在从太阳如雾的方面划来的小船上，慢吞吞抽着烟斗，等待闸门开放。

有些地方，帆船行走的水面，比田野和屋舍更高。站在船上，可以俯瞰砖墙边交织的树木，果实累累的果树，晾在绳子上的衣服，徘徊在清静的沙园上的孔雀。俄罗斯人第一次看见活孔雀，只是发声感叹，惊奇得说不出话来。这个以可惊的努力从海中抢取了土地的国家，正使你想起世外的桃源。在这儿没有一片泥土，不成为尊敬和爱情的对象。在俄罗斯的荒凉的旷野，是做梦也不会想到的。彼得在船头上吸着瓷烧的烟斗，对义勇军说：

"莫斯科有的是大屋院……你拿把扫帚把院子扫一扫，绕围墙一圈，也可以打扫得干干净净，可是没有人会想到这样做。就使房子马上要倒塌下来，你们也绝不肯从暖炕上爬下来。我知道你们的臭脾气，你们懒惰，把地方糟蹋得一塌糊涂，屋门口堆得那么脏，叫人见了作呕。你说这是什么道理？土地太大了，而人都是穷光蛋……无聊也得有个程度。你们瞧，这儿的土地是从海底长起来的，连一株树也都是人手种植起来的。可是，他们却打扮得跟天堂一样。"

帆船通过闸门，从宽阔的运河开进狭窄的运河。时时遇到重载的货船，操橹前进。车边是萨台尔海——荷兰的领海，罩上一层乳白色的灰幕。白帆愈加多了，周围人声渐繁。快近黄昏的时候，已到阿姆斯特丹附近。玫瑰色的海面，漂浮着许多船舶。桅杆和白帆、教堂和房屋的尖顶被夕阳染成殷红。火炎炎的云块，山一般从海面升腾，一会儿，夜幕四垂，云儿已燃尽成灰。平原撒遍灯火，灯影在运河中闪动。

在一个灯火辉煌的河边的可爱的旅舍中，吃饱了肚子。喝着荷兰烧酒和英国的爱尔酒。彼得在这儿把全部义勇军、翻译、行李箱送到阿姆斯特丹去,自己带同门西可夫、亚留西加·勃洛夫庚、教士比得加乘艇子(通过首都)向寒村沙尔旦出发。

彼得一生最大的渴望,便是游历自幼梦想的沙尔旦。旧友哈里忒·基斯特(在沛莱雅斯拉芙里湖造游戏船时)告诉过他该村的风物。基斯特完工归国去了,后来又从沙尔旦来了别的铁工和船匠(起先在亚尔亨格里斯,后来在伏洛内齐)。他们都异口同声地说:"全世界无论何处,再没有比沙尔旦造更好的船。那儿的船,又轻又快,又坚牢,真是船中之大王。"

离阿姆斯特丹约十公里的沙尔旦、科洛、奥斯特·柴南、威斯特·柴南、柴丁诸村,至少有五十所造船厂。这儿以五六星期一般的非常的速度,日夜不停地进行着工作。无数大小的工厂,利用其周围风轮的动力,制造着雕刻部分、钉子、铰链、绳索、风帆、船道具等等一切造船厂应用的东西。在这些私家船厂所造的,大半是中型商船;捕鲸船、兵船和航行殖民地的大商舶,是由阿姆斯特丹两家海军工厂建造的。

彼得一整夜艇行深入狭江,眼望海边的灯火,耳听斧声、锯声和钢铁击撞的音响。从篝火光中,映出船壳子,放在木架上的船尾,木造的船机,从起重机吊起来的木板和沉重的梁木。艇子悬着灯火,破浪推进。听见暗哑的人声,闻到松木锯屑、柏油、河水潮润的香气,扑鼻而来。四个强壮的荷兰人抽着烟斗操桨。

半夜中,在一家酒店休息了一下,换了船夫。潮湿而灰暗的晓光到来了。房舍、风轮、帆船、长列的板棚,一切东西在晚上看来那么巨大的,现在都罩上一层褐色的雾气,瑟缩在岸边上了,垂柳在云光暧昧的水面拂着绿波。但是大名鼎鼎的沙尔旦在什么地方呢?

"那边就是沙尔旦。"一个船夫抬起下颏指着远远的一堆屋顶尖斜、屋前平广的木造和黑砖的屋舍。小船在街道一般泥泞的运河中驶去。村人们已经醒来了。四处吹起炊烟,妇女们洗着四方的因陈旧而变成虹色的窗子,擦着斜门上的铜把手和铜铰链。长着青草的屋仓顶,鸡正在斗架。天色渐明,运河水面吹上苍茫的雾气。横贯运河的绳索上,晾着灯笼裤、亚麻衬衫、毛袜子,船上的人都得低下头钻过。

朽腐的木桩、鸡舍、仓房、白杨行列边,掘进小小的河沟。河沟尽头便是小小的工厂。河沟中的小舟上,一个戴毛织帽的汉子,正隆着双肩坐在舟上钓鳗。彼得无意发现了这汉子，马上跳起身来叫唤：

"这不是铁工哈里忒·基斯特吗？"

汉子提起钓竿，移过眼来，望见一只艇子近来，上边站着一个头戴爱那美皮帽子、身穿红色上褂、亚麻布裤子的荷兰工人装的青年，表面虽保持镇定，心里不禁大骇一跳。尊严而阴沉的脸，狂气的眼色，绝不会看错。哈里忒·基斯特脸色灰白。潮雾迷蒙中，莫斯科皇帝乘小舟开进河沟中来，这不是在做梦吗？哈里忒·基斯特眨着赭红的睫毛，真是皇帝，他还在叫我的名字。

"喂，您不是彼得吗？"

"早安……"

"早安，彼得皇上……"

哈里忒·基斯特伸出坚硬的指头握紧彼得的手。抬起头来又发现了亚历克舍西加：

"啊哟，年轻的，你也在这儿吗？我还当是做梦呢，啊！你们到荷兰来，真是万分的光荣。"

"我打算在这个冬天到船厂里学点儿手艺，基斯特，今天正打算去买家伙呢！"

"雅可伯·奥姆寡妇家，家伙又好又便宜，我帮您去买……"

"我在莫斯科时，就打算在你家里寄宿……"

"我的屋子很窄，彼得。穷人家，住的是很卑陋的茅房……"

"我也不过在船厂里挣点儿工钱，有什么讲究的呢……"

"嘿嘿，还是喜欢开玩笑……"

"不，现在不是开玩笑的时候了。我要在两年之内，建造舰队，所以再不能含糊下去，要学点儿聪明才是，而且要使我们国内没有一个吃闲饭的人。"

"你的计划真不错，彼得。"

把艇子系在杂草丛生的岸边，岸上一所小小的瓦房。正房开着两扇窗，侧屋低平，突起高高的烟囱，微烟吹上茂盛的老枫树。上截有格窗的斜门口，铺着一块干净的放木靴的棕垫。荷兰人的规矩，进门必须脱靴。一个瘦削的老婆子，双手插在干净的围裙中，在门口迎接来客。哈里忒·基斯特把桨子放在草地上，发声招呼："妈妈，这位先生是从莫斯科来的。"老婆子恭敬地低下浆洗过的翘起两只大角的头巾。

彼得很爱这屋子,借了一间两扇窗子的起居室,一间放床的暗小间(给自己和亚历克舍加使用)和一间起居室楼上的屋顶房(给亚留西加和比得加使用)。这一天,向雅可伯·奥姆寡妇家买了上等的家伙,正装在手车上推着回家,路上又碰见了在伏洛内齐做过一冬生活的木匠莱森。肥胖而和蔼的莱森站下身来正待招呼,不禁忽然骇呆了。这位把爱那美皮帽覆在脑后,推着手车走来的青年,使莱森想起穿心刺腹的恐怖的回忆。风雪、白夜、扔晃于狂风中的俄国工人的尸身,仿佛又在眼中出现。

"好啊,莱森。"彼得停下手车,拿袖子揩一把脸,伸过手去,"怎么,是我呀! 生活过得好吗? 你真傻,干吗从伏洛内齐逃走。我从下星期一起,要在林古斯特·洛格船厂做工。你别对人说我的来历,我在这儿的名字是彼得·米哈洛夫。"他的眼睛又瞪出来,像伏洛内齐的白夜一般发光。

十

Mein Herr König⋯⋯陛下派赴海外各员,正分别努力学业。伊凡·歌洛文、普莱西乞夫、克拉波特庚、华西里·伏尔可夫、威莱西却庚、亚历克山大·门西可夫、亚历克舍·勃洛夫庚、醉鬼教士比得加等,一部分在沙尔旦,一部分在奥司丁特家,均各终日埋头于造船术的研究。亚历克山大·基庚、史吉邦·华西里艾夫研究桅杆之制作;漆匠耶基姆与波兰助祭克里伏司亨研究关于水车的一切;波里索夫和乌伏洛夫研究风俗;路庚和库布林学习滑车的制造;孔辛、史克伏尔错夫、倍乞林、摩哈诺夫、西涅亚文因实习航海,正附船游历各埠;亚尔季洛巳赴哈古学习炮术,其他先我等来此之匠侍们,因已修得罗盘学,欲回莫都。我等已变更其意,为使之知以劳力所获面包之味,命在奥斯泰特船厂任打杂工。

雅可夫·勃留斯来此带下陛下手谕,出示伤痕,谓在陛下宴席中所受。尔尚在加害于他人耶? 是直野兽之行耳! 且遣使负伤之人出国,更不知是何理由。切望与伊凡西加·富美利

286

尼兹基①（绝交）。我以为尔必将因彼伤失脸面……

彼得

　　……接手书，谓鄙人仍与伊凡西加·富美利尼兹基交欢，实属误会……想系雅可夫在莫宿醉未醒，向阁下作呓语耳。鄙人每度与伊凡西加相见，常极尽詈骂，实已成不共戴天之仇。暇时与伊凡西加论交，乃属阁下之事，鄙人则无此闲逸。前告匪党之案，兹已捕获八人；此等匪徒，均为小商人、屠户、车夫及大贵族之仆从，计有彼得鲁西加·赛烈然、米契加·庞丘格、伯布格伊、库斯加·柴伊加及贵族子弟米西加、妥尔托夫。共分贼之巢穴，在杜佛尔斯该门外。再者，来鄙人处诉事之人，均醉态如泥，而勃留斯更不待言。

法特加·罗莫达诺夫斯基谨上

　　Mein Herr König……顷得公园，同洋人托马斯·法廷勃拉哈特是否许其经营烟草，按此案去冬已经发令，准其第一年与其本国人贸易，第二年交纳赋税与本国人贸易，第三年开始自由贸易，普遍贩卖。此事殊为简单，何以贵族院诸公竟致迷茫无策，诚令人惊奇不置。现在此间购入步枪一万五千挺，并订约再购一万挺，以备国用。又购入榴弹炮八门、独角炮十四门，闻此间铁工甚多，但尚未招得，技艺优良者均不肯离此他去，而未熟练之人则于我方无用，故甚为不易。请向诸将军问好，并乞勿舍我茅庐（下面用隐形墨水书写）。此间闻法兰西皇在勃莱斯特又重新扩充舰队，其目的何在，刻尚未明。昨自维也纳方面来讯，西班牙皇驾崩。此后局势，想阁下亦必明鉴矣②。

　　最近莫都暴雨情形，顺乞告知。想莫城各公邸府，均已化成

---

① 酒的代名词。
② 原注西班牙王位承继战争。

287

泥海矣。此间陆地较海低洼，而土地甚为干燥也。

彼得

华西里·伏尔可夫奉彼得命记录日记：

在阿姆斯特丹有人携一怪女孩至市场中，年一岁零六月，周身长毛，体躯瘤肥，脸横胖至四倍半。又见巨象能作梅南特舞，吹土耳其古式喇叭，发射手枪，与犬逗弄，诚奇观也。

观一能作人言之木大头，其中有机如时计，旁有人作言，木人头亦随之而言。又见木马一匹，下装转轮，能骑人疾走。又见怪玻璃瓶，以银铜置其中即能溶化。其中盛水，下燃木块。水约四指之量，水沸，木块亦燃尽。

参观医生解剖人体，取出心肺、肾等一切内脏。肾中生有一石，肺中血管，如破烂布片，脑中血管如线，怪极！

阿姆斯特丹城地低于海，各街皆贯以运河，河身宽阔，可通巨舶。河两岸皆有大街，其宽阔处可二车并驶。河岸植大木，中燃街灯。各街皆有街灯，居民有每夜点燃门前街灯之义务。繁华街市中，游人甚多。

此间商民富庶，可称欧洲第一，居民皆经商致巨富。实为天下所稀有。交易市场，均以巨石建造，内部有大理石雕镂，华丽夺目。地面刻棋盘形，营商者均自立区划。而终日客商云集，欲过其广场，甚为不易，而市声尤喧阗。又有人，均为贫穷之犹太人，穿越于商民之间，嗅吸鼻烟，虽为商民所憎厌，然皆赖此而谋其生计。

有一位好事的荷兰人约可伯·拿敏在日记上这样地写着：

……皇帝隐其身份，仅一周间，因有曾往莫斯科之数人，识皇帝容貌，风声传播全国，阿姆斯特丹贸易市场中，有人以巨金打赌，谓此人是否真为俄皇押不过使团之一员。曾往莫斯科经

288

商,并在莫都与皇帝同席之霍德曼氏,特往沙尔旦向皇帝请候致敬,问之曰:

"可请见皇帝陛下否?"

皇帝漫应曰:

"我即皇帝也……"

其后二人作长时间之谈话,言莫斯科北方通道之困难,及在波罗的海建设港湾之重要。其时霍德曼不敢正视帝颜,因知帝不愿人直视其面也。有亚台德孙·勃洛克者,途遇皇帝,举目直视帝颜,如观奇物。帝怒掌其额,亚台德孙·勃洛克乃忍痛报颜而走,以后人皆笑之曰:

"善哉亚台德孙,汝乃晋封为骑士矣……"

又有某商,欲一睹皇帝工作之状,以满足好奇之心理,托一船厂之工头为介。此工人预为约定,由彼呼唤:"沙尔旦之木工彼得,汝当治事。"有应之者,即为莫斯科皇帝。此好奇之某商遂赴船厂,见数人夫正运巨木,其时工头呼曰:

"沙尔旦之木工彼得,汝何勿助之运木?"

此时见一木工,身长垂七尺,满身油污,卷毛贴额,闻声弃斧而起,默至巨木旁,侧肩扛抬。此著名之某商大为惊惶,见其肩木而去。

彼于工作完毕之后,常至海滨小酒馆,一樽相对,狂吸淡巴菰,与窠人欢谈甚洽,当此时也,似已完全忘其身之尊严。彼又当访留莫工人之家族,饮松子酒,叩肩健谈。有如次之逸语,可见其奇僻之性习。彼尝在途次购李盈帽,挟腋下,且食且行,经萨特堤土坡,有群童逐其后,中有数童,为彼所喜。

"童子食李否?"

彼且言且分李数枚与之。然他童趋前狂呼:"亦与我等食之,如无李,则他物亦佳。"彼闻之故蹙其颜,且以李核吐彼等之间而逗弄之,数童大怒,以腐苹果烂梨杂草垃圾等投彼,彼大笑而遁。一童投巨石中其背,背剧痛,不能忍。至水闸旁,一童又以泥块中其颅,彼遂大呼:

"是何为哉?此间乃无市长耶!谁负治安之责耶?"然此亦

不足以惊群童也。

休假之日,彼每驾小帆船遨游港湾内,此船乃彼以金币四十盾与一杯之啤酒购自漆匠迦孟者。某次,彼正驾舟游于凯克拉克,遇一客船,船中人为好奇所驱,竟欲一见皇帝,群集于甲板上,客船几遭倾覆。此时帝厌其烦,以二酒瓶向之投掷,幸未中人。

彼又富于好奇,每事必问其故。人答之,则曰"是诚有足观者"。于是且睹且问,必至释然而后已。某日,彼率随从数人去乌脱莱希晤荷兰总督及英皇威廉·鄂兰治公爵,参观教养院、医院及各种工厂作坊,而柳伊希教授之解剖室又使彼惊奇不置,见一慎重保存微笑如生之婴尸,竟狂喜吻其额。当柳伊希教授着手解剖,去另一尸体之被布时,彼见从人脸现嫌恶之色,立狂怒斥责,命彼等以齿啮尸肉。

以上皆记所闻,昨日余乃得亲见之机会,彼正自雅可伯·奥姆寡妇家出。

彼狂挥二手而行,每手均握一新斧柄。彼躯干修长而风采壮丽,体甚魁梧,动作亦敏捷。脸浑圆,表情峻严,眉黑,发短而卷曲,服沙其布上褂、红衬衣,头戴毡帽。

街中数百人皆目睹其状,余之妻女亦然。

Mein Herr König……昨日奥皇使者自维也纳来访我使国,传来上帝使莱波特王军战胜土耳其之消息。土军有三处战壕被破,渡桥溃退,奥兵开始自炮垒轰击,土军皆投水逃命,奥兵乘胜迫击,鏖杀一万二千人,一说土相与土王已于此役阵亡。

奥军总司令为沙伏伊侯爵夫人之弟欧该尼,年事尚稚,此战为其初阵。

见字请放射礼炮、鸣枪、举宴,以庆祝彼等之胜利。

阿姆斯特丹
九月十三日
彼得

290

十一

一月，彼得游英，卜居离伦敦三俄里的台普脱福镇船厂中。他在这里发现了在荷兰所找不到的，根据科学方法的造船术和船体的几何学的均衡。在两个半月之间，他学习数学和船舶设计图的制作。他又聘请了博学的数学家安多里·法格孙教授，去莫斯科创办航海学校；聘请水闸专家约翰·倍里上尉为伏尔加和顿河之间开掘运河。但他们招不到英国的海员，因为条件太高，而使团中的财政状况却不很佳。虽然从莫斯科不断地装来了黑貂皮、刺绣，及帝室圣器库的储藏品——金爵、项链、中国瓷碗之类，但是对于支付大批的订货、聘请人员，还是显得不够。

在这窘境中慨然援手的，是好意的佩莱葛林领主加马丁侯爵。他提出以莫斯科国烟草专卖权，及输入每桶五百磅的尼古丁草三千桶为条件，愿意支借两万英镑。因此，最终能够聘请以远洋航海闻名世界的荷兰船长科纳里·布拉司。他生性桀骜不驯，但却是一位富于经验的海上的猛将。聘请的条件是：俸给九千盾，在莫斯科供给府邸、食粮，封副提督称号；有分配战利品百分之三的权利，万一被敌人俘虏，须由国库支金购回。

外国人的船长、舵手、水手长、医生、水手、厨子、造船和炮术的专家们，陆续经由亚亨格里斯、诺伏格洛特到达莫斯科。依据上谕，分拨大贵族和大商人的府邸给他们居住，莫斯科顿时显得狭窄起来。大贵族们对于这大批到来的外国人，简直不知道要怎样招待。

装着军火、帆布、木材、铸铁工具、鲸须、包装用的厚纸、软木、铁锚和榛皮、大理石块、装着酒精浸制的胎儿和畸形儿的箱子、剥制的鳄鱼、鸟的标本等等的大车，络绎不绝地跟一条长蛇　般。老百姓正在连日子也难过，莫斯科遍地乞丐，再加盗匪蠢动，甚至连这班人也饿得发了青肿，闹得不成样子的时候，这些杂七夹八的东西，到底作何用度呢？再加之，把那些吃得胖胖的高傲的外国人大批大批送进来，彼得这家伙，难道是发了疯吗？

这时候，莫斯科的市场中，到处传播着这样的流言，说彼得已在外国淹死(也有人说是被人装在木桶里闷死的)，莱福式找了一个面貌相似的德国人，假扮彼得，借名操纵国事，企图陷害人民，扑灭旧教。巡捕捉捕放谣言的人,带到普劳勃拉潜斯克的侦缉队里,罗莫达诺夫斯基亲自用鞭子和烙铁审问,终于找不出这谣言的来历。他们又在诺伏特维支修道院加派了卫兵,使苏菲亚无法传布这一类的谣言。罗莫达诺夫斯基又特地招待大贵族和贵族中的活动分子,举行奢靡的酒宴,门口布满了卫兵,使宾客们不得不安静坐下。这样的酒宴,接连继续了几日几夜,侏儒和弄人在桌底下躲着,偷听客人的私语,驯熊徘徊在醉人之间,前腿捧着酒杯,强客人们喝酒。遇到不肯喝的人,熊便把酒杯丢开,向客人搔挖、扑击、咬客人的脸。恺撒大公像一座小山一般,假装喝醉了酒,把累乏的身体埋在宝座中,做出瞌睡的神态,专心地侧耳,时时举目偷望;可是客人们尽管喝得多么醉,谁也不说一句非分的话。不过他的心里明白,他们是在伸长着脖颈子等待,希望彼得和其羽党脚下的地盘,赶快动摇起来。

但是过了不久,敌人自己脱去了假面具。从立陶宛边境驻军中脱走的一百五十名枪兵,在莫斯科出现了。派赴立陶宛边境地方长官米哈尔·罗莫达诺夫斯基处的,是由孔台尔特麦克、丘巴洛夫、科尔萨可夫、乞尔姆纽等联队长所统率的四个枪兵联队。这四个联队在亚索夫占领之后,因为在亚索夫和泰刚洛克建筑城塞的工事,留在那边;前年秋天,曾和哥萨克一起图谋暴动,扬言要继承史吉加·拉金所做过的事业。他们厌倦劳苦的服役,急想回到莫斯科妻儿跟前,恢复和平的工商生活,却不得不被迫到没有休息的低湿的立陶宛边境,依然继续其饥饿和苦难的生活。

莫斯科方面,明明似乎有人在等待着枪兵们的举动。他们的诉状立刻(经过宫女的手)传达到监视较松的住在克里姆林女宫中的苏菲亚的妹妹玛尔法公主的手里;又从同一宫女的手,发出了玛尔法的秘密回信。

我们的意见,绝对不许传达到上边的耳里。大贵族中经常往来谷古和外人交欢的人,正企图绞死亚历克舍太子。因我们保庇太子,大触他们的怒气,他们还打了皇后的耳光。我们简直不知道此后会变成怎样的情形。陛下在外,生死不明,枪兵们,速回莫斯科,要不然,将永没机会再见莫斯科了。对于你们,他们已经有所准备了。

枪兵们拿了这封信,在广场上到处奔走。有时他们还这样叫唤:"苏菲亚公主在朝的时候,她每年八次赏赐三百亲兵,各位公主也常常赏赐我们。肉食期①给老百姓犒赏牛舌、冻鱼、半只鹅肉、鸡粥、牛肉蛋黄包子,还让我们大吃腌肉、鱼肚、黄瓜鱼、酒、双蒸酒。从前的皇帝是那么好,可是现在呢,把外国人喂得那么胖,我们倒饿肚子,不给我们吃,还从外国买了那些鳄鱼一般杂七夹八的东西来。"他们闯进枪兵总部里去,可是伊凡·波里索维支·托洛艾库洛夫不慌不忙,捉住为首的人,关进牢里,把群众驱散了。

恺撒大公请来了歌东、亚泰蒙·歌洛文两位将军,决定把逃亡的枪兵立刻逐出莫斯科。罗莫达诺夫斯基怀着极度的不安,亲自审查各近卫联队和步兵联队,各处都安静下来了。于是从赛门诺夫斯基联队抽选了一百名兵,又从城市商民中招募志愿兵,星夜偷进枪兵村,散开部队,分别打破门户,把枪兵一一逮捕起来,没有一个人抵抗,都服服帖帖地俯首就缚:"啊哟哟,你们不是赛门诺夫斯基联队的弟兄吗? 恶森森做什么呢? 我们老实走就是了。"他们挟起中间藏着包子的布包,把步枪用破布包着,好似来莫斯科的任务已经完毕,笑眯眯地走了。

枪兵们带了公主苏菲亚的秘密队回边境去了。因为玛尔法把枪兵的诉状藏在素斋包子中叫侏儒送到诺伏特维支修道院的苏菲亚处。苏菲亚仍由这侏儒的手发出了回信。

> 枪兵们:闻你们联队中有少数人来莫斯科,深望你们四个联队全军来莫,据守诺伏特维支修道院为大本营,拥我统治国政。如修道院守兵拒绝你们,着即将他们缴械,那时我们便可直抵莫都。如遇人抵御,不问军民,一律加以痛击。

这正是以武力占领莫斯科的命令。逃兵带了苏菲亚的秘密书信回到立陶宛边境,叛乱便爆发了。

十二

彼得和大使节们,对于欧洲政治都不能十分了解。在他们看来,所谓

---

① 从圣诞节到大斋节之间。

战争,便是保卫旷野防御游牧民族的侵入,镇压克里米亚鞑靼人的劫袭,保障东部水陆两条交通线的安全,开通海口。

他们觉得欧洲的政治错综复杂,他们单相信书面的条约和国王的信誓:以为法兰西王和土耳其王是一丘之貉,英王兼荷兰总督的威廉·鄂兰治既然允许在俄土发生战争时援助彼得,一切便无问题了。不料忽然得到意外的情报(是波兰的小贵族奥古斯忒的报告),当奥帝莱波特和土耳其议和的时候,威廉·鄂兰治竟不得莫斯科波兰双方的同意,特别热心奔走。

威廉·鄂兰治既羡慕基督教对圣枢之敌的武力的胜利,订定了那么坚固的条约,为什么又左祖土方呢?唉,这真是叫人难以相信的怪话,他把游艇送给彼得,称彼得为老弟,一起欢宴赌酒,这又是什么道理呢?

莱波特和土耳其议和,事情还可以理解。他和法兰西王为了西班牙王位承继问题,各想使自己的皇子到玛德里去做西班牙王(使节们是明白他们的目的的),因此发动了战争。这当然是一件大事,但是英国和荷兰为什么也要参加进去呢?

彼得和大使节们是不会明白的:原来英国和荷兰的工商家,要颠覆法兰西在大西洋和地中海的势力,是流着血汗奔走了好久了;西班牙王位的承继问题,不在乎哪一国的皇子占据王位,也并不是查禄大王的王冠是多么尊贵,问题实际是在于装运呢绒、钢铁、丝绸、香料的商船的航路自由,富庶的市场和港湾,而英国和荷兰不利于亲自作战,故唆使他国交哄。

尤其狡诈的,是英国和荷兰一方面使奥地利的手可以自由,与法兰西进行战争,同时却一心希望俄罗斯和土耳其继续作战。这便是口是心非的伟大的欧洲政治。

彼得回到阿姆斯特丹,把维也纳的不快的流言质问当地的市长们,市长们支吾回答,谈判便移到贸易问题。他们便这样地故意回避了莫斯科所认为重大的问题。这一年,铁工台米陀夫在乌拉尔发现了磁铁的矿脉。维纽斯给彼得写来了这样的信:

> ……此矿石质地之佳良,实为他处所无,百封度矿石中可炼出铣铁四十封度,如此丰富,实为世界所无。请速督促各使节阁下,觅炼钢良工,实所盼祷……

英国人和荷兰人很热心地倾听发现磁铁矿的情形，但是说到聘请良工，却含糊着逃避了，终于说出了一厢情愿的话，这样的铁厂，你们也许办不好，让我们跑去看看，实地勘察一下，如果真有希望的话，就归我们来办理吧。于是，在英国、在荷兰，都请不到铁工。

莫斯科枪兵队叛乱的报告使使节团陷入极度的狼狈，密使从维也纳来，向大使节报告：关于枪兵队叛乱的消息，在那边也都知道了。有一位罗马天主教士在市中逢人便说：莫斯科发生暴动，华西里·歌里纯正从流配地赶程回去，公主苏菲亚重登王位，人民都向她宣誓尽忠。

　　……Mein Herr König……枪兵队之叛乱，得陛下政府及士兵之奋励，已告镇摄，不胜欣慰。所遗憾者，陛下未把握事件之核心，使奸党放逐边境。故终于受上苍之裁判，亦情理所必然。如在城外别墅之中，则当不致演成此变①。

　　因此间信件迟误，以为我辈遭逢灾害，致劳轸念，实则我辈托赖天佑，全体无恙，伏乞放怀。何故陛下作此妇孺之过虑？实为我辈所痛心者也，直言勿怪。我等拟一周内离此赴维也纳，在维也纳方面，谣传甚炽，谓我等已告失踪也，一笑。

　　　　　　　　　　　　　　　　　　　　　彼得

十三

一个晴朗的圣诞节，街道打扫得很干净，家家户户的门口插着白桦的小枝。如果望见人影，那便是挂着一普特大铁锁的紧闭的店门前，执棒荷枪而立的守兵。全莫斯科的人们都去教堂里做礼拜了，阵阵的幽香，从插着白桦小枝的低低的门口吹出来。成群结队的乞丐，连他们这些人，在这晴快的阳光下，也茫然地站立在教堂门口，耳听着撞钟的声音。节日的太阳晒暖那些乱蓬的头发，和裹在破烂中的身体发出酒臭。

在这和平的恩宠之中，忽然侵入了车轮的声音。一辆铁轮子的漂亮

---

①　此处暗示如当时将逃兵在普劳勃拉潜斯克刑讯室重惩，则不致酿成巨变。

的大车,发狂一般从尼可里斯街木段铺道上急急地驶来。苗壮的马儿喷着喘沫奔驰,一个身上穿着满蒙灰尘的青袍,头上不戴帽子的商民样的汉子,瞪大两眼,跳起身子没命地鞭着马。这是谁?是伊凡·亚乞米契·勃洛夫庚。车子赶到红场,把肚子起伏打喘的马交托了围拢来的乞丐,便挺起赤铜色的兴奋的躯干,跑进喀山斯基教堂。上层的大贵族正在这儿做祷告,本来这样的大人物,连碰一碰也是害怕的,他却莽撞了推撞开去,举目找觅恺撒大公的雄伟的穿刺绣衣服的背脊。从排班者的肩头望去,罗莫达诺夫斯基正独个人站在古老的内堂门口的绒毯上,黄胖的颈子埋在缀珠的领襟之中。勃洛夫庚挤上前去,对恺撒大公鞠躬倒地,也不管对方浑浊的眼色,和生气而肿胀的眼皮,举目直望着道:

"阁下,我是从苏丘夫加赶了通宵的夜路特地赶来的。我们的村子是新耶路撒冷,发生了紧急的事。"

"你从苏丘夫加来?"罗莫达诺夫斯基不明白是怎么一回事,锐利地盯住伊凡·亚乞米契的脸,"你怎么?喝了酒吗?不懂规矩!"他怒得脖颈子发起胀来,下垂的口髭索索发抖。勃洛夫庚全不害怕,把嘴移近他的耳边:

"四个联队的枪兵冲进莫斯科来了,离耶路撒冷还有两天路程。他们带着辎重队,推行很缓。阁下,请恕我带来这样的报告,使您惊骇。"

罗莫达诺夫斯基身子靠在笏杖上,紧紧地握伊凡·亚乞米契的手。然后抬起红热的脸,望了一眼那些华装的大贵族们的好奇的脸,大贵族们都伏下眼去。罗莫达诺夫斯基抬起沉重的下颏招了一招波里斯·亚历克舍维支·歌里纯。

"祈祷完了,到我那儿去……叫教区长礼拜做快一点儿……再关照亚泰蒙和维纽斯,叫他们立刻也到我那儿去。"

他重新感到身后的低语,回过了半身,消失了眼中的浊光。大家害怕得忘了画十字。香炉叮当地响。圆穹窿下尘封的窗边,鸽儿展拍着翅膀。

十四

孔台尔特麦克、丘巴洛夫、科尔萨可夫、乞尔姆纽四联队停止在称为新耶路撒冷的伏斯克莱森斯基修道院墙外潮湿的低地,在苍茫的日落之中,越过巴比伦式梯形的钟楼,星儿闪闪地眨眼,修道院中没有一星灯火,大门紧紧地闭着。熄灭了篝火,低地中一片黑暗,只听见大车转动和激烈叫骂的声音。枪兵们准备在半夜中拉辎重徒涉狭窄的伊斯脱拉河,上莫斯科公路。

因为筹办食粮,他们在苏丘夫加和修道院意外地耽延了一些时候。据莫斯科回来的斥候兵的报告,莫斯科正闹得人心惶惶,大贵族大商人正从村舍和领地逃亡。村民盼望着我们,只要我们一到,他们立刻打倒城内的守兵,带我们进城。总指挥西因召集三千游戏队,蒲杜尔斯基和莱福忒各联队的兵准备跟我们打,但他们不能不考虑全体老百姓都是拥护枪兵的。我们的妻子正在磨砺着枪斧,发狂地满村乱跑,盼望丈夫、儿子、兄弟的归来。

这一天,枪兵们一早开始了剧烈的争论。有人主张不管三七二十一立刻冲进莫斯科;另外有人主张必须先行绕出莫斯科,占据塞波霍夫或杜拉,再由那儿派出快马传檄顿河乌克兰各城市,请求哥萨克和其他枪兵的声援。

"干吗要到塞波霍夫去?回家去,回村子去……"

"我们不愿意困守……西因算什么东西……我们可以把全莫斯科的人民发动起来。"

"莫斯科的人民,从来没有发动过一次呀……这个太危险了……"

"他们有兵啦……还有歌东和克拉该上校……他们都不是好对付的东西,这可不要忘了呀。"

"我们已经太累了……火药又少得很……还是守一守的好吧。"

欧绥·鲁乔夫跳到大车上,他已被选为五百人长。托洛伊察叛乱发生以后,几个出风头的家伙都已经收拾光了。戚洪·孔台尔特麦克躲在马肚底下逃出了性命,科尔萨可夫砍破了脑袋总算逃到河对岸。那时聚集士兵,自行推举了枪兵的头领。

欧绥高举蛇矛,大声叫道:"哪个人有一件好衬衫的?我的是破烂了,从去年以来,胡子也没上过梳子,也没洗过澡。让那些穿好衬衫的家伙去困守吧,我可是要回家去的。"

"回去,回家去!"枪兵们纷纷叫着,爬上大车。

"你们忘记了苏菲亚公主的信吗?她不是叫咱们快回莫斯科去吗?

297

要是还不赶快的话,咱们的计划就完蛋了。咱们要打倒法兰茨斯加·莱福式,愈快愈好啦。这样咱们才能送苏菲亚公主上王位,咱们才能得到饷银食物和自由。红场上重新立起纪念碑来。把大贵族望钟楼底下丢下去,分派他们的屋子和财产。苏菲亚公主样样都会给咱们的,从此以后,德国人的侨民区会叫人忘记在什么地方。"

欧绥的大车上,又跳上了首谋的托马、勃洛斯库略可夫、佐林、育尔西,军刀敲响着鞘子。

"大伙儿弟兄们,渡河前进……"

"谁不去莫斯科,在枪头上挑起来……"

许多人围住大车,开始呵斥马儿。成群结队的辎重和枪兵向烟雾蒙蒙的河边走去。可是对岸黑沉沉的茂林中,忽然有人举起手来像小旗似的挥着。传来断断续续的叫声:

"停止,停止……"

从暗中望去,只见一个身披铠甲、头戴翎毛钢盔的人影,浮起在水面上,是歌东。人声静下来了。

"枪兵弟兄,我带来四千效忠陛下的军队……我们还占据在绝好的地形上,不过,我不愿意流自己同胞的血。你们到底做什么打算,要到什么地方去,对我老实说,好不好?"

"我们到莫斯科去……回家去……肚子饿死了……又没有衣服穿。"

"为什么把我们赶到那么潮湿的森林里……"

"让我们在亚索夫受灾受难还不够……从亚索夫回来的时候,还叫我们吃死人肉。"

"还叫我们做苦工造要塞……"

"让我们回莫斯科……在自己家里住三天,以后就听你们的便。"

叫声停止,歌东两手遮着口边说道:

"好,明白了……不过半夜里渡河,你们可太傻了。不要做傻瓜……伊斯脱拉河很深的,你们会把辎重打失的。你们在河边等到天亮吧,我们留在这边,等天亮再说。"

他回过马头,跑进黑暗中去了。枪兵们愣着,叫唤着,最后便烧起篝火,煮粥了……

一会儿,万里无云的晓空中,升起朝阳,向伊斯脱拉河对岸望去,普劳勃拉潜斯克联队在小山上摆开整齐的阵势,上首十二门铜炮,排在一并列的炮架上,火药线冒着青烟。左翼五百名龙骑兵,张旗待机;右翼是余部的军队,据守着障碍工事,截断了莫斯科公路。

枪兵们一声嘶喊,慌忙跨上马背,照哥萨克式把大车形成方阵……歌东率领六名龙骑兵慢慢地走下小山来。走过河边,把黑马赶进水中,飞溅着水花从浅滩渡过河来。枪兵们围住了将军。

"好好儿听着(他举起一只戴着铁甲袖子的手),你们都是良善识时务的好人,为什么要跟我们为难?把首谋人交出来,把主张逃回莫斯科的坏蛋都交给我。"

欧绥向他的马边扑身上前,一手理着长髯,满眼爆出火花,一副狰狞的形相:

"我们这里并没有什么坏事,你们胆敢叫俄罗斯人坏蛋吗?流氓!我们的颈子上都吊着十字架,大概法兰茨斯加·莱福忒不喜欢我们的十字架吧。"

枪兵们凶凶地涌过来,叫嚷着。马上的歌东屹然不动,半闭着眼睛:

"你们不能进莫斯科……好好儿听我这老兵的话,停止叛乱,要不然,你们不会有好处的。"

枪兵激昂起来,纷纷地叫骂。长身、黑发、锐眼如鹰的托马跳到大炮顶上,手中挥着一张纸……

"我们所受的灾难,都写在这张纸上……让我们三个人到对河去,宣读给那边的弟兄们听。"

"就在这里宣读好了……听着,歌东……"

托马把拳头向空中一挥,大声宣读起来:

> 当我们在亚索夫的时候,邪教徒法兰茨斯加·莱福忒因为反对俄国人敬畏上帝的心,常常把英武优秀的枪兵支派到城墙下最危险的地位,因此阵亡多人。又因他的阴谋,挖掘地道,因这地道的工程,死亡枪兵三百余名。

歌东拨动马刺,想去夺取那张纸片。托马把身子一避,枪兵们发狂地叫喊。托马接着读下去:

……因法兰茨斯加的阴谋,欲彻底贬黜古来敬神的心,对全体人民做出极无廉耻的行为,提倡剃须、吸烟。

　　歌东知道对于这些枪兵已经无法理喻,便拍马竖起前足打开一条路,穿过人群向河边跑去,远远地见他跑进总司令的营幕。一会儿,斜日光中,现出灿烂的神父的法袍,于是枪兵们也开始做作战前的祈祷。用马衣掩住了大炮的炮架,以饮马的水桶代替圣水。破衣的神父裸头赤脚,发出粗大的嗓子,开始念祷告文:"主啊,赖您的神力,保佑我们打胜异教徒、回教海里西台人。"

　　当对河西因的营幕中,人们已经在十字架上亲吻,枪兵们还是跪在地上念祷告文,画了十字,持枪起立,咬断火药线,装好子弹。神父摘落肩带,退进大车后面。这时候,小山上十二门炮口并列的大炮,一齐喷吐火光。炮弹穿过天空,飞过辎重,在修道院的墙上轰然炸裂,吹起雨一样的泥块。

　　欧绥·鲁乔夫、托马、佐林、育尔西挥着军刀呵斥了:

　　"弟兄们,别后退,冲上前去……"

　　"一直肉搏到莫斯科……"

　　"各自守住自己的中队……"

　　"大炮,开大炮……"

　　枪兵们急忙组成杂乱的队形,丢起帽子,嘶喊着凶暴的口号:

　　"塞尔该夫! 塞尔该夫!"

　　克拉该上校命令把瞄准降低,排炮向辎重集中巨大的弹雨。木片飞舞,马儿狼狈逃跳。枪兵们射出一排排枪,四门大炮也开始应战。小山上发出第三次排炮,射中联队最密集的处所。一部分枪兵冲到障碍工事跟前,在那儿据守着蒲杜尔斯基和莱福忒两个联队。第四次大炮又咆哮了,浓烟罩满了小山。枪兵中队混乱起来,大家飞足溃散。一路丢落军旗、兵器、帽子和长袍,落荒而走。龙骑兵渡河追击,像一群猎狗向溃兵和辎重追上来。

　　这一天,总司令西因在修道院墙边摆开阵势,开始审问。没有一个人说出苏菲亚的名字和秘密文书的事件。枪兵们只是流着眼泪露出自己手上的伤疤,拉起身上破烂的衣衫,承认因为出于愤激,遂致盲动,现在已知道自己的罪。

托马吊在刑讯台上,背脊已被鞭子打破,他一言不发,只是抬起阴森的眼光,斜睨着讯问人的脸。托马、勃洛斯库略可夫等五十六为首的枪兵,在莫斯科公路上就地处绞,其他人送进监狱和修道院中,被监禁了。

十五

像维也纳宫廷那样善于说谎的地方,是俄罗斯人出世以来还没有见到过的。彼得受他们恭敬的接待,但只是把他当作一个私人。莱波特把彼得怪亲热地称作老弟,但只在四边没人的时候,公开会见的席上,他总是从暗中化装微服而来。奥相对于与土耳其媾和,完全承认,毫不否定。说起来的时候一口的冠冕堂皇,但临到决定的时候,就跟鳗鱼一般滑来滑去,再也捉摸不住。彼得对他说:"英国与荷兰为了商业上的利益不屑做出卑鄙的行为,虽然在许多点上颇有一听的价值。耶路撒冷的总主教请求我们保护救主的陵墓。难道在奥地利的皇帝看来,救主的陵墓竟是一个大钱都不值吗?"宰相回答道:"陛下这宝贵的高见,我们是完全同意的,不过因为继续了十五年的战争,耗费了莫大的金钱,现在唯一的急务,便是恢复和平。"

"和平,您说和平?那么同法兰西的战争,到底是什么道理呢?"彼得责问了。

但宰相装作全不明白的脸色,只是很快乐地注视着水汪汪的眼睛,不置可否。彼得接着又说:我们必须占领土耳其的凯尔契要塞,奥帝和土耳其议和的谈判中,请代莫斯科要求凯尔契。宰相说,维也纳宫廷中对于这样的要求当然非常高兴效劳,不过照他看来,凯尔契这一节是颇为困难的,因为土耳其从没有不经过战争而放弃城池的先例。

总之,维也纳的会晤,毫无结果而散。甚至使节团献给国书和礼物,也不允许举行庄严的谒见仪式。他们只答应使节脱帽穿过骑士的行列,限定四十八名平民搬运礼物,而对于进入宫殿的时候,即使一个青年人也好,由侍从长高呼俄罗斯大皇帝的尊称;以及不把俄皇的礼物放在奥地利皇帝脚下的绒毯上,却顽强主张,不肯让步。"我们既不是丘伐西①人,又不是向奥地利皇帝来进贡的。大家都是并肩的民族呀!"宫内大臣轻轻一笑,耸耸肩头道:"对于这样奇怪的要求,恕我们无法接受。"

在这里,比在荷兰时更加切身地感觉欧洲的政治是怎样的东西。为了解闷,去看歌剧,在那儿也骇破了魂胆。他们又到外城去游玩了,也出席了宫中的化装跳舞会。不久,使节团正打算出发赴威尼斯,忽然从莫斯科来了罗莫达诺夫斯基和维纽斯关于新耶路撒冷枪兵叛乱的报告。

Mein Herr König……六月十七日大札收到……此事实为伊凡·米洛斯拉夫斯基所播之种子,望陛下坚持此点。否则,此风断不可截。

此间未了之事甚多,但因此事,当立即归国,特此预报。

彼得

十六

乌斯潘斯基教堂的祈祷完毕后,恺撒大公向十字架亲吻,站在讲经台上,用笏杖顿着坛石,引起大贵族们的注意。

"彼得·亚历克舍维支皇帝陛下现在在回莫斯科途中。"

说着,便蹒跚地分开人群,乘上金漆厢车。马车的车夫座上,坐着两名身高七尺、容貌魁梧的随从,向莫斯科街市疾驶而去。

这报告正如晴天霹雳,震骇了大贵族们。一年半以来平安无事地过着舒服的日子,突然这家伙又回来了!再会,甜蜜的睡眠的生活呀,好,又得戴上恭顺的假面具了。可是枪兵队叛乱的责任怎么样呢?迟迟不进的鞑靼讨伐呢,空虚的国库呢?现在刚开始的,以及完全没有开始的种种事业的责任呢?唉,这还得了吗?

再也不必想睡午觉,过舒服日子。贵族院一天开两次会议。发出命令叫商店的伙计关上店门到财政部来,盘查铜币,要在三天以内一律盘

---

① 乌格洛·芬族的一派,其地即今丘伐西自治省。

好。又召集各部秘书官,部中如有延搁未办的公事,万祈急速办了。因此,那些小公务员、司书们整几夜不得回家,强迫伏在案上。

大贵族们着手准备迎驾的仪式。又从长柜中拿出发着驱虫的樟脑气的、看了也觉得讨厌的德国装和假发,又从餐室中拿开多余的圣像,墙上到处挂起镜子和假面具。也芙特基亚带了太子和彼得的胞姊急忙从托洛伊察回来。

九月四日的夜,恺撒大公府的铁门前,停下两辆旅尘仆仆的厢车。车中走出彼得、莱福忒、门西可夫、歌洛文四人,大声叩门。受惊的狗子发声狂吠。开门的兵士不认识彼得的脸,彼得把他一把推开,带同随从大臣,走到支着球柱、顶上张着铅皮的外廊下。门口用铁链吊着一只驯熊,蹲在地上。罗莫达诺夫斯基推开窗门,向底下的暗影中俯望,肥胖的脸孔欢喜得抖索起来。

十七

彼得从罗莫达诺夫斯基府回到克里姆林宫。也芙特基亚已经知道他回来,换好衣服,打扮舒齐,等他到来,伏洛皮哈穿着漂亮的棉袄,眯着眼微笑着,守望在侧边皇后专用的外廊上。也芙特基亚一有暇便从小窗里张望照在门缝泻出的光中的伏洛皮哈,等她挥手帕打信号。老婆子忽然跑进寝宫中来:

"来了来了……不过立刻走上太子的外廊上去了……让我走去看看!"

也芙特基亚颓然地低下脑袋,感到一种不知怎样的不祥之兆,无力地坐下身子。窗外,是星光满天的秋夜。一年半的离别,从没有来过一封信。一回来,立刻跑到娜泰丽亚的地方去。她鸣响着手指:"一向生活在疑非人世的静寂和不断的欢喜之中,可是忽然遇见了他,从此开始了痛苦的日子!"

突然站起身来……亚留西加在什么地方呢?快叫那孩子去见见父亲吧!在门口和伏洛皮哈撞了一个满怀。老婆子气急喘喘地说:

"我看见了……他到娜泰丽亚那儿……紧紧地拥抱了,后来,娜泰丽亚低低地啜泣起来。彼得皇上脸色很难看,两颊索索动着,翘起两道上须。穿着鼠灰外国呢的长袍子,口袋里露出手帽和烟斗,脚上穿着很高贵的靴子,也不是本国货。"

"傻婆子,赶快说呀,后来他怎样了……"

"他说,姊姊带我的孩子给我看看……娜泰丽亚公主马上跑出去,带进了亚留西加太子来。"

"毒蛇,娜泰丽亚毒蛇!"也芙特基亚抖索着嘴唇低声独语。

"后来,他抱起亚留西加,紧紧偎在胸口上,跟他亲吻,好像非常亲热的样子。接着,又把亚留西加放下,把头上的外国帽子深深地拉下眉心,他说:'到普劳勃拉潜斯克休息去。'"

"那么,他走了吗?"(两手抱紧了头。)

"走了,我的天使,他走了,谁也不知道他真去休息,还是上德意志侨民区去。"

十八

天色刚刚破晓的时候,一长列厢式马车、古式马车、骑马的队伍,像一条长蛇向普劳勃拉潜斯克进发。大贵族、将军、联队长,一切贵族们和贵族院大秘书官们,都争先恐后地去晋谒国外回来的皇帝。大家推撞着宫门口的人群,关心地询问:"陛下圣体安好吗?"被问的人浮着神秘的微笑回答:"陛下圣体无恙。"

彼得在新造的宫殿中,摆满酒瓶、酒杯、冷肉菜盘的长餐桌前接见他们。在秋阳的照射中,蒸腾着蒙蒙的烟草的烟雾。皇帝穿着薄呢外国制品的上褂,大襟下缀着女式花边,头上披丝一般蓬松的假发,翘起两道黑的上须,那风貌全不像一个俄罗斯人。穿丝毛袜的两腿,在餐桌下交曲而坐,那样子也完全不是俄罗斯式的。

穿长毛皮外套的人们拱起了长胡,瞪大着眼睛,向皇帝身边趋前数步,依照品级屈膝躬身行礼。这时候,才开始发现皇帝脚边,两个渎神的侏儒托马斯和塞加,手中拿着羊毛剪,埋伏着。

彼得受了敬礼,对有些人拥抱接吻,对有些人拍拍肩头,分别恩赐温慰。

"啊哟,你的胡子长得好长呀! 在欧洲,长胡子的人便会被人笑话,你把胡子借给我吧！"

大贵族、公爵、高官们，无老无小，都木然地站下来发愣。这时候，托马斯和塞加偷偷跑过来，拉住那些苦心打扮的胡子，不问三七二十一，拿羊毛剪剪下来，古风的美髯散落在皇帝的脚边。大贵族被侮辱了尊严，两手掩着脸子，默默地发抖。彼得便亲手捧上一小杯三蒸胡椒酒：

"为我和你的健康长寿干杯……好比剪去了参孙的长发①。（瞪眼向廷臣们一扫，竖起一只手指）你们可知道长胡子是从什么地方流来的风气？是巴黎，为的叫女人见了欢欢喜。哈，哈！（他笑了两声）怎样，舍不得长胡子吗？那就爬进棺材里去吧，到了那个世界里，它又会长起来的。"

要是他暴跳狂怒，大声叫骂，甚至是抓住他们那些成问题的长胡子，信口恫吓，也不会使他们感到如此的恐怖。只是这神秘的、冷冷的胸有城府的彼得的微笑，却把大贵族们的心脏像冰一般地冻结住了。

在餐桌的一端，波兰理发师急急忙忙地在那些剪过胡子的下颏上，抹上肥皂，给他们簌簌地剃光。这可恶的理发师，一剃好了，便拿镜子给他们照。于是走了样的大贵族便在镜子里张望着歪斜的婴儿似的嘴和丑陋的脸孔，也有人喝醉了酒，想起失掉的胡子，大声痛哭的。从他们的服装上辨别出来，那些人是总司令西因、大贵族托洛艾库洛夫、公爵特尔高尔基、倍洛塞里斯基、摩斯契斯拉夫斯基的脸孔。皇帝用两只手指撮起那剃光的脸，说道：

"从此就使到奥地利的宫廷，也不会倒霉了……"

十九

彼得到莱福忒府去午餐。他的亲爱的友人法兰茨正从午睡醒来，在四边挂着金革的大而明净的寝室中，对着镜子欠伸。侍仆急忙忙地给他穿衣服、烫假发、敷发粉。从汉堡带来的一对男女弄人，在绒毯上玩着。总管、围人、执事、卫队长等在门外恭敬地排班站立。彼得昂然进来，按住法兰茨的肩头叫他不必站起，回头望他镜中的脸。

---

① 参孙是希伯莱的大力士，生长发，为其妻剪去，遂无力。（见《旧约·士师记》十三、十四章）

"他们完全没有审问,简直太懒惰、太放肆了……刚才西因向我报告,他明明握住线索,却不加注意。枪兵法拉莱夫处绞的时候,向兵士们这样叫喊:'你们想吃完梭子鱼,却不知道还有牙齿留着呢。'"

彼得涨满红筋的眼睛在镜子中一阵昏黑,莱福忒回头叫从人们出去。

"法兰茨……刺还没有拔掉呀……今天,我把大贵族们的胡子剃落了,我的心简直愤怒极了。我总是想那吸血的蝗虫。知道的,大家都知道的,可是谁也不肯说出来,隐瞒着。那可不是平常的暴动,并不是想回到妻子跟前。这儿有着可怕的阴谋,全国都害着麻木病,溃烂的手脚必须扔掉,我要使那些大贵族们、那些毛胡子和我分担流血的责任,这是米洛斯拉夫斯基播下的种子。法兰茨,快下令,今天立刻把枪兵们从监牢和修道院里提到普劳勃拉潜斯克去。"

二十

彼得坐上餐桌,精神就稍微好了一点儿。有几个人留意到他新来的脾气——阴森森地注视。在谈笑之间,他忽然闭了口,用火一般可怕的眼光注望着空中的一处,可是一会儿,他又抖动鼻孔哧地一笑,大口喝着酒,发出枯涩的笑声。

外国的军人、海员和技师们快活地叫闹着,自由地谈笑着。但对于俄罗斯人,这样的宴会实在是一副重荷。音乐演奏了,只等伴舞的妇人们到来。亚历克舍西加·门西可夫无意地发现彼得放在桌上的手,一会儿握紧,一会儿张开。莱福忒讲着法兰西王情人的故事。叫闹愈来愈厉害了,忽然,彼得跟雄鸡一般大叫一声,跳起身子,越过餐桌,扑向西因。

"恶魔!恶魔!"

一脚踢翻椅子,跑开餐桌。合座的客人都惊慌地站起来。莱福忒强力地劝住。音乐奏得更热闹了,先到的妇人们搔弄着假发和衣裳在大门口出现。大家的目光,被一个梳着亚麻色高发髻、碧眼的美女子吸引住了。金线钉边的裙子如无涯的大海,裸露的雪白的肩头和手臂,耸动了无数男子的心。她不向人瞧望,徐步进入广厅,慢慢地坐下身子,手中捧着一束玫瑰花,仰头望着穹窿,凝然不动。

外国人争相探问:"这是谁呀?"这是巨商勃洛夫庚的女儿,亚历克舍特拉·伊凡诺芙娜·勃洛夫庚。莱福忒吻着她的指尖,请求同舞。一对男女互相弯曲腿步,相对行礼,带舞带行。这时候,又来了一阵吵扰。彼得气呼呼地跑回来了,一眼望见西因刹地拔出剑来便向他砍去,西因连忙闪过一边,剑锋深深地砍进在身前的餐桌上,飞起玻璃的碎片。莱福忒走过去,彼得用肘头推开他的脸,又提起剑来向西因赶过去:

"你的联队,你……你……你的联队长,我都要杀个不留！混账,畜生,傻蛋！"

亚历克舍西加放开同舞的妇人,轻轻走到彼得身边,也不管他手中的剑,抱住他在耳边低低说了几句话。剑颓然地跌落地上。彼得气呼呼对着亚历克舍西加的假发:

"流氓,哎,流氓……他把联队长的头衔当买卖做……"

"不,敏·海尔茨,您镇静一下,还是喝点儿匈牙利酒吧……"

终于镇静了,喝着匈牙利酒,用指头吓唬西因,又招了招莱福忒,在他肿胖的鼻子上亲吻:

"喂,安娜在什么地方？你问过吗？她好吗?"把紧闭的嘴唇一扯,向高窗外染成橘红色的夕阳光一瞥,"等一等,我去看她。"

在蒙思寡妇的家里,烟火辉煌,门声碰响,寡妇和女佣正忙得一天星斗。安亨因为衬衣浆得不好,发怒了,于是又重新浆过,用熨斗烫。安亨在楼上,戴上敷发粉的假发,还没有穿好衣服,只披着一条梳洗巾,穿上袜子。这时候,彼得推开惊惶拦阻的寡妇和女佣,跑到楼上去了。

安亨站起身子,抬头轻轻一声叫,彼得狠狠地把半裸的她一把抱住。安亨的心头剧烈地震跳,差不多满间屋子都听得出来。

二十一

枪兵们戴着脚镣手铐,从各处押解到普劳勃拉潜斯加耶村来,监禁在屋子和地窖里。从九月底开始,又重新刑讯了。彼得、罗莫达诺夫斯基、戚洪·史特莱西内夫、莱夫·基丽洛维支等担任审问。在进行刑讯的屋门前,通夜燃耀红红的篝火。十四处刑讯室,把枪兵们吊在刑讯台上,抽了鞭子之后,从刑讯台上放下来,拉到院子里,在燃耀的火堆上烤火。昏过去便灌烧酒,然后又缚着手吊起来,要他们供出主使人的名字。

两星期之后,案子终于找出了头绪……欧绥·鲁乔夫被煨红的铁杆打折了肋骨,终于耐不住痛苦而爱惜起自己的体肤,供出了苏菲亚的秘密信,以及受她的命令占据诺伏特维支修道院拥她重登帝位的阴谋。欧绥的兄弟孔司坦丁流了三次血,供出了他们把苏菲亚的秘密信藏在新耶路撒冷中央的塔边肥料堆里,同时暴露了和苏菲亚接近的公主玛尔法,伴女欧特却·维尔加也是同谋。

但是受刑讯而招供的不过两三个人。大部分的枪兵只承认武装暴动,一点儿不吐露阴谋的事情。彼得从枪兵们抵死的倔强中,感觉到民众对自己可怕的怨恨。

他整夜地留在刑讯室里,白天和外国技师职工一起工作,检阅军队。一到傍晚便到莱福忒府,或哪一位使节或将军的府中一同晚餐。一会儿,钟鸣九下,便从谈笑、音乐和尼基泰法皇的愚戏席中走出,脑袋缩在肩窝中,从宴会的厅堂走进黑暗的院子。脸上裹着毛织的围巾,迎着冰一般的寒风,远远地向篝火燃耀的普劳勃拉潜斯克跹过薄冰驱着双轮马车走去。

奥地利大使馆中一位秘书官在日记上留着当时的见闻如下:

丹麦公使馆员为好奇心所驱,特往普劳勃拉潜斯克。他们参观数所狱舍之后,便向发出惨厉号呼声的更悲惨的场所走去。在恐怖的战栗中,目睹三间小屋,不但满地鲜血,连门口也化成血海。此时,又闻更惨厉的呼声和病狂的呻吟,使他们的心中发现往第四小屋一睹正在进行中恐怖状态的欲望。

可是刚进门口,便碰见皇帝和大贵族们,骇得连忙退出身子。皇帝正面对一个挂在屋梁上的赤身汉子,回过脸来望见不速的来客。因这样的情状被外国人窥见,好似非常不快的神气。纳露西庚向他们赶过来责问:"你们是谁? 到这儿来做什么?"见他们默不作答,便命令他们到罗莫达诺夫斯基的公馆中去。但公使馆员知道自己有不可侵犯的权利,便不理这无礼的命令。这时,有一位军官骑马追上他们后面,企图拦住他们的马头。公使馆员自恃人多,即使冲突起来也可操胜算,但见那军官毫不退让,只好马上退开一边。我后来知道那军官叫作亚历克舍西加,是皇帝的宠臣,一位很危险的人物。

308

新的租税法令颁布了，按照这个法令，一切公务机关的官员，照他们所担任的职务，可以不负担纳税的义务。

　　某夜，皇帝在莱福忒府举行游园夜会，与会者共观焰火。皇帝身如火精，拂落木叶在园中到处狂奔，亲身点燃焰火、花筒、花炮等火药装置。太子亚历克舍、公主娜泰丽亚也同观焰火，但没有走出别室一步。在其后举行的跳舞会中，与会者公举安娜·蒙思为第一美人。这女子得皇帝的专宠，因此皇帝正企图离开皇后，把皇后送进远处的修道院去。

　　……十月十日，皇帝招待各外国使节，参观处刑。普劳勃拉潜斯加耶村兵营旁，有一隆起小场。此处即为刑场，露柱上常挂着死刑人的脑袋。全身披挂的近卫联队，环绕这座高阜，许多莫斯科的市民爬在屋顶上、大门上。夹杂在普通观众中的外国人，不许走近刑场。

　　断头台已经搭好了，寒风狂吹，观众们冻住两脚伸颈盼待。终于，皇帝带同那位大名鼎鼎的亚历克舍西加坐马车赶到，跳下车来向断头台边走去。这期间，成群的死囚围满了这恶运的广场。广场四周兵士息坐的长凳上，站着秘书官，向民众宣读叛者的罪状，民众默然无声。一会儿，刽子手动手执行自己的任务。

　　不幸的人们依次受刑……在他们的脸上，没有悲哀也没有临死的恐怖。我不能承认这类似麻木的勇气，这也并不是从不屈不挠的精神所发出来的情形，它不过是当想起那一味残暴的压迫时，已不能重视自己的生命罢了。在他们看来，人生已是可咒诅的东西了。

　　有一个被妻子一直送到断头台上，妻子哭得呼天抢地，他却坦然自若，把纪念的手套和绣花的手帕交给妻子，便从容不迫地自动把脑袋躺在刀下。

　　又有一个，走到皇帝身边的刽子手身边，大声地说：

　　"陛下，请您稍微让开一点儿，我要在这里躺下来……"

　　听说这一天皇帝对歌东将军说到枪兵们是那么倔强，在刀斧之下还是不肯承认自己的犯罪，我相信俄罗斯人是天下最倔强的民族。

诺伏特维支修道院跟前，并列着三十座绞头台，排成方形二百三十名枪兵，在那儿处了绞刑，三名同苏菲亚提呈诉状的主谋犯便在苏菲亚的净室窗下处绞，吊在中间的一个死人的手中，放上那张诉状。

当参与叛逆的教士处刑的时候，皇帝亲自到场，其中两名先由刽子手用铁棍打断了手脚，然后活活地处车裂之刑。当两名教士还在痛苦喘息的时候，第三名教士低声叹息，希望快一点儿死去吧。

在枪兵们企图以暴力侵入的城墙上，大概为了表示神圣不可侵犯的意思，皇帝命令在城墙的枪眼中插入椴木，每一条椴木上绞死两名叛徒。这一天，用这样的方法，又处死了二百名以上的叛兵。莫斯科周围一带，造成一道用枪兵的尸首装饰的怪栅栏，这样的情景，到底不是在别的地方可以见到的。

……十月二十七日，今天的处刑与往日大不相同，他们举行种种难以相信的方法，有三百三十人同时在红场上流血。这大规模的死刑场面，要不是全体大贵族、元老院议员、国会议员、大秘书官等依照皇帝的命令担任刽子手的职务，到底是办不到的。皇帝的猜疑心极度高涨，他疑心所有的人都在同情受死的叛徒，企图叫全体大贵族共同担负流血的连带责任。一切名门贵胄，战栗在目前的试练中，出现于广场之上。各人的面前都绑着一名死囚，每个人对面前的罪人宣读罪状之后，便得亲手砍落囚徒的头，因此使宣告必得很快地实现。

皇帝坐在从宫里搬来的环臂椅上，冷眼观望这恐怖的屠杀。他的兴致不很好，因为牙痛两腮发肿，看见大多数大贵族因为不惯做刽子手的职务两手发抖，他便勃然大怒。

莱福忐将军也被怂恿担任刽子手，他借口在自己的祖国不能做这种事，总算豁免了。同时成为断头台上人的三百三十名，几乎全部都斩了首。其中也有进行不顺利的：波里斯·歌里纯把刀子砍下去，砍不着脖颈子，而砍到背脊上；把枪兵砍成两段，仆在地上，忍着难耐的剧痛，亚历克舍西加跳过去，不慌不忙地把斧子一挥，砍断那个没有砍断的脑袋。亚历克舍西加夸耀着，

310

说他在一天之内砍了三十颗脑袋。恺撒大公也亲手砍杀了四个,有些大贵族都苍白了脸,使尽了所有的气力,被人抬走了。

整整的一个冬天,继续着刑讯和处死。同这个对照,亚亨格里斯克、亚斯脱拉罕、顿河、亚索夫各地,燃起了炎炎的叛乱之火。刑讯室塞满了人,几千具新的尸首飘摇在莫斯科城头的风雪之中。全国化成恐怖的大囚车。古旧的一切都驱入黑暗的角落,卑占庭式的古俄罗斯咽断了最后的喘息。三月熏风的巴罗的海边,隐隐地出现商船队的影子。

第一部完

311

译　　记

俄罗斯文学中有三位姓托尔斯泰的巨匠,一位是列夫·托尔斯泰(Leo Nikolaivich Tolstoy, 1828—1910),他的名著有《战争与和平》《安娜·卡列尼娜》《复活》等;另一位是亚历克舍·孔司坦丁诺维支·托尔斯泰(Alexei Kostantinovich Tolstoy, 1817—1875),以著戏剧三部曲《伊凡雷帝》《费杜·耶诺维支皇帝之死》《波里斯皇帝》而闻名。这两位都是旧俄时代的作家,而列夫·托尔斯泰尤为世界文学的大家。

第三位是本书的著者亚历克舍·尼古拉维支·托尔斯泰(Alexei Nikolaivich Tolstoy),是现存的作家,自马克辛·高尔基逝世而后,他几乎已为今日苏联文坛的盟主,1937年本书的出版,尤受苏联政府及人民的热烈推崇,因此被选为苏维埃联邦最高会议议员的候补者。

A.N. 托尔斯泰出生于 1882 年 12 月,萨马拉旷野中的索斯诺夫加村。他的母亲是著名的十二月党党员 N.I. 屠格涅夫一族。他描写自己少年时代乡村生活的印象道:"多雾的秋天,阴暗的院子里闪着七月苍白的闪电,冬天,雪花飘飘飞舞,直埋到烟囱的顶边。春天泛滥着喧阗的洪水,白嘴鸦呀呀啼叫,向旧巢归去。而人们则和日出和日落一般,和五谷的命运一般,一年年地出生和死亡。"

完成了地方学校的历程以后,他肄业于彼得堡的工业专门学校。他也跟高尔基一般,创作生涯是早在帝俄时代便开始的。1907 年到 1910年,可说是他的作家的修养时期。他热爱列夫·托尔斯泰、屠格涅夫,俄国象征派和法国莱纳、梅里美的作品。他的第一部著作是诗集抒情集 *Lirika*,出版于 1907 年。

1910—1911 年,他参加象征派诗人维亚乞斯拉夫、伊凡诺夫所领导的诗院派。诗歌所要求的高度的技术,使他的散文有调和、旋律和均衡的美。象征派文学的倾向,是对周围现实社会的彻底的无视,在他初期的作品中,这种蔑视现实的态度,也成为一主要的特征。

《竞争者》(*Sorevnovatel*)、《碧玉册》(*Yashmovaya Tetrad*)是他在散文领域中最初真挚的尝试。而以伏尔加流域庄园生活为题材的《杜莱芙村一周》(*Nedelya V Tureneve*)、《怪人》(*Chudak*)、《跛老爷》(*Hromoy Barin*)等作品,又使他博得真实的作家的声名。他的兴趣更倾向于俄罗斯的历史,陆续发表了《爱》(*Lyubovy*)、《下雪时》(*Kogda Padaeg*)、《彼得的一日》(*Deny Petra*)、《教唆》(*Navojdenie*)等名篇。

第一次世界大战的时候,他到伏鲁尼、希腊战线,为战地记者,后来到了英国。当十月革命爆发以后,他亡命到法兰西,后来移居柏林。战后欧洲的惨状和知识分子的没落,对他的世界观产生强烈的影响。当时他和爱命堡等同为"标帜转换派"(新资产阶级派)的代表者。他在这时代的作品,有《黑色星期五》(*Chernaya nyatnitsa*)、《安瑞·李伏的杀人》(*Ubiystvo Antuana Rivo*)、《太古之道》(*Drevuiy Puty*)等篇。

当他从亡命地回到祖国的时候,正值苏联文学新的昂扬与繁荣的时期。1923 年到 1928 年,他发表名作《乱世插话》(*Povesty smutnovo vremena*)、《蔚蓝的城》(*Golubuie gorada*)、《蝮蛇》(*Gadyuka*)、《黑金》(*Chernoe Zoloto*)等篇。而幻想小说技师格林的《双曲线》(*Giperboloid injenera Carina*)、《爱丽达》(*Alita*)也是这一时期的作品。

在这时期,他又继续亡命时所开始的三部作《苦难的经历》(*Hojdenie Do Mykam*)第一部《姊妹》(*Sestra*)之后,发表著名的第二部《1918 年》(*Vasemnadtsatni god*)。被称为右派同路人作家的他,一步进一步地走向了苏联的现实。

在戏剧方面,他也有不少的著作,其中如《但顿之死》(*Smerty Dantona*)及和西契哥莱夫合作的《女皇的阴谋——拉斯蒲金》(*Zagovor imperatritsa*)、《刑讯台上》(*Na duibe*)等篇,尤为著称。

《彼得大帝》(*Petr Pervuiy*)是他在写完《1918 年》后的第一部历史小说,开始连载于 1930 年 7 月号《新世界》杂志,立刻轰动了苏联读者,批评家一致热烈推许,后由各地国立出版所单行出版,并转载于发行百万部以上的《大众文艺》杂志小说报。单行本一开始发行,在很短的时期就销行到五百万册,以后仍不绝地重版,被翻译成世界各国的文字。同时又搬上舞台与银幕,改编成歌剧,几乎到达了一个"《彼得大帝》与 A. 托尔斯泰的时代"。今年斯大林文艺奖金揭晓,这部巨著又以第一奖当选。它的这一种文学史上空前未有的成功,并不是幸致的。

在苏联社会主义建设进入第二个五年计划的时候,国内和国际的情势使这新世界的劳动大众把全部的努力集中于保卫社会主义国家的国防问题上,一切部门都动员起来谋国防的充实,文学上也适应这个情势而出现了国防文学的潮流。1936 年 3 月 7 日的《真理》报社论说到研究历史的目的:"为着争取未来,必须熟悉过去……历史是公民教育的强烈的武器……也只有真实而正确的历史,使人知道自己的祖国,对祖国的往昔发生兴趣,夸耀祖国的光明英雄的史篇,憎恶侵略与迫害,才正是热爱自己伟大而自由的祖国。"在这一点上,记录过去的 A. 托尔斯泰的《彼得大帝》也就成为国防文学的典范的作品。

A. 托尔斯泰在写《彼得大帝》以前,已经写过以彼得为题材的许多作品,如《上述的教唆》《彼得的一日》《刑讯台上》等篇。同时大托尔斯泰在完成《战争与和平》的大作以后,也曾经计划写一个以彼得为题材的历史巨篇,经过辛勤缜密的研究之后,他终于放弃了自己的计划。他在给斯托拉霍夫的信中曾说:"终日埋头于彼得大帝时代的资料中,尽力阅读、摘记,但终觉无从着手。"他对彼得发生了热烈的憎恶,他说:"这是一匹凶暴的恶兽,酗酒、沉毒,在四分之一世纪中,屠杀人民,滥施毒刑,火焚土埋,幽妻刑子,沉迷男色,刚愎自用,好酒恣性,渎神无信,终死于梅毒。但世人都不记忆他的罪恶而纪念他的功绩,至今依然歌颂他的威毅,为他立纪念碑。"在这儿 A. 托尔斯泰不仅继续了大托斯泰的未竟的伟业,而且也是一位最适任的继承者,特别是因为 A. 托尔斯泰从身历的新社会主义革命初期的经验中,得到历史进程的新的感觉与新的了解,来作为描写这个旧俄罗斯国家的伟大改革者彼得大帝的基础。

从作者在这《彼得大帝》所表现的艺术方法,颇值得我们对于历史创作做一次新的考察。作为学术记录的历史与作为艺术记录的历史小说的不同,19 世纪俄国大批评家倍林斯基在一篇题为"论诗"的体裁与分类中说过:

历史只是从表面上,即从舞台面对我们写出事件,但这舞台上所搬演的事件发生的根据,散文的日常生活领域中的全盘形象,后台所发生的事件,却遮在帷幕后面不给我们看见。小说屏除历史事实一般的记述,只在成为小说内容的特殊事件的关联上,处理历史事实。因此小说在我们的面前,暴露历史事实的内幕、背景,引导我们走进历史人物的私室和卧房之中,让我们清楚地看见他们的家庭生活、私人秘密,不仅是打扮着很漂亮的历史伪装,而且也使我们看见戴着寝帽、披着睡衣的姿态。国家时代的色彩,以及特殊的风土习惯,虽不是历史小说的终极的目的,但必须在这些方面把历史烘托出来。所以历史小说可说是学术的历史与艺术的融合。

A.托尔斯泰的《彼得大帝》在这点上提示了历史小说的典范。从这部小说中,我们可以看出他对资料搜求的丰富、博大和遵守的忠实,他从社会主义革命的崇高观点出发,正确地表现了那种过去所成熟的力量,把过去当作现在的准备,而成功地创造出历史的忠实画面。那些庸俗的批评家对它所做的解释,以为这本描写遥远的过去的历史小说,实不过想把历史成为现在的寓言,对现在做朦胧的暗示,即为完全不正确的看法。而我们一部分历史创作上(特别是戏剧部门)所倡导的所谓"历史的讽喻"的潮流,与此更无丝毫的共同之点。因为人类的历史的进程,绝不会有重复的步子,想牵强附会地把过去来凑和现在,必然地会歪曲了历史;而不正确地了解过去,也绝不会正确地了解现在。

同时A.托尔斯泰的《彼得大帝》也不是一部个人的英雄的传记,正如裴尔曹夫在《论A.托尔斯泰的历史小说》中所说:"这一典型在小说内,并不是最高的艺术成就。我们觉得在一切描写天才的场面,如表现青年皇帝的民主思想,以及他的自学与劳动的热望,作者在这儿并没有超出历史教科书中叙述彼得人格的传统范围。彼得大帝作为一个典型、一个心理形象,我们觉得比起《战争与和平》中的库杜佐夫来,自然渺小得多了……"形成《彼得大帝》艺术的真价值,和彼得年代历史的真力量的,不是彼得的精神,而是民众的精神。民众是《彼得大帝》的真实的主人公。在这小说中,不仅包括了一部彼得的历史,也包括了一群农奴的历史、一群贵族的历史、旧的封建庄园贵族的腐败、衰落东方野蛮民族第三神圣罗马的动摇崩溃、西欧商业资本主义的侵入和被压迫农奴的兴起;在这之间

315

所开展的血赤淋漓的如火如荼的斗争，通过彼得这一中心的形象而呈现在我们的面前，使我们更深一层看见推动历史车轮的真正的运转手，而相信祖国即民众，爱祖国必须爱民众，而祖国的胜利也必然在于民众的胜利。我以为这正是《彼得大帝》的真实的主题，而且也必须成为一切历史作品的主题的。

1941 年

图书在版编目（CIP）数据

彼得大帝／（苏）阿·托尔斯泰著；楼适夷译. —
北京：中国文史出版社，2021.1
（楼适夷译文集）
ISBN 978 – 7 – 5205 – 1575 – 7

Ⅰ．①彼… Ⅱ．①阿… ②楼… Ⅲ．①长篇小说 – 苏
联 Ⅳ．①I512.45

中国版本图书馆 CIP 数据核字（2019）第 251575 号

责任编辑：薛媛媛

出版发行：**中国文史出版社**
社　　址：北京市海淀区西八里庄路 69 号院　邮编：100142
电　　话：010 – 81136606　81136602　81136603（发行部）
传　　真：010 – 81136655
印　　装：北京新华印刷有限公司
经　　销：全国新华书店
开　　本：720 × 1020　1/16
印　　张：20.5　　　字数：308 千字
版　　次：2021 年 1 月第 1 版
印　　次：2021 年 1 月第 1 次印刷
定　　价：68.00 元